一衣带水系列之三

生活日本

日本女儿

胡英子　苏　珊　著

团结出版社
UNITY PRESS

图书在版编目（ＣＩＰ）数据

生活日本 ：日本女儿 / 胡英子，苏珊著. -- 北京 ：
团结出版社，2021.8
ISBN 978-7-5126-8787-5

Ⅰ．①生… Ⅱ．①胡… ②苏… Ⅲ．①长篇小说－中
国－当代 Ⅳ．①I247.5

中国版本图书馆CIP数据核字(2021)第 092336 号

出　　版：团结出版社
　　　　　（北京市东城区东皇城根南街 84 号　邮编：100006）
电　　话：(010) 65228880　65244790
网　　址：http://www.tjpress.com
E-mail：zb65244790@vip.163.com
经　　销：全国新华书店
印　　装：天津盛辉印刷有限公司

开　　本：170mm×240mm　　16 开
印　　张：17.25
字　　数：312 千字
版　　次：2021 年 8 月　第 1 版
印　　次：2021 年 8 月　第 1 次印刷

书　　号：978-7-5126-8787-5
定　　价：55.00 元

目　录
CONTENTS

第一章
婚姻承诺

2002 年 3 月的一个周日，岩岩终于决定请大竹来自己蜗居的小屋吃中国水饺了。

其实，大竹天天上下班时，一定要在岩岩家门口的车站乘车，近在咫尺，却没有机会去岩岩的住所喝一杯茶。当他接到岩岩邀请电话的那一刻，兴奋得有点儿不知所措了，这一天，他等了很久很久。

那一天，他迫不及待地快步走出车站，从老远就看见了岩岩居住的那栋小楼。越是走近那栋小楼，他的心越是"嗵嗵嗵"地跳个不停，对岩岩的好奇心也越发强烈起来，"她的家到底是个什么样子？她的生活与日本人的生活有哪些不同？"

他"噔噔噔"地走上楼梯的脚步声已经透过门缝传进了岩岩的耳朵里，当大竹出现在楼梯口的时候，他看到了岩岩站在门口正朝着自己微笑呢。

大竹不停地鞠躬，憨厚的脸上露出紧张的神态。岩岩大方地把他引到门口："请进。对不起，这里很窄。"

大竹微笑着看着岩岩，把一束红色玫瑰花送到她的手里："对不起，打扰了。"接着，他又给岩岩鞠了一个躬，然后，脱掉皮鞋，兴奋地走进女友的房间。

他环视着这间不大却很干净的小屋，赞赏地看了一眼岩岩："我没有想到你把房间收拾得如此干净。"

"谢谢你的夸奖。我每天一定要把房间收拾利落了才会走出家门，不然，我无法静下心来工作。"岩岩认真地说。

为了请大竹来自己的住所，岩岩半个月前就请楼下的泉子姐姐雇人把小屋重新粉刷了一遍，并换上了新吊顶和新的壁柜和式推拉门，小小的房间比以前显得干净明亮了许多。

日本人都知道，如果家里的门窗出现了裂痕，屋顶漏雨，卫生间的抽水箱坏了，住户只需告诉房东，就可以放心地去上班了，房东会把一切都安排好。可是，岩岩心里却没有底。

现在，大竹要来，岩岩不想让他看到自己在这样旧的居室里生活，她想粉刷房间。可是自己要上班，完全把房间交给装修工人，她实在是不放心。她担心自己不在家，干活的人会把房间搞得脏乱不堪。

泉子告诉她："装修工人都是老关系户，他们不会把你的房间弄脏的。你不用担心，放心去上班吧。"

尽管泉子这样说，但岩岩还是感到有些别扭，她担心房间的东西会丢失。她绕着弯子问泉子："他们来装修房间，我需要做些什么准备工作？他们会不会——"

泉子笑了："你离开房间时是什么样子，回来时还是什么样子。我会关照他们的，你只管去工作吧。"

岩岩把小屋完全交给了泉子，不过，她心里还是不踏实。

这一天，下班时间一到，她就快速地离开了公司，急忙往家赶。回到住所，她打开房门，哇，眼前的一切令她无法相信！房间干净明亮，新吊顶、新壁纸、时髦的新吊灯，就连推拉门也重新被包上了新和纸；纱窗上的污迹、灶台上的油迹全都清除干净了；床单上一尘不染，地毯上也没有一点儿灰尘。她很奇怪，装修工人用了什么魔法，能在一天内就把房间变了模样？！

正当她心满意足地欣赏着焕然一新的房间时，泉子来了。

"还满意吧？"

岩岩高兴地点着头，连连说："太好了！太好了！真没有想到一天就把房间变了一个样儿，房间漂亮了，比原先还要干净了，谢谢你！泉子姐姐，工人是怎么干的活呀？怎么床单上和地毯上一点儿灰尘都没有啊？"

"他们先把所有的家具和东西都罩起来，然后才开始干活的。干完了活，把钥匙交给我就走了。"泉子看着岩岩欢喜的样子，乐滋滋地解释了一番。

"你的房间装修完了，我看着不错，又让房东再把其他房间也装修装修，这样，往外出租也容易嘛。我们这个位置离车站和超市都近，是个宝地呀！以后你有什么事情尽管告诉我，有什么要求就提出来，房东老了，我会让她尽量满足你的要求。还有，晚上你回家来不及做饭，就到我家来吃吧！"

"谢谢你，姐姐。以后还请多关照呀。"说完，岩岩给她鞠了一个躬，接着又问："姐姐，我担心房间装修了以后，房租是不是要涨钱了？"

泉子摇着头说："不会的，这栋房子早该装修了。你都住了十多年了，这还是第一次装修吧？"

"是啊！我进来的时候，屋顶很干净，后来下雨有点渗水，把屋顶弄脏了。以前我找房东请她换屋顶，她说不用，就这样坚持了这么多年。"

"这个房东用钱很节俭。我告诉她，你不把房间弄漂亮了，是很难租出去的。现在，她已经把出租房子的事情交给我了。为了大家，也为了房东，房租是不会涨的，你就放心在这里住下去吧！"泉子耐心地解释着。

自从泉子一家搬来以后，这栋楼房就有了生气，也有了温暖。坐在自己位于三层的小屋里，听着楼下有人进出的响动，岩岩的寂寞感就会减少一半儿。

小小的房间一天之内就变了一个样儿，让岩岩对日本人的道德观念又有了新的认识：请人上门服务，无须主人请假在家照看，只要把钥匙交给房东，一切由工作人员处理，绝不会有偷窃事件的发生。

泉子一直都很关心岩岩的私事，她夸岩岩："你是一个难得的好人，就是我儿子年龄太小了，要不，我可真想让你做我的儿媳呀！"

岩岩神秘地告诉泉子："姐姐，我交了一个男朋友。过两天，请他到我这里来看看，所以，我才想着把房间装修一下。我怕他看不起我嘛！"

泉子埋怨地看了一眼岩岩："呦，你还瞒着我呀，好事情嘛！对方是谁？是日本人吗？"

岩岩一五一十地告诉了她。

"我真替你高兴！他什么时候来呀？欢迎你带他到我那里坐一坐。"泉子郑重其事地对岩岩说。

请大竹来自己的蜗居小屋做客，岩岩的确有些难为情。当她看着大竹满意的微笑时，便大方地告诉他："我住的地方太小了，你别见笑呀。不过，我可真不想把钱扔在房租上。"

"我们日本地少人多，尤其在东京，房租很贵，住得起大房子的人并不多。我的朋友住得都比较小，这很正常嘛！"

听大竹这样一讲，岩岩的心里不再那么紧张了。

大竹最喜欢吃中国水饺，但是在东京，餐馆里只有日本煎饺，那种味道与中国水饺的味道很不一样。

当岩岩把两大盘热气腾腾的水饺放到他面前时，他惊奇地睁着大眼睛问："都是给我的吗？这么多！你们中国人吃这么多饺子吗？我们日本人吃饺子就像是吃点心，我还从来没有见过有谁一次吃这么多饺子呢！"

"我们中国人吃饺子就是这么个吃法，当主食吃，直到吃饱了为止，就像你们日本人吃米饭一样。以前，我们家都是逢年过节和来了客人才会包饺子的，现在，生活水平提高了，任何时候都可以吃上饺子。"

饺子的香味已经让大竹等不及了，他用筷子夹起一个，放到鼻子前用力地闻着："嚯——好香啊！要是我一辈子都能吃上中国的水饺，那可太幸福了！"

他一边不停地咂巴着嘴，一边小心翼翼地把饺子放进嘴里，一双大眼睛含情脉脉地看着岩岩。

"只要你喜欢吃，我有时间就给你包，就怕你吃腻了。"

"你包的饺子我一辈子都吃不腻。你知道吗？我母亲特别喜欢吃中国菜，她一定会喜欢你的。岩，你什么时候去我家呢？"此话一出口，大竹就放下了筷子，紧张地看着岩岩。

岩岩的脸上一阵灼热，她回避着大竹火热的眼神，低着头轻声地问："你已经跟你家里讲过我了吗？"

"还没有。不过，我已经告诉我父母了，我现在有一个女朋友。他们倒是挺期待见我女朋友的，不过——不过，你的情况我还没有对他们说。"大竹停了一下，有些不安地问："我们的事情你对你妈妈说过了吗？"

"我已经告诉我妈妈了，我妈妈让我自己决定。她说，只要我幸福，她就会支持我。就是以后，我不能经常回北京照顾我妈妈了。"岩岩若有所思地告诉大竹。

"我知道，你们中国人是很孝顺的。以后，只要你想家了，随时都可以买机票回去看望你母亲。"

岩岩在自己的家里，第一次在男朋友面前露了一手，除了饺子外，小小的桌子上摆满了中国菜：红焖大对虾、糖醋排骨、宫保鸡丁、素烧茄子和几个小菜，这些都是大竹喜欢吃的。

大竹一边吃，一边说："我好有福气呀！不用去餐厅就能吃上地道的中国餐。嗯，就是——我一直没有告诉谷口我们的事情。以前，我们一起去你工作的斯拿库喝酒，几乎每天晚上我们都在一起。可是，在这件事情上我不能谦让，我一定要和你在一起，等多久我都不会放弃你的。我们的事情，等我们见了双方父母以后，再告诉他吧！"

大竹提起谷口，岩岩的心里颤动了一下。

她看着这个帅哥不停地往嘴里送饺子，还摇头晃脑地赞叹着自己的烹调手艺，心里甜蜜蜜的幸福。

这个家伙一眨眼的工夫，便吃完了一盘饺子。岩岩暗想："他可不像日本人哟！"

当她把另一盘饺子端到他面前的时候，他的脸红了："真不好意思，真不好意思！在你这里吃饭这般没有规矩，失礼了，失礼了！"

"这是在家里呀。在家里不要讲究太多的礼节，太累人了。只要你放松，吃得高兴，我就高兴。你看，你已经完成了一项任务，一盘饺子进了肚。怎么样？再吃一盘吧！"

"不能再吃了，你看，我的肚子都鼓出来了。哈哈哈！岩，如果你不介意，能不能把这盘饺子让我带回家去吃啊？我还想带到公司当午餐呢！"

"当然可以了。你回家后，用微波炉一热就可以吃了。这样吧，你天天从我这里乘车，说好了时间，我可以把饺子送到车站，怎么样？"

大竹搂过岩岩，深情地说："不用了。你工作很忙，不用在做饭上花很多时间。如果我想吃饺子了，就到你这里来吃。"

他们在这间小小的房间里度过了美好的时光，两颗心拉得更近了。

大竹离开的时候，岩岩带着他去拜访了泉子姐姐，还给她带去了水饺。

泉子高兴极了："我就是想吃水饺呀！岩岩，以后，你可要教给我包饺子哟！"

"没问题！下次大竹来，我们一起吃饺子吧！"岩岩高兴地应允着。

送走了大竹，岩岩又去了泉子家。这位姐姐笑眯眯地问："多好的男孩子！你是从哪里挖掘出来的？"

岩岩趴在她的耳朵边上，说："你猜呢？"

泉子神秘地看着岩岩："是不是高中校长给你介绍的呀？我们日本人是很传统的，还是喜欢老式的'お見合い'（由介绍人介绍对象）。大家愿意相互介绍熟悉的人给自己的孩子、亲戚和朋友。我们还讲究门当户对呢，不过，现在的年轻人喜欢自由恋爱。"

"我说出来，你一定不要瞧不起我呀！我们是在斯拿库认识的，不过，我离开那里以后，一直没有见过他。后来，我和高中老师一起去车站附近的斯拿库潇洒，在那里偶然再次遇见了他，这才开始有了联系。他一直都没有女朋友。"岩岩坦然地对泉子姐姐讲了事情的经过。

"你知道吗？有不少日本女孩子都是在那里认识的男朋友，这很正常嘛。其实，在外面不见得能遇到好的男孩子，在那里却能如愿。大公司的员工们，下班以后，都会去斯拿库喝点儿酒，因此，女孩子是有机会的。不管怎么样，这个男孩子不错，你的眼光很靠谱！你去过他家了吗？"

"还没有。我有点儿担心，就是怕我在斯拿库工作的事情会让他父母有看法。不过，我妈妈倒是让我自己决定。"

泉子拍拍她的肩膀："不用担心，你是一个难得的女孩子，他父母一定会喜欢你的。有什么难处尽管找我，我帮助你。"她就像姐姐一样，说出来的话温暖了岩岩的心。

"泉子姐姐，你可要告诉我日本传统家庭的习俗与规矩呀！我对父母行医的家庭心存恐惧，我想再等一段时间再考虑见他父母的事情。"岩岩对将来进入大竹家有不少的担心。

很晚的时候，大竹打来电话："岩，谢谢你招待我。我是世界上最幸福的人，跟你在一起，太美好了！"

听了这番话，岩岩的心里像灌满了蜜汁一样甜。她追着问："什么时候我可以去你那里坐一坐？"

"下个周末如何？"

"好啊！需要我买些什么食品？"

"不用。我做咖喱饭给你吃，或者，我在外面订一盒寿司，你看怎么样？"

"我喜欢吃日本的咖喱饭，就吃你做的饭吧！"岩岩爽快地告诉他。

一个星期的等待让岩岩备受煎熬，那种"一日不见，如隔三秋"的感觉，比在餐馆里刷碗还要辛苦。在公司上班，她心不在焉，她想大竹；去高中教书，她还是不能忘记大竹；回到家里，感觉心里非常空旷，就连吃饭，眼前都晃动着大竹的身影。她用红笔在日历上勾划掉过去的一天，她的心随着见面日子的临近而越来越热了起来。

或许是双方都期待着见面的那一天吧，好不容易熬到了周末，大竹穿着一身休闲装去车站接岩岩。看上去他是精心打扮了一番，神采奕奕，兴奋的脸上罩着一层红光。岩岩给他买了一瓶威士忌，是大竹去斯拿库常喝的那种品牌。

大竹住在东京千代田区，离皇居不远，从他的公寓徒步就可以去日比谷公园。他见到岩岩的时候，一本正经地给她鞠了一个躬。他一边走，一边高兴地向岩岩介绍周围的环境，不一会儿，他们走进了一条被一棵棵银杏树遮掩的幽静小巷。3月底正值开春时节，条条枝干上冒出的片片嫩叶给小巷增添了一些鲜嫩的春味。

"啊！又是一个春天到了，我真想再去一趟京都看樱花！哎，你有假吗？我们请两天假出去放松放松吧？"岩岩情不自禁地脱口而出。

"我也想和你一起出去玩儿一次，不过，最近我们科室正在做一个新项目，大家都挺辛苦的，我出去玩儿有点儿不合适。我需要把工作好好儿安排一下，才能出去玩。哎，你们公司可以请假吗？"

"当然可以请假啦。不过，你们日本人很少请假。我每一年都要回中国看母亲和家人，社长总是很爽快地批我的假，他是个大孝子嘛！可是，出去玩儿，我有点不好意思，很难张口呀！不过，我有假，只要周六公司有女孩子上班，我就可以请一天假。"岩岩的心里燃烧起欲望的火焰。

在她的眼里，大竹是一个既活泼又稳重的男孩子，个性挺强，但脾气不错，每一次见面，他都很在乎穿戴，头发也打理得很有层次。

从车站走到大竹居住的公寓楼房，只用了三四分钟。岩岩望着这栋大楼，有一种别样的感觉。

当大竹打开他的房门请岩岩进去的时候，她差一点儿没栽倒在门口。她万万没有想到这个帅哥的家竟然干净到一尘不染的程度！进入他的房间，就像入住宾馆。她小心翼翼地脱下皮鞋，站在地毯上，不敢往里面走。

大竹把自己的住所打理得很舒适，一室一厅，有厨房，还有一间带澡盆的卫生间，房间都不算大，但却很明亮。

站在大竹的房间里，岩岩心里有点儿撑不住劲儿了，感觉自己在他面前身份有些低下。她脸上罩上了一层羞愧，喃喃地说："还是你们日本人比我这个外来户住得体面。"

大竹一把拉过她的手，亲昵地解释："其实，自己单住，花好多钱租大房子是在做傻事情。我倒是赞成你租小房子的做法，这样，可以节省很多房租。我还不如你呢！要是让我交房租，我就没有钱了。这栋楼房是我父母的，我要了一套最小的单元房，我父母没有让我交房租。你看，我是不是有些无赖呀？"

岩岩看着他，半天没有说出话来。过了好一会儿，她才铆足了勇气问："你父母不是大夫吗？听你说他们有医院，是吗？"

"是的，他们的医院和住所离这里不远。实际上，这栋楼房是我祖父母的财产，让我母亲管理。以前，这栋楼房所有的房间都是和式的，后来，被改造成了洋式的，这样，向外出租就容易多了，年轻人还是喜欢洋式居室嘛！"

岩岩一听大竹的父母就住在附近，马上又紧张了："你父母知道我到你这里来吗？我是不是要去拜访他们呀？要是他们知道我到你这儿来，不去拜访他们，他们会认为我是一个不懂规矩的人，这太失面子了！"岩岩埋怨起了大竹。

"不用担心，我告诉他们今天有朋友来，不在家里吃饭了。平时，我几乎每天晚上都跟同事在外面吃饭，只是周末去父母那里一起吃顿饭，他们也很忙。再说，这是我个人的时间嘛！"大竹努力地解释着。

岩岩还是感觉不对头，嘀嘀咕咕地说："我们中国人可不是这样做的。住得离父母这样近，总是要告诉他们的，要不然太没有规矩了。"

"就按照我的意思去做吧，没有问题，岩。"大竹爽朗地笑了起来。

看到大竹这么坚持意见，岩岩也只好放弃去拜访大竹父母的想法。看着大竹干净得过了头的房间，岩岩奇怪地问："哎，我问你，你的房间是不是有人帮你打扫呀？"

"我跟你一样，讨厌脏乱，这都是被我母亲从小训练出来的。我母亲是一个特别爱整洁的人，衣服上有褶子，她要说你；头发没有梳理顺溜，她要唠叨你；袜子一天不换，她还要数落你；身子站不直，她说你没有规矩；吃饭的坐姿不好，她会瞪着眼睛看着你；起床后不整理床铺，那你就别想走出家门……所以，我特别害怕脏，我快得洁癖症了！哈哈哈！"大竹看着岩岩，又说："没关系，我这里你随便坐，不用考虑很多。今天，我请你尝一尝我们日本风味的咖喱饭。"

大竹进了厨房，开始在岩岩面前展示他的另一面——烹调厨艺。

他做酱汤用的是一种京都风味的黄酱："我们家只用这种酱做汤，这是我祖父喜欢用的。在我的记忆里，我们家从来没有换过口味。你们中国人喝酱汤吗？"

岩岩摇摇头："在北京，我们常吃炸酱面，但从来没有喝过酱汤。酱汤是你们日本的饮食文化呀！不过，我很喜欢喝你们的酱汤。我还会做呢！"

"是吗？下一次你来做酱汤吧！看一看是你做的好喝，还是我做的好喝。"

咖喱的香味从锅里飘了出来，岩岩闭着眼睛深深地吸了一口气："真香呀！日本的咖喱饭有一种特殊的香味，我特别喜欢吃你们的咖喱饭。"

大竹做事情很精心，在那张不大的长形桌子上面铺着一块雪白的桌布，一盆淡粉色的兰花为洁净无色的房间增加了一些情调。

他点燃了两根蜡烛放在精美的陶瓷小盘子上，对岩岩说："这是我们公司组织旅游，我在京都买的小盘子。京都的陶瓷看上去古拙素朴，但却很经典，他们的陶瓷工艺很有讲究。等我退休以后，真想学一学陶瓷工艺呢！我们的前总理大臣远离政治后，迷上了陶艺，跑到他的家乡做起了陶瓷艺术品。其实，我有不少的兴趣爱好，就是没有时间呀！"

岩岩想起来自己的英语老师开办的陶艺班，不过，她传授的是传统的瑞士陶艺。

每一年在银座举行的陶瓷艺术品展览上，都有她的学生的作品参展。

岩岩也特别想学习陶瓷艺术，便建议说："等你退休以后，我们一起去学习陶艺吧！"

"好啊！我同意。"

"我很喜欢你们日本老人开朗的心态。退休以后，去做自己喜欢的事情，学习绘画、摄影、陶艺、乐器、编织、外语。他们不是只待在家里看电视，而是走出家门接触社会，让自己的后半生放出光彩来。"

大竹做的咖喱饭很香，岩岩吃了一大碗，肚子撑得鼓鼓的，立时就感觉可丁可卯的裤腰像是勒进肉里一样不舒服。

大竹看着岩岩喜欢吃，劝她再吃一碗。岩岩摇摇头说："不能再吃了，否则，我就要花钱买肥裤子了。你做的咖喱饭太好吃了，谢谢你。"

"这么说，你很喜欢吃我做的饭了？太好了，我成功了。哈哈，昨天我才跟我妈妈学的。我是现学现卖，哈哈哈！"

"我们中国有一句谚语，叫作'真人不露相，露相不真人'。我只知道你喜欢喝酒，可不知道你还会做饭，我的运气不错。我知道很多男孩子不做饭，也不会做饭，没有想到你是全才呀！"

大竹用手圈成一个喇叭，放在岩岩的耳朵边上说："我知道你们中国男人都会做饭。以后，我成了你丈夫，如果不会做饭，那还不让你伤心呀！"抓住时机，他在岩岩的脸上吻了一下。

岩岩的心跳得"嗵嗵嗵"的直响，她突然抱住了大竹的头，热辣辣地看着他，一阵红潮滚过，她把嘴唇贴近了大竹火一般的嘴唇上。

晚霞从窗户外面射了进来，金黄色的光线照在这对年轻人的后背上，他们享受着最幸福的时刻——

一阵热烈的激情过去后，大竹从胸前的衣兜里小心翼翼地掏出一个精美的小盒子，双手捧到岩岩的面前。他的脸上泛起了从未有过的激情，微黑的面颊上染上了一层光泽。他绅士般地站起来，又轻轻地跪在岩岩的双膝前："岩，请你嫁给我吧！我发誓，让你在日本生活得幸福，让你一辈子不再寂寞，任何时候，我都是你的后盾。"他打开盒子，拿出一枚闪亮的钻石戒指，戴在了岩岩的左手中指上。

岩岩的眼圈红了，嘴唇颤抖了，身体酥软了，她的心酥麻了——这一刻，让她等待了十几年！

看着这枚晶莹剔透，在橙红色的晚霞下折射出耀眼光芒的钻戒，她轻轻地扶起了大竹，深情地带着歉意的口吻对他说："谢谢你。但是你愿意娶一个快四十岁、一个曾经的穷留学生做你的妻子吗？"

大竹用坚实的臂膀拥抱住岩岩，情绪激动地看着她："岩，几年以前，你曾经拒绝过我，我不明白为什么，可是我相信，总有一天我们还会再次相见。我等了你这么多年，上帝总算让我得到了你，今生今世，我都不会离开你。年龄对于我来说不重要，我喜欢的是你的学识、才干和坚韧的性格。现在，你已经不是学生了，你有很深的教养，你很努力，我还要向你学习呢！"

此时此刻，岩岩不再犹豫了，她欣然地接受了这份迟来的爱。她靠在大竹的臂膀里，幸福的泪珠滴落在了那枚精美的钻戒上。

这枚求婚戒指让她热泪盈眶。常言道"姻缘姻缘，是非偶然"，这对年轻人的这桩恋情，也是天缘早已注定的。

来到日本这么多年，而这一天才是岩岩最美好的一天，她感到自己是世界上最幸福的人。

接受了大竹的求婚后，她第一时间就把这个消息告诉了远在北京的母亲。老母亲高兴得说话的音调都有些变了："孩子，总算听到了这个好消息。你可是超大龄的女孩子了，没有想到日本人并不像我想的那样，只找年轻漂亮的女孩子。你们有机会到北京来吗？"

"等见了他父母以后，我一定带着他回北京见您。"

"你去他家一定要做好了，可千万不能让他家人说我们中国人不懂规矩呀！"

"您就放心吧！去之前，我先要了解一下他们家的规矩。不过，迈进他家的门我还有顾虑，心里挺紧张的。"岩岩把自己的担心告诉了母亲。

"你问一下大竹，听听他的意见。只要你做得好，别人就不会说什么。"老母亲坚定温和的话语让岩岩心里多少踏实了一些。

人逢喜事精神爽。自从岩岩接受了大竹的求婚以后，她每一天都过得甜蜜、充实，日子也就显得过得飞快，转眼到了观赏樱花的季节。4月初是日本中部地区观赏樱花的最佳时节。岩岩按捺不住外出看樱花的心情，迫不及待地想与未婚夫出一趟远门。周六一大早，岩岩和大竹在东京车站见了面。

这一天，大竹精神焕然，浅米色夹克和棕色牛仔裤包裹了他健壮的身体，改变了他平时穿西服的庄重感，那身打扮很潇洒，也很酷！岩岩看着看着，心中升起了一种错觉，难道他就是我的未婚夫吗？

大竹发现岩岩看自己的眼神有些怪，便开玩笑地问："喂！你不认识我了吗？"

"有点儿。你好酷呀！就好像我们初次见面一样，不熟悉嘛！"岩岩顽皮地回敬了他。

大竹把岩岩拉近自己的身边，歪着脑袋看着她："现在，该不面生了吧？"

岩岩捂着嘴"咯咯咯"地笑个不停，她轻轻地拍了一下大竹："你还挺调皮的呢！你跟同事喝酒闲聊天时的样子，完全和现在不同。想不到，你也会调剂口味呀！"

"我们不是外出度假嘛！让自己完全回归自然，放松放松。我已经很长时间没有这样放松了！"大竹开心的模样，让他完全变成了另一个人。

他们乘上了开往京都的新干线。从车窗向外望去，时隐时现的樱花树点缀了日本大地，嫩绿的树叶把初春的色彩渲染得更加鲜亮。春回大地，春意盎然的景色遮掩了经济不振的景象。虽然，在不景气的大环境下，人们依然期待着在最佳时刻欣赏一年一度的樱花。

列车平稳地向前疾驶着，坐在车厢里根本听不到列车疾驶的噪声。在这个季节里，车厢里座无虚席，乘客们不是低声地交谈，就是静静地眺望窗外的风景，没有人大声说话。在岩岩看来，乘客都穿戴干净素朴，举止文雅，并且特别注意自己的形象，即使一点食品渣子和碎屑掉在地面上，都会弯腰捡起来；每个人随身都带着小垃圾袋，把废物放进小袋子里，然后，扔进垃圾箱里。

乘务员身穿蓝色挺括的制服，微笑如春地推着餐车向乘客推销本列车的早餐。大竹问岩岩："我们买点早餐吧，你喜欢吃什么？"

岩岩摇了摇头："我在家里吃过早饭了。我给你带了一点吃的，这是我做的面包夹火腿和茶蛋，我还带了水。"

大竹伸出大拇指称赞岩岩："难怪现在有不少日本男人愿意娶中国女孩子做妻子呢！你们很懂得节省嘛，这是美德呀！"

岩岩并不赞成他的见解："倒不是单单为了省钱。上一次我自己去京都的时候，车上卖的早餐不合我的口味，还很贵。这一次，我头一天就把吃的准备好了。生活嘛，该省的就要省，该花的也不能省嘛！"

大竹点着头："对对对，你说得有道理。看来以后，我要戒酒了，要多存一些钱。喂，你是不是很能存钱呀？"

"我喜欢存钱，但不是只存不花；我喜欢买衣服，只是我一定要买打折以后的衣服；我还喜欢买首饰，不过一定要等到年底打折的时候才会去买。你们日本的宝石质量非常好，做工也很精细，每到年底，我都会去首饰店给自己买点礼品奖励一下自己。"岩岩说到宝石的时候，眼睛里放出了得意的光彩。

大竹惊讶地看着岩岩微微飘逸出来的笑容，面带愧色地问："我送给你的求婚钻戒，你是不是嫌小了呢？"

"那还小吗？你把一年的奖金都花在了买那枚钻戒上了，我真心疼！我从来也不想跟任何人去攀比什么穿戴呀，我要比的是谁生活得更幸福，你说对吗？"岩岩抚摸着大竹的手，温柔地看着他。

两个多小时的新干线旅程就像闪电一样把人们从繁忙喧闹的东京带到了典雅古朴的京都。时值赏花季节，车站里熙熙攘攘，欢声笑语。大竹建议坐旅游观光车游玩，省力也省时，岩岩则主张看自己想看的地方，去自己想去的景点，慢慢观赏，细细品味，她还想去买几件京都的特色陶瓷，因此，她需要有一个自由时间，而不是随着旅游观光车掐时掐点地观看。

"我喜欢把每一处景点都看透，我不喜欢那种走马观花的旅游。希望你能够理解我。"

大竹赞成她的说法："好啊！还是自由行方便一些。我在高中的时候来过京都，参加工作以后又跟公司来过一次。那两次都是走马观花，这一次，我们应该好好地看一看呀！"

日本的中学和高中每一年都会组织学生修学旅行。学校根据学生们的要求选择日本最有代表性、最优美的地方，带着学生们去观赏那些地方独特的风景和学习当地的文化风俗。岩岩在高中教书时，就对日本学生的修学旅行心生羡慕，因为日本学生从上中学的时候就开始积累旅行经验，从生活中学习文化、历史和自然科学了。

"竹，我们先去祇园吧！那里是日本老式木结构房屋排列最整齐的一条大街，非常有名，我想去那里看一看。另外，在那条大街上，晚上还会看到舞姬呢！"岩岩兴奋地说，大竹欣然同意。

祇园是日本著名的观光景点，是最有京都味儿的老街，老式木结构店铺沿着街道一间接一间整齐、紧密地排列在街道的两旁。正是这些原汁原味的老建筑和它简朴无华的传统古风，吸引着大量游客来此观光，樱花盛开的季节更是游客如云。

岩岩在大学院学习时，指导教授是日本著名古建筑保护专家，她跟着导师搞古建筑保护研究，因而，对古建筑保护有一种特殊的感情。

这条街上的木房子完全是用原色木材建造起来的，看上去有些老旧，但仔细看看，房子却做工精细，显示了建筑工匠的精湛手艺。

岩岩走到房屋近前，用手摸了摸房子的墙板，它平滑得就像打磨过的大理石面。墙板的条条木纹都清晰完整，在墙板与墙板之间的接缝处，木纹也恰到好处地连接起来，看上去像是一块整木板……这些正是日本建筑业最了不起的一门木工工艺。

她边走边看，情不自禁地脱口而出："我就是喜欢日本这种精雕细琢的工匠工艺！"

可是，大竹却说："我觉得这些房舍太旧了，暮气横秋的。"

他的话一下子就把岩岩的好心情给破坏了："虽然我懂得不多，但是，通过这几年在大学里学习和在公司工作，我对日本的木建筑就是佩服！后来，我搞古建筑保护研究，对日本政府竭尽全力保护所剩无几的古建筑的做法深受感动。竹，你知道吗？保存有价值的古建筑，新鲜的色彩绝不能在古建筑上描画出来；保持原本的陈旧色体，才会有厚重的年代感。"

走在祇园这条最有京都味儿的老街上，仿佛置身在一出大戏里。每一家店铺的女主人都穿着古雅的和服，脚踏木屐，走起路来腰肢扭摆，向客人弯腰鞠躬的姿势颇有魅力。不论你走进哪一家店铺，都会感觉到浓浓的京都传统文化，街头巷尾随时可见身着和服，带着优雅甜蜜微笑的女孩子。

老街里面没有鲜艳夺目的色彩，也没有华丽的装饰，完全是一种无渲染的自然景观。每一间店铺的外面都很干净，牌匾也没有艳丽的镶嵌。高楼大厦的大都市生活模式与京都传统的生活风俗形成了鲜明的反差，游客们来到了这里，心情自然而然地就变得悠然怡静。人们除了欣赏日本最完整的老式街道，买一些京都特产以外，品尝地道的京味菜肴是必不可少的。

岩岩和大竹饶有兴趣地走在这条街面上，边看边聊，不知不觉就到了中午。岩岩凑近大竹的耳边说："哎，我们在这里吃面条吧。你吃过鲱鱼面条吗？听说，鲱鱼面条很有人气，来这儿的人都会吃这种面条。"

"好啊！中午，我们就在这里吃鲱鱼面条，晚上，我们去吃怀石菜。吃这种饭就要在京都吃嘛。"

"来京都一定要吃京都的经典饭菜，可不能心疼钱啊！"

"我们也不是乱花钱。看日本最美的樱花，吃日本最经典的京都菜，这就是我们来这儿的目的。你说是不是？"

岩岩从自己的钱包里掏出了五万日元交给大竹："我们来个 AA 制吧，多退少补，怎么样？"

大竹亲昵地看着岩岩，说："在日本，出门都是男人付款，再说，你已经付了往返的车票了，旅馆费和饭费就让我付吧！你不是还想买陶瓷吗？你只管买礼品。这样做，还算公道吧？"

岩岩依然坚持 AA 制："就按照我的意思办吧。不过，你是付款人。"说完，她把钱塞进了大竹的手里。

男女一起吃饭，她把付款的事交给大竹，这对日本男人来说尤为重要。

大竹感激地看着岩岩："你把日本文化都渗透到骨髓里去了。谢谢你这样维护我的面子。"

"不客气。在中国，男女交朋友，出门花钱也是男人掏腰包。不过，我认为这样做对男人不公平。女人也挣钱，凭什么都要让男人付款？"岩岩说得有情有理，大竹不停地点头。

他们俩来到那家鲱鱼面条小店。店门外早已排起了长队，大家耐心地等待着服务员安排自己进店用餐。这家的面条之所以有名，人气高，一是鲱鱼都是新鲜的，二是面条完全是手擀的，三是面条不算贵，一碗一千多日元。店里的师傅一边揉面擀面，一边向客人解说，排队等候进餐的客人透过玻璃窗就可以一览手工做面条的工艺。

在粗糙典雅的大碗里，一缕筋道滑软的面条躺在清亮鲜美的汤里，上面是一块带着棕色汁料的鲱鱼，几片小绿叶子点缀着碗中的食物。面条没有特殊的香味，却让人急于一饱口福。

岩岩咂巴着嘴冲着大竹一笑："我们快点动筷子吧！这期待已久的面条再不吃，肚子里的馋虫就要爬出来了。"

大竹绅士般地让岩岩先动筷子："你是我心中的女神，你先动筷子吧！"

岩岩看着他，心里甜滋滋的美，但是，她不想破坏日本人的规矩，提醒大竹："那可不行呀！你们日本人不是先男后女吗？按照规矩办事，请你先动筷子吧！"

大竹不再推让了，他双手一合，说了一声："我先吃了。"

"请，不要客气。"岩岩微笑着看着他。

日本人吃面条一定会发出"吸溜吸溜"的声音来，他们认为这样吃才有滋有味，可岩岩还没有学会，她吃面条安安静静，这让大竹时不时地抬起头来看她一眼。

岩岩解释道："我妈妈教育我们吃饭时不要发出声音来，我已经习惯了吃饭不出声音。哎，你可以试一试嘛，吃面条不出声！"

大竹笑了一下，试着像岩岩那样不出声音吃面条，结果，他不出声，面条就进不了嘴里，他不得不再次发出"吸溜吸溜"的声音来。

面条甜丝丝的，既有嚼头，又滑爽，鲱鱼很是鲜嫩，美味鲜汤，不多不少，吃完以后，感觉肚子里很舒服。

日本的餐馆免费供应茶水，如果有特殊要求，也可以提供冰水。这家面店想得更加周到，待客人吃完面条以后，店主人面带微笑，给每一位客人送上一份京都的小点心。粉、白、绿三色小点心是用糖做的，没用油，口感十分清爽。经典的面条和完美的服务，给客人留下了一丝甜美的眷恋。

结账以后，大竹在店里买了一包鲜面条，他告诉岩岩："我爷爷和奶奶非常喜欢吃京都的面条，我买一包送给他们。"

岩岩惊奇地看着他："呦，你还从来没有跟我仔细地说一说你爷爷和奶奶呢！"

大竹笑着解释："你从来也没有问过我家里的事情呀，对不对？"

岩岩的脸红了起来，责怪地看了他一眼："我知道你们日本人特别不喜欢打听别人家的私事。你不告诉我，我能随便打听吗？你要主动向我介绍呀。我只知道你有一个妹妹，是吧？"

岩岩与大竹交了这么长时间的朋友，现在是他的未婚妻，可是，他家的情况她并不是很清楚。她希望大竹主动告诉她他家里的事情，而大竹似乎并不愿意多谈论。

大竹绅士般地向岩岩解释："我有两个妹妹呀！她们都是医生。大妹在大学医院工作，小妹在家族医院上班。"

岩岩感到自己很可笑，未婚妻竟然不知道未婚夫有两个妹妹！她嗔怪地看着大竹："你有两个妹妹，为什么不告诉我呀？"

大竹又笑了："我就是怕你担心，才没有说嘛，对不起。现在告诉你，是不是你要悔婚呢？"

在中国，姑嫂是冤家。老话说，小姑子是门后的婆婆。在日本这个大和民族的国家里，姑嫂关系是不是也是天生相克呢？一个小姑子就已经让岩岩紧张了，现在又冒出来一个，两个小姑子对一个嫂子，俗话说"三个女人一台戏"，岩岩对未来的两个小姑子，还未谋面就已经心存紧张了。再有，大竹的奶奶还健在，除了难处的婆媳关系以外，还有奶奶婆和孙媳妇的关系，这一家三代四个女人，如何与她们相处啊？如果大竹再有七大姑八大姨的，我这个外国媳妇，又没有亲人在身边，如何与她们周旋呢？

想到这些，岩岩心里真的有些发慌。但是，爱情的力量是伟大的，是可以超越一切的，即使荆棘载途都会义无反顾。

岩岩深情地看着大竹："竹，我爱的是你，嫁的是你，不管婚后家庭成员关系如何棘手，我都会和你相伴终身，白头偕老。"

大竹把岩岩揽在身边，喃喃地说："谢谢你，谢谢你。"

过了好一会儿，岩岩慢慢地抬起头，看着大竹，缓缓地说："你放心，我会处理好与你妹妹们的关系的。不过，你要告诉我你家里人的情况，以便我心中有数，今后与她们相处时，我就不会不知所措了。"

大竹爽快地答应了她。

樱花的清淡花香飘散在整个京都城里，观光大轿车缓慢地在狭窄的街道上行驶，条条街道都像早市那样热闹。卖京都特产的摊位前，人头攒动，特色陶瓷、小巧的人形、各种小玩偶都带着浓厚的京都味儿。岩岩看好了几件陶瓷，毫不犹豫地买了下来，随后，寄出了发往东京的快件。

随着人流，他们去了清水寺。清水寺是观赏樱花的著名景点，是游客必去之地，1994 年它被列入了世界文化遗产。清水寺的壮观在于它的整个建筑底座是由 139 根 12 米长的巨大榉木树干，一根一根排列支撑起来的悬空平台，一共筑了六层，没有用一根钉子。清水寺就是建在这个悬空平台上，完全木材本色的结构保持着它古朴自然的原味。它悬空坐落在山脉中，却有着磐石一样坚实的基础，根根粗壮的圆木没有虫蛀的痕迹，光滑得就像打了蜡一样。清水寺的建筑结构巧妙，气势宏伟，是日本木结构建筑的顶级作品。站在清水寺上，不仅可以瞭望京都山脉，还可以眺望京都街道。一簇簇的樱花就像团团云朵飘浮在崇山峻岭上，一顶顶的日式屋脊从如云似霞的樱花丛中显露出来，粉色的樱花和山峦上翠绿的树叶交织在一起，形成了一道独特的京都绝景！

大竹拉着岩岩站在观望台的栏杆前，欢喜地指着对面的山顶："岩，你看，在那座山顶上还有樱花树呢！我是第一次欣赏这些美丽的风景，身边还有一位才女陪伴。嘿！我好有运气！"他兴奋地抱住了岩岩。

"哎哟！快放开我！"岩岩被他突然的举动羞红了脸，压低了声音责怪他："我们都多大岁数了，还跟年轻人一样搂搂抱抱的，多丢人！"

大竹嬉皮笑脸地黏糊她："你才多大呀？我奶奶都九十岁了，还说自己不是老太太呢！有的时候，她还去医院帮忙呢！岩，你和我都不到四十岁，当然是年轻人了！我们为什么不能这样？我们出来度假，一切都要自然行事。你看，大家都忙着赏花，照相，买纪念品，谁有闲工夫看我们呀？"

岩岩轻轻地捏了一下大竹的脊背："你还会耍贫嘴，调皮鬼！"

大竹温柔地看了她一眼，小声地说："在这里，没有熟人，就让我们疯一次吧。

我们也要放松放松嘛。"

温暖的阳光，温情的爱抚，岩岩感到此时世界上没有人可以超过自己所拥有的幸福。在大竹的怀抱里，岩岩享受着他的爱抚，期盼终成现实。人望幸福树望春，时光运转，十几年后的现在，她终于得到了来自异性的体贴，她的心迷醉了。极目远望青山翠岭和盛开着的樱花，一股热泪夺眶而出，她感谢上帝给了她美好的幸福，她信服"有福之人，不落无福之地"的老话。

"你怎么了？岩，都怪我不好，让你难过了。"大竹一边道歉，一边从衣兜里掏出手帕为岩岩擦拭泪珠。

"没什么，就是想起了以前的事情和现在的自己。几年前的那一天晚上，我当着那么多的客人拒绝了你，就是不想让你为我增加经济负担，其实，我的心里很苦。我试图忘记你，可是，你的影子总在我眼前晃动。竹，现在我们走到了一起，可是，我们之间有着太多的不同，生活环境与经济地位让我感觉我们或许永远不能在一个平台上生活，但是，我会努力提高自身的品位。现在，我的心很静，因为有了你，你让我的生活开始有了色彩。我非常欣慰我们一同来京都度假，谢谢你，竹！"岩岩忘情地诉说着她的感受，泪水再一次流出了眼眶。

大竹再次掏出手帕为她拭去了泪珠，然后，幽默地说："看来以后我还要多准备几块手绢呀！下一次，我还要带一个瓶子来，专门接你的泪水。那绝对是最纯洁的、最自然的感情泉水，不能浪费了！我要带回东京煮面条吃。哈哈哈！"

他的话一下子就把岩岩逗乐了，她禁不住捂着嘴笑弯了腰。

岩岩有个毛病，就是控制不住自己的笑神经，只要一笑起来，就会继续笑下去，笑得眼泪流出来还止不住笑。记得小时候，她因为笑得背过了气，把全家人都吓着了。现在，她又开始控制不住笑神经了，她蹲在地上，捂着肚子，继续笑着，眼泪顺着眼角流了下来，还不时地发出几声干咳声，可她依然还在笑——

周围的人被岩岩放肆的笑声惊得停住了脚步，不解地看着这对怪怪的年轻人。大竹站在一边，看着笑得就要瘫坐在地上的岩岩，摊开双手，无奈地摇着头。他不知道岩岩为什么会笑成这个样子，难道就是因为自己刚才说的话？

一位老人走近大竹，问："她怎么了？什么事情让她这样高兴？"

大竹抱歉地朝着老人笑了笑："没什么，我给她讲了一个故事，就把她逗成了这个样子。对不起。"他歉意地给老人鞠了一个躬，然后弯腰把岩岩扶了起来。

结果，大竹看着岩岩的笑模样，也忍不住"哈哈哈"地大笑起来。本来岩岩那种控制不住的大笑已经接近了尾声，没想到大竹那副傻呵呵的笑样子，又引发了她第二轮的笑。他们相互看着，相互指着对方，越看越觉得对方可笑，越笑越停不下来，他们的笑声从清水寺一直冲上了天空——

　　大竹的热情和坦诚给了岩岩向前迈进的勇气，有这个人一生伴随在自己的身边，她别无索求了。

第二章
家族门槛

　　周末的两天很快就过去了，坐在返回东京的新干线列车里，大竹突然神秘地看着岩岩："哎，5月黄金周放长假，我父母想见见你，你看哪天合适呀？"他的眼睛里充满了爱慕与期待。

　　这个突然而至的邀请让岩岩感到很慌乱。她看着大竹，一时说不出话来，怀里就像揣了只小兔子，胸口乱跳了起来。她心里没底，他们家族可是医学世家呀！

　　岩岩没有答复大竹的邀请，她真诚地注视着他，缓缓地说："竹，你答应过我，要告诉我你家里人的情况。现在，你能详细一点告诉我你们家的事情吗？"

　　大竹的舌头好像突然被打上了封条，半天没有说话，岩岩静静地等着他。

　　列车飞速地朝着东京的方向驶去，大竹望着窗外绿色的田野和远处时隐时现的樱花，轻轻地叹了一口气，开始认真地讲起了他的家族。

　　"我祖父在日本东京齿科大学念书，毕业以后，留在大学从事齿科保健方面的研究与齿科疾病的防治。他医术精湛，对齿科疑难病有独到的见解和治疗方法。几年后，他回到家乡京都创办了自己的牙医诊所。祖母是诊所的护士，后来他们结婚了。'二战'结束后，东京变成了一片废墟，国家要在那片废墟上重建一个新东京，大量的商业机会应运而生，祖父母就是在那个时候把诊所从京都迁到了东京。他们高超的医术很快就被东京人认可，加上祖父谦和，祖母能干，他们的诊所日益兴旺起来。

　　"祖父母养育了三个孩子，一个男孩和两个女孩，我父亲是长子。父亲也在东京齿科大学念书，他在校园里遇上了一位才女。他们毕业以后，都留在了大学医院担任齿科医师。此后，父亲辞去了公职回到家族诊所，从祖父手里接过了诊所的职务，并娶了那位才女——我母亲。后来，母亲怀孕了，辞去了医师工作，成为家庭主妇。她生下第三个孩子后不久，便重返大学继续念书，拿到了博士学位后，回到家族诊所工作，同时，还在大学里担任一些授课。我非常佩服我母亲，她特别能干，和父亲一起把家族的牙医诊所发展成了牙医医院。

"母亲与祖母相处得非常小心，与我的两个姑姑相处得也不错。两个姑姑都在国立医院当大夫，大姑是妇产科医生，小姑是小儿科医生，她们没有学齿科，但祖父并没有责怪她们。她们是女孩子嘛，不用继承祖业。我还有两个舅舅，大舅是大学教授，二舅是律师，妈妈在兄妹中最小，在家中很是娇惯，可是，嫁到了我们家，她什么事情都要操持，家里、家外、医院、大学，很辛苦。

"我们兄妹三人，我是长子，下面有两个妹妹。我上小学的时候，父亲就有意识地让我在他的诊室里观看治疗过程。齿科小器具在病人口腔里发出'吱吱吱'的声音，让我不由得捂起了耳朵；看到病人口腔里流出来的鲜血，我就会从椅子上跳下来，捂着嘴巴跑到卫生间把从胃里翻上来的酸液吐出去；看到父亲拿着各种器具伸进病人的口腔里，我便会全身颤抖。可是父亲却认为孩子从小就要接受这方面的熏陶，长大以后才会坚定不移地从事这门学科。在一次他给病人拔牙的时候，病人时不时地从嗓子眼儿里发出声音，让我感到恐怖。当父亲把一颗血糊糊的病牙从病人的口腔里拿出来的那一刻，我一头就从椅子上栽倒在地上。从那以后，我再也没有走进父亲的诊室。

"父母想让我去学齿科医学，将来接父亲的班，可我认为那是魔鬼工作，我干不了。我天生就看不了血糊糊的肉体，也听不了痛苦的呻吟。我知道，我们国家的齿科在世界上都是属一流的，但是，这个工作不适合我。在我报考大学的时候，祖父母希望我也去那所齿科大学念书，我拒绝了他们。父母苦苦地求我，让我多关注家族门第，报考齿科大学。我明白他们的心情，但是，这种一辈子都要和手术器具打交道，一辈子都要与血液和痛苦表情接触的工作，我没有这个胆量，也没有足够的心理准备，我违背了祖父母和父母的意愿，报考了早稻田大学经济系。那段时间，祖父母和父母整天都是失望的表情，可是，人生是我自己的，我有权利报考自己喜欢的大学，学自己喜欢的学科。

"父亲看我还是没有改变主意，便下了最后通令，厉声地对我说，'你一定要报考齿科大学！家族医院等着你接班，你知道不知道！听见没有啊？！'

"父亲的声音虽然严厉，可他眼睛里却露出来祈求的目光，母亲站在一边可怜巴巴地看着我。那一刻，我心里非常痛苦。祖父和父亲在家族中都是长男，也都是唯一的男孩，我又是这个家族的长孙。我们日本人非常讲究家族意识，长男是要承担很多家族责任的，因此，祖父母希望我继承家族医院。老实讲，这是一个前途无量的工作。在日本，不是说医学院毕业的人都可以当上医生的，我们有一套严格的考试制度，只有拿到了医师资格，才能当医生。因此，医生在我们日本人心中是崇高的职业，我们称医生是'先生'（就是'老师'）。我们去医院看大夫，就像找工作面试一样，要穿戴整洁才能坐在医生的面前。"

大竹很激动，停下来喝了一口水。岩岩听得入神，着急地问："后来呢？你是怎么处理这件事情的呢？"

大竹稍微平复了一下情绪，接着讲："父亲看我态度坚决，简直气疯了。为了让我低头，他威吓我，'不学齿科，就别想得到上大学的费用。'岩，你知道，早稻田大学是日本最好的两所私立大学之一，学费相当昂贵。可是，我咬着牙对父亲说：'那我也不想学齿科！'最后，我父亲真的没有给我钱，倒是祖父看我态度如此坚决，只好作罢，让我好好念书。他心疼我，私下里塞给我一个存折，上面有几百万日元，让我交学费。我对他说：'爷爷，我不能要你的钱，我可以打工挣学费。放心吧，我一定会大学毕业的。'当时，祖父的眼泪都流出来了，他让我先把学费交上。父亲用不给学费来惩罚我，想用这种方式让我改变想法，不过，我没有妥协。父母看我还是拒绝学医，就用不能继承遗产来胁迫我。我告诉他们，'遗产，我一分也不要。我就是想做自己想要做的事情。'

"我想试一试自己的能力，就算我们家很贫穷，我需要一份工作，用挣来的钱去念书。就是这样，我咬着牙搬出去单住。岩，你明白吗？我不是跟家里赌气才这样做的，我只想做一个普通人，生活得简朴一些。至于继承家业资产，我从来就没有想过。上大学以后，下了课，我去图书馆查资料，写课题报告，然后就去餐馆打工。去餐馆打工有一个好处，就是自己不用做饭了，还省了饭费。我的老板很好，看我是早稻田大学的学生，就让我做接待客人的工作。工作很辛苦，也很累，几个小时马不停蹄地跑来跑去，腰酸背痛，但是，当我第一次拿到工资的时候，你猜，我怎么了？我一下子抱住了店长的肩膀，哭了。我告诉他，这是我自己挣的第一笔钱，心里好高兴！哈哈哈，没有想到挣钱的滋味让我如此开心！我第一次用自己挣的钱给祖父母买了他们最爱吃的京都小点心，还给父母买了他们喜欢吃的栗子凉羹，我打算用打工挣的钱慢慢地去还祖父替我交的学费。记得我把几万日元还给祖父的时候，祖父真的生气了：'孩子，你不去念齿科就算了，但是，你不能在大学里给我丢脸，不要为了挣那几个钱去打工，耽误了念书的时间，你要好好念书呀！'"

大竹深情地看着岩岩，继续说："岩，我在斯拿库第一次见到你的时候，就想起了我上大学的情景。我懂得一边打工，一边念书的辛苦。想必你一定吃了很多苦，比我们日本人还要辛苦很多。我很敬佩你的学习毅力和生活态度。在我以后的生活中，需要有一个像你这样坚强、向上的女性和我一起走到底。我很幸运，终于能与你在一起了。"

岩岩也深情地看着他。在她的眼里，大竹就像普通人一样，丝毫看不到他有名利地位与权势金钱的优越感。但是，他的气质告诉岩岩，他是一位受到绝好家庭教育的男孩子，他的一举一动都流露出上层家族的文雅与克制。他，笑有笑样，坐有坐姿，待人接物像绅士。岩岩记得在斯拿库喝酒时，他的喝法就与别人不同，他的谈笑也与他人不一样。

岩岩对大竹家族的事情更感兴趣了，问："后来呢？"

大竹继续说："我去打工，再一次狠狠地伤害了父母的自尊心。岩，母亲一生都受到大家的尊敬，她不仅长得美，还有学问。她很要强，怎么能容许自己的孩子出去打工呢！有一次，妈妈把我约到一家咖啡厅，劝我停止打工挣钱，说家里负担我的一切念书费用。她求我，要我多顾及家族的面子。看着母亲伤心的样子，我心里也很难过，不过，我明确地告诉她：'我还是要打工，将来我不会依靠家族资产去生活。路，需要我自己去走。'我始终认为资产那些东西没有什么可值得炫耀的，我从来不在同学面前谈自己的家庭。

"我参加工作以后，母亲希望我住得离他们近一些，他们给了我一套单元房作为毕业礼物。这一次，我接受了，但是，'我要交房租'这句话，又让妈妈好伤心，父亲让我给他们一个面子，就这样，我赖皮地住了下来。平时我上班很忙，周末我一定会去看望父母和祖父母。每一次去，我都会买祖母喜欢吃的京都小点心。祖母是京都人，只吃京都风味的经典小吃，西洋糕点做得再精美，她也不会看一眼。祖母很心疼我，有什么好吃的东西都会给我留出来。祖母就是恨铁不成钢，我没有学齿科让她非常恼怒，可她又没有办法。祖父比较开明，他不勉强我去做不想做的事情。当然，我作为长孙，没有学齿科让祖父难过，对我失望，但他不怪罪我。这就让我更觉得对不住两位老人了。咳！

"不过，我的两个妹妹都很优秀，她们都学了医学，都是大学里的学习尖子。我祖父母对此很自豪，我父母更是看到了家族的前程。现在，大妹是大学医院的胸外科医生，小妹在家族医院行医。我们家族医院有人继承，我也感到松了一口气。

"我有一份很好的工作，只要好好干，就能干到退休。好在，日本泡沫经济破裂时我还年轻，我的运气不错。我相信我们日本的经济会慢慢地好起来。"

　　说到这儿，大竹忽然停了下来，换了一个口气说："现在，你们中国发展得很快，日本有很多企业都去中国发展了。我对你只有一个担心，将来你会回中国工作吗？"

　　大竹突然问这个问题，让岩岩沉默了几分钟。她看着大竹疑惑迷茫的眼神，动情地说："是啊，我曾经答应过我母亲，学成后回国工作，不过现在，我决定留在这片土地上了，我已经加入了日本国籍。你们日本人在我最艰难的时候伸出温暖的手，不讲条件和代价帮助了我。这些，我永生都不能忘记，因此，我决定留在日本工作。当然，如果有机会，我也愿意把自己所学的知识奉献给自己的家乡，在中国做些事情。"

　　大竹激动地把头靠近岩岩，细细地观察着她的眼睛，就像律师验证证词那样认真。

　　岩岩轻轻地推开了他，微笑着说："你是不是需要用测谎仪来测试我的话呢？"

　　"没有，没有，我从来不想猜测你。就是，你刚才说的话让我很感动，你们中国人心胸宽广。说心里话，我很害怕，害怕有一天你提出回中国，害怕这辈子见不到你了。如果说，那个时候你来我们国家念书，是因为日本有钱、有魅力。那么，现在是你们国家的黄金时期，同样有魅力吸引你回去，不是吗？"大竹紧张地看着岩岩。

　　"我不是为了钱才来你们国家念书的。我离开北京的时候，我的事业正在高峰期。如果那时我不来这里念书，那么现在，在北京我会有一片天地。我就是为了弥补一些遗憾，完成人生的心愿，才抛弃了很多东西来到日本求学。人生嘛，不光是有钱就会得到幸福，幸福需要两个人共同去筑造，就像建筑一样，要不间断地去维修，去保护，幸福才会永远保持新鲜美丽。你说对吗？"

　　"对，对，对！现在，我放心了。好了，我们商量一下什么时间你到我家来，我父母很想见到你啊。"大竹又一次发出了邀请。

　　岩岩还是没有回答大竹，她凝视着他不安地问："你什么时候向你父母介绍我的？如何介绍的？他们是什么意见？"

　　"我向你求婚后，就把你的情况如实地告诉了他们，他们就是想见你。哎，这就是走一个程序嘛！我们总不能不见家长就结婚吧？"大竹拉起岩岩的手，安慰着她。

　　其实，大竹家里正为岩岩的事情而烦恼不已，不过，大竹没有告诉岩岩，他不能让自己家庭的传统观念去伤害岩岩。他要做到既要让岩岩相信他们家人欢迎她，又要让自己家人最终认可她，他要周密思考，慎之又慎地下好每一步棋。这是他等了十年才等到的爱情啊，他绝不能让这份迟来的爱情因为自己家族的原因而付之东流！

如何让自己的家人认可岩岩，在这件事情上大竹对岩岩有难言之隐，他陷入了沉思，往事一幕一幕地在他的脑海里浮现出来。

大竹参加工作后，在公司里顺风顺水，事业蒸蒸日上，转眼他就到了婚娶的年龄。祖父母都盼望着他赶紧结婚，生个重孙子，将来好接家族医院的班。母亲为了他的婚事到处寻找合适的人选，她认为这是她义不容辞的责任，她必须让儿子找一个门当户对，有一定的学识，有较好外貌的女孩子。大竹放弃学医，学了经济学，祖母说她没有管教好自己的儿子。因此，她希望大竹在婚姻上能按照她的意思去做。然而，大竹对母亲的热心无动于衷，他明确地告诉母亲，他要自己决定婚姻。母亲并没有就此罢休，她有广泛的朋友圈，她依然把优秀的女孩子介绍给大竹。大竹看到母亲如此操心劳神地张罗此事，于心不忍也去见一见女孩子，不过，每一次他都会以各种理由拒绝继续交往下去。他母亲急不得，恼不得，更不敢对儿子发脾气。

随着大竹年龄的增长，母亲有些沉不住气了。她问大竹："你究竟想找一个什么样的女孩子？难道那些女孩子当中就没有一个你满意的人选吗？她们个个优秀，家庭、学识、品貌，样样无可挑剔。你要想明白了，你的婚事关系到我们家族传宗接代的大事。"

大竹家族是那种传统正宗的大家族，他们在挑选女孩子上条件尤为苛刻，门当户对是首要条件，文化教养第二，最后才是外貌。这些条件对于家族的将来尤为重要。

大竹尊重母亲，也从来不顶撞母亲，可是，在自己的婚姻上他一定要自己做主："妈，您就不要为我操心了，给我一个空间，我会找一个让你们满意的女孩子。"

这件事情就这样搁置下来。光阴似箭，一晃大竹就往四十奔了，可是他自己却一点儿也不急，整天忙工作。父母看着他孤形单影地进进出出，一筹莫展，只有干着急的份儿，他们总不能强加于儿子一个他不喜欢的女孩子吧，那岂不是毁了儿子一生的幸福。

在家族成员当中，大竹与大妹关系密切，无话不说。他到岩岩住所吃过饺子以后，便把跟岩岩交朋友的事情告诉了大妹，立刻就得到了大妹的支持："哥哥，只要对方爱你，你也爱对方，外国人又怎样？我替你去跟父母说。"

"还是我自己告诉他们吧！"

有了大妹的支持，大竹心里有了一些底气，不过他还是没有对父母说，他知道父母不会同意他的选择，他想先斩后奏，先向岩岩求婚，成功以后再告诉父母。

去京都之前一个周六的晚上，大竹硬着头皮向父母摊了牌。

他郑重其事地对父母说："父亲、母亲，我有一件事情想告诉你们，我交了一个女朋友，想带她来家里见见你们。"

母亲先是一愣，马上就满脸笑容地问："呦，你交女朋友了？妈可真高兴啊！我儿子终于看上了自己心爱的女孩子。你可真能保密！说说看，她是做什么工作的？她家里的情况如何？多大岁数？"

"她是中国人，各方面条件都不错，是搞建筑设计工作的，比我强，年龄跟我一样。"大竹直率地告诉父母。

一直没有开口说话的父亲一听就火了："这么大的事情为什么不跟我们商量？你奶奶不是告诉过你吗？我们是日本人，要找日本媳妇。"

母亲的脸色更难看，她真的生儿子的气了："家里一直为你找合适的女孩子，这个不合适，那个你不愿意，不是嫌人家的个子矮，就是嫌人家的相貌不好，要不就是嫌女孩子的家不在东京。现在可好了，找了一个隔山跨海的外国人。你太不尊重我们了！你和她认识多久了？"

"我们认识已经快十年了，真正交往也不过是两年吧。我就是看上她认真、诚实，能吃苦，能咬牙，日本女孩子比不了她。这个女孩子真的很不错。请你们先见她一次，我已经向她求过婚了。"

"什么？求婚？！你这是什么章程？你心里还有我们吗？你发昏去吧！"父亲愤然地站起来，瞪了一眼大竹，又看了一眼妻子，离开了客厅。

母亲无奈地叹了一口气，责怪儿子："这么重要的事情，你为什么不告诉我们？这对我们不尊重，也不公平呀！你让我如何向你祖父母交代这件事情？你都看到了，你爸爸的态度很明确，他不同意你娶一位外国人。"

"母亲，我已经快四十岁了，结婚早一天晚一天，对于我来说并不重要，重要的是我所选择的女孩子必须符合我的要求。从我们相识到求婚，我们一起等待了对方十年。她曾经这样对我说'爱一个人不仅仅是索取，还要付出自己的全部'。我知道一边打工，一边念书的辛苦，但是，她就是靠着自己的能力完成了学业。现在，她兼任三个工作，在公司也是一员干将。我愿意与她一起走到底。"

大竹一口气讲完了这些，然后，用祈求的目光看着母亲，说："母亲，如果您同意我的事情，爸爸也会点头的。另外，请您也向祖父母解释我的情况，过几天我也会向他们讲的。母亲，请您原谅儿子吧！"说完，大竹跪在榻榻米上给母亲磕了三个头。

"如果，如果你能取消这个婚约，哪怕我们赔偿一些费用也行啊。"母亲费力地说出了这句话。

大竹的眼睛里露出一丝悲情："母亲，请您不要忘记大妹的婚事，那个男人在婚宴的当天狠狠地抛弃了大妹，他摧毁了妹妹的精神世界，难道您也让我做这种男人吗？难道您也让我去伤害一位在日本努力拼搏、勤奋善良的女孩子吗？在婚姻这件事情上，我有权利选择自己喜欢的女孩子。我已经答应对方了，5 月黄金周放长假请她来家里见你们。"

"什么？黄金周就来？！"母亲惊愕了！她没有想到儿子居然一点风声都没有透露，就把事情进行到了这种程度。她哑然了，她能说什么呢？真是可怜天下父母心啊。她伤感地看着儿子许久许久，然后，慢慢地说："既然你已经说了，请你给我们一些时间考虑这件事情。"

大竹的心情很是烦闷，他害怕父母拒绝他和岩岩的婚事，更害怕伤害了岩岩。不过，他有自己的主见，先把岩岩这边安稳好，父母那边再说。因此，他决定周末与岩岩一起去京都赏花散心。

列车向东京的方向疾驰着，车窗外天色渐渐地暗了下来，有的旅客打起了瞌睡，车厢里异常安静。大竹独自想着心事，乘务员推着餐车向乘客推销晚餐的轻声细语把他从回忆中拉了回来。

岩岩一直沉思不语，也在想着自己的心事。眼前的大竹，把他家的一切都向自己摊了牌。那样一个有身份、有地位的家族，自己能迈进他家族的门槛吗？想到这些，突然，她感到胸口一阵发紧，呼吸急促起来。

"岩，你怎么了，哪里不舒服？喝点水吧？"大竹不安地看着岩岩，急忙打开了一瓶水。她接过水瓶，一口气喝了不少，这种喝法在日本人眼里显得很不雅观。喝过了水，她感觉舒服了很多。

她摸着大竹的手，说："没什么，就是突然感觉心慌，现在好了，谢谢你。"然后，她恳切地又说："对不起，我没有回答你黄金周放长假去拜访你家，请给我一段时间让我再好好考虑一下吧。"

"为什么？能告诉我吗？"大竹不解地看着她。

"竹，以前我不了解你的家族，那么现在，我有了一些认识。我想，你们日本人很重视门当户对，这一点跟我们中国以前是一样的，不过，现在我们不太讲究这套习俗了。可是我母亲一直认为门当户对是对子女婚姻的一个后期保障，但是，她不是认死理的女性，只要自己的儿女今后生活幸福，即使门第相差，她也不会横加阻拦的。你们家族在日本堪称是上层家族，我的身份恐怕不符合你父母的要求呀！现在，我很害怕见到你们家人，更不想因为我而影响你和你们家族的感情。你明白我的意思吗？"

岩岩极力掩饰着内心的苦恼，看着大竹的眼睛，很有理性地又说："选择儿媳就是在选择品牌，又般配，又有修养的儿媳是家族和睦的基础，是家族兴旺的保障。我想你们家族对儿媳的要求一定非常高，他们肯定希望你找一个日本女孩子。你已经辜负了家族的意愿，放弃了学医，这已经很伤害他们了，现在，你带着我去见你父母，不是又让他们难堪吗？"

岩岩的话说到了大竹的痛心处。是的，他们家族正在阻拦他与岩岩继续交往下去，而他却在岩岩面前隐瞒实情；还有，他内心一直愧疚没有听从家人的建议学齿科继承祖业，现在，又没有得到父母的同意，擅自求婚并让岩岩去见他们，他感到对不起岩岩，也对不起父母，他很是难过。

看着岩岩掩饰痛苦表情的脸，他有些不知所措。他紧紧地攥住了她的双手，恳切地说："我们相遇是缘分，我们再次相遇更是机缘，这是上帝的安排。我的事情跟家族没有关系，遗产继承权我都放弃了，难道我还没有自己选择妻子的权利吗？我知道你的家族也是一个了不起的大家族，我第一次见到你，就感到你和别的中国女孩子不一样。在斯拿库，能很有规矩地与客人说话的女孩子是见不到的，你的气质与言谈都与别人不同，那个时候，我就想接触你，但被你拒绝了。我一直没有女朋友，我一直都在想着你，或许是我的真诚打动了上帝，他让我们再次相见。岩，我不能再失去你了，我要永远跟你在一起。我向你保证，让你一辈子不再寂寞，让你不再受到任何伤害，让你永远幸福。相信我，岩。"他炽热的目光深深地射进了岩岩的心底。

看着大竹通红的脸庞，听着他滚烫的话语，岩岩心里的焦虑被融化了。有这样一位爱着自己，护着自己的男人，她什么顾虑都没有了。

列车就要驶进东京车站了，大竹有点着急，他晃着岩岩的臂膀，追问着："岩，去见我家人，就是走一个程序。我们家并不像你想的那么可怕。"

岩岩信任地看着他，语气厚重地说："好吧，竹，我答应你。不过，请你告诉我应该注意的事情，有什么要求都要讲出来。你知道我，我从来不打无准备之仗。去你家，就像上战场，我要表现得出色。我需要你的帮助，现在，你就是导演，你要让我顺利过关。你懂吗？"

"没问题，没问题！谢谢你，我会尽最大努力让双方都满意的。"他信誓旦旦地向岩岩保证。

"我看，就趁黄金周放长假的时候去拜访你父母，你看好不好？"

"好呀！"

"5月5日，怎么样？"

"这个日子好，儿童日。太好了，总算等到了这一天！嗨！再不抓紧，我们都要成老头子、老婆子了。"

大竹很高兴，岩岩这一关总算通过了，可是自己父母那一边会是怎样的态度呢？他心里没有底。

第三章
婚恋指点

　　岩岩同意去拜见大竹的家人，但她心里的压力却很大，想到对方是医学世家，她就感到心里没有底。俗话说"人离乡贱"，自己身在异国他乡，单枪匹马，是纯粹打工出身的穷留学生，只不过现在自己有了一份不错的工作，可毕竟是外来户。大竹家人会不会看不起自己？会不会嫌自己年龄大？尽管大竹对自己山盟海誓，但天有不测风云，他会不会变卦，最终找一个日本姑娘结婚呢？……这些疑惑和担心就像缠绕的线球，在她脑海里不停地缠绕着，越绕越大。但事到如今，即使前方有一座大山，她也要使出浑身解数翻越过去；如果他们之间的缘分还没有到，那自己只能认栽了。

　　日本人很在乎第一印象，如何才能让大竹家人对自己产生美好的第一印象？岩岩真的下了一番苦功夫。她把见面的准备工作视作排戏，把见面看成演戏，她要做足功课，练好功，把"见面"这出戏排好，演好。她需要大竹提供家庭信息，希望大竹帮助自己把这台戏演好。但无论如何，她还需要有阅历的日本女性为她指点在日本生活方面的传统习惯，她首先想到了土田夫人。

　　土田夫人是地地道道的京都人，她从小在旧式的传统家族中长大，京都的习俗渗透到了她的骨子里，即使在东京生活了几十年，也没有改变她的京都口味。听大竹讲，他祖父母也都是京都人，如果土田夫人能够告诉自己一些风俗习惯，对自己进入大竹家庭一定会有帮助的。

　　土田夫人听说岩岩有了男朋友，高兴得眼泪都流了出来："妹妹，你真的有男朋友了？太让我高兴了！他是哪国人？是中国人吗？"

　　"他是日本人。"

土田夫人一把抱住了岩岩："我没想到你能和日本男孩子交朋友，在哪里认识的？"

岩岩老老实实地倒出了自己的私密。

土田夫人拍着手说："太好了！他就在我们家附近工作，我们找个时间，请他一起去吃顿晚饭，你看怎么样？这个男孩子一定很优秀吧？"说完，她"哈哈哈"地发出一连串爽朗的笑声。

岩岩不好意思地笑了笑："等你见了他就知道了。"她拉起土田夫人的手，可怜巴巴地求她："姐姐，请你帮我一个忙！"

"只要我能做到的，一定帮。说吧，你遇上什么麻烦事了？"

岩岩把自己的顾虑全盘抖搂了出来："我怕他父母看不上我这个外国人，还怕他们嫌我年纪大。去他家，我顾虑重重，不知道如何做才能做到最好。"

"妹妹，我想，这个男孩子一定非常喜欢你。只要他喜欢你，对你好，就不要害怕他家人嫌你年纪大，嫌你是外国人。现在，社会变了，那些老讲究也都被淡化了，尤其是现在的年轻人非常开放，家长管不了他们。最近几年，我们日本出了几个小男娶大女的名人，要在以前，这肯定会让人说三道四的，可现在，还挺时髦呢。再说，你年龄不算太大，和他又是同龄，所以，不必担心你的年龄。还有，你担心他们嫌你是外国人，你不是已经拿到日本国籍了嘛，你现在是日本人了呀！很多中国留学生毕业以后都在日本找到了工作，他们有学问，能吃苦，会过日子，很多日本男孩子都愿意和中国女孩子结婚。你长得漂亮，有学问，工作又好，还是日本国籍，打着灯笼都找不着像你这样的女孩子呢！我说你呀，不要有太多的担心了。"土田夫人快人快语地发表着她的看法。

"姐姐，你说得都对，可大竹家的情况特殊嘛，如果他家硬要让他娶日本女孩子来保证他家的日本血统，你说我该怎么办呢？"

"我们日本家庭在对待子女的婚事上比较客观，不会硬性让孩子娶一个，或嫁一个他们不爱的人，那岂不是毁了孩子一生的幸福嘛。再说了，他家的人都是文化人，又有地位，他们会认真地考虑儿子的婚事，你就放宽心吧。妹妹，还是那句话，只要他真心喜欢你，谁都拦不住他要娶你。"

经土田夫人这样一说，岩岩踏实了一些，可她还是在年龄上顾虑重重："姐姐，他家两代都是单传，他祖父母早就盼着抱重孙子了，将来好接家族医院的班呢。我还是担心，他们会以我年龄大，不能给他们家族延续香火为理由，阻止我们结婚呀。"

土田夫人没有马上回答，房间里一片寂静，座钟不紧不慢"嘀嗒，嘀嗒"地往前走，岩岩紧张地看着她，不知道这个姐姐会给自己出什么主意。

过了好一会儿，土田夫人才慢慢地开了口："妹妹呀，这可是个难题啊。"她声音低沉，把自己的经历倒了出来："我丈夫是独子，他有三个妹妹。他又是个大孝子，对他母亲从来不说一个'不'字，只要他老母亲打来电话，他立刻就离开家，留下我干受寂寞。我们结婚好多年都没有孩子，我婆婆就怂恿我丈夫和我离婚，说老土田家不能绝了后，那三个小姑子也跟着掺和，对我没有好脸色。好在我丈夫对我特别好，在这件事情上没有听从他母亲的话，可我心里头特别不舒服。"

她指着心口，痛苦地说："慢慢地，我跟婆家人的来往越来越少了，只是逢年过节的时候才去婆婆家拜访一下，后来公婆去世了，我们就跟他妹妹们断了来往。"

土田夫人真诚地看着岩岩："妹妹啊，结婚以后，赶紧要个孩子吧。这不光是给他们家族延续香火，更重要的是你们幸福美满嘛。你别嫌姐姐说多了，现在的医疗先进，需要的时候，就请医生帮忙造子吧，啊？"

听着土田夫人的肺腑之言，岩岩感动地流出了眼泪，哽咽地说："谢谢姐姐一番掏心窝的话，我记住了。"

土田夫人打破了沉闷的气氛，往岩岩的茶杯里续了一些茶水，恢复了平时说话的语调："妹妹，说了半天话，来，喝点茶水吧。"

她们边喝边聊，岩岩又问："姐姐，他是独子，你说，我们结婚以后，他父母会不会让我们跟他们一起住，或者，住在他们隔壁呢？他父母和他祖父母的住所就是一墙之隔。我可真担心会是那种情况。"

"我看，你最好不要和公婆住在一起。我是过来人，知道和公婆住在一起的难处。"土田夫人毫不犹豫地说出了她的看法，接着，讲起了她的经验。

他们结婚以后，公婆让他们小两口和他们一块过，因为她丈夫是独子，一直和父母住在一起，他们成家后就顺理成章地和公婆住在了一起。公婆在东京有房产，宅院很大。和公婆一起住，一开始日子过得还顺心，可是，时间长了，她发现婆婆太刁钻，无论她如何努力去做家务事，也难让婆婆满意。她是从京都富有家庭嫁到东京来的大家闺秀，与公婆一起生活，让她感觉很累心。只要婆婆的眼睛看着她，她就会神经质地去寻找家中还没有清扫的地方。婆婆永远也不知足，她一天忙到晚，却很少看到婆婆的笑脸。她与婆婆之间微妙的关系，丈夫根本插不进手去，公公袖手旁观当和事佬。直到有一天，她终于受不了婆婆的挑剔，与丈夫一起搬出了那座日式大宅院，在东京郊区买了一处房子，过起了自己舒心的小日子。

土田夫人说完了自己的经验，又亲切地说："现在的年轻人喜欢出去单住，不像我们那个时候，结婚之前都住在家里。你男朋友已经出去单住了，这就好，这就为你们结婚以后单过创造了条件。我想，他父母都是大忙人，平时没有时间每天跟儿媳打交道，那多累人啊。还有，在一起过日子，锅碗瓢盆哪有不磕碰的？弄不好，关系再处坏了。他父母是明白人，不会让你们跟他们住在一起的。妹妹，你就放心吧。如果你还有顾虑，就趁早和你男朋友说清楚了，说你有工作，每天回家都很晚，你不能帮婆婆料理家务，你也不想给公婆添麻烦，他肯定理解你。现在哪个年轻人不想有自己的小天地，无拘无束、自由自在地过日子呀。哈哈哈……"

岩岩听着土田夫人入情入理的说教，不住地点头："姐姐，你说的让我茅塞顿开，我不那么紧张了。不过，虽然我已经是日本国籍了，但根子还是外国人，对日本人的家庭不太了解。姐姐，你看我到他家应该怎么做呀？"

"妹妹，在日本掌家的是女人，男人只把钱交给老婆就什么都不管了。如果媳妇和婆婆之间有什么别扭，男人是不会在老妈和自己媳妇面前说公道话的，因此，首先要把婆婆哄好了，这样丈夫也高兴，一家子都高兴嘛。在婆婆面前最好的做法就是面带微笑，客客气气，要学会点头迎合说好话，还有，不要轻易发表自己的见解，少说为佳嘛，让她多说，这样才能了解她。不过，有的婆婆非常刻薄，媳妇就是使出浑身解数哄她高兴，也别想看到她对媳妇露出笑容来，这样的婆婆最可怕了。不知道你男朋友的母亲是个什么样的人。"

"我不知道。但愿她是一位和善的女性吧！"岩岩回答。

"他母亲既有文化，又有地位，还有钱，一定很傲气，我想，一定不好相处。如果是这样，你今后的日子就会过得很累人。他祖父母还健在，你就要加倍小心了。"说着，土田夫人拉起岩岩的手，用过来人的口吻告诉她："你务必要记住，见他家人的时候，你一定要用我们最尊敬的语言和他们交流，不要怕麻烦，慢慢说。没有人会指责一个有教养又懂得我们日本人规矩的女孩子的。在他母亲面前，无论你心里有多少虫子在啃咬你，你都要把苦水往肚子深处咽，脸上要露出最灿烂的微笑来。只要你做得好，他母亲再不好相处也拿你没有办法。妹妹，去吧，你一定会让他们高兴的。有我在，你就勇敢地往前走吧。哈哈哈……"

岩岩的心被土田夫人温情的鼓励哄热了，她感激地给土田夫人鞠了一个躬。

这位日本姐姐爽朗的笑声让岩岩在这片异国的土地上忘记了孤独，她有土田夫人为自己出点子，还有其他好朋友的鼓励，对于迈进大竹家的大门这件事，她有了更多的自信。

土田夫人的说教指点帮助岩岩建立了自信，现在她还需要一个在细节上进行指导的日本女性，泉子姐姐成了她的第一人选，因为泉子对她了解，还见过大竹，并且有丰富的社会经验，知道家庭邻里各种人的心理状态，对日本传统文化也颇有见地。

每天晚上，岩岩只要九点以前能够回到家里，她就到楼下泉子家向她请教。泉子睡得比较晚，儿子经常上夜班，晚上去她家聊聊天，她还很高兴呢。

她看岩岩去见男方父母前如此紧张，好是纳闷，笑着问："你不就是去男朋友家吗？干嘛这样紧张呀？难道我们日本人的家庭跟你们中国人的家庭不一样吗？"

"怎么说呢，一样，又不一样。我只想做到最好，就像我工作一样，只能干好，不能出错，所以我要格外小心。"

泉子点着头："噢，我明白了。你需要我做些什么呀？"

"请你帮我把把关吧，像行礼坐姿、喝茶吃饭、尊敬用语、说话语调、面目表情，你都要指点指点我呀。公司有公司的制度，家庭有家庭的规矩，我绝不能让他母亲找出我的丝毫不是来。"

泉子热心地把她的经验和要注意的事项像竹筒倒豆子一样，一个不留地全都告诉了岩岩，甚至连拜访那天岩岩的衣着穿戴和送给大竹家人的礼物都帮岩岩参谋了。

岩岩学得也极其认真，泉子一边说，她就一边在本子上记，泉子一边示范动作，她就一边模仿。教的人认真，学的人专心。

泉子乐呵呵地夸奖岩岩："你现在做得不错了，回家再练习练习。放心吧，他家人一定会喜欢你的。"转而，她又嘱咐道："记住，那天你一定不要慌，慢慢说，慢慢做。俗话说，不怕慢，就怕错。你是外国人，他们不会挑剔你的日语，可是说错了，做错了，他们就会笑话你。"

岩岩认真地点了点头："泉子姐姐，我知道了。"

周末，她去了图书馆查阅有关日本上流家庭的生活习俗资料，并做了笔记，随后，她又静静地想了一下去他家的每一个环节，可谓是做足了功课。

岩岩真的是起火上房檐，把劲儿都使到了顶儿上啦！晚上，她在自己的小房间里进行体表训练，对着镜子练习说话和动作，看口形，看表情，看神态，看举止。她要把自己打造成一个让他家人挑不出任何毛病的女性，她要超过日本女孩子，她不希望因为自己的一点点疏忽而留下任何遗憾。她迫切地想得到大竹，她太需要有一个自己的小家了，她需要有一个随时都能说说心里话的，真正懂得自己的异性终身陪伴在自己的身边。

那些日子，她几乎天天晚上都要给大竹打电话，询问一些有关他家人的情况，特别是他父母生活上的习惯、兴趣等等。

大竹感到可笑，调侃地问："难道你想组织一个家庭兴趣导演组吗？没有那么多事，我父母人很好，我祖父母也都是很和善的老人，我们家就是一户普通的日本人家庭。你还没有来，就给自己增加了许多烦心事，那你还如何工作嘛。见我父母就是一个程序，有我在，你还有什么担心的？将来，我还要去北京与你家人见面，我也会很紧张，不过，只要有你在我身边，我就什么也不担心了。"

停了一会儿，他在电话那一边又说："岩，有一点我要告诉你，我父母和祖父母的家都是日式住宅，他们招待客人都是坐在榻榻米上，不知道你坐榻榻米的功夫练得怎么样了？"

其实，岩岩最怕坐榻榻米了。日本人坐榻榻米有非常严格的要求，女性必须跪着，把屁股压在双脚上坐着，腰身挺直，双手交叉放在大腿上，除了喝茶吃饭手拿茶杯和碗筷以外，这种坐姿是不能改变的。日本女性的坐姿从小就是这样被训练出来的，她们已经习惯了，可是，对于外国人来讲无疑是一种苦行。那种腿脚被屁股压麻和腿一直弯曲 180 度的坐法，让外国人闻而生畏。一想到要穿上连裤丝袜跪坐在榻榻米上的滋味，岩岩心里就害怕。大竹善意地提醒，无疑给她增加了更大的压力。

北京的妈妈在电话中语重心长地告诉她："孩子，你是中国人，去大竹家做客，你的一个不好的举止都有可能会让他家人说出我们中国人的不是。我们家虽然现在比不了他家的社会地位，但是，我们也是有教养的家庭。你第一次去见他的父母，说话一定要有分寸。要尊重和学习日本人家的规矩，万事要学会一个'忍'字。你在日本这么多年了，不懂的赶快向人请教。另外，别忘了代我去买你认为最好的礼品送给他父母。"

妈妈的指点好比肚皮里点灯，把岩岩的心底都照得亮堂堂的。

经过几天的刻苦练习，岩岩自我感觉不错，语句已经背得滚瓜烂熟，举止动作也练就得日臻完美。她其实是有一种自豪感的——她凭借自己的努力在日本已经打开了局面，取得了日本硕士学位，有了不错的工作，获取了日本国籍，这些硬件让她底气十足；现在又有大竹对自己关心和爱慕，她的生活充满了甜蜜的味道，她对未来的生活充满了信心。

第四章
未来公婆

　　大竹那边，其实，他父母根本没有想见岩岩的打算，他们一再强调要保持家族的日本血统。父母的态度让他对岩岩许下的诺言无法实现，他快急疯了。

　　一天晚上，他跪在母亲面前恳求她："妈妈，难道您想让儿子独身一辈子吗？难道您就不愿意给儿子一次机会吗？请求母亲见一见这个女孩子吧！"

　　母亲看到儿子对岩岩一片痴情的神态，心里不由得一颤："看来那个岩岩已经把儿子迷惑住了，她到底是怎样的一个女性，让我儿子如此神魂颠倒，非她不娶？"

　　"孩子，你抬起头来吧，我再去跟你父亲商量商量。但是，我有一句话要说，你交女朋友不告诉我们的做法让我们很伤心，你没有得到我们的许可就邀请她到家里来，是对我们的不尊重。孩子，你不能因为喜欢一个女孩子就把家规给忘记了，这让我好难过。"母亲的声音里带着责备。过了好一会儿，她又说："好了，你先回去吧，等我的电话。"

　　大竹的心备受煎熬，他不想欺骗父母，他确实喜欢岩岩，他也知道家规，但他希望自己的家庭能够接受岩岩，让他们成婚。母亲让他等电话，这给了他一线希望，可是，结果会是怎样呢？他忐忑不安地度过了接下来的每一天。

　　不知道母亲和父亲是如何商量的，临近4月底，母亲终于答应了邀请岩岩来家里见面的事情，不过，她有言在先，目前只是先见见面，只有你祖母认可了，你才可以往下进行。

　　冰山的一角开始融化，大竹看到了一线光明，他相信，只要家里人见到岩岩，事情就可以向前迈进。

　　5月5日儿童日那一天，岩岩赴约去拜见大竹一家。

这一天，她很早就起来了，吃过早饭，就开始对着镜子认真地化起妆来。她知道日本女人，尤其是有文化的女性，不化妆是不会走出家门的。化妆是日本女性保持容颜鲜亮不可缺少的生活习惯，她们舍得花钱去买适合自己皮肤的化妆品，并把化妆看成对他人的一种尊敬，不化妆就进单位大门的女孩子在男员工的眼里就是那种生活邋遢的人。因此，每一个女性都把化妆作为早晨必须做的重要事情。岩岩很赞成这种爱美的习惯，就是要花不少钱去买价格不菲的化妆品，她有些不舍得，但在这方面也要入乡随俗，否则，就会被看成是异类。

现在，她已经习惯了不化妆不出门的生活，特别是在今天这个特殊的日子，她更要精益求精，把妆化好。她看着镜子里的自己，心里有些紧张，手有点颤，眼影不是涂重了，就是颜色看上去不合适，她擦掉重新再来，可是感觉还是不对，再擦掉重来，做了几次也没有做到最好，她有些沮丧。

5月黄金周，隔壁的女孩子山下回乡下去了，楼上只有岩岩一个人。不过，楼下住进了泉子一家，整栋楼就有了人气。她打开了录音机，《蓝色多瑙河》轻松平和的曲调缓解了她心中的紧张。

她终于平静下来，耐心地把妆化完。从镜子里面，她看到了自己如花似玉的面庞和青春焕然的身姿，心里踏实了一些，然后，她又对着镜子做了一番动作演习，从鞠躬的姿势，跪坐在榻榻米上的神态以及喝茶捧茶杯的举止，到吃饭拿筷子喝汤的表情，直到满意为止。随后，她又默想了一下需要说的话，最后，她在心里祈祷起来："但愿能够演好这场戏，让他父母看着自己顺眼，苍天保佑，顺利通过他家的考核。"

下午，按照约定的时间，岩岩一走出车站就看见了大竹。

大竹的脸上放出异样的光彩，好像得了大奖一样的兴奋。他一看见岩岩，就伸出胳膊招呼起来："岩岩，岩岩！"他快步走到岩岩面前，先鞠了一个躬，又客气地说了一句："远道而来，谢谢，谢谢。"

岩岩的心情好是激动，她突然发现眼前的大竹竟是这样的英俊！

5月的阳光温暖中带着潮湿，这是连续阴雨天后的第一个晴天，碧空万里没有一朵浮云，岩岩的心情变得爽快了起来。

大竹穿得很潇洒，也很有男人魅力。在这一天，他的笑也变得特别有味道，大大的眼睛露出迷人的神色。岩岩看着他，就像浸在蜜汁里一样甜美。她也微微地弯下腰肢，给大竹鞠躬，发自内心地说："初次拜见你父母，请多多关照呀！"

大竹的眼光落在了岩岩身上的那套服装上，他赞美着："啊！你穿得很漂亮！"

岩岩穿了一套淡米色裙装，上乘的质地，精细的做工，曲线分明的裁剪，让岩岩的肢体显露得凹凸有致，看上去非常纤丽。大竹看着岩岩有点儿发呆。

岩岩轻轻地拍了一下他："哎，你怎么这样看我呀？我哪点过分了，赶快告诉我呀！别这样盯着我，好不好？"

大竹眨巴了一下眼睛，笑着说："没想到我的未婚妻这样漂亮，平时我都没有仔细看过你呢！我父母一定会非常喜欢你的。"

"别耍贫嘴了，看看我哪个地方还没有做到位，赶快告诉我呀！我可不想在你家人面前出丑啊！"岩岩撒娇地说。

"你做得太完美了！我都看呆了！我们走吧！"

大竹兴高采烈地与岩岩一起离开了车站，走进了一条幽静的小巷。在一扇和式大门前，大竹停下脚步，指着大门说："这就是我家。"

看到在东京这块寸土寸金的地段拥有这样的和式宅院，岩岩对大竹家的情况已经心里有数了。但她也好奇，住在这个深宅大院里究竟是一户怎样的人家呢？

大竹敲了几下大门，很快，从里面传出来一声"请稍等！"随着声音的飘近，一个女人打开了大门，她微笑着，双手交叉在前面，弯下腰，谦卑地说："欢迎光临！"

大竹客气地介绍："这是岩岩，请多关照！"他又告诉岩岩："这是在我家做家务事的阿姨。"

岩岩礼貌地给她鞠了一个躬："啊，请多多关照！"

大竹带着岩岩走进院子，一条石子小路延伸到房屋门前，院子里种满了绿色植物，小松树修剪得有形有姿。这座和式住宅，幽静、恬适、典雅，还带着一缕贵气。尽管岩岩在日本生活了这么多年，但像这样的私人住宅，她还是第一次进入，心里不免有些慌乱。

阿姨带着他们走到房屋门前，轻轻地推开门，走进去，脱下鞋子，又跪在木地板上，从橱柜里拿出两双拖鞋，示意他们换上。他们家的拖鞋很有说头，男式鞋是深蓝色的，女式鞋是深紫色的，男女拖鞋上都绣着一朵白色的菖蒲花。

在门厅里的长条桌上，摆放着一盆用月季做成的盆景，高贵优雅，给宽绰的门厅增添了生气。

岩岩赞赏着："盆景做得真好。"

大竹颇为自豪："我妈妈喜欢做盆景，她习惯在门厅里放一盆她做的盆景。我奶奶也喜欢做盆景，到现在她还做盆景呢！"

说完，大竹朝着里面喊了一声："お父様、お母様、ただいま！"（"父亲、母亲，我回来了。"）

一个轻柔的声音从里面飘了出来，接着，一位中等身材、举止高贵的女人走了出来。她一见到岩岩就微笑着说："欢迎，欢迎！"

大竹向岩岩介绍："这是我母亲。"随后，又对那位女人说："妈妈，这是岩岩。"

"早就听说你了，快请进！"大竹母亲笑容可掬，微微地弯下腰请岩岩进客厅。

"初次见面，打搅你们了，对不起。"岩岩弯下腰，客气地答道，然后，小心翼翼地跟着他母亲走了进去。

大竹问母亲："父亲呢？"

"他马上就来。"

大竹的母亲看上去很年轻，她的脸上没有一丝皱纹，平滑光亮，白洁细腻，富有弹性，调配柔和的淡妆让她显得更加高雅。她长得很美，匀称的身材，短俏的黄发时髦清爽，她身着长裙和短外衣，利落雅致，既有贵妇人的气质，还有学者的风度。

在十八张榻榻米的和式客厅里，"床の間"（佛龛）一下子就映入了岩岩的眼帘。佛龛是整个客厅最神圣的地方，也最能体现主人的修养意境。一幅京都的风景画轴挂在佛龛的正面墙上，佛龛的下面摆放着一只粗粗拉拉，素朴但禁看的陶瓷花瓶，里面是用紫兰花做成的插花，轴画和插花上下呼应。客厅里，做工精细的和式家具和橱柜上摆设的精美物件，都显示了主人的生活品位，不奢华，却带着一种素朴的雅典。

一张长地桌的四周摆放着八个坐垫，每一个坐垫上面也绣着一朵白色的菖蒲花。他母亲示意岩岩先坐下去，岩岩说了一声"对不起，我先坐下了"便规规矩矩地跪坐在了他母亲示意的榻榻米上，身上的裙子紧紧地绷在腿上，感觉不太舒服。

这个时候，阿姨在每个人的面前摆放上一套带漆盘的茶杯，盘子上放着擦手小毛巾和一份京式小点心。

岩岩细细地观察着桌子上的物件，无论是杯子、盘子，还是擦手小毛巾，上面都有菖蒲花图案。

阿姨给每人的茶杯里注进茶水，顿时，一股清香就飘进了岩岩的鼻腔里，她深深地吸了一口气，看着碧绿的茶水赞美着："这个茶好香呀！"

他母亲微笑着说："这是今年京都的新茶，味道很鲜美。来，我们先擦擦手吧！"

说完，她拿起盘子上的温热小毛巾反复地擦拭着双手，岩岩照着她的样子也把手擦了几个来回。

大竹侧过头去问："你们中国人是不是喝茉莉花茶呀？我们日本人很喜欢喝这种绿茶。"大竹又将目光投向了自己的母亲。

他母亲温和地说："我比较喜欢喝这种清淡的绿茶，我丈夫喜欢喝比较厚重的茶，他也很喜欢喝茉莉花茶。岩岩，你喜欢喝我们日本的茶吗？"她和善地看着岩岩。

在这位女性面前，岩岩完全没有了自我，失去了以往的自信。无论从学问上，还是从医术上，甚至相貌身材上，大竹的母亲都是一位无可挑剔的女性，她太完美了，完美得让岩岩有些无地自容。此时，她居然有些后悔，后悔不该找大竹。

他母亲很和蔼，没有一点傲慢的神态，但是，她的目光却很锐利，脸上的每一根神经似乎都会说话。她喝茶时的一举一动，说话时的眉眼笑颜，说话声音的高低，都像是受过严格的训练一样，这让岩岩感到跪坐在那里如同受刑一般难受。她不敢挪动屁股底下被压麻的下肢，并极力使自己面带笑容，显得自然与欢快。

他母亲笑眯眯地询问岩岩的生活、工作与家庭的事情，大竹坐在岩岩的身边摸了一下她的手，示意她不要紧张。

岩岩在日本生活的这些年里，接触到了一些有身份有地位的日本人，从他们那里学到了许多日本人高雅的生活意识与生活品位。她希望自己能够完全像日本人那样把事情做得完美完善。经过十多年的历练，现在，她似乎已经把日本的文化溶进了血液里，不论是从穿戴、化妆用品，还是服饰搭配上，她都做得像日本人一样，出门必须要打扮一番，不化妆不能见外人。她去公司上班，时常有人问她："你穿得这样漂亮，下班后是不是有约会呀？"这种问话让她很尴尬："怎么？难道没有约会就不能穿得漂亮一些吗？"

她虽然已经具备了日本女性的优点，但她还要展示出自己的特长，尤其不能让大竹的母亲对自己有丝毫的不满，她绝不能输给日本女性，所以她需要克制自己，努力把第一场戏演好。虽然跪坐在榻榻米上两条腿都已经麻木了，但她还是含笑如春地与大竹母亲交谈。

正在她们说话的时候，一个洪亮的声音从门外传进来："对不起，让你们久等了。"

一位六十来岁的男人走进来的同时，大竹站了起来，毕恭毕敬地说："父亲，对不起，我们先用茶了。"说着，他弯下腰，扶起了岩岩。

　　岩岩的双腿麻得不能马上站稳，幸好大竹扶住了她。她在心里责怪自己："这么没用，关键时候出洋相。"可是，她的脸上还是表现出了一副坦然的样子，她一动不动地站在原地，微笑着看着大竹的父亲。

　　"岩岩，这是我父亲。父亲，这是岩岩。"大竹在众人面前介绍着。

　　"您好。初次见面，请多多关照。"岩岩歉意地弯下了腰，客气地问候。

　　"不要客气。我刚才接了一个电话，让你们久等了，对不起呀！大竹对我们讲过你的情况，黄金周嘛，大家都休息，见见面，认识一下！你们公司休息几天呀？你经常回中国吗？你在北京的家人都好吗？"大竹的父亲亲切地问着岩岩。

　　岩岩有些拘谨，轻声含笑地回答了他所提出的问题。

　　接下来，他母亲笑着对丈夫说："我们什么时间过去看望两位老人呀？他们还在休息吗？"

　　"不着急，我们再说一会儿话吧！不过，他们都挺想见岩岩呢！"他请岩岩坐下说。

　　岩岩一边弯腰，一边说"谢谢"，一边等着他父母都坐下去后，才又跪坐了下去。她抚摸着刚刚从麻的状态恢复过来的双腿，心里说"再坚持一下吧"。她的脸上却一直带着谦卑的微笑。

　　他父亲喝了一口茶水，接着说："我父母都是九十岁的人了，不过，他们还能帮助我做一些事情呢！现在，日本老人越来越长寿了，年轻人要努把力了！你们中国的退休年龄是多少岁呀？"

　　岩岩整理了一下词汇，和声细语地回答了他的问话。

　　阿姨围着他们，一会儿给每个人换上一杯新茶，一会儿又换上新的擦手巾，她一边照顾大家，一边嘴里还不停地向大家道着歉。大竹颇懂事地对阿姨说："这里不用麻烦了，我们自己来就行了。谢谢。"阿姨弯着腰退出了客厅。

　　大竹父亲是一位有着典型的日本硬汉形象的男士，一双明亮的大眼睛透着犀利的目光，宽宽的前额，笔直的鼻梁，有棱角的嘴唇，微黑的脸膛上带着严肃与傲慢的神情，看上去他是一位性格很强的人。不过，举止神态又透着一股子学者的风度。他的目光不时地在大竹与岩岩的脸上巡回着，那种感觉，令岩岩心里有些害怕。虽说，大竹告诉过自己，他父亲很随和，也很好接触，但是，这第一次见面就让岩岩对他产生出男权主义的印象。

　　他喝了一口茶水，又看了一眼坐在身边的妻子，笑着说："我们家庭医院就是'夫妻店'！我父母早年创办了齿科诊所，后来我们成了他们的接班人，把诊所发展成了齿科医院。有不少人认为，齿科疾病不叫病，忽略了对牙齿的保护，这一点，西方国家就比我们做得好，他们从小就培养孩子们对牙齿的保护意识，我很赞成他们的做法。齿学医学在日本是一门非常重要的学科，别看那几颗牙齿，一旦发病疼起来，让你真受不了。我的几个病人就是到了牙疼睡不着觉的时候，才跑来就医。我告诉他们，平时要对牙齿精心保护，定期去医院做牙齿健康检查。很多人把身体检查看得比较重要，却忽视了牙齿的检查。实际上，齿检还会发现一些其他的疾病，因此，我们齿科大夫，有必要向大家做齿科保健的宣传。"

他一板一眼地讲着齿科医学常识，岩岩时不时地点头赞同。

大竹的母亲拦住了丈夫的话："父亲（日本女性在家里，随着孩子称呼自己的丈夫为父亲），岩岩初次来我们家，别总是谈工作，我们还是多了解一下中国的事情吧！"她歉意地对岩岩微微一笑。

大竹父亲立刻就明白了妻子的意图，他问岩岩："你在日本生活完全习惯了吗？喜欢吃我们的生鱼片吗？"

岩岩诚实地告诉他："我喜欢日本文化，也喜欢吃生鱼片，在这里生活完全没有问题。"

母亲微笑着对大竹说："我们喝完茶，就去看望你祖父母。他们应该都休息好了吧！"

大竹应和了一声后，对岩岩低声说了些什么，然后，站起来走出客厅。

围坐在桌子旁的三个人也停止了说话，静静地喝着茶水。岩岩看着大竹的背影消失在门外，心里涌上来一股寂寞感。

接下来，要去见他的祖父祖母，他们是什么样的老人呢？看来，大竹家是一个非常有辈分感的家族，但无论如何，自己都要把戏演好，按照规矩办事，入乡随乡，骑马随鞍吧！

大竹的祖父母与他的父母分别住在同一屋檐下的两套独立式的房屋里，平时各自起居生活，逢年过节，或遇有大事时，便会在一起聚餐聚会。

日本国有很多风俗习惯都与我们中国很相近。比如，长男有责任承担父母的生活，儿媳在家中要顺从公婆。听大竹讲，他父母很尊重祖父母，尽管他母亲是好强的女性，但她在祖母面前却也是百般顺从，在他的记忆里，从来没有看见过母亲对祖父母有什么不恭敬的举止。不过，有的时候，他母亲也会当着他的面发几句牢骚，但是，仅此而已，他母亲从来没有在他父亲面前说祖父母半个不是。

大竹对岩岩谈他母亲的时候，总会流露出自豪和敬意的表情："我母亲不仅有学问，还治愈了很多疑难病症，还在大学担任编外讲师。她在医院的诊治时间总是排得满满当当的，在家里她还要操心三顿饭，即使有阿姨帮忙，她也要操心劳神自己动手做一些菜，到了晚上，她还要写一些研究报告。另外，我祖父母的餐饮她也要操心，尽管她忙得不可开交，但也要把茶水端到我父亲面前。我母亲好像已经习惯了这样的生活，凡事都要操心，都要过问过目。我父亲除了在医院里看病人外，生活上的事情一切都由我母亲包揽下来了。"

岩岩正在想着大竹，他就从外面返了回来，告诉父母："我祖父、祖母已经准备好了，我们现在可以去他们那里了。"然后，他走到岩岩面前，低声告诉她家里的一些安排。

岩岩听后，点点头，费力地站了起来，麻木的双腿挪不动半步，她只好鞠躬向大竹父母抱歉："对不起，我的双腿麻了，对不起。"

他母亲和蔼地笑着说："没有关系。我们从小就是这样跪着的，已经习惯了。我知道很多外国人都害怕跪在榻榻米上，这需要有一定的功底嘛。不用着急，慢慢来。"

岩岩心里着急，她恨自己的双腿挪不了步子，只能等麻劲儿渐渐消退下去。

大竹一直站在她的身边，安慰她："不着急，我们有时间。没有坐惯榻榻米的人是受不了长时间跪坐的。你还算不错的呢，能跪这么长时间。"

岩岩的脸微微地红了起来，她歉意地对大竹父母说："对不起，让你们等我了。"

大竹依然耐心地站在她的身边："没关系，这很正常，别想得太多了。"

终于，岩岩可以走路了，她跟随在大竹父母的身后，与大竹一起去看望祖父母。

祖父母的住所是在另一扇大门里，走出大竹父母的家门，旁边就是祖父母的大门。他们四人走到祖父母的大门前，大竹轻轻地推开了大门，阿姨笑盈盈地走出来，把拖鞋摆在他们面前，他母亲歉意地说："对不起，打扰了。"

阿姨弯着腰，谦卑地说："请多关照，请进。"

祖父母的住所很敞亮，他们的起居生活依然是传统的日本模式。

在一间十六贴榻榻米的客厅里，身穿和服的祖父祖母端坐在榻榻米专用带靠背的椅子上。祖父双膝盘在前面，祖母则是跪坐在椅垫子上，腰身挺拔地靠在椅背上，双手放在前面，是一位典型的传统日本妇女。

在祖母身后的一张小桌子上，有一盆非常高雅经典的松树盆景，把客厅点缀得充满活力。

他们一走进客厅，他母亲马上就弯下腰去，面带浅浅微笑对祖父母说："对不起，打搅你们了，午休休息好了吗？"

祖父母看着他们四人，微笑着点着头。大竹父亲走到祖父母面前，弯着腰对他们说："父亲、母亲，你们休息好了吗？我们来打搅你们，对不起。"接着，他让大竹带着岩岩前去拜见祖父母。

此时，大竹的母亲毕恭毕敬地站在一旁，一边示意儿子赶快去问候祖父母，一边温和地对岩岩说："公公已经九十多岁了，婆婆马上也快九十岁。他们的记忆非常好，有的时候，我还向他们请教一些问题呢。我们家庭也有研讨会，他们就是我们的老前辈呀！"她说这些话的时候，脸上流露出自豪的神情。

祖母的身子骨很硬朗，质地上乘的深色和服穿在她的身上就是一种地位的象征，她的头发里夹杂着几缕白发，但很有光泽，盘在脑后面的发结里插着一支精美的木梳子。她保养得很好，皮肤细腻光润，消瘦白皙的脸上看不到什么皱纹，眼睛虽然已经陷进眼眶里，但眼神明亮灵活，看上去她比实际年龄年轻二十来岁。

岩岩一直恭恭敬敬地站在一旁静静地看着他们，直到大竹父亲让她前去问候。她按照规矩走到祖父母面前，双手交叉在前，深深地弯下腰去："祖父、祖母好！您二位身体好吗？很早就想来看望您二位的。"

祖父点头微笑，祖母的脸上露出一丝浅浅的笑容，她示意岩岩离她再近一些。于是，岩岩不得不跪在她的面前。她端详了岩岩很长时间，然后慢慢地说："日本的生活你习惯了吗？喜欢吃生鱼片吗？你经常吃寿司吗？"

岩岩微笑着告诉她："我已经习惯了日本的生活，喜欢吃生鱼片，但不是经常吃，寿司偶尔也会吃。"

祖母点点头："以后你有时间，经常来这里。听大竹讲，你很忙，是吗？"

岩岩依然面带微笑，点了点头，甜甜地说："是的，比较忙。不过，在日本，忙一些好，只要有工作我就想去做。"

这个时候，大竹也跪在了祖母面前，笑嘻嘻地问："祖母，我给您买的京都面条，您吃了吗？"

"你老想着我，我和你祖父就是喜欢吃京都面条呀！"老人脸上的笑容更加明显，她让大竹再靠近一些。

岩岩第一眼见到大竹的祖父，就知道他年轻时是一位非常英俊的男性，四方脸膛上一对被皱纹环绕起来的大眼睛依然很有气度。他很健谈，或许平时家里清净惯了，看到儿子夫妇带着孙子及女朋友来看望他们，他的脸上都放出了光彩，只不过，他的双手有些颤抖。

　　大竹告诉岩岩："我祖父年轻时一直握着器械给病人治病，或许常年如此，到了老年，手就开始发抖，现在，他已经握不住笔了。"

　　岩岩谨慎地问："你们相信中国的中医吗？或许扎针能够帮助祖父改善手颤。"

　　大竹马上说："现在，中医在日本也很流行呀！尤其是扎针，有的医院还设置了中医针灸室呢。我就挺相信的，我去扎过针，管用！你们的中医太神奇了！我向祖父推荐一下针灸吧。"

　　"我有一个非常好的朋友，他是针灸师，医术很棒。如果你需要，我可以介绍给你。"岩岩说的是蒋明。

　　大竹一听好高兴，马上就告诉祖父："祖父，您愿意扎针治疗您的手颤吗？您不妨去扎一扎针灸。"

　　祖父底气十足地笑了起来："怎么，孙子，你想帮助爷爷治病吗？我告诉你吧，爷爷不想花费时间去医院看病了，这又不是什么危险疾病，你看，爷爷多棒！"说着，他拍了拍自己的胸脯。

　　祖父的举止让岩岩感到很惊讶，因为日本男人是不会轻易在初次见面的外人面前做出过多的动作的。不过，她被祖父的豪爽与不服老的举止感动了，她看着看着，眼睛潮热了起来，这一家老少三代人是多么和谐啊！

　　祖父爽朗地笑了起来，说："我就是不服老嘛！只是我现在不能给病人看病了，这太糟糕了。要是我的手不抖的话，我还能给病人拔牙呢！"他看着岩岩，接着说："大竹这个孩子很聪明，就是没有接我的班呀！"

　　大竹握着老人的手："祖父，我现在的工作不是很好嘛！"然后，他又看着岩岩，畅快地说："祖父今天很高兴，他很久没有这么开心了。"

　　看来，祖父很喜欢岩岩，他让大家围坐在他和祖母的周围。

　　祖母被丈夫的健谈感染了，她深情地望着丈夫，对岩岩说："他呀，特别爱活动，有时还穿上白大褂去诊室看望患者呢！"

　　看到眼前的一切，岩岩是真羡慕大竹有这样一对慈祥、开朗、健康、恩爱的祖父母。

　　过了一会儿，祖母突然问岩岩："将来你不打算回中国吗？你家人能来日本看望你吗？"

　　岩岩看了一眼大竹，没有马上回答祖母的问话。这个时候，大竹母亲倒是紧张了起来，她以为岩岩没有听懂祖母的问话，便重复了一遍。

　　大竹深情地看着岩岩，长辈们也把目光集中在了她身上。岩岩面朝祖母含笑地说："祖母，我已经加入了日本国籍，这里是我的第二故乡，我会生活在这里的。目前办理来日本探亲的签证比较麻烦，国内的亲人来探望我有些困难，不过，我会经常回去看望他们的。"

祖母点了一下头，一字一句地说："我就是老了，坐不了飞机了，要是倒退十年，我会去中国拜访你母亲的，我也很想见一见你的家人呀！我们两国相距不远，是邻居嘛！你们中国人很善良，很早以前，你们中国有不少青年到我们国家来学医，他们很刻苦，成绩都很棒！现在，齿科大学有不少中国留学生呢。"

岩岩扬起头看着祖母的脸，点了一下头："祖母，我在日本念书得到了民间团体奖学金的援助，又是日本朋友帮助我找到了工作，还有机会去教中文。我母亲常常告诉我'受人点滴之恩，要涌泉相报'！我会尽自己的力量为中日友好做一些事情。"岩岩想起了在日本的经历，她很动情，眼睛里充盈着泪水，不过，她很快控制住了感情，没有让泪水流出来。

祖母的话好像是她默许了大竹和岩岩的事情。母亲听明白了祖母的想法，她亲切地对岩岩说："我也很想见到你母亲。她多大年纪了？能来日本吗？大家见见面嘛！"

岩岩诚恳地告诉她："我母亲已经八十多岁了，她有心脏病，不能坐飞机。就像祖母说的那样，要是倒退十年，她一定会再次来日本的。对不起。"

她惊讶地问："你母亲来过日本了？什么时候？"

"那是十年以前的事情了，我母亲很高兴来日本看看，了解了我的学习、工作和生活情况，她说，她这辈子不遗憾什么了！"

她朝着丈夫说："要是这样的话，我们为什么不去一趟中国呢？对，我们要去一趟中国，一定要见到岩岩的母亲啊！"

大竹父亲想了想，对祖母说："对，这是一个好主意！我们可以去看望人家嘛。我也一直想去中国看一看呢，现在中国变化得非常快。"

大竹心里暗暗高兴，几天前，父母和祖父母还对自己找了一个外国人而心怀不悦呢，可是今天，他们不仅想去中国，祖母还希望岩岩常来家里玩儿。看来，他们已经认可了岩岩。

祖母被大家你一言，我一语地说得高兴了起来，她朝着大竹招了招手："孙子，快，快扶我起来。"大竹立刻弯下腰把祖母从椅子上扶了起来。

祖母站起来，拉着岩岩的手，笑眯眯地说："走，我带你去看一下我们的医院，刚好黄金周医院休诊。"老人家不等岩岩回答，便兴致勃勃地走在前面，嘴里不停地说："大竹这个孩子就是太不听话了，他放弃学齿医，太可惜了呀！"

九十岁的祖母带着一股子傲然的气质走在前面，她腰身挺拔，脚步稳健，深色的和服在她的身上显得既庄重又高贵。大竹母亲与大竹和岩岩跟在老人家身后走出大门。他们穿过一条街，在街边上的一栋办公楼前停下了脚步。

祖母指着办公楼告诉岩岩："这就是我们家的齿科医院，我们有不少患者。"

在楼房入口处的墙上挂着"惠泉齿科医院"的长形牌子，在另一块牌子上写着医院院长、副院长的名字，以及就诊时间和休诊日。大竹父亲任院长，母亲任副院长。岩岩看着那两块大牌子，不禁肃然起敬，这就是家族业绩的标记。

大竹母亲笑眯眯地打开大门，大家跟着祖母走了进去。

这里依然是老规矩，进门就要换上医院的拖鞋，鞋柜里有几十双拖鞋，不论是医生，还是患者，一律要换上拖鞋才能进入。进了大门，就是挂号室兼药房。大竹母亲介绍："我们有六间诊室、四位医生，每一位医生都配一名护士，共有六名护士。"

岩岩认真地听他母亲介绍医院的情况，祖母慈祥地看着儿媳，大竹恭顺地站在一旁洗耳恭听。岩岩称赞着："你们家真是齿科世家呀！有自己的医院、自己的护士，有这么多的病人，太了不起了！您和祖母是这个家族的女英杰！"

大竹母亲谦卑地摇着手："我不行，祖母才是这个家族中了不起的女性呢！"她向前走了几步，靠近了祖母。

祖母听着儿媳和岩岩的对话，脸笑成了一朵花。她站在一间诊室门外自豪地对岩岩说："以前，这是我的治疗室，我给患者清洗牙垢，做保护牙齿的辅助治疗，我就坐在那把椅子上。现在，医院添置了不少新器械、新设备，我跟不上了，哈哈哈！我们家里后继有人，这我就放心了。人哪，可不能小看了那几颗小牙齿哟！"

岩岩搀扶着祖母，听她讲述她过去的那段令人尊敬的生涯。

大竹母亲打算带岩岩上二楼去看一看，祖母说："我就不上去了，我在下面等着你们。"

他们三人上了二楼，大竹母亲面带微笑，突然问岩岩："你们是怎么认识的呢？"

岩岩的心里一下子乱了起来，"难道这个大竹没有向他父母讲过吗？"她急速地看了一眼大竹。

"母亲，我和岩岩早就认识了，只不过我们都很忙，一直拖到现在。"大竹急忙解释。

经过快速的心理调整，岩岩决定告诉这位母亲自己的一切——

当她把自己的情况一五一十地全都叙述给大竹母亲以后，这位母亲的脸上露出释然的微笑。她伸出手来，握住了岩岩的双手，她用眼神告诉岩岩："你是值得信赖的女孩子。"

"大竹从来没有仔细地讲过你的事情，他只告诉我们他有一个中国女朋友。现在，我们国家来了很多中国留学生，我们大学也有不少。你能够完全依靠自己的力量念完书，在建筑公司搞设计工作，又在知名中学和成人学校教书，很不容易，难怪大竹在我们面前夸你呢！那么，以后你有了家，是不是要继续工作呢？"她美丽的大眼睛里闪烁着深邃的、令人捉摸不透的目光。

岩岩稳了稳心态，含着微笑对她说："我会向您学习的，您不仅是家庭主妇，还是齿科医生、大学讲师。有您做榜样，我能让自己闲置在家里只做三顿饭吗？我想，大竹一定支持我继续做我喜欢做的事情，对吗，大竹？"岩岩望着大竹的脸，甜甜地冲他一笑。

大竹听着母亲和岩岩的对话，不知道母亲是否满意岩岩的回答，担心母亲还会问一些什么问题。正当他惴惴不安时，听到了岩岩问他，他心领神会，马上接过话头对母亲说："就是嘛！岩岩学了那么多，待在家里多可惜呀！我们家的女性不都在工作吗？奶奶一直干到七十多岁才退下来的。听岩岩讲，在中国，女性结婚生孩子以后都会继续工作的。只要岩岩愿意干下去，我是不会阻拦她的。"

大竹说得很坚决，岩岩点头赞同，他母亲欣慰地把握着岩岩的手松开了。

就在这个时候，从背后传来一声年轻女性甜美的声音："母亲，你们在这里呀。"

岩岩转过身子向后看去，一个纤丽的女子正朝着他们走过来。大竹立刻激动了起来："大妹，是你呀！今天不是加班吗？"

那个女孩子边走边说："对不起，母亲，我来晚了。哥哥，我调换了时间。啊，这就是岩岩吧？"

这个被称为大妹的女孩子看上去三十多岁，她不是一般的美！她身上凝聚着女性所有的优质细胞。如果说，大竹的母亲是一位很有姿色的知识女性，那么，他的大妹就是天鹅般优雅的美。看着这位未来的小姑子，岩岩心里的醋意腾然升高了好几度，说不出来的、莫名其妙的嫉妒和羡慕混杂在一起，让她心里大有一种自己与她们不在一个平台上的感觉。

大竹和妹妹轻轻地相互问候了几句话，然后，向岩岩介绍："这是我的大妹，春子。春子，这就是岩岩。"

春子马上弯腰："早就听说了。对不起，我来晚了。请多关照！"

岩岩随即也弯下腰去："今后请多关照。"

春子的脸上露出一丝微笑，而在这个微笑的背后，却似乎夹杂着一种凄凉的味道。

见了春子后，岩岩的自卑感升高了好几级，她感觉自己与大竹一家人相比，就像戴着斗笠亲嘴，还差着一帽子呢！一种新的焦虑在她的心里积郁了起来。

同时，她的担心也增长了几倍："这么好的小姑子，今后如何相处？她会不会歧视我？"

姑嫂之间，既是亲戚，又是冤家。如何与他们一家人融合相处，岩岩面临着严峻的挑战。

第五章
男友妹妹

大竹的大妹出生在春天，取名为春子。

春子见到大竹时的表情和高兴的程度，给了岩岩一种错觉，大竹对春子的态度又使岩岩感觉不一般，错觉与感觉形成了一种疑虑积在了她的心里。

大竹在两位女性面前风趣地说："请两位女士多多关照！"说完，他绅士般地给她们鞠了一个躬。

岩岩看着春子，说："春子，早就听大竹讲过你的事情了，你是一位优秀的胸外科医生。现在胸外科医学技术很发达，心脏搭桥、心脏起搏器，这些都是以前没有听说过的事情。我想，日本的胸外科医学水平在世界上也是属于一流的吧？"

春子微笑着鞠了一个躬："谢谢你。目前，在胸外科医学上，美国是最发达的国家了。我大学毕业以后，父母把我送到美国继续学医，博士毕业后，我回到了日本，在大学医院工作。我感谢父母对我的支持，也感谢哥哥对我的鼓励。"说完，她感激地看了一眼大竹。

这个时候，大竹母亲走了过来，慈爱地看着春子，对岩岩说："春子工作很努力，她现在是医院的主治医师，参加过不少疑难大手术，还要做课题研究，给实习生讲课，每天都工作到很晚。她呀，工作起来就忘记了时间。"母亲说完，又疼爱地看了一眼春子。

春子的脸红了起来，娇柔地朝着母亲微笑："母亲，这是我的工作嘛！能有机会做这种大手术，要感谢部里对我的信任呢！"

大竹母亲露出自豪的笑容："就是，春子是美国著名医学院毕业的嘛！"接着，她又对大竹说："我和你祖母先回去了，你们在这里说说话，不要耽搁太久了。"

大竹笑着对母亲说："祖母需要休息了，您和祖母先回去吧，我们三个人再说一会儿话，很快就回去。放心，我会把门锁好的。"

春子苗条的身材看上去有点弱不禁风，岩岩很难想象她在手术台前，一站就是几个小时，甚至十几个小时，这需要多大的体力与意志啊！

春子问岩岩："我哥哥经常谈起你，他很敬佩你的毅力，我们医院也有研修的中国女医生，还有在医学院念书的中国大学生，不过，想在日本行医，必须要通过严格的考试，获得医师资格证书，才能当医生。不知道在你们中国当医生是不是也需要考核呀。"

岩岩诚实地告诉她："我不太清楚我们国家医生的考核制度，不过，从医学院毕业以后，先要到医院做实习医生，经过几年的实习，积累了经验后，才可以正式给病人看病。"

春子一直静静地听岩岩讲关于中国医院的一些事情，大竹坐在旁边目不转睛地看着她们。突然，岩岩意识到自己有些失礼了，忙站了起来，向他们鞠躬，难为情地说："对不起，对不起！我讲了这么长时间，春子还没有休息呢！"

"岩岩，我想听你讲，我很想知道更多的有关中国的事情。我就是工作忙，一大堆的事情总是没完没了。以后，我们找个时间好好聊聊，你说呢，哥哥？"春子微笑着问。

大竹爱怜地看着春子的脸，岩岩好是吃醋，大竹的目光带着一种特有的温情："好好，就按照你说的，找个时间我们好好聊聊。岩岩也有很多事情，她还兼职教三所学校的中文，也是一个大忙人呀！"

春子看了一下手表，问大竹："哥哥，夏子什么时候到呀？晚上，我还要去一趟医院，有个病人刚做完手术，我还是想去看一看。什么时间我们吃晚饭？"

随后，她不好意思地对岩岩说："今天哥哥请你到家里来，我工作再忙，也要回来与你见一面，不过，晚上我还要去医院看一个病人。对不起，请原谅。"

岩岩微微弯腰，礼貌地说："非常钦佩你的敬业精神，我要好好向你学习呀！"这是岩岩发自内心的话。

以前，她刚进公司上班的时候，就像一个怨声载道的怨声虫，通过几年的磨炼，她不再有任何怨言了，但和春子的奉献精神相比，她觉得自己实在是太渺小了。从春子身上，她看到了一名医生的敬业精神与职业道德，初次见面，她就对春子怀有敬慕之感。

春子依然谦虚地说："哪里呀！我有家庭的关照，没有遇到什么挫折，可是你却是自食其力地念完了书。听说你已经拿到了日本国籍，你很了不起，你才是我心中的榜样呢！"

大竹笑着打断了她们的谈话："走吧，我们回去帮助母亲做点什么吧！"于是，三个人离开了医院。

他们一走进自家院子，就听到了从客厅里传出来孩子的嬉笑声，大竹告诉岩岩："是我小妹夏子和丈夫带着孩子回来了，你听，多热闹。"

春子笑着对岩岩说："我和妹妹已经很久没有见面了！大家工作都很忙，时间总是碰不到一起。"

就在他们脱鞋子的时候，大竹的小妹与丈夫一起来到门厅。小妹微笑着看着岩岩："你就是岩岩吧。我叫夏子，我哥哥总是提起你呢。初次见面，请多关照！"她给岩岩鞠了一个躬。随即，站在她身边的男子礼貌地说："我是她的丈夫，也在这里工作，请多关照。"

夏子也是一个美人坯子，高挑的身材特别匀称，长长的双腿，细细的腰肢下面圆浑的屁股很是性感，她的肤色白里透着粉红，含情脉脉的大眼睛水灵灵地闪着亮光，高鼻梁，薄嘴唇，乌黑的长发披落在肩头上。她身穿长裙短外衣，干练雅致。她丈夫就像一个随时听从吩咐的随从，呵护在她的身边。

"初次见面，请多关照。"岩岩礼貌地给他们鞠了一个躬。

就在大家一起走进客厅的时候，一个小男孩欢蹦乱跳地来到大人们中间。他一眼看见了岩岩，就大胆地问："你是岩岩吗？我妈妈讲，今天家里要来客人，客人就是你吗？"

他的话把大家都逗乐了。夏子立刻问他："初次见面，你要说什么呀？"

小男孩想都没想，弯着小腰，低下头去，小嘴巴里蹦出了几个字："阿姨，初次见面，请多关照！"然后，他仰起小脸问岩岩："你是中国人吗？以后，你可以带我去中国吗？"

岩岩蹲下去，拉起他的一只小手："好啊！以后，我请你们全家去中国玩儿，好吗？你先告诉我，你叫什么名字？几岁了？"

小男孩一本正经地说："我叫建雄。今年四岁了。阿姨，你带我一个人去中国，好吗？"

岩岩好奇地问："建雄，为什么不让你爸爸妈妈带你去呢？"

"他们忙，没有时间。"

夏子的脸一下子红了起来，她笑了笑："我们工作很忙，真的没有时间照顾他。

我和丈夫全天都在医院工作，我们总是最后一个把孩子从幼儿园接走，实在有点对不住这个孩子呀！"接着，她低下头对儿子说："对不起，以后妈妈早一点接你回家。"

建雄懂事地说："妈妈，不用担心，幼儿园的阿姨跟我一起等妈妈，我还可以跟阿姨多玩一会儿呢！"

夏子满脸歉意地冲着儿子微笑了一下，然后告诉岩岩："听我哥哥说你今天来家里，我们只带建雄来了，我女儿还小，就没有带来。"

"带两个孩子一定很辛苦吧？你还要工作。"岩岩关心地问。

"我很感谢孩子的爷爷奶奶，他们帮助我们照顾孩子，我们才能安心工作呀！"她说话时深情地望了一下丈夫的背影。

建雄跑到春子面前，拉起她的手："阿姨，我好想你！你怎么老不回家呀？"

春子弯着腰告诉他："阿姨工作忙呀！以后，你爸爸妈妈带你去中国，你可以爬长城，还能吃北京的水饺呢！"

建雄一下子兴奋了起来："真的吗？我妈妈就是喜欢吃饺子！她带我去横滨吃过饺子呢。"

春子摸着孩子的小脑袋对岩岩说："以后找个时间，我们一起去横滨吃正宗的中国餐，好吗？"

岩岩看了一眼大竹："那当然好了，只要你的时间合适，我们可以在周日去横滨。"

大竹赞同地点了一下头。

接近五点，大竹的祖父母一起来到客厅，所有的孩子都聚到他们身边，客厅里充满了融融暖暖的气氛。看着这样一个谦和融洽的大家族，岩岩马上想起了北京的亲人。

在大竹家里，岩岩看到了晚辈对长辈的尊敬。建雄在太祖父母面前懂事、守规矩、有礼貌。他不需要父母的指点，见到太祖父母，马上就撅起小屁股给他们鞠躬，小嘴巴里蹦出来："打搅太祖、太祖母了。"

祖母笑眯缝了眼睛，拉起建雄的小嫩手："谢谢你呀！来，这是太祖父、太祖母给你的礼物。让你妈妈带着你去买喜欢的东西吧！"

夏子连忙给祖母鞠躬，说道："祖母不要给孩子钱，祖母留着自己花吧！"

祖母把钱塞进了建雄的小手里，对夏子说："今天不是儿童日嘛，这是太祖母给他的奖金。每天晚上他都是最后一个离开幼儿园的，也很辛苦的嘛！奖励奖励他。"祖母又对建雄说："孩子，你把它们存进银行里去吧！"

建雄鞠躬道谢从太祖母手里接过了钱，转过身子对夏子说："妈妈，我不需要钱，请你带我去银行把它们存起来吧。"他站得笔直，说得认真，这个不大的孩子在岩岩的眼里变得更加可爱了。

夏子露出欣慰的笑容告诉岩岩："这个孩子很会算计，祖母给他的钱，他都让我带他去银行存起来。我们也对他进行一些理财教育，让他从小就懂得挣钱不容易。逢年过节他收到的钱，一分也不花，全部存进银行里去了。"

大竹的祖父母在客厅里待了一会儿后，便去另一间屋子休息去了，夏子与丈夫和岩岩在客厅里闲聊了起来，大竹与春子到书房说话去了，建雄里里外外地跑来跑去，增添了很多热闹的气氛。

岩岩问夏子："建雄真懂规矩，很有礼貌，是不是幼儿园的老师教给小朋友的？"

"是的。在幼儿园，有玩具大家一起玩儿，吃点心一人一份，吃完午餐自己去洗饭碗，然后，擦干净放进小柜子里面。手脏了，自己去洗；摔倒了，自己爬起来；做错事情了，自己去反省室待几分钟，没有老师的指示是不能走出来的。老师教育孩子们要帮助人，不能欺负人，对长辈要有礼貌。因此，孩子回到家后，我们基本上不用再教育他这些事情了。"夏子又介绍了日本幼儿园的一些情况。

岩岩又问："建雄上的是什么幼儿园？"

"他上公立幼儿园。虽然在私立幼儿园孩子可以学到很多东西，比如，钢琴、绘画、写字、英语、唱歌、跳舞，老师也都很有艺术才能。不过，我们不想让孩子从小就有比他人优越的感觉，更不能让他向外人炫耀自己家里有钱，所以我们把建雄送到公立幼儿园。公立幼儿园的教育质量也非常好，阿姨都是有幼师资格的有经验的老师，把孩子送到那里，我们非常放心。我们希望孩子与大家快乐相处，而不是去攀比。我们对孩子的要求就是学会帮助别人，要有爱心，从小做起，长大了才会去尊重别人。我祖母就是这样教育我们的，我母亲对我们要求很严格，她从来不放任和纵容我们的任性，所以，我们也不娇惯孩子。"夏子说完这些话，感激地看了一眼正在忙里忙外的母亲。

夏子与丈夫是大学的同班同学，他们一起念完了博士学位，经过了严格的考试，双双取得了医师资格，又双双归属到大竹家家族医院的门户下。夏子的丈夫看起来很文静，他与大竹和岩岩打了招呼后，便没有了话题。他属于那种一锥子也扎不出一个血眼儿的人，但是，他看夏子的眼神里却充满了爱慕，夏子说什么他都会"嗨！嗨！"地应声去办，他似乎不会生气，脸上总是带着笑容，一副和事佬的样子。

夏子性格开朗，含笑的表情中没有丝毫的傲慢，更没有虚伪做作的神态，这让岩岩的心里轻松了不少。她们讲了很多有关孩子教育的问题，越讲越投机，渐渐地岩岩喜欢上了夏子。

岩岩问她："你们住在哪个区呀？"

"我们住的地方离这里比较远一些。因为，我丈夫是长子，需要照顾父母，我们就住在他父母的隔壁。"

"那么，你们天天来上班一定很紧张吧？"岩岩关心地问。

"这倒没什么，就是每天接送孩子是个问题。早晨他去送孩子，晚上，我把孩子接回家。只不过，我们接孩子比别人要晚一些。我们选择了一所可以延长时间的幼儿园，这样，我们就可以踏实地工作了。孩子嘛，让他们从小就学会克制是很有必要的。"

"日本的电车、地铁很准时，公交车也很方便，只要按时出门，一定不会迟到的。"岩岩说。

夏子点头："是的，好在我们医院上午的时间段里，由我父母照应着，我们可以晚来一个小时，晚上的时间段，我父母可以早回去一个小时。有的时候，我和我母亲去大学讲课，医院由我父亲和我丈夫来照应。家族医院嘛，调换安排比较方便一些。"

夏子的身上焕发着青春的热情，她的心胸与谈吐给岩岩精神上带来了很多正能量。尽管她很有钱，尽管她是一位很出色的齿科医生，尽管她还兼职大学讲课，但是，她对于"奢侈"这个词汇却显得很平淡。她谦虚地对岩岩讲："我没有时间逛商店，大街上流行的服饰跟我不沾边，休息日我们只想好好陪一陪双方的家长。"

岩岩与夏子聊得很舒畅，春子却没有参加她们的谈话，她和大竹一直在书房里低声谈论着什么事情。从春子忧郁的脸上，岩岩隐隐约约地感觉到她似乎并不快乐。

晚上六点整，大竹的母亲又出现在客厅里，岩岩立刻站了起来。他母亲热情地对岩岩说："今天晚上我们吃寿司，我从外面预订的。"

大竹家的晚餐完全像在和式餐厅里就餐一样，餐桌上摆着成套讲究的日式漆盘、筷子、餐巾和带盖的茶杯。祖父祖母坐在长餐桌中间的位子上，其他人按照大竹母亲的安排依次入座。随后，阿姨从厨房端出来几个圆形漆器大餐盒，里面放着海鲜寿司，还有大竹母亲亲手做的炸海鲜、鲜蘑菇米饭、海带卷、冷豆腐和用京都黄酱做的三文鱼汤。每个人有一套饭菜，寿司放在了桌子中间的位置上。五颜六色的经典食物飘着诱人的香味，岩岩的肚子发出了"咕——"的叫声，她不好意思地忙把头低了下去。

"妈妈，不知道谁的肚子在叫呢。赶快吃吧，要不，我的肚子也要叫了。"建雄天真地看着夏子。

夏子告诉他："要等太祖父、太祖母、祖父、祖母和爸爸、妈妈、舅舅、阿姨都吃过第一口以后，你才能动筷子呢！这是规矩呀！"建雄听后，马上站起来跑到太祖父、太祖母面前，鞠了一个躬，稚声稚气地说："太祖父、太祖母，请您们用餐吧！"然后，他又跑到大竹父母面前："祖父、祖母，请多关照呀！我肚子饿了，您们先吃饭吧！"最后，他跑到岩岩面前，调皮地说："阿姨，你赶快吃呀！我是最后一个可以吃饭的。"岩岩微笑着摸了摸他的头。

在日本，吃饭前都要说一声"我吃饭了"。然后，才开始用餐。大竹一家按照辈分，祖父母先动筷子，然后是父母，再往后是大竹这一代人，最后才是建雄。等大家都动了筷子，建雄迫不及待地说了一声"我吃饭了"便用小筷子夹住了一块鱼子寿司，慢慢地送进小嘴里。他冲着大竹母亲顽皮地一笑："祖母，真好吃！我妈妈做的没有这个好吃。"他的话让所有的人都忍不住地笑出了声音，岩岩不敢造次，捂着嘴巴笑在心里。

大竹家的餐桌上，每个人吃饭的动作、喝茶的举止就像演电影一样，有板有眼。他们用筷子把食物送进嘴里，文质彬彬地咀嚼，然后，把筷子整齐地放在摆筷子的小架子上，喝一口茶水，再吃其他的菜肴。岩岩观察到他家的女性吃饭时的姿势居然是一模一样的，她们吃寿司时，都会先把左手靠近嘴唇，再把寿司送进嘴里，带着微笑轻声说："好吃！"她们喝茶时，右手拿茶杯，左手放在茶杯底下，不出声音地喝一小口，轻声说："好喝！"脸上露出浅浅的笑容。

岩岩一直都在仔细观察大竹母亲的一举一动、一颦一笑，她喝茶吃饭的举止、神态是那样优雅完美，令人佩服。岩岩不由得暗想，与大竹母亲一起吃饭是一件十分累心的事情。

这顿饭吃了一个多小时，大家边吃边聊，融融洽洽，每一个人都把自己碗里、盘里的菜肴吃得干干净净，才放下筷子，然后，对大竹母亲说："谢谢款待。"

就在岩岩放下筷子，说了道谢的话后，大竹母亲夸奖了她："岩岩，你吃饭的样子跟我们日本人一样呀！你是不是经常在外面吃饭呀？"

岩岩看了一眼大竹，平静地回答："我很少在外面吃饭，不过，倒是有机会去日本人家里做客，很多规矩都是他们教给我的。"

大竹母亲点了一下头："噢，是这样的。你是不是觉得我们日本人吃饭很麻烦呀？"

岩岩礼貌地回答："我喜欢吃饭有规矩、有讲究。从小我父母也是这样教育我们的。"然后，她问："您做的鲜蘑菇饭非常好吃，有营养，还没有油。酱汤的味道非常鲜美，您放的是什么佐料呀？还有，您炸的海鲜是怎么做的？一点儿也不油腻。"

大竹母亲高兴起来，话也多了："我炸海鲜用的是没有油脂的油，是从纯天然豆子里榨出来的，去掉油脂的油。这种油是新上市的，炸东西很好，一点儿也不油腻，我是头一次用这种油做菜。我们家用京都的酱做酱汤，大竹祖母只喜欢喝这种酱做的汤。北海道的海带味道鲜美，用特殊的日本酒、鲜味酱油和蜂蜜一起熬制，味道醇正，大竹祖父喜欢吃这种海带卷。"她一边说，一边看着两位老人。

大竹父亲用感谢的目光望着妻子，微微地点着头说："她做的菜非常好吃，比外面做的好吃，就是要花费很多时间，对不起，辛苦你了。"

得到丈夫的夸赞，大竹母亲满脸笑容，她对岩岩说："你走的时候，带一盒京都黄酱吧。听大竹讲你很喜欢做菜，做的水饺非常好吃。"

岩岩马上回答："谢谢您。"她不敢多说话，生怕闹出笑话。

春子的话不多，她低着头静静地吃自己眼前的饭菜，偶尔抬起头来朝着母亲说一声："母亲，您做的味道很美，很久没有吃到这么好的晚餐了。"

大竹母亲看着春子的眼神有些忧郁，怜爱地对她说："你多吃一些，做手术需要体力嘛。以后，你要经常回家来看看我们呀！我做了几样你喜欢吃的菜，你走的时候，带一些回去。周末把孩子放在我这里，让你哥哥把孩子接过来，你也可以好好休息休息。"

春子带着苦涩的微笑望着母亲："谢谢母亲，我自己能带好孩子的。"

岩岩静静地看着她们母女，心里产生了疑问，"春子有孩子？大竹没有告诉自己呀！这是怎么一回事？"

大竹祖母慈爱地看着孙女，慢慢地说："别总是苦着自己，回家里来，有什么事情讲出来。看你，又瘦了！以后，我让你哥哥经常去你那里看看你，需要什么就对你哥哥讲嘛！"

春子的眼睛里含着泪珠，她咬着嘴唇，拿出手绢擦拭着眼睛，大竹母亲侧过身子也在擦眼睛。这一幕闯入岩岩的视线，让她感到有些无所适从。

倒是大竹开了一句玩笑："以后，我们家组织一个团队去中国旅游，好好吃吃中国餐！"

"对，以后有机会一定去中国看一看。"大竹父亲代替妻子表了态。

虽然，这顿晚餐岩岩感觉吃得很累，但是，却给了她了解大竹家人的一次绝好的机会，同时，也让她感悟到了中国人和日本人在招待客人方面不同的风俗习惯。

在日本，请客吃饭基本上是每人一套菜肴，大家各吃各的，主人不会给客人夹菜。如果，客人把饭菜剩下，主人会感到非常没有面子，而且，也会让主人认为客人没有什么教养。因此，即使饭菜不合口味，客人也要把自己盘子里的食物吃干净。这样做是对主人最起码的尊敬，也显示自己的教养。人人如此，家家都遵守这些规矩，可以这样说，这些规矩也是经典的日本生活习惯之一。

在中国，请客吃饭的习惯与日本不同。岩岩想起了她班上的一位学中文的男学生在中国赴宴的趣事。

那个男学生的女友是中国人。他与女友一起去中国旅游，女友的父母在一家高级餐厅请他吃饭。中国人请客一般都是用大圆桌，饭菜摆在中间大家共享，主人要给客人夹菜，以示热情。另外，饭菜一定不能吃到净盘，否则，主人会认为客人没有吃饱，没有吃好。那个男学生不懂中国的这套习俗，按照日本人的习惯，把自己盘子里的饭菜吃得干干净净。女友的父母感到很窘迫，以为他没有吃饱，不断地往他的盘子里夹菜。他也很憨厚，接着低头一个劲儿地往嘴里塞，到了最后，所有的菜都被女友的父母夹到了他的盘子里，他还在低头吃，女友的父母见状赶紧又要了一大盘海鲜炒面放在了他面前。看着眼前像一座小山似的炒面，他实在吃不下去了，借口去上卫生间，离开了餐桌。

女友也跟了出来，关心地问他："你怎么了？不舒服吗？"

他问女友："你父母为什么要不断往我的盘子里夹菜呢？我已经吃净盘子里的饭菜了，可是，你们还要给我夹菜，这是为什么？对不起，现在，我都想吐了。"

女友恍然大悟，捂着嘴笑了起来："我们中国人请客吃饭，最怕盘子里的菜吃光了，那样，我们就会认为客人没有吃饱吃好，所以，我们要不断地给你夹菜。这是中国人的习惯，是表示热情啊。"

男学生这才明白了。真是，国家不同，习惯各异呀！不过，那一次就餐后，他足足两天都没有食欲。

在课堂上，男学生把他在中国吃饭的趣事分享给大家，所有的学生都忍不住地笑了。

晚上，大竹送岩岩去车站，她看着大竹的眼睛，担心地问："竹，春子有孩子？她似乎并不愉快，看得出来，她很苦闷，她有什么事情吗？"

晚风吹拂在脸上，清爽中带着一丝凉气，大竹的眼睛望着天空，自言自语地说："没想到，春子这样一个才女，生活却跟她开了一个天大的玩笑！我很疼爱这个妹妹，很想帮助她，可是，我又没有力量去帮助她，心里好难过！"

在月光下，岩岩看到大竹的眼睛里带着痛苦，他一边摇头，一边自责。

岩岩安慰他："以后有时间，你再告诉我春子的事情，好吗？"

大竹握着岩岩的手："岩，我对春子好，你不会埋怨我吧？"

"你这是什么话？她是你妹妹呀！不过，你一定要告诉我她的事情。你家条件非常优越，她又是一位很优秀的女性，她能发生什么事情呢？"

几天以后的一个晚上，岩岩刚好没有任何安排，她把大竹叫到自己的住处，给他做了韭菜鸡蛋馅饼和馄饨。

大竹很是高兴，一口气吃了四张馅饼，然后，拍着肚子说："太好吃了！你有时间一定要做给我祖母吃呀！"

岩岩把其他的馅饼包起来，让大竹带回去吃。他不好意思地说："谢谢你，下次我请你去银座吃寿司吧。"

"谢谢你的邀请。不过，没有必要去花那些钱，我不是那种花男人钱的女性，我喜欢朴实安静的生活。现在，请你讲一讲春子吧！"

岩岩打开了一瓶清酒，大竹开始讲起了妹妹春子：

"春子是一个温顺的女孩子，她聪明漂亮，学习非常刻苦认真，在学校的学习成绩一直名列前茅，为此，她得到过学校多次奖励，后来，她如愿考上了日本医科大学，专攻胸外科专业。

"其实，我祖母很希望春子也能学习齿科医学，但是，春子认为读胸外科更有创新性和成就感，我父母支持她的选择，希望她能够成为一名一流的胸外科医生。她大学毕业后，又考取了美国的一所一流医学院，读完了博士学位。回到日本，她考取了医师资格，在大学医院胸外科当了一名医生，一切都朝着顺利的方向发展。她努力工作，经常与大学教授一起做课题研究，有一些重要的胸外科手术，那都是男医生才能做的，可春子也能站在手术台前工作十几个小时。她很年轻，却非常优秀。后来，她交了一个男朋友，据说，他们是在美国念书时认识的，是校友。那个男孩子也很优秀，后来，他在日本一所大学当副教授。因为，他们双方工作都很忙，见面时间不多，春子不顾我母亲的反对，与那个男孩子住在了一起。春子希望自己再做几个新项目的胸外科手术后，再谈婚事，可是，她发现自己怀孕了。我母亲知道后非常不高兴，但她不同意春子打掉孩子，所以，决定让她马上结婚。

"春子生长在像我们这样的家庭里，我母亲样样都要做到尽善尽美，我们家要求在东京一家老饭店举行婚宴，男方家嫌太贵了，想改到其他饭店举办婚宴，我家决定出一半费用，依然在老饭店办事。在日本，准备婚宴是一件非常辛苦的事情，新婚夫妇要到那里去品尝婚宴上的每一道菜，如果口味不合适，厨师就要改换调料，直到口味符合新婚夫妇的要求。准备婚宴，有很多细致的工作需要本人去做，他们是学者和医生，没有时间去饭店品尝，就委托双方家长帮忙做准备。在日本举办婚宴不是交了钱就万事大吉了，那是一套非常繁杂的工作！"

大竹继续往下讲："两年以前我妹妹结婚的那一天，双方亲属和朋友们在婚宴大厅门外签名，春子在化妆室里由化妆师为她化妆和穿和服，佩戴各种小饰物。本来新郎是要早到婚宴地点的，可是，在约定好的时间，新郎却迟迟没有来。春子以为他临时遇到了什么事情，便给他打电话，但是联系不上，春子就请他母亲打电话，仍然没有人接听。新郎父母急得满头冒汗，眼看着所有宾客都已经入座，新郎却依然没有来！我母亲已经预感到情况可能不妙，她到化妆室安慰春子要沉住气。

"就在婚宴开始之际，新郎打来电话告诉春子，他要取消婚宴。听到这个消息的时候，春子的脸色煞白，嘴唇颤抖，要不是我在身后扶着她，她一定会摔倒下去。我告诉她：'无论如何，我们家都要把这场婚宴办下去，我们要对得起亲戚和朋友们。'我母亲也鼓励她：'就算是我们家的一次演习吧！'我知道我母亲当时的心情，她是一个万事不求人，绝不低头的女性，她把面子看得重于一切，她哪里受得了这种耻辱！我更清楚那个时候春子的心情，要不是因为她有了身孕，她也绝不会仓促结婚。春子很坚强，她勇敢地走进婚宴大厅，告诉在座的亲朋好友们，她将独自完成婚宴活动。她的话一出口，在场所有的人立时发出了一阵'嘘——'声，目光望向了春子。我听到我祖母低声对祖父说：'太丢人了！他们家怎么能做出这等事情来！'我非常气愤，这个貌似斯文的男人，为什么要如此来羞辱坑害我的妹妹？！究竟是什么原因让那个男人要取消婚宴？！婚宴结束后，春子大病了一场，一个晚上，她乌黑的头发就变成了满头白发。岩，你相信吗？我妈妈请了理发师来家里为她染发，从那以后，她的头发便成了黄颜色。为了安慰她，我请假陪着她。我还从来没有因为私事请过假呀！我和她聊天，我生怕她一时想不开做出傻事来。我母亲请了一个帮手给她做饭。那一年是我们家族最黑暗、最艰难的一年。

"耻辱的婚宴过去一周后，男方家长专程到我家来赔礼道歉。实际上，在婚宴当天的早上，他们也没有见到自己的儿子，这真是荒唐！那一天，就在婚宴开始的时候，新郎乘上了去美国的飞机。世界上什么稀奇古怪的事情都可能发生，但是，为什么这种奇耻大辱的事情偏偏让我们家族赶上了呢？难道上帝要惩罚我们家族吗？直到现在我也没有明白，为什么那个男人会如此恶毒地做出这种伤天害理的事情来？

我母亲要强了一辈子，赶上了这件窝心事，她哭都哭不出声音来。春子大病了一场，我母亲也休诊了好几天，我祖母气得心脏痛，住了院，我们家的天都要塌下来了！我舅舅到家里来看望我母亲，她哭着对舅舅说：'没有想到我们家族要遭受这样的侮辱，今后如何有脸面见人！'我姑姑担心春子肚子里的孩子，跑来告诉我母亲，千万要保住孩子。就这样，我母亲每天晚上去春子的住所看望她。在大家的关爱下，春子终于走出了那段黑暗的时期，她勇敢地面对现实，她生下了一个健康的女孩子。

"我母亲让她好好在家里休息，把孩子带到两岁以后再回医院工作。可是，春子是一个工作狂，她把刚刚两个月大的孩子送到了一家私人婴儿所。这样，她可以不用照顾孩子，全身心地投入工作了。我祖母特别心疼春子，她让我母亲把婴儿抱回家。她告诉春子：'这个孩子是我们家族的后代，我不能让你把她扔到婴儿所去。这个孩子我照顾，你去上班吧。'没有人敢阻拦我祖母，就这样，春子的孩子一直在我祖母的眼皮底下长大了。

"今年，孩子两岁了，春子才把她送进了托儿所。我祖母雇人每天晚上去托儿所接孩子，晚上陪着她一起玩儿，直到第二天早晨把孩子送到托儿所。这样，春子回家也可以休息休息。"

岩岩同情地说："春子真是不幸呀！那个昧心郎现在在哪里？"

大竹说："其实，那个新郎的父母也是很有教养的人，都是做教育工作的。他们的儿子做出来这等让人耻笑的事情，也让他们在朋友面前无地自容。他们的儿子去了美国，在那里与一个美籍日本人结了婚，后来，才知道那个女孩子竟是他的表妹！就连他父母都大为震惊！这件事情，春子解释不清楚。她是一个工作狂，同居了一年多却不知道那个男人都在干些什么，还怀了他的孩子，这真是一个弥天国际大玩笑！开得如此荒唐！如此恶劣！直到一年前，一个朋友才把他们的事情搞清楚，告诉了我们。"

岩岩关心地问："什么事情？可以告诉我吗？"

"这件事情已经成为过去，不过，你可千万别在春子面前提及此事！"大竹嘱咐着。

那个男人是一个很有才华的青年，在大学是一位有前途的学者，他埋头置身于自己的研究中，比春子还要狂迷于工作。他们同居以后，他发现春子太热衷她的事业了，对工作的狂热比他还要强烈。他觉得"女主内"的家庭模式对春子来说是根本不可能的，他害怕有一天他要成为"男主内"的角色。他经常去美国参加学术交流并与那边的大学有合作研究项目。他的表妹住在美国，并加入了美国国籍。据朋友说，他表妹是一所大学的讲师，她很注重生活情趣，不像春子，只知道工作工作。他们什么时候发展成为情人关系的，谁也说不清楚，但是，逃婚的事情就是发生了。那个男人辞掉了日本大学的工作，应聘到了美国，与他表妹在同一所大学教书。听说，那个男人的舅舅夫妇早年留学美国，后留在大学工作，他们有一个女儿，就是他的表妹。他父母每年暑假都要带着他去美国看望舅舅一家，两家走得很密切，关系也很好。后来，他舅舅夫妇在一次海外度假时，遇上了飞机空难，他们双双殉难，留下他表妹一个人在美国生活。好在那个时候他表妹已经大学毕业了，继续读学位。他父母让他每年大学放假期间去美国陪伴表妹，关照一下她的生活。据他母亲讲，他知道表妹得了乳腺癌，需要马上手术治疗。没有想到，就在结婚的当天，他逃婚了，连向自己的父母都没有打一声招呼，就坐上飞机去了美国，赶去陪伴表妹。后来，他们结了婚。听说，他表妹生不了孩子，他希望得到春子孩子的抚养权。

听完这段离奇曲折的故事，岩岩心里好难过。春子到底错在了哪里？苍天为什么对这样一位优秀的女性如此不公平？！那个小女孩还未出生就面临着各种麻烦，她真想帮帮春子。

岩岩愤然地说："那个昧心男人让你妹妹未婚先孕，又逃婚，你妹妹没有找他要精神赔偿就算便宜了他，他还恬不知耻地想要孩子的抚养权？那是痴心妄想！如果他想打官司，就让他到日本来吧！让他跑断了腿也不会得逞！天底下还有这么不知廉耻的男人！竹，你告诉春子，需要我做什么，我义不容辞，全力以赴。一定要让春子坚强地生活下去，她的孩子也一定要好好培养。有你这个好哥哥，春子就会感到底气十足，她娘家不是没有人！"

大竹一把握住岩岩的手，动情地说："岩，谢谢你说这些话。其实，我比春子还要难过。以前，我下班后，经常会去幼儿园看望我的小外甥女，这个可怜的孩子。如果春子周日可以休息，我就和她带着孩子一起去公园，我想为妹妹多尽一点哥哥的义务。"

眼前的大竹在岩岩的眼里渐渐地高大了起来，然而，春子的遭遇也让她再一次认真地思考起自己的门第观念。

第六章
家族意识

自从岩岩去了大竹家，见到了他们全家人以后，她不但没有高兴起来，反而有了一种担忧。大竹家族太华丽了，每一位女性又太出色了，这不能不让她有自卑感。

大竹母亲完美无缺的仪表，极端的清洁，一尘不染的居室，就连餐具都要用消毒液清洗，擦手毛巾、餐巾、桌布、坐垫套定期要拿到洗衣店去洗，这种在生活细节上还要追求一丝不苟的做法，让岩岩品到了"辛苦"的味道。

她向母亲汇报了去大竹家的情况。老母亲听后，也为女儿担起了心："他们家太上等了。他们不会嫌弃你吧？他母亲那样要强，以后你的日子会过得很辛苦，我怕你进了他家后受委屈。你离我这么远，想帮助你都难哪！"

母亲发自内心的担忧，更让岩岩对以后的生活感到不安。虽然，大竹母亲对自己非常热情，但很难预测她的真实想法。像她这样既有医术，又有学术，还有地位的女性，在各个方面都会有超乎寻常的要求，选儿媳自然要百里挑一，好上加好了。说不定她见我只是给大竹一个面子，实际上她根本就不同意我们的婚事。

岩岩和大竹见面时，担心地问他："你母亲这样十全十美，她是不是瞧不起我呀？没有去你家以前，我心里还有些底，现在，我就像吊在空中的气球，飘来荡去的，没有一点安全感。"

大竹坦诚地看着她，说："婚姻是我们的事情，我有权利做自己的主。岩，难道你还不相信我吗？我等了你这么多年，难道就是为了开玩笑吗？我妈妈很喜欢你，这是她亲口告诉我的。你放心吧！"

岩岩看着他坦率真诚的目光，心里想："这个男人是不会说假话的，我应该相信他，不要再自寻烦恼了。"

俗话说"是姻缘棒打不回"，岩岩确信，她与大竹的姻缘早在五百年前苍天就已经给他们安排好了。有大竹保护自己，还有什么可担心的？现在，她越来越控制不住想结婚的意念了。

又是几个星期过去了，当岩岩谈及结婚的事情时，大竹不是含笑地搂一搂她，就是说一些别的事情，对结婚的事却不做任何回答，好像他在回避什么。细细观察，岩岩发现大竹似乎有难以启齿的苦恼。是什么？她不清楚。

因为心里有事，岩岩与大竹聊天时就会流露出对以后生活的忧虑。大竹依然轻松地劝她："放心吧，将来，我们不会和我父母在一起生活，不要有那么多担忧。"

说者无心，听者有意，岩岩始终对大竹的母亲抱有一种恐惧的心态。

大竹父母及祖父母见过岩岩以后，尽管他们对岩岩表示喜欢，但是，他们仍然无法认可一个外国人将要成为家族成员的现实。一天，大竹祖母把儿子、儿媳叫到她那里，商量大竹的事情。

祖母的态度比以前有所缓和："岩岩这个孩子还是挺本分的，有规矩，懂事理，相貌也好，遗憾呀，她不是日本人。"

大竹母亲点点头："是啊，她要是日本人就好了，她年龄也有些大了点儿。不过，竹儿已经明确说了，就是想跟岩岩在一起。唉，这个孩子！"

祖父插进一句话："现在，很多日本男孩子娶了中国女孩子，日子过得不错。我这个孙子没有看好日本女孩子，他非要娶岩岩，如果我们阻拦了他，那不就是毁了这个孩子嘛。我看，岩岩这个孩子挺不错的。这件事，就让我孙子自己决定吧。"

大竹父亲点了一下头，说："父亲说得在理。当初我也反对竹儿找一个外国人，可是见了岩岩后，我觉得我们还是要尊重年轻人的意见。孩子一定要娶一个外国女孩子，我们做父母的可不能伤害了孩子。竹儿快四十岁了，要是我们阻拦了这件事情，他有可能一辈子不结婚呀！"

"不知二老的意思如何？这两天竹儿问我呢。"大竹母亲没有再说下去。

房间里一片寂静，大家都看着祖母，等她拿主意。

过了许久，祖母终于开口，说："我看哪，不是日本人就不是吧，总不能耽误了我孙子的婚事。不过，在他们结婚之前，我们要去中国见一见她的母亲和家人。门户嘛，我们还是很看重的。麻烦你们去一趟中国。"

大竹父亲给祖母鞠了一个躬："母亲，我明白了。我们商量一下，看看什么时间去中国。"

"是啊，我们安排一下工作。日本离中国很近，有两天时间我看就够了。周末我们去，周一返回。医院的工作交给夏子夫妇去做。"大竹母亲征求祖母的意见。

"就这样吧！辛苦你们了。"祖母微微地点了一下头。

再说岩岩，这个时候的她比任何人都想结婚，而且是越快越好，可是大竹却来了一个棉花落在油缸里，一点儿动静都没有了。这可真让岩岩心里的阴云一层一层地加厚了起来。

赌气也好，生气也罢，岩岩以工作忙为由婉转地回避与大竹见面。她试图把全部精力都投放在工作上，以此来减轻心里的苦涩，她每一天的生活就是在这样的猜疑和焦虑中消磨过去的。

大竹依然打电话约岩岩外出，但是，岩岩并没有赴约的心情。她不明白大竹迫切想结婚的念头为何突然变得吞吞吐吐了呢。

一个月过去了，热切期待得到家庭的岩岩也不再脑子发热了，初见大竹家人欢喜的心情渐渐地消退了。

就在岩岩对咬牙坚持不见大竹的做法纠结的时候，一个电话打到了她小小的房间。

"喂，是岩岩吗？我是大竹的妹妹，春子。你好吗？这两天你能抽出时间吗？我想请你去银座喝咖啡。"

"啊，是春子，接到你的电话非常高兴。你有事情吗？"

"岩岩，我有事情想请你帮帮忙，我想见到你。"春子的声音带着几分焦虑。

"好吧，周日可以吗？我只休息一天。"岩岩也想见一见春子。

在银座三越百货商店的二楼，有一家法式餐厅，那里做的都是经典的法国餐。百货商店位于银座最繁华的交叉路口，去餐厅就餐的人很多，几乎总要在外面排队等候。

第二次见到春子，岩岩依然没有从她美丽的脸上看到灿烂的笑容，她还是那样显得弱不禁风，说话柔和得像棉花，她的穿戴与众不同，但却很素雅大方。质地上乘的服装，忧郁伤感的美人脸，她走在银座的街上显得与众不同。

她一见到岩岩，就谦卑地鞠了一个躬："对不起，请你出来，耽误了你的休息时间。"

"我也想出来走走，见到你很高兴。我们进去吧。"岩岩与春子肩并肩地走进商店。

选择这家饮食店是她们两个人共同的意思。岩岩喜欢这里，是因为这儿的咖啡醇香浓厚，糕点精致，口感不腻。春子喜欢这里，是因为她经常与哥哥大竹一起到这里喝咖啡和用餐，向哥哥倾吐心中的苦闷，另外，她也喜欢经典餐饮。

她们坐在通顶玻璃窗前的椅子上，面朝街面，看着熙熙攘攘过往的行人，不约而同地说："好热闹！"

岩岩要了一小杯特浓特苦的咖啡，春子要了一杯加奶热咖啡，她们每个人还要了一块蛋糕，望着街面开始了私聊。

春子看着岩岩，伤感地问："听我哥哥讲，你不想见他，是吗？为什么？"

"我最近工作特别忙，真的抽不出时间来。对不起。"岩岩喝了一口特苦的咖啡，心里感觉更苦。

"是这样啊！你知道吗？我哥哥心情很不好，他真的很想你呀！听我母亲讲，最近他经常加班，周末去我父母那里，吃完饭就走，我母亲以为他是找你去了呢！"她也喝了一口咖啡，开始谈起了她的哥哥大竹。

她的眼神向岩岩传递着一个信息，她爱自己的哥哥，她要帮助哥哥。

看着春子诚恳的目光和她美丽忧郁的面颊，岩岩谈起了她与大竹认识的全过程。

"岩岩，其实，这些事情我哥哥很早就跟我说过了，他很佩服你的坚强与毅力，他一直在寻找你这样的女性成为他的伴侣。我了解他，他个性很强，不喜欢的绝不勉强自己。他不喜欢学医，即使我父母不高兴他也不妥协。现在，他很苦恼，他害怕失去你。我知道我妈妈也喜欢你，可是，她摆脱不了传统观念的束缚，她始终希望我哥哥找一位日本女孩子。她多次请求哥哥改变想法，完成传统的日式婚姻。自从我母亲见过你以后，她再次提起这个话头，我哥哥不愿意让她伤心，但也不想改变自己，事情就僵在这里了。"春子满怀歉意地倒出了他们家的内情。

"谢谢你。你让我更了解你们家族了。大竹是一位合我心意的异性，我也考虑了很多年，想成为他的伴侣，但我也害怕听到有人背后说我的闲话，什么'她是看上了男方家的地位和钱了，她想过富太太的生活了'。我去过你家以后，我就对自己失去了信心。你们家族很高贵，我就是一名外来的留学生，我们之间相差很多多，所以，我也要好好地考虑一下这件事情。我妈妈一直告诉我一定要自强、自立、自尊，要矜持，要稳重。婚姻不是双方都愿意就可以办的事情，地位身份不般配，将来一定会出大问题的。我需要冷静地想一想我的人生选择。你母亲没有错，她希望儿媳是日本人，我能理解。不过，请相信我，我喜欢你哥哥，绝不是为了钱和地位。几年前，你哥哥向我表达感情的时候，我无法接受他，因为当时的我与他相差甚远，现在，我靠自己的能力取得了日本国籍，有了稳定的工作。我不愿意放弃任何一个工作机会，我也不是那种挥霍浪费的女性，我更不会跟他人去攀比，只想和睦融洽地生活在你们中间。"岩岩说完这些话，眼睛里蓄满了泪水。

春子被感动了，她马上接下去说："岩岩，我知道此时我哥哥的心情，他对你的态度一天也没有改变过。只是，我妈妈需要一些时间，或许，我哥哥也是为了这个，对你才有了一些怠慢，对不起。我去做我妈妈的工作，她是一位知识女性，会给我哥哥选择权的。"

岩岩望着春子，心里祈祷着"有这个妹妹帮忙，希望事情会得到顺利解决。看在苍天的份儿上，让我和大竹在一起吧"！

她对春子笑了一下，真诚地对她说："春子，我和你哥哥认识了十几年，双方似乎都在等待着什么。当我们几年后再次相见，发现双方都还是独身，才意识到我们是在等待对方。只不过，几年以后的今天，我们的年龄都长了好几岁。如果我们缘分深，总会走到一起的。但愿苍天保佑。"

春子重重地点了一下头："我明白了。"随后，她话题一转，风趣地一笑："岩岩，听我哥哥说，你包的饺子特别好吃。不知道将来我是否有口福，吃到你包的中国水饺呀！"

岩岩的情绪一下子被激发了起来："春子，你喜欢吃水饺？太好了！以后我让你哥哥给你带回去。"

春子捂着嘴巴"嘻嘻嘻"地笑了起来。

见过春子后，岩岩依然不想见到大竹。尽管大竹的身影天天都在眼前转悠，他的声音每时每刻都在耳边回荡，可是，自尊和矜持的教养，让她依然坚持一定要得到大竹母亲确切的回答之后，再做决定是否和大竹见面。

大竹母亲是一位完美到了无可挑剔的女性，她是学者，是医生，是儿媳，也是母亲。她的人生步步走得光彩，走得正确。她不仅事业上成功，家庭生活也很美满。到了她的儿女这一代，她希望子女们能够继承家族医学事业。虽然，长子学了经济学，令她失望，长女未婚先孕，让她感到家族名誉遭到了辱没。但是这些，作为母亲，她都承受了下来。她不再对长子寄予继承家族事业的希望，但她向儿子提出了一个要求，他的婚姻一定要由父母做主，找一位门当户对的日本女孩子。对此，大竹没有点头，也没有摇头。大竹三十岁以后，他的姑姑和舅舅们都为他在挑选未来的妻子上帮过大忙，他顺水推舟地见过一两个女孩子，但都以各种理由回绝继续交往。后来，他干脆拒绝任何人向他介绍对象了，他明确地告诉母亲："我要找自己喜欢的女孩子。"

可怜天下父母心，即使这样，大竹母亲依然为儿子寻找她认为不错的女孩子，大竹却并不感谢母亲，依然按照自己的方式过着独身生活。这让他母亲急不得，恼不得，反而以为儿子根本就不打算结婚。随着时间的流逝，随着大竹年龄的增长，姑姑和舅舅们也不再把大竹的事情放在嘴头上了。大竹母亲对儿子冷漠对待姑姑和舅舅们关心的做法感到郁闷，可是，这就是她所要面临的生活，她再要强，再要面子，也不能左右自己儿子的选择。

有一天，当大竹突然告诉她自己有女朋友的事情时，这位高贵的母亲眼睛闪着亮光，兴奋异常。而当她知道对方是一位中国女孩子的时候，她的眼神立刻暗淡了下来，她怎么也想不到自己的儿子守着众多日本优秀的女孩子不见，却偏偏喜欢一位外国人。春子的事情让她受到了从未有过的羞辱，而儿子的选择又给了她完美主义观念重重一击。

春子为了哥哥的事情专门回家和母亲谈过一次话，请求母亲理解哥哥的心情，先见一见岩岩，这才促使了母亲决定邀请岩岩来家里与大家见面。

当母亲见过岩岩后，她挑不出对方的任何毛病，但就是无法认可这个异国女孩子将来要成为她的儿媳，这跟大竹家族的传统观念完全背道而驰。为了说服儿子改变想法，她找儿子单独谈了一次。

"孩子，岩岩是一个不错的女孩子，挺讨人喜欢的，可是，我们是日本人呀！难道偌大的日本国就找不到一位你中意的女孩子吗？尽管我们都是亚洲人，尽管我们与中国在很多方面都有相同之处，但是，两国的文化与习俗还是不同的，将来你们在一起生活会遇上诸多不便。婚姻不是只有甜蜜，也会有苦涩，现在有很多年轻人靠着幻想步入婚姻殿堂，又在现实中走出破碎的家庭。我还是那个主张，实际一点，找一位日本女孩子吧！再说，岩岩的年龄也大了一些，从医学的角度讲，生育后代都有些困难。难道，你不想有自己的孩子吗？"

母亲苦苦的恳求与传统式的说教并没有在大竹身上起到丝毫作用，他凝视着美丽的母亲，向她传递自己的心声："母亲，长辈们确实给我介绍了不少优秀的女孩子，可是，她们追求奢华，赶潮流，比享受，在她们身上已经看不到我们日本传统文化的痕迹了。相反，岩岩就特别能吃苦，在很多方面也很优秀。她曾经对我讲过，要爱一个人，应该是奉献，而不是尽情地去索取。她凭着自己的毅力在日本念书，完全靠打工在日本一步一步走到今天。这些优点就值得我去追求她。我非常幸运，这么多年她一直是独身，我喜欢她的质朴和谦卑的态度。母亲，这就是为什么我不能接受你们介绍的女孩子的原因，请原谅我吧。我知道这会让你难过，可是，生活是我自己的，我愿意与岩岩一直走到底。儿子不孝，对不起母亲。"大竹在母亲面前深深地低下了头。

母亲望着儿子，露出无奈的眼神。

再说大竹的两个姑姑，她们时常来看望她们的父母——大竹的祖父、祖母。由于老人住在哥哥夫妇的隔壁，她们探望老人，也总会去打扰大竹的母亲。虽说她们是姑嫂，但无论如何，小姑子们来看望老人，大竹的母亲都会热情地接待她们。大家在一起，讲讲各家的情况，说说自己的孩子，谈谈各自的工作，聊聊社会上的杂事。女人嘛，即使是学者，也有心烦的事情，大家无所不谈地议论一番，相互劝说劝说，在自家人面前，没有家丑。

两位姑姑听说大竹找了一位中国女孩子，便对大竹母亲轮番劝说起来。

儿科医生小姑说："我们国家有那么多优秀的女孩子，我这个侄子怎么偏偏要找一个外国人？以后成了家，中国女孩子还不经常回中国呀，那样，我们侄子谁来照顾呀！嫂子，你还是劝劝侄子，让他娶一位日本女孩子吧。这也符合我们家族的传统嘛！"

妇科医生大姑接着说："就是嘛，我就想不明白，侄子为什么要找一个大龄女孩子呢？将来生孩子都困难呀！嫂子，你要尽快让侄子放弃这个中国女孩子。我同事的女儿是从美国留学回来的，在一家美国公司工作，人品、相貌都好。要不，我去跟同事说说？我们侄子多棒呀！"

大竹母亲摇摇头："竹儿很不听话，他非岩岩不娶呀！"

大姑马上接着话茬："我去跟老太太讲讲，让她说说这个孙子，他可是我们家唯一的男孩子嘛！"

小姑点头赞许："我们一起跟老太太谈谈吧，还是让侄子早点放弃，也别耽误人家岩岩。"

"就是嘛，侄子的年龄也不小了，就是男孩子，也不能太晚了。"

她们七嘴八舌，在大竹母亲面前不停地说，大竹母亲不说一句话，让这两位小姑子把话说完。

大竹的两位姑姑完全是在祖母严格的家教中成长起来的，她们一丝不苟地发扬光大自家的传统观念。她们的母亲——大竹的祖母从来不穿西式服装，她们也就严守家规，除了上班穿西式服装外，只要一回到家里便会换上和服，从未改变过。她们不仅在思想上非常传统，在饮食上也不接受西式餐点。就是这样的两位姑姑，当她们听说侄子找了一位外国姑娘，便打破了沉默，在嫂子面前大胆地表述她们的看法，希望侄子不要把一位外国人带进这个家族里来。

大竹母亲从心里感谢小姑子们的关心，可是，儿子早就向她表过态了。她含蓄微笑着对小姑子们说："谢谢姑姑们对竹儿的关心，不过，老太太那里已经吩咐过我了，让竹儿自己决定自己的婚姻。"说到此，两位小姑子相互对望着，不再吭声了。

姑姑们走后，大竹母亲一个人坐在客厅里，她要好好地想一想儿子的事情。

这件事，真是让她左右为难啊。自从儿子大学毕业以后，她就开始在自己的朋友圈内寻找友人的女儿，说破了嘴皮子让儿子与女方见见面，然而，儿子冷漠的面孔也伤害了她的心。她着急，但丝毫没有办法；她生气，儿子就不回家吃饭。她知道大女儿与儿子走得近，求女儿劝劝儿子，最后，女儿告诉她："还是让我哥哥自己决定自己的事情吧。"以后，她不敢在儿子面前提女孩子的事情，生怕儿子再不回家。事情一拖就是十几年，他们夫妇也不敢问儿子的婚事。眼看着周围友人的子女结婚生子，自己的儿子却无动于衷。她再要强，在这件事情上，可真是咬烂舌头往肚里咽，有苦无法诉呀。

过去她阻止儿子念经济学，让儿子一度远离她而去，那个时期，她后悔莫及。现在儿子终于遇上了一位他喜欢的女孩子，尽管她不赞成，看来，在这件事情上她只能向儿子妥协。再有，她到了这个年龄，已经没有那么大的力气再跟儿女理论了，她也不想重蹈覆辙，她只希望家庭和睦。

祖母一直主张家族只流日本血脉，可是，当她见过了岩岩之后，再加上大竹在她面前极力夸奖岩岩，这位祖母看着快要步入中年的孙子，告诉儿媳："让这个孩子自己决定吧！上学的事情我们祖孙三代闹得就很不愉快，现在，我只想让他赶快成个家，我不能看着他一辈子单身。岩岩这个孩子看上去挺不错的，有礼貌，有教养，人也蛮漂亮的，只要她对我孙子好，就让他随意吧！"

祖父比较开朗，他喜欢孙子的执着，反正在这个家族中已经有人继承家业了，就让这个孙子自由自在地工作，由着他找女孩子吧。

丈夫也改变了以前的想法，现在他不反对儿子找一个外国人了。日本国已经国际化，不少中国女孩子嫁给了日本男人。据说，中国女孩子能吃苦，勤劳朴素，不像日本女孩子花钱收不住口。他认为，只要儿子喜欢，作为家长就不要过于干涉。

她思前想后，结论还是她不得不向儿子妥协，同意他与岩岩交往下去。

不知道两位姑姑在老太太面前都说了些什么，一天，大竹祖母把大竹父母叫到她那里，好一通训教他们："竹儿这个孩子性格很硬，但，是一个好孩子。我希望他找一位日本女孩子，他不愿意。如果我们阻拦他和岩岩成婚，他不会听我们的，还会让他记恨我们一辈子。我已经告诉他的姑姑们了，竹儿的事情由他自己决定。上一次在我这里已经决定了，我们就不要再干涉他了。我孙子的事情让他抓紧时间，不能再耽误下去了。"

大竹母亲毕恭毕敬地聆听老人的训教，她丈夫在一边附和地说："母亲说得在理。我们再继续干涉竹儿的事情，他真的会独身下去的。只要岩岩对竹儿好，找一个外国人也没什么嘛！"

"母亲，我知道了。就让他自己选择女朋友吧。"大竹母亲给老太太鞠了一个躬。

一个多月后的一天晚上，大竹给岩岩打电话："我们已经一个多月没有见面了，你工作再忙也不会忙到一分钟都没有吧！今天晚上我一定要见到你。"他说话的语气十分坚定。

"好吧。见面的时候，你要给我一个明确的答复。"

"没问题。一切事情都在见面时谈。"

他们在银座三越百货商店二层法式餐厅见面了，坐在了岩岩与春子曾经坐过的那扇玻璃窗前的桌子旁。岩岩发现大竹的脸上似乎多了几丝浅浅的纹路，她不知道这个人会给自己怎样的答复，感觉有一层云雾遮挡了她的视线。

大竹还是那样吸引岩岩，而且比以前更加有吸引力了。"这么好的男孩子，我绝不能让给别人"岩岩想着，她生怕再次错过机会。冷了大竹一个多月足够了，现在，她需要抓紧时间向他进攻。但是，自身的教养还是打住了迫不及待想知道对方答复的问话。

大竹要了两小杯特苦的咖啡，打破了沉闷："你真有耐心！我以为你把我甩掉了呢！怎么，你的工作又上了一层楼？听春子说你非常忙。我想，我们应该讨论一下我们今后的生活了。"大竹的目光死死地盯在岩岩的脸上。

"我还是那句话，我是外乡人，与你们家庭在各个方面都相差甚远，但是，我们家族也是非常有教养的，只不过，我们生活的环境不同。我来日本念书，完全靠自己的能力走到了今天，我不喜欢依赖他人生活。我知道你们家族很了不起，或许，这就是你近段时间避谈婚事的主要原因。今天，我们需要谈一些实质性的话题。如果，你做好了准备，就请告诉我。"岩岩静静地看着他，似乎在等待命运的宣判。

大竹握住岩岩的手，深情地告诉她："岩，我知道你生我的气，但是，我不希望因为我们而让家里不愉快。我们家族非常传统，我母亲也很固执，尽管他们都喜欢你，可是，要让他们接受你，我是要做一些工作的。我很感谢春子，她为我们做了大量的工作。现在，我们家族希望我把婚事提到日程上来。我要告诉你的，就是这件事情。"

岩岩颤抖的心跳动得更加快了起来，这句实实在在的话是她等了多少年才终于听到的！她捧起杯子，喝了一口苦涩的咖啡，心里却被甜蜜包住了。她面对玻璃窗外面的交叉路口，闭上了眼睛，这个时候，她只想享受那句带给她幸福满足感的话。

当她睁开眼睛的时候，她给了大竹一个甜蜜的微笑。她相信就是从这一天起，她不用再猜测大竹了，他是自己的了，任何人都别想从自己手里夺走他。

他们真诚坦率地重归于好。这对快要步入中年的情侣，开始谈论起了婚事。

大竹母亲万事不求人，自己想做的事情，千匹马都拉不住她。她从小生活在优越的环境里，家风就是人人要有渊博的知识，她从来不服输，两个哥哥都是博士，她也要拿到。她喜欢齿科医学，在大学里遇上了大竹的父亲，两个人情趣相投，意向匹配，她嫁给了大竹的父亲。后来，大竹的祖父退休，她又成为家族医院的副院长，还在大学兼职教书，一切光环都戴在了她的头上。她生了大竹，在家族中的地位更加牢固，成为家族中的第二代女主人，说一不二已经成为习惯。在这个家里，她唯一怕的就是大竹的祖母。祖母是家族中的女王，只要祖母开口了，她就会想尽一切办法去满足老太太，在祖母面前，她永远都是小字辈。

她这一生中，只有两件事情让她感到难过与愤怒：长子不学医，让她感到难过；长女的婚事出现了辱没家族的结局，她愤怒，却毫无办法。只有小女儿的婚事和对齿科医学的执着，在事业上助了她一臂之力，让她感到欣慰。小女婿为人厚道，医术精湛，让她可以把家族事业托付给他们。现在，长子的婚事迫在眉睫，她希望这个国际婚姻给家族再添一些光彩。祖母已经下了指示，让她务必要见一见岩岩的母亲及家人，而且越早越好。结婚前亲家见面，这也合乎日本传统婚姻的程序。去北京的事情就这样闪电式地决定了。

7月中旬的一天晚上，大竹给岩岩打去电话："岩，我刚接到我母亲的电话，她说他们要去北京见你的母亲，下周六就去，在北京停留两天，周一返回。你看，这样安排合适吗？"

那个晚上，岩岩刚好在夜校上完假期前的最后一次课，她打算在假期利用晚上的时间好好休息一下。当大竹在电话里说出这个消息的时候，她脑袋直发蒙："什么？你说什么？你父母要去北京吗？下周六就去吗？"

"是啊！我母亲让我回家一趟，商量买些什么礼物送给你母亲。"

岩岩身上冒出了大汗，她又问了一遍："竹，你没有听错吧？他们为什么突然要去北京呢？现在公司忙，我不能请假呀！你也去吗？"

大竹连连说："我不去。下周一我们公司有重要会议，我要发言，这周日，我要抓紧时间准备准备。我想，你来我家时我母亲问过你，想请你母亲来日本，你说，你母亲不能来，她就想去北京见一见你家人。她有这个打算，但没想到她说去就要去呀。明天晚上你有时间吗？我们见面，商量一下。"

这个消息完全打乱了岩岩的计划，小屋里翻滚着的热浪扑向了她，她把头几乎贴在了电扇的外壳上，想让脑袋冷却一下。强劲的冷风吹得她脑袋有些发木，她不得不离开了电扇。

她马上给北京的母亲打去电话，把这个情况告诉了母亲。岩岩的母亲更是急性脾气，岩岩听到电话那一头妈妈的喘息声，她焦急地问："妈妈，您没有事情吧？有谁在您那里呀？大热的天气，你可千万别急出毛病来呀！"

停了一会儿，母亲说："我着急也没有用，我是想如何处理这件事情。这关系到你的将来呀！我和你哥哥姐姐商量一下。你告诉我他们到北京的确切时间和在北京的行程。这样吧，你明天再打电话来吧，我们汇总一下情况。"

岩岩挂上了电话，她又担心起来。她不是顾虑两位母亲见面，而是担忧自己的母亲在三伏天去见重要的日本客人，她的心脏能承受得了这种精神压力吗？

岩岩为此难以入眠。第二天早晨六点多，也就是北京时间五点，她给姐姐家里打去电话。姐姐惊讶地问："这么早来电话，出什么事情了？"

岩岩把大竹母亲要去北京的事情告诉了姐姐。姐姐听了以后平静地说："妈妈已经告诉我了。你放心，一切都包在我身上。你只要告诉我他们住在哪家宾馆，需要我们买什么样的礼物就可以了。你不用慌乱。"

姐姐的话，让岩岩心里的一块石头落了地。姐姐是她人生的贵人，不论自己遇到了什么样的难处，姐姐都会帮忙相助，为自己排忧解难。姐姐的话让她踏踏实实地去公司上班了。

事已至此，岩岩已经不再着急了。如果说按照中国的习俗，男方家是要到女方家提亲的，尽管现在中国已经不太讲究这套习俗了，但是，在结婚之前双方父母见面认识一下还是必要的。她自我安慰地想："嗨，就算是大竹父母去北京向我们家提亲吧，只不过当事人不在场，显得有些滑稽，没有办法，国际婚姻受条件限制嘛。"她既没有告诉大竹父母给自己的母亲带什么礼物，也没有问大竹的母亲喜欢中国的什么东西，一切都顺其自然。

说来，大竹母亲就是怪，她去北京，只想逛一逛王府井大街和天安门广场。她对儿子说："我一直很想去北京王府井大街看一看，比较一下与我们的银座有哪些不同。还有，我想住在北京饭店。据说，它离天安门很近，逛王府井大街也方便。"

再说北京那边，岩岩的母亲在生活习惯上非常严谨。尽管已经到了老年，但她依然保持着年轻时的习惯，早起做早饭，整理房间，刷洗卫生间。她规定自己每天一定要活动，并坚持记日记，剪接并保存报纸上的经典文章，有的文章她还抄在本子上。为了接待日本客人，岩岩的母亲也做了充分的准备。十多年前她去日本时见到了不少日本朋友，让她感到日本人的热情和友好。这次，她要见女儿未来的日本公婆，事关重大，大意不得，她要尽地主之谊，尽最大努力让对方满意。关于见面的所有具体事情都是岩岩的姐姐在张罗，订饭馆，买礼品，紧锣密鼓，详细周到。

感谢苍天给了双方家长一次可贵的见面机会，一切行程都是按照计划顺利进行的。异国亲家会面圆满完成了，大竹父母兴高采烈地从北京返回日本。

很快，岩岩得到了大竹母亲反馈回来的消息。

大竹告诉岩岩："我母亲去北京见到了你母亲，她特别高兴。你母亲是一位慈祥、高雅、平和的老人。你姐姐长得非常迷人。你母亲请我父母在王府井烤鸭店吃烤鸭。我母亲说，在日本的中国餐厅吃不到这么好吃的烤鸭。我母亲这几天一直都在说北京的事情呢！"

"太好了，总算完成了一件大事。你母亲喜欢吃中餐，以后，我们可以和他们，还有春子和她女儿一起去横滨中华街吃嘛！"岩岩总算松了一口气。

岩岩的母亲对岩岩说出了心里话："见到了你未来的公婆，我心里踏实了。他父母人很好，你去他家我放心。孩子，你有福气。你未来的婆婆人品高贵，礼貌、坦诚。孩子，你一定要尊重他父母，尊重他祖父、祖母。你在他家，可不能有丝毫粗俗的举止。要知道，你的言行，不单单代表我们家，你是中国人，还要想到这一层关系。"母亲又说："你的大事解决了，我这辈子就没有什么心事了。你有了丈夫，妈也就放心了。孩子，你要记住，在婆家一定要学会忍耐，要眼勤、嘴勤、手勤。我相信我女儿能做好的。"

虽然，母亲在北京对于女儿将要在日本嫁给日本人一事鞭长莫及，但是，她的谆谆教诲在岩岩心里扎下了根，她对今后的生活充满了信心。

转眼秋天到了，大竹母亲再次约岩岩来家里做客，此时的岩岩已经不再慌乱了。

这一次，大竹母亲见到岩岩的时候，就像一家人一样，温和地对岩岩说："这就是你的家，我们欢迎你随时来玩儿。竹儿脾气偏，你可要多关照呀！"

那一天，大竹母亲穿了一身素雅的套裙，她神秘地冲着岩岩一笑："这就是你母亲送给我的丝绸，我出去做了这套裙装。"她的脸上洋溢着灿烂的微笑，但，即使她再高兴，也绝不会有过分的表情，这正是岩岩今后要补习的一门修养课。

对于像大竹母亲这样的女性，岩岩既不想奉承，也不想恭维，她学会了含蓄表达情感的艺术。她明白，要想融入日本人的生活中去，必须要学会他们的表达方式——含蓄，用不外露的方式来表达自己的意愿，说白了，就是转弯抹角地讲明，不做正面冲突，不失面子，也不影响彼此的关系，还能顺利地解决问题。这是岩岩在工作中总结出来的经验，现在，她要将此运用到生活中，对待大竹母亲，她使用的就是这种含蓄的方法。

大竹母亲拿出一盘点心，亲热地对岩岩说："这是你们北京的特产，是你母亲送给我的，非常好吃，挺合我的口味。我没有想到你们中国人是这样买点心，点心是这样包装的。"

"我们北京人喜欢去那家老字号买点心，想吃什么品种随便挑选，最后称重量。逢年过节，大家都会去那里装点心盒子，送给亲戚或朋友。"

"这点心很酥软，味道很好。祖母一辈子只吃日式点心，我给她拿过去几块，她说中国点心好吃，她爱吃。"大竹母亲高兴地拉起了家常。

岩岩看着大竹母亲，微笑着说："谢谢您和大竹父亲专程去北京见我母亲，只是您在北京停留的时间太短了。"她笑着又把眼神转向了大竹："你看，你母亲的体形有多美呀！穿这套裙装真合适！"

大竹在他母亲身上上下打量着，连连点头："就是嘛！母亲，这身衣服您穿着真漂亮！您是在哪里做的？"

大竹母亲故意翻了一下眼睛："那当然要请最好的裁缝做喽！"

随后，大竹问岩岩："你母亲的眼光很好嘛！她怎么知道我母亲喜欢什么颜色？"

岩岩微微一笑："我妈妈详细地问过我关于你母亲的一些情况。我们中国过去女性都是穿旗袍的，就像你们日本妇女穿和服一样。当然，有钱人家穿丝绸，没钱人家穿布料。我妈妈对丝绸很讲究呢。"

通过接触岩岩，大竹母亲对中国文化产生了兴趣，她问："现在，你们中国还有人穿旗袍吗？我很喜欢旗袍，很大方的。"

"平时，我们不穿旗袍，只有演员，或者新娘，或者有活动时才穿旗袍。不过，在东京，我经常看见穿和服的人，尤其是夏天'お盆'（夏日庆典）的时候，在大街上常看到女孩子穿着和服和木屐，拿着团扇，样子非常可爱。成人仪式上，也会看到不少女孩子穿和服。"

大竹母亲点着头："是啊！记得大竹的妹妹们在三岁、七岁和成人仪式时，她们穿的和服都是我带着她们去三越百货店定做的。想起来，人生真的是一晃而过呀！她们现在都是三十多岁的人了，她们的孩子都长这么高了，我们这一代人也老了！"

"您非常年轻呀！您的皮肤那么细腻，您是如何保养的呢？"岩岩微笑地赞美着她。

大竹母亲马上露出了妩媚的一笑："我一直用资生堂的化妆品，他们的化妆品比较柔和，大竹祖母也用这个品牌。"

岩岩含笑地说："资生堂在中国很有名，女孩子都喜欢买他们的化妆品，我也很喜欢，就是太贵了……"她没有继续说下去。

大竹母亲听罢，离开了客厅。岩岩感到有些紧张："会不会是我的哪句话没有说对呢？"

不多时，大竹母亲返回客厅，她手里拿着几个盒子走到岩岩面前："这几盒化妆品我送给你，拿去用吧！"

岩岩一边鞠躬，一边道谢，说："谢谢，谢谢。不过，这可不行，我不能接受，这太贵重了。"

大竹母亲有些生气了，说："你这个孩子，我就送你一次。以后，你用着好，就让他给你买。收下吧！你知道吗？我们日本人的习惯是别人送给你东西，你是不能推掉的，接受也是一种礼貌嘛！"

大竹看了一眼岩岩，点了一下头："是这样的。你收下吧！"

岩岩伸出双手接过那几盒化妆品，给大竹母亲鞠了一个躬："谢谢您！谢谢您！"

大竹母亲高兴起来："这就对了嘛！不过，你的皮肤很光滑呀！你用的是什么化妆品？"这一句问话，让岩岩的脸色立时就爆红了起来。

她支支吾吾地说："我用的是医用甘油兑上水，天天擦脸，既省钱，也省时间。"话一说完，她便不好意思地看了一眼大竹。

他母亲说："医疗用的甘油是很好的皮肤保健用品，保护皮肤湿润，又不伤害皮肤，怪不得你的皮肤如此细腻呢！"

这个时候，大竹父亲走了进来，岩岩马上站起来给他鞠了一个躬。他父亲很少说话，他把家全部交给了妻子，任由妻子做主操办，因此，家里的一切事情都是大竹母亲前前后后地张罗操持。

在日本，主妇在家庭中是绝对的权威，她们对家中每个人都会负责到底，对孩子和老人无微不至，对丈夫更是关爱有加。从丈夫里里外外的衣服，到丈夫回家后的热盆浴、啤酒，可以说丈夫所有的衣食住行都是由妻子操持，丈夫的任务就是把钱拿回家，然后，坐享饭来张口，衣来伸手的服务。主妇做家里的这些事情没有任何怨气，心甘情愿地做着这套永远没有完结的家务事。

大竹母亲比其他妇女要辛苦操劳得更多一些，除了操心费神家务和照应公婆，她还要看病人、搞研究、教书，因此，她平时说话办事都是快人快语。

大竹父亲看见岩岩，很是兴奋："这次去北京见到了你母亲，我们很高兴。你母亲的身体看起来不错，听说她天天打太极拳！中国的太极拳应该在日本推广才好，尤其是老年人很适合做这样的运动。天安门广场真大，北京发展得很快嘛。看到北京大街上跑着很多日本车，心里很是感慨呀！你们是一个大国，是我们的近邻，我们应该好好协作起来。我们国家的很多文化都是从你们国家传过来的，以后有机会我要再去中国好好看一看。"

岩岩礼貌谦卑地对他说："谢谢您对中国的看法。我们中国人都很喜欢日本车，安全省油，造型美观，价格也能接受。"

大竹父亲既有学者风度，又有绅士气质，还有硬汉子的英姿，他对岩岩说话很有分寸，把男人在家里的地位把握得非常到位。

这一天，大竹的两个妹妹都没有回来。晚饭后，大竹父母双双坐在岩岩和大竹的对面，好像是有什么重要的事情要谈。

岩岩心里一阵紧张。大竹轻轻地拍了一下她的腰，低声说："不用紧张。他们要跟我们谈我们的事情。"

大竹母亲笑眯眯地看着他们，温和地说："你们的年龄都不小了，工作忙我能理解，但是，你们的大事不解决，我们做父母的就放心不下呀！我们已经见过了岩岩的母亲，大家都认识了，虽然不能经常走动，但以后我们可以去中国看望岩岩家人。现在我们说一说你们的事情吧！"

她做了一个开场白，大竹父亲接着说："我们尊重你们的意见，你们想什么时候办婚事？怎么办？今天请岩岩来就是想听听你们的意见，说说看。"

他们突然的提问，让岩岩丝毫没有准备，她心里又开始紧张了起来。大竹转过身子看着她："你看我们如何办呢？"

岩岩心里嘀咕着："让我先说，我可不能先说啊！"她微微一笑，歉意地对两位长辈说："非常感谢您如此关心我们的事情，不过，我还没有一点思路。对不起，请给我们一些时间，我和大竹商量商量，好吗？"

大竹母亲理解地看了一眼丈夫，又看了一眼大竹，对岩岩说："对不起，我们问得有些太急了，失礼了。"

大竹接着说："父亲、母亲，什么时候办婚事，如何办？我们的想法很简单。让我们再商量商量吧！下个星期可以给父母答复。"说完，大竹给他父母鞠了一个躬。

离开大竹家，大竹送岩岩去车站。在路上，岩岩轻轻地问他："你打算如何办婚事呀？"

大竹看着岩岩："一切都按照你的意思，你说怎么办，就怎么办。当前，我们先要去办理结婚手续，你什么时候有时间？"

"你打算结婚以后住在哪个区呀？我们要在住所所在的区政府办理结婚手续。"

大竹想了想："你看，我们就住在我父母居住的区，怎么样？我是长子，住得离他们近一些方便。不过，我不想再住我父母的公寓了。结婚以后我就有家了，要承担起生活的责任，不能白住我父母的房子。"

岩岩赞成地点着头："是的。我们有收入，不能依靠父母来生活，这对他们很不公平。他们有钱那是他们的，我们自己也有工资嘛！不过，结婚以后，我还是要去工作的。我们中国妇女结婚以后都继续工作，不会待在家里。这一点，希望你能够答应我！"

"这个你放心。我们家的女性都工作，就连我祖母都干到了七十多岁才从家族医院退下来的。"他又提醒岩岩："岩，按照我们日本人的习惯，办理结婚手续时，女方的姓就要改成男方的姓。不知道你们中国的习俗是不是和日本一样呢？"

"不一样。说来话长。在中国，女性结婚后，不会改姓的，依然用结婚前的姓名。虽然，20 世纪 50 年代以前，有些女性还沿用老习惯，结婚后把男方家的姓氏放在自己姓名的前面。这样，从姓名上就能知道女性是不是结婚了，不像你们日本，女性结婚后，自己原本的姓随了夫家的姓。"

"听起来还挺复杂。你的意见是改姓还是不改呢？"

"按照我们的习惯，我不想改姓。可是，如果我不改成你家的姓，那，你父母和你家族的人还不对我有看法？我担心，他们会说我是外国人，不按照日本的习俗办事。我可不想还没有进你家的门，就让大家对我有看法呀。"岩岩坦诚地说。

"岩，如果你真的不想改姓，你也不要太为难，我去跟我父母讲这件事，你放心吧。"大竹拍拍胸脯，示意岩岩不要担心。

看到大竹如此尊重自己国家的习俗，岩岩心里甜蜜蜜的。她笑着说："谢谢你，竹，如此理解我。不过，我嫁的是你，你是日本人，当然，我也得按照日本的习俗办事，要入乡随俗嘛。办理结婚手续以后，我就姓你的姓啦。"

大竹高兴地把岩岩搂在怀里，在她的额头上热烈地吻了一下。

又是一个周日，岩岩与大竹一起再次去见他的父母，汇报了他们办婚事的打算。大竹父母听后，表情有些不太自然。

他母亲话里带话地对岩岩说："这是终身大事，你们一定要想好了！大竹是这个家族的长孙，他的祖父、祖母希望把婚事搞得隆重一些。"

岩岩把解释的任务完全交给了大竹，让他做通父母及祖父母的工作，希望同意让他们从简办婚事的心愿。

岩岩期待着有一个温馨甜蜜的小家。她不需要大富大贵，过日子嘛，要的是平平和和，俗话说"黄金未为贵，安乐值钱多"呀！

第七章
婚前琐事

大竹的父母去北京见到岩岩的母亲以后，岩岩和大竹结婚办婚宴的事情就提到日程上了。

为了感谢两位小姑子对儿子婚事的关心，大竹母亲专门请她们来家里吃饭。尽管她依然不是满意儿子的选择，但祖母已经有话在先，她也只能默许儿子的婚事了。

两位妹妹去哥哥家做客，受到嫂子的热情接待，她们对侄子的婚事不再大发议论了。大竹母亲借着小姑子们高兴，委婉地转达了祖母的意思。

大竹父亲告诉妹妹们："既然母亲已经点头同意了，竹儿的事情就算定下来了。我们已经去过北京了，也见到了岩岩的母亲和家人，她们也是大家族，是一户有教养的家庭。竹儿与岩岩好了几年，我们不好去干涉他们。孩子的事情就这样了，谢谢你们为竹儿费心。"

哥嫂说得很明确，两位姑姑相互看了一眼，明白了侄子的婚事已经不会再改变了，最后，她们向哥哥和嫂子提出一个要求：侄子一定要按照我们家族的传统办和式婚宴。

两位姑姑这道关总算过去了。大竹母亲告诉儿子，我们家办婚事不得从简。

其实，大竹父母去北京见到岩岩母亲返回日本以后，岩岩就开始考虑如何办婚事的事情了。她想了很长一段时间，依然拿不定主意，便打电话给北京的母亲，岩岩想邀请全家人来日本参加自己的婚礼，但这很不现实。老母亲鞭长莫及，爱莫能助，只能通过电话向岩岩表示祝福。随后，她给岩岩寄去了一只金手镯和一枚金戒指，作为送给岩岩的结婚礼物。

　　岩岩拿着母亲送的礼物，泪水充满了眼眶。母亲退休多年，常年有病，还经常住院，她不忍心母亲拿出养老金给自己买这么贵重的礼物。在电话里，她对母亲说："妈妈，谢谢您千里迢迢给我寄来了结婚礼物，这花去了您很多钱，我心里挺难过的。"

　　母亲爽朗地笑了："孩子，妈妈就只有这点能力了，收下吧。要戴就戴大的，戴好的，这是你姥姥告诉我的。"

　　岩岩邀请家人来日本参加婚礼的愿望实现不了，感觉很孤独。为此，她不想大办婚礼，而大竹家却主张婚礼要办得隆重一些。

　　又过了一个星期，岩岩与大竹去见他的父母，再次表示了他们想节俭办婚事的心情。大竹母亲温和地对岩岩说："你们都是快四十岁的人了，又工作了快二十年，婚事办得隆重一些不为过嘛！"

　　坐在一边的大竹问母亲："母亲打算如何办婚事呀？我们在哪里办比较好？"

　　大竹母亲庄重地说："姑姑们已经提出来了，要按照日本传统办婚事。我想了，我们家还是在那家老饭店办婚宴吧，不过，我们家不用请很多人，这样，你们就不用太费心了。一般婚宴要提前半年订下来，你们要亲自去做很多事情。我知道你们工作忙，可是，这是一生的大事，只有一次嘛！我就是这个主张，你父亲与你祖父母都是这个意思。眼看就要到年底了，我看，我们家在新年放假的时候办婚宴比较好。只有两个多月的时间了，不知道还能不能定上那家老饭店。你们可要抓紧时间呀！"

　　大竹笑着对母亲说："母亲，我明白您的意思了。我和岩岩商量商量。"母亲满意地点了点头。

　　岩岩还是不太情愿大办婚事，大竹甜言蜜语地哄她："我们两个人都已经是超大年龄的人了，就让我们享受一次轰轰烈烈的婚宴吧！"

　　看着大竹兴奋的脸庞，岩岩心里想"大竹不嫌弃我的年龄，不在意我是外国人，非我不娶，难能可贵他的一片真情！结婚是高尚的圣事，大竹有权利，有资格，有能力把婚事办得隆重一些，为什么不尽情地享受呢"！她对大竹露出甜蜜的微笑，顺从了他的意愿。

　　在日本，筹备婚宴是一项辛苦的工作。在东京，提前就要预订下婚宴场所。按照级别的高低，定金也会不一样。为了能预订到价格适中、服务优质、环境、场所都合适的婚宴场所，要在几个月之前，或者还要早的时候去联系。在日本办事情，钱不是万能的，有熟人也不能破坏了规矩。

按照大竹母亲的吩咐，当务之急要做的第一件事情就是去那家老饭店把婚宴日期确定下来，可是，饭店的婚宴早就被预订满了，最早也要等到第二年下半年，这可急坏了大竹与岩岩。他们知道元旦这一天饭店没有任何安排，便找到总经理，恳请饭店是否可以为他们补加一场婚宴。他们诚恳的态度打动了总经理，饭店决定承办他们的婚宴，但是，元旦办婚事要增加额外的费用。

"只要元旦可以办婚宴，这笔费用我们还是可以接受的。"大竹母亲显得很高兴。

确定了那家老饭店，接下来要向来宾发出郑重的邀请函，通过邮件寄到亲朋好友的住所。

日本传统的做法是使用往返的明信片发出婚宴邀请，在明信片上注明婚宴日期、地点和时间，还要询问参加婚宴的客人对餐饮有什么忌口，是否是素食者，能否喝酒等等。亲朋好友收到婚宴邀请函后，在规定的时间内将"参加"与"不参加"，以及对餐饮要求的信息返回给办事人。根据返回的明信片，办事人要再去婚宴场所，详细说明用餐人数，以及客人对餐饮的要求。

接下来，要确定婚宴的菜单。婚宴场所提供几个套餐供选择。日本人讲究套餐：一道前菜、一道蔬菜沙拉、一道汤类、一道主菜，最后是小甜点和茶，或者是咖啡，另外，酒类和饮料也要确定下来。

菜单确定了之后，进入餐饮品尝阶段。那家老饭店的厨师们要求办事人隔几天就来餐厅试吃一次，只要办事人稍有不满意，他们就要调整饭菜的口味，直到办事人眉开眼笑，品尝这道程序才算完成。

岩岩听朋友讲过有关婚宴餐饮品尝的事情，都说那是一件非常精细烦琐、费精力、花时间的事情。办婚礼的男女双方要按照婚宴场所的安排，在约定的时间去品尝，每一次要花很长的时间。

大竹母亲要求的日式餐饮，比制作西式餐饮还要费工夫。厨师们要在典雅的盘子里放进各种造型精美、色泽鲜亮、口感清淡、柔和美味的餐点，量不多，却能感受到自己得到了尊贵的招待。

大办婚事让岩岩感到很紧张，她不愿意为了婚宴把自己搞得疲惫不堪。可是，既然大竹家族的亲戚们有如此高规格的要求，她必须要把准备工作做到万无一失，完美无缺，她要对得起大竹的祖父母和父母。

为了办好婚宴，岩岩和大竹取消了所有的休息时间，全力以赴，应对每一项繁杂精细的准备工作，这让他们饱尝了筋疲力竭的滋味。

餐饮品尝，他们一共去了五次才算把套餐定下来。岩岩埋怨说："一次就能定下来的事情，偏要这样折腾。这里的厨师们都是特级大厨了，烹调技术无懈可击，根本不需要我们来品尝嘛。"

这五次品尝也把大竹累得脸色发灰："其实，我早就烦了。我压了那么多工作，一去品尝，我就要熬夜工作。没办法，这就是我们日本人的做法，把一切都想周到了，让菜的味道适合每一位来宾的口感，这就是我们为什么要去品菜的意义。我们办婚事请大家来，我不想看到任何一位来宾脸上露出对餐饮不满的表情。我母亲再三嘱咐我，要多去几次，我们要的是顶级餐饮，口味一定要好，否则，我们对不起来参加婚礼的亲友。不过，我们已经非常努力了，厨师们的手艺也到顶了，他们做的菜都是美味艺术品，品尝就到此为止。现在，可以请我母亲来品尝最后一次，我们就可以定下来了。"

岩岩点头同意了大竹的建议。随后，她又想，忙活了这么长时间，自己家人一个人都不能来参加，她有些落寞地说："好遗憾，我们家没有人能来参加我们的婚礼。"

"哎，你侄子不能来吗？"

"他也不能来，他被公司派到中国分公司工作去了。"

"这样吧，我们在这里办完婚宴，然后去北京与你家人一起再办一次婚宴，你看如何？"

"这倒是个主意。不过，我们的时间有限，去北京也要做一些准备吧？结婚请假，去北京补办婚宴再请假，我无法向公司开口。咳！"岩岩叹了一口气。

"我们可以等到明年5月黄金周时去北京，那时候都放假，你请一两天假不会影响工作，你们公司肯定会同意，我们的情况特殊嘛！东京与北京只有几个小时的飞行时间，去北京有一个星期就够了。还有，可以拜托你家人帮我们找一家好饭店，大家聚一聚，不是很好吗？"大竹轻松地说道。

为了请大竹母亲亲自去饭店看菜单、品餐饮，岩岩提前一个小时就离开了公司，与大竹一起陪着他的漂亮母亲去了饭店。厨师把套餐摆在桌子上，征求大竹母亲的意见。这位高贵的女人，一句话不说，低着头先仔仔细细地看了一遍套餐，然后详细询问厨师每一道菜的菜名，最后她优雅地拿起筷子，一道菜一道菜细细地品尝起来。她每尝一道菜，脸上都会闪现出一道惊喜："太棒了，味道非常好！"她频频地点头，时不时地抬起头向厨师们道一声"谢谢"。大竹、岩岩、厨师们及服务员毕恭毕敬地站在她的周围，注视着她的表情。

当最后一道日式甜点放到她眼前时，她的眉毛迅速地挑了起来，随后，她用双手捂住嘴巴，发出"太精美了！"的赞叹。她用日式小木勺把一块精美的甜点小心翼翼地送进嘴里说："味道真是好极了！"她的脸上露出满意的微笑。

大竹母亲没有挑出婚宴上菜品的一丁点儿毛病，这让大竹和岩岩感到意外惊喜。

这位母亲站起来，走到厨师们面前，给他们深深地鞠了一个躬。

啊，品尝总算结束了！经过两个多星期的试吃，婚宴套餐最后定版了。岩岩与大竹如释重负，纠结的心一下子落了地。

离开饭店，送走了大竹母亲，岩岩立马感到浑身的筋骨都松软了下来。她撒娇地对大竹说："这第一关总算迈过去了，我的骨头都散架了，以后，还有那么多事情要去做，我的天哪！"

"大家结婚都是一样的嘛！准备工作比上班还要累人。我倒是喜欢简单一点，一家人在一起吃顿饭，几个好朋友聚一聚，就挺好，可是，我的姑姑们不答应啊！再坚持一下吧。"

"你们日本人的规矩就是多嘛！下一步就要订服装了。我来日本这么多年，还没有穿过和服呢！是不是在婚宴前要试穿，试镜头呀？时间还来得及吗？"

"应该没有问题吧。结婚那一天，和服店有人帮助你穿和服，在这之前，她们还要训练你走路的姿势、鞠躬行礼的规矩等等。有我在，你别担心。"

岩岩对婚礼充满了期待，同时也感到压力如山。她既盼望立刻走进婚姻殿堂，可又害怕自己做不好那套繁杂的礼仪；她期待马上得到大家的祝福，可又担心自己紧张而忘记了问候亲友的内容。事到如今，只能靠大竹了，自己也就尽力而为吧。

他们打算去大竹母亲推荐的和式婚服专卖店选择和服和配套的各种饰物，而选择婚礼和服又让他们花费了很多时间和精力。和服的色彩、图案与饰物的搭配都有严格的规定与讲究，穿和服的顺序、身体的姿势都有苛刻的要求。有些女性还专门去和服教室学习，大竹母亲建议岩岩也去那里学习一些穿和服的传统文化知识。

作为将要成为大竹家族成员的岩岩，即使她的工作再忙，对未来婆婆的圣旨也不敢违抗，她需要拿出很多时间学习婚前教育课程，她向大竹抱怨："和式婚宴实在是太累人了。"

"我们好好计划一下，尽早把婚服定下来。至于参加学习嘛，我们可以去那家专卖店，请店主人教你，我们付钱就是了。她们周日也开门，这样，与你工作和教书的时间就不冲突了。说实话，我也很厌烦这套繁杂的程序，公司有很多事情，我是科长，不能一到点就走吧。可是，结婚是自己的事情，谁也替代不了，我们就咬咬牙吧！婚礼只有一次，拿出时间好好准备准备是值得的。再说，学习一些日本文化，这对你在日本生活是有好处的。"

在日本生活这么多年，岩岩已经养成了勤劳节俭的习惯，不喜欢浪费，也不会奢侈，一分一分地耕耘，一分一分地积攒。为了办隆重的婚宴，眼看着钱像流水一样"哗哗哗"地流出去，她确实很心疼。

然而，大竹告诉她："我们都是这个年龄的人了，体体面面地办婚事，没有必要心疼钱。钱嘛，以后我们还会去挣的。婚宴一生只有一次，奢侈一些不过分。岩，我不想以后为这件事情而感到遗憾。"

大竹一番真诚的话让岩岩想开了。就是嘛，挣钱是为了消费，光攒钱不消费，就失去了挣钱的意义。她不再嘀嘀咕咕了，心甘情愿与大竹一起把婚前准备工作做得更精细一些，让朋友们分享自己最幸福的时光。

一个周日，岩岩和大竹满心欢喜地去了那家和式婚服专卖店选定婚服。那家店全部是日式装饰，柜台和货架也都是日式物件，淡雅的一盆插花摆放在柜台上，琳琅满目精致的小物件摆满了柜架，十几套经典高雅、质地上乘的和式婚服架在了和服专用的漆器架子上，显得十分高雅。他们饶有兴致地边看边议论，可是，在选择婚服颜色的时候，岩岩与大竹发生了不小的争执，中国和日本的传统风俗理念发生了碰撞。

在日本，婚礼时新娘必须要穿白色的和服，这让岩岩感觉很别扭，她觉得白色不喜庆；另外，新郎必须要穿黑色的和服，这又让岩岩感觉不舒服，她认为黑色不吉利。她接受不了婚宴时她穿一身白，大竹着一身黑的婚服。按照中国的传统风俗，这两种颜色配在一起实在是太晦气，太丧气，太不吉利！这种颜色哪里是办婚礼？倒像是披麻戴孝办丧礼！在中国，新娘应该穿红色的婚服，表示喜庆，新郎则要穿深蓝色的西装，表示庄重。如果把穿着一黑一白婚服的结婚照给北京的老母亲寄去，她老人家会怎么想？

店主人是一位身穿深蓝色和服温和高雅的女人，她看着他们叽叽咕咕地说了好长时间，便迈着小碎步走到他们面前，礼貌地鞠了一个躬，然后，拿出一本商品图册娴熟地向他们介绍店里的服务项目。随后，她微笑地向岩岩介绍："我们日本人喜欢在婚礼上新娘穿白色和服，这代表新娘纯洁无瑕，表示新娘将开始新生活成为夫家的一名成员，还表示新娘在出嫁后，要遵照夫家的习惯，要敬夫，孝公婆。另外，纯白色还象征着新婚夫妇的生活从零起步，要和和睦睦、美美满满地生活。还有，婚礼时只有新娘才可以穿白和服，身着一身白色的新娘是全场的亮点，其他来宾们都不能穿白色服装，以免抢去新娘的风采，在婚宴上新娘就是要在大家面前尽情地展示出她纯洁无瑕的美。新娘穿白色和服是我们日本的传统习俗，我想，你的未婚夫也一定希望你穿白色和服，对吗？"她优雅地望了一下大竹。

大竹使劲地点了点头："是的，我母亲嘱咐我一定要让你选择白色的。岩，这是在日本，我们办的是日本人的婚礼嘛。如果你穿红色服装，大家会感到不适应。参加婚宴的来宾们也不会穿艳丽的服装。岩，你应该改变一下思维，按照我们的传统风俗去做。当然，我不勉强你，这里也有其他颜色的婚服，你可以试一试。"大竹理解地看了一眼岩岩。

女店主和大竹同时望向了岩岩，他们的眼神似乎告诉她，在日本办婚宴，要遵守我们国家的习惯。这个时候，她想到了北京的老母亲，她拿不定主意了，可又不好驳了人家的好意，感到自己孤立无援，要是北京的姐姐在旁边，那该多好。俗话说"听人劝，吃饱饭"。她接受了他们的建议，重新浏览店里所有的婚服，试图找到她满意的服装，可是，色泽艳丽的，不适合她的年龄；色泽素雅的，又没有一点新婚的喜兴感。她仔仔细细地看了几遍，也没有找到她中意的服装，最后，她用祈求的目光看着大竹，说："请你给我一点时间，让我说服一下自己吧！入乡随俗真的需要一个透彻理解的时间。今天，对不起了。"

大竹理解地点了点头，然后，绅士般地给女店主鞠躬道歉。他安慰岩岩："这没有什么，不要烦恼，我们还有时间。一生一次的婚姻大事，一定要先让自己满意。"

岩岩满脸歉意，深深地给女店主鞠了一个躬。女店主没有露出任何的不悦，依旧礼貌微笑地欢迎他们再来。

岩岩开始为婚服的颜色心绪不宁起来。夜晚，她辗转反侧睡不着，便抓起了电话，想听一听妈妈的声音。

妈妈是一个善解人意的母亲，她一贯主张让孩子自己拿定主意，她从来不强迫任何一个孩子必须去做什么事情，但是，孩子们选择喜欢做的事情都要在规矩的范围内。记得妈妈曾经讲过，因为历史的原因，至今她还特别讨厌穿纯白和纯黑色的衣服。

她在电话里对岩岩说："孩子，婚姻是你个人的大事，你要嫁给一个日本人，按照我们国家的说法，新婚那一天，你就是男方家的人了，当然要听人家的安排做事情。他们国家有他们的风俗习惯，我们要尊重他们的风俗。再说了，现在很多新娘都穿白色婚纱，我不就是穿着白色婚纱服办的婚礼吗？我想日本人的和式婚服一定很高贵，我希望你按照他们国家的风俗办。穿他们国家的和服参加婚宴，多好呀！

一生只有一次。孩子，妈支持你穿白色和式婚服。你要多拍照片给我寄来呀！"

母亲的一席话，立刻在岩岩身上产生了效果，她不再犹豫了，马上给大竹打去电话，希望能够尽快把婚服定下来。

又一个周日，大竹和岩岩再次去了那家和式婚服专卖店，女店主依然满面春风地接待了他们："怎么样，今天是来订婚服的吧？"

他们礼貌地点了点头。女店主又说："白色婚服非常受欢迎，来我们这里的很多女孩子最终都选择了白色婚服。挑选好婚服以后，我们还要根据你们的体型加减婚服尺寸，这都需要时间嘛！现在已经是 11 月中旬了，你们要来这里试穿衣服才能最后定下尺寸，另外，婚服还要配一些装饰物，也需要你们尽快定下来。"

岩岩礼貌地给她鞠了一个躬后，谦和地说："请您帮助我挑选一套适合我穿的白色婚服吧！我看了一下，白色和服上有不同的图案，我看那套带仙鹤图案的比较漂亮。你看呢？竹。"岩岩把头转向了大竹。

大竹站在一边看着那身婚服不停地点着头："很美，我也很喜欢。"

女店主一脸奉承神态，一边鞠躬，一边夸奖："那套婚服很受欢迎呀。白色代表洁白无瑕，飞鹤象征着长寿，我们日本人非常喜欢鹤。"

岩岩高兴地说："我们中国人也很喜欢仙鹤，因为，它代表着长寿、富贵和吉祥。竹，我们就定这套和服吧？"

大竹立刻就点头同意了。随后，他们又挑选了新娘的头饰、手包、扇子等配饰物，然后，又挑选了新郎的和式婚服和配饰物。他们用了大半天的时间，总算把所有的衣物都选定了。

衣物租赁费昂贵，岩岩背着女店主朝大竹吐了吐舌头，大竹沉稳地办完了手续。女店主小心翼翼地把他们送出门外，谦卑地站在门前向走远的客人鞠着躬。

走在路上，岩岩忍不住又说了起来："就是为了那场婚宴和照相，竟然要花费这么多钱，我好心疼啊！"

大竹轻轻地拍了拍她的肩膀，亲昵地说："看看，你又说这个。不是已经决定了体体面面办婚事了吗？没有必要心疼钱嘛。我们这辈子就是这一次，贵一些非常值得，难道你不这样认为吗？我们并没有浪费呀！好了，现在，我们可以去订礼品了。"

岩岩深深地吐出一口气："结婚真不容易呀！我的一个朋友为了办婚宴，整整忙活了大半年呀！最后，她累得都住了院。我去医院看望她的时候，她非常后悔大办婚事。噢，对了，我们在那家宾馆办婚宴，费用这样高，客人如何给贺金呀？"

岩岩知道，在日本办婚事，大家都会遵守传统的规矩，来宾根据自身的身份和与新婚夫妇的关系决定祝贺金额。朋友之间的贺金一般是一万五千日元，而且，还要把贺金分成三张五千日元的票子，放进特制的结婚祝贺信封里，在信封上写上自己的姓名以及金额，在进入婚宴场所时把贺金交给新婚夫妇的办事人；长辈、公司领导或者身份级别高的来宾，一般不应该少于三万日元，最多是五万日元；自己家族的长辈夫妇出席，礼金金额一般会是十万日元。新婚夫妇要在婚宴前把礼品准备好，婚宴后把礼品送给来宾。岩岩认为日本人的做法很公平。如果婚宴场所昂贵，来宾感觉自己的贺金还不够新婚夫妇宴请的费用的话，他们就会感觉很没有面子，好像占了新婚夫妇的便宜一样难受，自己不仅没有为人家贺喜，反而像白吃了一顿喜宴似的。如果给的贺金太多，又会让新婚夫妇以为来宾认为他们需要经济上的援助，新婚夫妇会感觉丢了面子。所以，在日本办婚宴，首先要考虑到来宾能承受什么档次的宴请，还要根据自己的能力办相应级别的婚宴，这就是日本人办喜事的规矩。

岩岩很喜欢日本人的这种规矩。婚宴之后，来宾不会因为自己少给了贺金而感到失面子，也不会因为多给了贺金而造成新婚夫妇心理上的不平衡。当然，如果收到了大额贺金，新婚夫妇还要去定制特殊的回送礼物，并在婚期内把礼物邮寄到来宾的家里。

大竹笑了："看来，你很懂得我们的风俗嘛！我们不用担心，费用是高了不少，不过，我们日本人还是会按照规矩办事的，我们可以把回送来宾的礼物做得高档一些。现在，我们要想一想，应该送什么样的礼物给大家做纪念。"

岩岩担心地问："你父母请的都是有钱有地位的朋友，我请的朋友怎么能够跟他们相比呢？"

大竹依然笑着说："好了，我们不去想这些事情了。你不是要请老校长吗？你们公司的社长也来吧？我们家会让所有的来宾都高兴的。我妈妈已经对我说了，尽可能把婚宴搞得隆重一点，她支援我们，我祖父母也让我把事情做好了。我想，我们是和式婚宴，把礼物也做成和式的，你看如何？"

"那当然好了。不过，你想送什么和式礼品呀？"

"我喜欢我妈妈的插花艺术，我们给大家买花瓶吧！就是那种看上去很粗糙，但都是手工烧制的陶瓷花瓶。"

"送花瓶倒是个好主意。中国人送东西讲究吉祥，花瓶是取'瓶'字的发音，平平安安。送花瓶，就相当于送'平安'嘛。不过，你说的那种陶瓷花瓶可是太贵重了! 你送给人家那么贵重的礼物, 不是让人家难堪吗? "岩岩露出不解的眼光看着大竹。

"我知道我母亲请的是什么人, 因此, 我才想到了送花瓶。大家肯定会非常喜欢。我们给自己也订一件吧! 岩, 你不是很喜欢插花吗? "

"是的。那你打算到哪里去定制这种陶瓷呀! 如果是订几十件, 时间来得及吗? "

大竹来了情趣: "我喜欢备前烧陶瓷, 我母亲也特别喜欢, 我们家用的就是这种陶瓷。岩, 你知道吗? 备前烧的瓷器粗粗拉拉带麻点, 茶褐色中透着红, 是因为在制作过程中不使用色釉, 完全靠火焰和手工技巧, 是用红松木高温烧制而成的。备前烧是无釉烧制的陶器, 它有无数的微细小孔, 所以它的透气性很高, 水在里面不容易发腐, 用它做插花盆钵, 花会长时间保持鲜亮状态; 酒和茶可以通过那些小孔产生细微的味道变化, 用它喝酒, 味道会更加美妙, 用它喝茶, 茶味会更加香醇。"

岩岩被大竹一番精心的描绘吸引了, 她对大竹家里的那些陶瓷大加赞美。备前烧陶瓷是日本陶瓷的精华, 那些看似粗糙古朴的陶瓷, 每一件都是独具匠心创作的独一无二的手工陶器艺术品。岩岩也曾在高级百货店里见过这种陶瓷, 那是真正的工艺品, 古朴、贵气。可是, 那上面的标价也让她倒吸几口冷气。她担心地问: "一件陶瓷就很贵, 几十件陶瓷, 那要花很多钱的呀! "

"我想, 我们去一趟岗山县备前市, 应该可以在那里订一批货。那里是历史悠久的陶瓷生产地, 价格肯定比东京便宜。你看呢? "

岩岩心里暗想: "本来结婚准备就要花很多时间, 难道为了订一批礼物也要拿出那么多精力与时间吗? "她委婉地说: "我们还是在东京订一些礼物吧! 我们会找到大家喜欢的东西的。"

大竹马上变了一副口气: "我母亲让我订一批质量高雅的礼物回送朋友, 正好, 我们也可以买几件自己喜欢的陶瓷嘛! 既然是我们请来的客人, 我们就要给以最高级别的尊敬, 这是我们家的传统, 就这样吧。我们找一个周六, 一起去一趟岗山县。"

岩岩"嗨"了一声, 微笑着看着自己的未婚夫。是啊, 这是在日本办婚事, 恭敬不如从命。岩岩对"入乡随俗"又有了新的理解。

事情按照大竹的既定方案顺利地进行着, 不过, 岩岩却非常担心穿上那套和式婚服会行走不便。又过了一段时间, 他们终于可以去店里试穿婚服了。

大竹的和服没有什么问题, 那套黑色带几个小白圈的和服穿在大竹的身上, 立刻就让岩岩的眼睛发光放彩了。"嚯！那不是电影上的人物吗？活脱脱的一个美男子！"一种从未有过的幸福感充满了她的心房，此时的她，太幸福了！

大竹看着岩岩，用征求的口吻问："岩，你看我穿着怎么样？"

岩岩的嘴巴蹦出来一连串的"阿拉，阿拉！好帅呀！帅呆啦！"

女店主立即随着说："本来就是美男子嘛！真好！"

"竹，你穿着太好看了，太好了！"岩岩的语言能力已经枯竭，大竹的脸微微地红了起来。

女店主对岩岩说："现在，我们要给你穿和服了，然后，给你们拍照片，你们拿回家给父母看一看。"随后，她笑眯眯地和一名身着和服的女孩子把岩岩领进了试衣室。

女店主一边给岩岩穿和服，一边仔细地向她解释穿和服的要领，岩岩默不作声地任其摆弄。穿和服要比穿旗袍烦琐复杂多了，女店主把和服一件一件地穿在她的身上，又把细带子、粗带子在她的腰上缠来绕去，穿白和服还要比平时的和服多穿一件。岩岩看得眼花缭乱，也被摆弄得晕头转向，最让她受不了的就是那条紧紧勒在腰上的宽带子，就像铁箍子一样死死地卡在了她的胸口下面，她只觉得胸口像是堵上了棉花絮那样喘不过气来。女店主并不在乎岩岩不均匀的喘息，反而和声细语地告诉她："我们日本女人穿和服都是这个样子的，习惯了就好了。"

岩岩心里想："我也只穿这一次了！不管怎么说，今天我就交给你了，你怎么摆弄就都随你了。"

她们费了半个多小时，总算把岩岩"装饰"成了准新娘子。那一身和服，就像一床大棉被一样把岩岩的身体紧紧地包裹在了里面，她不能弯腰，连扭转身子都有些困难。"幸好这是试衣服，用不着紧张，可是结婚那一天，在客人们面前能走路吗？能给客人行礼鞠躬吗？反正穿上和服以后，感觉是辛苦而不是幸福。"岩岩一边想着，一边迈着小碎步走出试衣室。

等了半天的大竹看到她，眼睛一亮，情不自禁地说："太美了！"

女店主对他们甜甜地一笑："你们婚礼的那一天，我们早早地就会去你们的婚宴场所，帮助你们做准备工作。不用紧张，做一回新娘子不容易，要好好做一回嘛！一生留个纪念是值得的。"

站在镜子面前看着自己身穿白色婚服的身影，岩岩的心情就像澎湃的大海平静不下来。她从镜子里望着站在身后的大竹，心里充满了感激之情，感谢他将要娶自己为妻，感谢苍天为他们缔结了隔山跨海的异国婚姻，让他们终于成为夫妻。

岩岩从镜子里看着大竹微笑着看着自己的那种温和爱昵的样子，她忍不住流出了幸福的泪珠。

费时的结婚准备让她感觉消耗了体内所有的能量，这个时候，她才体会到了朋友所说的办婚宴的烦恼。然而，这个烦恼对岩岩来说是一种幸福的烦恼，是一生求之不得的烦恼。虽然她和大竹经历了极度的疲劳，但还是齐心协力把婚前所要办的大事情都顺利地完成了，她心里踏实了。

下一步，他们要处理一些琐碎的小事，安排婚宴客人座席，制作摆在餐桌上的来宾姓名卡片，准备来宾签到簿，等等；大竹母亲还要求在餐桌上每一位客人面前摆上一朵红色玫瑰花，聘请钢琴师在整个婚宴中演奏古典音乐，与摄影师商谈录像制作、现场拍摄和老照片回放。这些细小的事情都需要精心的策划，这又让他们消耗了很多精力。不过，岩岩暗想："一生就这一次嘛，豁出去了。只要把婚宴办成功，让大竹家族满意，累过这段时间，再好好休息吧。"

又是几个星期过去了，他们收到了穿婚服拍的一组结婚纪念照。岩岩看着自己甜美的笑容，感觉心里被蜜汁滋润透了，看着站在自己身边风采盎然的大竹，她的心醉了。

第八章
朋友杂事

进入 12 月，日本到了一年中最繁忙的时期，家庭、商家、会社、单位，以至于每个人都在为新年而忙碌，岩岩和大竹的婚事也进入了倒计时的阶段。就在他们紧锣密鼓地筹备婚事的时候，一天清晨刚过六点，女友肖云突然给岩岩打来电话，一开口就说："朋友，我怀孕了。"

岩岩以为听错了，惊叫一声："什么？你怀孕了？你结婚了？"

"我哪里结婚。唉！我应该从哪里说起呀！"肖云的声音里充满了焦虑。

岩岩马上就想知道朋友的一切，可是时间不允许，她只好告诉肖云："早晨我没有太多的时间说话。今天下班以后，我们见个面吧？我们已经快一年没有见面了。"

肖云立刻答应："我就想跟你讲一讲我的事情呢！我不知道应该如何处理，请你帮我出出主意。唉！都怪我不小心摊上了孩子。我怎么跟我父母交代呀！"

"好了，好了，别太烦恼自己了，总有办法的。"岩岩努力让对方冷静下来。

这一天，岩岩在公司忙得四脚朝天，连去卫生间的时间都没有，工程验收报告、契约合同、预算书，还有一些杂活都要她去做，就在她埋头看一份合同书的时候，楼下的事务员告诉她："你朋友打来的电话。"

电话是肖云打来的，她等不到晚上，想立刻就见到岩岩，可是，再大的事情也要等到下班后再说呀。

晚上，在一家居酒屋她们姐妹俩见了面，肖云好像比以前丰满了一些，浑圆的脸上挂着忧郁的神态。她一坐下来就苦着脸说："你赶快帮助我出出主意吧！"

岩岩看着她，笑着说："今天我请客，你想吃什么就点什么。我们姐妹很长时间没有在一起聚聚了，今天好好聊聊。"她给肖云要了一杯果汁，又笑着说："好好照顾那个小生命吧！"肖云主张各自埋单付款。

"好了，我们在一起的时间很宝贵，别计较那几个钱了，还是讲一讲你的事情吧！"

肖云低下头看了一眼自己的肚子，然后，抬起头来，愁眉不展地说："我不知道怎样处理这件事。你说，我怎么跟公司讲呀！公司的女孩子只要一怀孕就得停职回家，生完孩子一年以后才能重新回公司工作。我要是生孩子，那我就没有收入了。再说，我父母还不得为这件事气病了呀！我思前想后，还是想打掉这个孩子。"

"你先听我说，不管你父母如何生气，也不管舆论对你如何不利，这个孩子你一定要生下来。孩子是无辜的，要让他见到光明。嘿，你的男朋友最近怎么样？你们俩交往了快两年了，现在你怀上了他的孩子，什么时候喝你们的喜酒啊？"岩岩打趣地问她。

肖云愤恨地说："这个孩子不是那个混蛋的！"

"什么？不是他的！是谁的？"岩岩吃惊地看着她。

肖云一声叹息："嗨，我怎么跟你讲啊。"许久，她讲起了她的恋爱经过。

"我重新返回东京后，又找到了一份工作，顺利地拿到了工作签证。一天傍晚，我下班与同事一起去东京车站地下街买东西。在熙熙攘攘的人群中，我看见了一个熟悉的身影，那是我已经交往了一年多的男朋友。我跟你说过他。"

岩岩点了点头。肖云继续说：

"我哥哥一直不赞成我交这个男朋友，可我却执意要继续交往下去。我都三十好几了，再不谈朋友，以后谁还会娶我？我哥哥也只好作罢。我周围的朋友一个一个都有了自己的小家，可男朋友却从来不跟我谈未来的事情，这让我有种危机感。我主动向他提出结婚，他说工作忙，希望再等一段时间，我对此深信不疑。而且他对我一直都很热情，这更让我对今后的生活充满了期待。

"可是，就在那一刻，我看到了他正与一个女人手挽手地在地下街里亲密地走在一起，还时不时地亲吻对方。这太荒唐了！我气得不由得浑身哆嗦了起来。"

肖云带着哭腔说："怎么会这么巧呢？如果我不去东京地下街买东西，我还一直被蒙在鼓里呢！那个时候，我甩开了同事，怒不可遏地跟在他们身后，直到他们再次互吻，我用手猛劲地拍在了那个可恶男人的肩膀上。他吓了一跳，回身看见了我，脸色都变青了！

"我指着他身边的女人问他，'她是谁？'他大言不惭地回答，'我们公司的同事。'我问他，'是同事吗？吻对方还能称得上是同事吗？我真没想到你竟然这么

卑鄙！'

"我气愤，我恼怒，我委屈，我极力压制着自己的感情，可是，最终我还是控制不住自己，当着那个女人的面狠狠地扇了他一个响亮的耳光！然后，我扭头就走了。他在后面追上我，向我赔不是。这些全都被我的同事看到了，很多过往行人都回头看着我，那一刻是我有生以来受到的最大耻辱。也就是那一刻，我的心都碎了。我怎么这么倒霉！我长这么大，从来没有骂过人，更不用说打人了。嗨！人到了失控的时候，就会做出愚蠢的事情来。回到家后，我感到自己太失身份了，让我的同事如何看我！不过，我们公司的女孩子都挺同情我的，她们没有说我的坏话，而是让我赶快离开那个可恶的男人，还鼓励我继续找。"

肖云拿出手帕轻轻地擦拭着眼睛，岩岩把果汁端到她的眼前说："先喝点果汁吧！我们慢慢谈。"

肖云与那个可恶的男人是在就职者协会上认识的，他们是同龄人。他大学毕业以后就职于一家建筑公司，薪水很低，他家在国内一个小乡镇，家庭条件比较差，他需要经常把节省下来的日元寄回家去。

肖云有过一段初恋，对方是她的大学同学，只因他与肖云家门不当户不对，最后，她还是放弃了他的追求。事后，她很后悔。现在，年龄已经不允许她再失掉任何机会了，所以她才决定交往这个乡镇家庭的男朋友。肖云的工资不高，却不断地掏空钱包帮助男朋友，可是他却同时与另一个女人相好。

"我真傻，居然与一个白眼狼交往了那么长时间。我哥哥指责我，说我找男朋友急昏了头。我真恨自己做了一件天大的傻事！"肖云哽咽着，说不下去了，难过地哭出了声。

岩岩安慰她："这个人不值得你为他掉眼泪。其实，这是一件好事情，早发现早了断。现在，有一些男孩子专找我们女孩子的弱点下绊儿。他们知道我们有一定的经济能力，可年龄已大，想赶紧把自己嫁出去，所以他们就利用我们的弱点占便宜；而我们自己又是感情脆弱群体，想把自己赶快嫁出去，只要他能娶我，我就嫁给他。我跟你想的不同，婚姻是一辈子的大事情，即使单身一辈子，我也不愿意仓促成婚。难道年龄大了，就要委屈自己吗？"

肖云忧伤地说："我不就是因为错过了机会嘛。我想有个家，有个自己的孩子，对方有钱没钱我不在乎，只要有人愿意娶我，我就嫁给他。"

"婚姻是一辈子的大事情，如果选错了对象，结婚就是给自己买墓地，生的孩子也不幸福。我们中国人来到日本后，有些人可能在心理上有一块阴影，尤其是男人，年龄大，起步晚，大学毕业比同班级的日本男孩子大很多岁，却拿着跟他们一样的工资。成家吧，工资低，找对象吧，没人跟，要想和日本人一样生活确实挺艰难的。现在，打女孩子主意的男孩子大有人在，这就是目前部分中国人在日本的怪异现象。"

岩岩看着肖云的眼睛，真诚地说："肖云啊，凡事想开一些，俗话说'东河里没水，西河里走'，我不相信偌大的日本，就找不到你心中的白马吗？别一根绳子吊死，赶快跟他彻底绝缘，调整你的心态，重新寻找目标，你还年轻，你一定会找到好人的。只有珍惜自己的人，才会找到真爱。相信我，朋友。"岩岩说话的语气加重了，她握着肖云的手，努力帮她重新建立起追求美好生活的信念。

渐渐地，肖云的眼睛里不再那样灰暗了，她叹了一口气："唉，每一次找对象，都要耗费我很多精力和很多钱。现在，我很担心，心里发慌，如果我再遇到这样的人，那我就真的选择独身了。我已经失去了对未婚男孩子的信心与感觉，我开始考虑找离过婚的男人，我想他们对第二次婚姻会比较慎重的。嗨！我们这些大龄'剩女'都成了积压品了，想兜售出去还没有人要！我好后悔当初不该与那个大学同学断交呀！"

岩岩摇着头说："我不这样认为，年龄大有年龄大的优势，女孩子三十多岁才是最有魅力、最有姿色的呢！你不妨把思路放开一些，找一个日本人"。

"不行，不行。我可不想找日本男孩子！找他们，以后家务事都由我去做，我可不想伺候大爷呀！"

岩岩不同意她的说法："照顾好自己的丈夫是一个女人的义务。日本男人不干家务事，那是他们真的没有时间嘛！你清楚日本公司里男人的工作，他们活得很累，回家后再让他们做家务，我都替他们打抱不平。"

肖云的话，让岩岩想起了那个年代去日本自费留学的中国学生的一些情况。那个时候的自费留学生，经过几年的咬牙拼搏，总算完成了学业，随后，很多人留在了日本工作。当他们终于有时间抬头看看蓝天白云的时候，他们心里想的已经不是什么物质上的需求了，尽管他们并不富有，但是几年的单身生活，枯燥且寂寞，让他们迫切想得到一个可以在异国落户的家。也就是在这个时候，大家才意识到一个不可回避的麻烦——年龄危机，这使得本来出国时就已经不年轻的人们开始慌乱了起来。

在中国，超出适龄婚期的男男女女便被称为"剩男""剩女"。这个随潮流脱颖而出的现代词汇也漂洋过海传进了日本。

那些已经完成了学业，并在日本就职的男男女女们又开始了另一场战斗，为寻找适合自己的对象而活跃在各种交际场所中。虽然，他们在日本已经历练了多年，但那些未婚的大龄男性找对象的条件却与国内的男性们完全相同：要找年轻貌美的，有学历的，还要工作好的女孩子。

大部分取得学位后留在日本工作的中国女孩子，既有高学历，又有稳定的收入，甚至挣得比有些男孩子还要多一些，加上她们会节省，会算计，在银行里都有一笔存款，可以说，她们的生活基本上与日本女孩子在同一水平线上。可是，就在她们把生活调剂得有情有调的时候，却发现了最佳婚龄期已经远离自己，她们成为男孩子眼里嫁不出去的"老姑娘"。"剩女"这个词汇深深地刺激了很多优秀的女孩子，这带给了她们巨大的烦恼和压力。已经在日本站住脚并打算永远生活在这片土地上的她们，没有人想在异国孤独地生活一辈子。虽然很多优秀的女孩儿们，珍惜自己的文化层次，珍惜自己的家庭地位，珍惜自己的品位情趣，然而，当她们走进"剩女"行列的时候，她们已经不再把自己的优越条件当成一块金牌子了，她们开始对自己的身价大大地打折扣，就像商店甩卖积压品一样，想即刻就把自己嫁出去。"只要有男人娶我，我就出嫁"，这种豪言壮语听起来令人心酸。

肖云和岩岩各自想着事情，两人陷入了沉默。当岩岩把思绪从沉思中拉回来时，她不好意思地对肖云说："你的事情让我想起了很多往事。对不起呀，冷落了你。"转而，她又不解地问："肖云，你说了半天也没提到你肚子里孩子的爸爸，他是谁呀？"

肖云陷入了尴尬："怎么说呢，你可别笑话我呀。那个浑蛋的事情，我没好意思告诉你。后来嘛——就遇上了他。"接着，她又讲起了另一个他。

肖云遭到了那个浑蛋男友的伤害以后，她悲伤过，愤怒过，感情世界几乎走到了绝望的边缘上，但是，她在单位同事的劝慰下走出了那片阴影，恢复了正常的心态。她知道了一些男孩子的卑鄙与肮脏，她害怕再次遇到那样的男性，只好放慢脚步，静下心来去寻找下一个男朋友。她的父母不知道她的实际状况，一直劝她赶快找个男朋友，赶紧成个家，不要这山望着那山高，挑来挑去挑花了眼，耽误自己一辈子。

后来，一个男人进入了她的生活。那个男人早年来到日本留学，是她哥哥在日本的大学院同学，毕业以后进入日本公司成为一名职员。当他发现自己的工资竟然养活不了自己一家人的时候，他又追随了一股移民风，把仅有的存款用在了申请投资移民上，砸进了第三国，从日本移民到了加拿大。他期待能在加拿大找到一份比日本薪水优厚的工作，可是，当他带着老婆和孩子踏上加拿大国土时，他的梦想彻底破灭了。他失望，他绝望，他不得不承认走错了路。他的英语不好，在加拿大找不到工作，他又不想再去念书，万般无奈，他又重新开始了打工生活，刷碗，送报纸，做清洁工，一切能够挣到钱的活他又干了一遍，比在日本还要辛苦。就在他意识到自己的错误选择时，他的妻子却找到了一个可以为她带来舒适生活的西方男子，决绝地与他离了婚，幼小的女儿也甩给了他。将近四十岁的他，折腾了近半个人生，到头来却落得身无分文，家庭破裂，在日本辛辛苦苦挣到的钱却在加拿大投了一笔离婚股。他开始想念日本，想念日本公司的同事们，日本员工兢兢业业的工作态度和携手共进的团队精神让他留恋不已，那个时候，他彻底领悟到了自己与日本无法分开。他带着失望，带着女儿，落魄地回到了日本。他给原公司写了一封诚恳的道歉信，公司根据他当年为公司做出的优秀业绩与尽心尽力的工作态度，决定再次雇用他。他把女儿送回国，拜托父母养育，他开始忘我地工作，决定今生今世竭尽所能去报答公司。

肖云的哥哥把这位同学介绍给了她。

她对岩岩说："我已经不能无止境地找下去了，只要有人愿意娶我，只要对方人品不错，只要我能生下自己的孩子，离婚的也好，对方有孩子的也罢，我都愿意嫁给他。否则，真的到了没有人娶我的时候，那就真的没法子后悔。如果说，以前我还提条件的话，那么现在，年龄让我已经没有提自己的条件的优势了，就是这样，我决定跟他交朋友。他是我哥哥的同学，人品可以保证。我们交往了几个月，双方感觉都还不错。你说多可笑，我们在一起的时候，都没有拉过手呀。有一天我们出去玩儿，很晚才回到东京。我住在郊区，最后一班公交车已经开走了，他让我在他的公寓里住一晚。那一晚，他控制不住情绪，我们干了那件事情，没有采取措施，我很害怕。就为这个，我跟他吵了一架，就不理他了。我们一直都没有见面，他向我道歉，我也不理睬他。三个月后，我发现自己怀孕了。我的事情就是这样，我第一时间就告诉了你。我现在心情很糟糕，我害怕失去工作，害怕公司知道我的事情，害怕我哥哥埋怨我，害怕我父母不认我。现在，只有你能帮助我，你说，我应该如何做呀？"肖云紧紧地盯着岩岩的脸。

岩岩把一块小点心递到她的手里，等她吃完后，微笑地劝她："肖云啊，谢谢你相信我。我还是那句话，如果以前我们考虑自身的条件，那么现在，我们仍然不要放弃。不管是恋爱、结婚，还是生子，最关键的是你爱不爱对方，如果是，你就大胆地把孩子生下来。如果不是，那么孩子生下来以后就很可怜。"岩岩停了一下，拉着她的手，温柔地对她说："我想，如果你不爱他，那天晚上你就不会跟着他去他的住所了，你说是吗？"

肖云的脸上闪过一片红云，她低下头揉搓着衣服边角，泪珠"吧嗒吧嗒"地掉了出来。她哽咽地说："其实，我心里好难过呀！上大学的时候，我们班里有个很好的男孩子追我，我嫌弃人家是农村的，没有理他，可是他没有气馁，还是追我。我来到日本留学，那个男孩子依然给我写信，我仍然拒绝他。现在，人家干得很出色，也很有钱，我好后悔！在东京我交的那个浑蛋狠狠地欺骗了我，他不仅骗取了我的感情，还花了我不少的钱，他浑身上下的衣服都是我给他买的，我把他打造成了一个准东京男子，他却上了另一个炕头，我感到这种男人太恶心了。"

她说不下去了。过了一会儿，她又断断续续地说："从那以后，我特别自卑，天天对着镜子看自己，看看自己是不是变成了老太婆。为什么我这样栽培那个男孩子，他却跑进了另一个无姿无色的女人的怀抱里呢？难道我们优秀也是错吗？我现在交的男孩子比我大很多，他真的很关心我，我决定与他交往。他为人很实在，也很有男人味儿。或许是因为他已经有过一段婚史吧，他能够理解人。他挺尊重我的，每一次我们出去吃饭，他都是让我先动筷子，夏天暴晒，我们出去玩儿，他给我撑伞，他脸上却冒着大汗珠子，那一刻，特别让我感动。不过，肚子里的孩子来得也太突然了，我一点儿心理准备都没有呀。"

岩岩认真地听肖云的讲述，不停地点头。她端详着肖云漂亮清秀的脸庞，情深意重地说："听得出来，你爱那个人，因此，你才愿意做那件事情。据说，偷情生出来的孩子聪明呀——哎，你别这样看着我呀，这是我们中国人的说法嘛。你没有错，都这个年龄了，就是不结婚只想要孩子也没有什么见不得人的嘛！我有一个朋友，她就是不想结婚，但是，她却有一个男孩子。现在有一些这样的女性，她们只想要孩子，不想结婚。在日本，我们的生活都很孤独，尤其是你的那个他，比你还要惨，折腾了近半生，把家都折腾没有了，我想他会珍惜第二段感情的。他知道你怀孕的事情吗？"

肖云摇着头说："你是第一个知道的人。如果我决定打掉孩子，就不会告诉他。"

岩岩紧张地说："你千万别再做后悔的事情了。我看你是爱他的，勇敢一些，这是你的生活。你不去面对，难道还要你哥哥去替你面对吗？告诉你吧，这个孩子是个福孩儿。你先别跟公司讲，等实在遮掩不过去了再说。另外，在家里休息一年照看孩子很值得嘛！"

肖云的脸上放出释然的神态："你说得对，我照常去上班，等五个月后，我再提出停薪留职。看来，我只能结婚了，我要得到这个孩子。你说得对，我要生下这个孩子。可是，我们在日本也办不起婚事，双方的家人也不可能来日本。索性这样，在国内我父母家办一个家庭婚宴，请他家人也去，大家认识一下。嗯，我看也只能这样办了，我跟他商量一下。还有一件事情，让我心里很烦闷，他的女儿归他抚养，将来我就是她的继母，这个身份太难让我接受了。我跟他讲过了，如果结婚，你的女儿永远不要到我的家里来，我也不需要这个继女，以后有事情，让她找她自己的母亲去。不是我心狠，是那个女人太不仁义了。那个女人让她丈夫把她带到了日本，她一天工都没有打，就是读书，拿到了学位，却嫌弃丈夫挣得少，一定要移民加拿大，异想天开去加拿大挣钱。这帮傻子，他们把全部存款都砸进了投资移民上，五十多万日元干什么不好。那个女人到了加拿大又嫌弃丈夫找不到工作，干脆转移视线，找了一个可以给她舒适生活的老外，投了一笔安家股，把老公给踹了，连女儿也不要了，她是什么东西！"

岩岩笑着说："不管怎么说，你跟他结婚，那个女孩子你抚养也好，不抚养也罢，她都是你丈夫的女儿，你就是她的继母呀！这层血缘关系是断不了的，你要事先做好心理准备才好嘛！"

"对不起，不管你怎么劝我，我还是这个主张，我绝不会接受那个女孩子的，这就是我唯一的条件，他答应了。如果以后他反悔，我就离婚，反正我有孩子了。"

她们又说了很长时间，最后肖云破涕为笑，她决定奉子成婚。看到肖云心情平静后，岩岩才告诉她自己的事情。

肖云羡慕极了："你的心态好，思路也不乱，不像我，就是着急。积压品嘛！以后有机会让我见一见他吧！"

岩岩点了点头。不过，她又扳了一次肖云的说法："我们可不是积压品哟！我们是新上市的流行品。我们要让自己闪亮发光，让那些男人们看一看我们的魅力，我们不能输给年龄。俗话说'躺在扁担上睡觉——心宽'，别总把年龄当成负担，那你就会身心放松了。"

肖云"咯咯咯"地笑了起来："听你一说，我心里已经不再纠结了，谢谢你。你们婚宴请的都是日本人吧？你在北京的家人来吗？不好意思，我们就不去了。不过，到时候我要送你一件礼物，那是我们南方的特产。你多好呀！嗨，太遗憾了，我一直想把我哥哥介绍给你呢，就是晚了一步，现在你要结婚了。"

岩岩笑了笑，婉转地告诉她："我办婚宴就不请你们了，请谅解。等你们从国内办完家庭婚宴回来，我也要送你一件结婚礼物。"

看着肖云的表情变得轻松起来，岩岩心里的一块石头才落了地。肖云的事情，让她更加体会到了大竹对她的一片真情是多么的难得，多么的珍贵，和大竹步入神圣的婚宴殿堂是多么的幸福，多么的甜蜜。

结婚准备，让岩岩觉得筋骨发紧，她想去蒋明那里扎扎针灸，于是，她给蒋明打去电话预约针灸。

自从蒋明开了自己的针灸所以后，岩岩有时也会去他那里扎扎针灸，活络一下血脉和筋骨。最初，蒋明明确对她说："你是我的好朋友，你来这里扎针，就不用付钱了。"

"蒋大哥，朋友归朋友，买卖归买卖，如果你不收我的钱，我就不来了。"

"我不能收你的钱，你帮助了我女儿，我是要还这份人情的，友情嘛！"

岩岩坚决不答应，但是，蒋明针灸扎得好，她需要蒋明的医术。她对蒋明说："在外面，我们是朋友，在医院，你就是大夫，我就是你的患者，我们是好朋友才要在钱上算得一清二楚。现在，你明白了吧？"

蒋明摇着头无奈地说："你真能坚持！好吧，恭敬不如从命。"

这位从国内来日本的中医，受了大半辈子磨难，到了五十多岁才总算有了自己心爱的诊所，他很珍惜自己所得到的一切，努力把中国的针灸疗法介绍给日本人。来他诊所针灸的患者女性居多，日本女性很喜欢那种针感，再加上蒋明温和的态度和娴熟的针灸医术都让日本女性喜欢，因此，一传十，十传百，他的患者逐渐多了起来。

岩岩只能抽出晚上的时间去蒋明那里扎针，那个时点患者不多，岩岩可以放松地与蒋明说几句话。

"蒋大哥，收到了你参加我们婚宴返回的明信片了。谢谢你能参加。"

蒋明的脸抽动了一下，眼睛里闪过一道伤感，不过，凭着他的涵养，他微笑着对岩岩说："祝福你呀！婚宴我一定会去道喜的。"

接着，岩岩关心地问他："蒋大哥，你的女朋友找得怎么样了？我替你问过几个日本女孩子，她们都喜欢找比自己小的男孩子。真对不起，没有帮上忙。"

蒋明叹了一口气，实在地说："我知道，现在的日本，女孩子找年轻的男孩子很时髦嘛！男孩子也喜欢找大龄女孩子，她们可以很好地照顾小丈夫嘛！嗨！我只想找一个能真心跟我过日子的女孩子，给我生个儿子，将来可以接我的班嘛！"

"蒋大哥，现在的女孩子很势利，你要慎重考虑呀！"岩岩担心地劝告这位她尊敬的大哥。

一个多星期以后的一天晚上，蒋明的女儿突然给岩岩打电话，想跟她聊一聊。

她在电话里大骂自己的父亲："岩岩阿姨，你知道吗？我爸爸找了一个跟我年龄一样大的女孩子，他想跟她结婚。你说他这不是发昏嘛！他都多大年龄了，还这样不自爱。你能劝劝我爸爸吗？"

岩岩惊讶地问："我前些日子去你爸爸的诊所扎针，你爸爸没有说他有女朋友呀。你见过那个女孩子了吗？"

"我和我姐姐都见过了。那一天，我爸爸请我们去吃饭，在餐馆里见到了那个女孩子。当我爸爸告诉我们他们之间的关系时，我差点就晕倒了。我们支持爸爸再组建一个家庭，但是，这种连年龄辈分都不顾及的做法，太让人气愤了。可是，我爸爸决定了，非要娶那个女孩子不可。阿姨，求求你，去劝劝我爸爸吧！"

岩岩想了片刻，对她说："这是你爸爸的私事，我无权干涉，你们也没有权利去干涉你父亲的事情。只要是合法的婚姻，就不能干涉人家，你说对吗？"

蒋明的女儿更加气愤了，说："那个女孩子就是看上了我爸爸的钱了，太不要脸了，我一定要去干涉他们！"说完，她礼貌地挂上了电话。

岩岩并没有感到太突然，因为，这位大哥早就有这个打算，只要有合适的女孩子，他是一定要结婚的。出于尊重对方，岩岩没有过问此事。

2003 年的元旦眨眼之间就来到了眼前，岩岩终身大事的准备工作已万事俱备。她怀着难以控制的激动心情期盼着元旦这一天的到来。

第九章
告别独身

岩岩与大竹的婚礼和婚宴是按照日本的"人前式"婚礼方式在老饭店举行。

在婚礼仪式上，新郎和新娘要分别向岳母和婆婆献上一束花。因为，岩岩的母亲和家人不能去日本参加他们的婚礼，大竹建议岩岩邀请老校长作为她的家长接受献花，并完成把岩岩交给新郎的任务。

岩岩立刻接受了这个建议，她给老校长写了一封情深似海的邀请信，衷心感谢老校长对她恩重如山的帮助和支援，并殷切希望老校长能以自己家长的身份前来参加婚礼。老校长愉快地接受了邀请。

一个周末，岩岩与大竹登门拜见了老校长夫妇。在老校长面前，岩岩就像一个孩子，满含感激之情地说："校长先生，十几年来，正因为您给予了我无私的帮助与支援，我才能有今天。我妈妈向您问好，她非常感谢您能作为我的家长出席我们的婚礼，谢谢您帮助了我，谢谢您给了我很多机会。"接着，她给老校长深深地鞠了一个躬。

老校长慈祥地看着她，欣慰地说："岩岩，你在日本就要有家了，我这个日本父亲从心里高兴啊。"

大竹是第一次见到老校长，在这以前，他经常听岩岩说起过老校长的事情，老校长对岩岩的恩惠让他备受感动。作为岩岩的未婚夫，他怀着敬意对老校长说："校长先生，谢谢您能出席我们的婚礼。岩岩在日本得到了您的关怀与帮助，我代表我们家族向您表示感谢。"说完，他跪下去，头贴在榻榻米上，给老校长行了一个磕头礼。

老校长站起来，将大竹扶起，爽朗地笑了起来："以后，我就把岩岩交给你了，你要帮助她呀！这个女孩子很不容易，我很佩服她。"说完，他拍了一下岩岩的肩膀，慈父般地嘱咐她："岩岩，我祝福你们，有了家就要肩负起家庭主妇的工作，以后有事情就要跟他商量了。哈哈哈，我这个日本父亲总算完成了我的使命啦！"

他的夫人微笑着看着他们。她是一名著名的学者，也是一所知名私立高中校长的夫人。但是，在她的身上看不到傲慢和娇柔。在家里，她就是一个普通的家庭主妇，然而，即使烧饭做菜，也遮掩不住她身上的学者气质。她温和顺从的主妇姿态，让她站在丈夫身旁显得很光鲜，她对丈夫的一眸一笑都带着温柔和体贴。

当老校长说完话以后，她微微地给岩岩鞠了一个躬后，说："我丈夫一直夸你，我们也总算看到你盼来了最幸福的日子，祝福你们呀！"她慈爱地把一个小盒子递到岩岩的手里，深情地说："这是我们的一点心意。以后有什么事情仍然可以跟他讲嘛！我们永远都会关心你的。"

岩岩深深地给夫人鞠了一个躬，接过小盒子，感激的泪水冲出了眼眶，在日本生活的一幕幕犹如电影一样在脑海里闪现，她终于忍不住抽泣了起来。

她很坚强，也很勇敢，但是如果没有日本朋友的帮助，她不会有今天这样的生活，她要感谢，要记恩，这是母亲经常教育她的话。大竹拿出手绢替她擦拭泪水，她抽泣得更加厉害起来，房间里的三个日本人都不说话，任凭她无拘无束地把内心的情感倾泻出来。

几分钟后，她停止了抽泣，突然觉得自己太失礼了，不停地向大家道歉。

老校长笑着说："不用道歉，你是在父亲家里嘛。我一直跟你讲，到了这里就是到了你父母的家里。"

校长夫人端来了金箔绿茶和茶杯，对岩岩和大竹说："尝一尝今年的新茶吧！"说完，她又把茶水亲自送到每一个人的手里。看着她温和的笑脸，儒雅的举止，品尝着她做的茶水，岩岩体内的所有细胞都被醇香碧清的茶水沁透了。

在大婚之前，大竹来到岩岩的小屋子，他想多陪一陪未婚妻。

岩岩在这间小小的屋子里生活了十几年，在即将离开这里的时候，岩岩对大竹讲起了她来到日本后奋斗拼搏的生活。在这间小屋子里，她度过了数不清的艰难日子，熬过了病魔缠身的剧痛，闯过了一道道的难关。也还是这间小屋子给她留下了很多美好的时光：她曾经与到访的妈妈住在这间小屋里，每天清晨看着妈妈走下楼梯，沿着河边散步；与侄子在这间小屋里敞开心扉；她在这间小屋里接待过很多朋友，尽管房间窄小，但朋友们却高兴地挤在一起吃她做的中国水饺，欢欢乐乐。

现在，一切都将成为过去，她马上就要有一个属于自己的小家了，她的眼睛里充满了对这间屋子的眷恋和感谢。她告诉大竹："竹，我们这些身无分文的穷留学生走到今天真的很不易呀！那个时候，我感觉日子过得很慢，每一天都在拼搏中度过。当年，我拒绝了你，是不想让你陪着我一起担忧，一起难过，更主要的是，我不想让你分担我的经济困难。现在，一晃十几年过去了，那个一直等待我的小伙子要娶我为妻，你说他傻不傻呀？"

大竹一句话也不说，一把把岩岩搂进了怀里。那种温暖，那种释然，那种安心，让岩岩感到自己是世界上最幸福的女人。

大竹的眼睛里含着晶莹的泪水，他一字一句地对岩岩说："我没有想到你们留学生是这样生活的。我们日本人一点也不了解你们，我希望你有机会把它写成书，让更多的日本人知道你们。岩，我向你保证，从现在起，我不会再让你受半点苦。在日本，我尽我的一切去保护你，让你安心幸福地在这里生活，任何时候，只要你想家了，随时都可以买机票回北京看望你的母亲和家人。岩，你得到了老校长的帮助，他们夫妇很高尚，配做你的日本父母。婚礼那一天，我要向他们献上最美丽的鲜花。对不起，非常遗憾你的母亲不能来参加我们的婚礼。以后，我们去中国再补办一次家庭式婚礼。"接着他又开起了玩笑："我真是大傻子，等到了我心中一直崇拜的女孩子，傻子就是有傻福气嘛！"

岩岩的脸上露出光彩的笑容："竹，说起来不好意思，像我这个年龄的女性在中国被称为'黄脸婆''库存品'，只能找二婚的男人了。哈哈哈！感谢苍天，让我找到了你，寻到了一件特优品！"

"你说的我不明白。我们日本人找对象不会把年龄放在首位，日本晚婚的男人很多，如果找不到合适的女性，宁可独身。我们日本男人特别看重女方的善良贤惠，持家过日子，而不只是外在的美貌。想一想，再美的人也有老的那一天呀！现在，让我好好看一看我的未婚妻是黄脸婆吗？"

他把岩岩拉到灯光下，仔仔细细地观察了一遍岩岩，然后，松了一口气："我太幸运了，我的未婚妻是一个真正的美人！"

大竹的话让岩岩心里不再有任何纠结了，她站在镜子面前，也认真地看了一遍自己。难道将近四十岁的女人就是黄脸婆、豆腐渣吗？不，不是的。这个年龄的女人有一种特殊的魅力，是二十多岁、三十冒头的女性所没有的那种成熟、庄重、自信和敏锐的魅力，是其他年龄段的女人都无法比拟的更有韵味的魅力。大竹如此欣赏自己，她内心深处充满了对未婚夫的感激。

她拉着大竹的手，泪眼婆娑地说："竹，谢谢你等了我这么多年，谢谢你娶我。

我会加倍努力持家过日子，加倍爱你，可是，我毕竟是外来户，日本家庭里的事情你要多告诉我呀！"

大竹紧紧地抱住岩岩："你别再重复这样的话了，你是我心中的神，世界上我就爱你一个人，我们共同努力，一切都会好起来的。"

岩岩就要出嫁了，马上就要离开这间小屋了，她的心情就像她出国时离开母亲家一样的依依不舍。这间小屋子在她的心里有着很重的分量，这是她在日本这一第二故乡的落根生长之处，她把这里当成了她的第二个家。是啊！她出生在北京，从来就没有离开过家，为了求学，她第一次离开了家，离开了亲爱的妈妈和哥姐，来到了隔山跨海的邻邦国——日本，这间小屋成了她人生中的第二个家。今后，第三个家将会给她带来什么样的生活呢？

再过几天，她就是大竹家族的一名成员了，但愿与大竹一家人能够和睦相处。她还非常感谢大竹母亲和大竹鼓励她参加婚前学习班。在学习班上，老师讲了关于日本婚礼婚宴的礼仪、礼节、程序，以及婚后生活的家庭礼节。这次的学习让岩岩了解了更多的日本风俗习惯，对她以后进入日本家庭生活大有裨益。最终，她顺利地结业了，一直搁置在心里的担忧也随着减少了许多。

岩岩还要感谢大竹婚前去北京去见自己的家人。

大竹父母从北京回到日本后，岩岩的母亲向女儿提出了希望，就是在结婚之前能见到大竹本人。当婚礼准备的大事情全部落实了以后，他们分别向公司请了两天假，在周末踏上了去北京的旅程，这让岩岩的母亲感觉到大竹的诚意与教养。

12 月初，东京依然是金风飒飒的晚秋，而北京却是寒气逼人的严冬。大竹兴高采烈地踏上了北京的大地，这是他第一次来到中国，他对一切都感到新鲜，丝毫没有在意刺骨的北风。

机场候机楼内各种指示牌子上的汉字让他倍感亲切。岩岩告诉他："现在我们使用的汉字都是简体字，如果是繁体字，你或许能认识得更多。"

大竹兴致勃勃地指着一个汉字问岩岩："那个字是不是'際'呀？"

"对，就是国际的'际'。你真了不起呀！"

大竹的脸上显出一片红光，他难为情地解释："我在大学学的第二外国语就是中文，不过，已经忘得差不多了。跟你结婚，我要把中文重新拾起来，哈哈哈。"

"那几个汉字是日语的'トイレ（Toilet）'吧？"

"对，就是'洗手间'。嗬，你还不简单呢！"

"我来之前，临阵磨枪把中文的日常用语复习了一遍。洗手间这几个字总是要知道的嘛。"

"哈哈哈。"

在北京，大竹见到了岩岩的老母亲。他用双手捧着一个信封，弯着腰，郑重地把结婚彩礼金和一封他母亲写的信交给了岩岩的母亲，并诚恳地邀请岩岩的家人将来去日本观光。

岩岩的母亲打开信封，展开信纸，是一封日语信。她歉意地冲着大竹笑了笑，把信递给岩岩："你给我翻译一下吧！"

听完岩岩的翻译，母亲明白了信上的意思，再次朝大竹点了点头。随后，她打开装彩礼金的信封，里面有一张二百万日元的支票单子，收款人是岩岩的母亲，母亲的姓名下面还整整齐齐地写着岩岩全家人的姓名。另母亲感到愕然是，岩岩去世多年的父亲的姓名也写在了上面。

大竹解释说："这是我们日本人的风俗，女方家族成员要全部写在上面。我非常遗憾，没有机会见到岩岩的父亲。"他礼貌地给母亲鞠了一个躬。

母亲收下了信，却把礼金退给了大竹。她慈爱地对他说："孩子，你父母的心意我领了，这份礼金太重了，我不能接受。你拿回去，交给你母亲吧！"

大竹哪里肯接钱呀！他用手比划着说："这是我们家族大喜的事情，请您一定要收下。这是我母亲交给我的任务！"

岩岩的母亲看着女儿，还是摇头："钱太多了，我不能接受。"

"妈妈，您先收下吧，等以后有机会再退给人家。"岩岩劝说母亲。

岩岩的母亲不愿意接受这笔钱款，是因为她也是一位高傲的女性，在她的一生中，她从来没有接受过一笔外来的金钱，现在，让她接受男方家送来的女儿结婚彩礼金，她感到不合适。岩岩的几个姐姐结婚，她都没有接受彩礼金，岩岩的彩礼金当然也不能接受，但是，在岩岩的劝说下，她答应暂时保管这笔钱款。

岩岩的母亲看着大竹精明而又憨厚的外表，再看他对女儿的呵护，她饱经沧桑的脸上终于露出了释怀的微笑。她看着女儿，深深地吐出一口气："我终于等到你出嫁！你成家了，我这个母亲也就了却了最后的心事，太好了！要是你父亲还活着，他该有多高兴呀！"说完这句话，她的眼睛有些发红。

大竹很有眼力见儿，他走到岩岩母亲面前，半跪在地上，轻轻地对她说："妈妈，现在，我可以这样称呼您了。我打算去看一看岩岩的父亲，这也是我父母交代给我的。我很喜欢与中国人交朋友，以后，我们既是亲戚，又是朋友。我很幸运能够跟您的女儿结婚。谢谢您，给了我一位出色的妻子。妈妈，放心吧，我会让岩岩一生都幸福的。"他动情地站起来，深深地给岩岩的母亲又鞠了一个躬。

在女儿的翻译下，老母亲听懂了日本女婿的话，她紧紧地握住了这个女婿的手。

岩岩母亲安排全家人为远道而来的岩岩和大竹接风，她让岩岩的姐姐在王府井全聚德烤鸭店预订了一间单间，这样，大家可以不受干扰，敞开交谈，尽兴喝酒，随意吃饭。

改革开放以后，中国发生了巨大的变化，餐厅的档次越来越高，装饰也越来越豪华。全聚德这家百年老字号店，入口是三间四柱的牌楼，大厅里金碧辉煌，一根根金色的大圆柱子显得富贵气派，金色的祥云点缀在金龙盘绕的金柱子上，龙腾飞舞的琉璃九龙壁沾满了一面墙，大幅的山水花鸟画挂满了墙壁，富丽堂皇的灯具从屋顶悬挂下来，一张张铺着黄色桌布的餐桌摆满了大厅，身着旗袍的女服务员微笑着接待来客。这些都让大竹倍感惊讶："岩，这个大厅很讲究嘛！你们中国人都是在这样的餐厅里吃饭吗？我们也在这个大厅里吃饭吗？"

岩岩笑着说："这家店有四层，一二层是在大厅里吃饭，三四层都是单间，我们要去三层吃饭。现在，中国人请客吃饭，大家都喜欢有一个好的就餐环境，包单间很时兴，这是中国人的一个喜好嘛。"

大竹连连摇头："太讲究了！我不能让你母亲付款，我们来付款吧！在日本，退休人员是付不起这笔费用的。我们来付款，我们来付款。"

"不用了，你是客人，我妈妈要尽地主之谊，这顿饭是我妈妈请大家来为我们接风的，也算是我们回娘家的喜饭。我妈妈虽然退休了，她还是付得起这顿饭钱的，你不用担心。"岩岩耐心向大竹做解释。

在包间里，穿白制服，戴白高帽、手套和口罩的厨师推着展示手推车走了进来，手推车上放着一只刚刚烤好的烤鸭。大厨就像在舞台上表演一样，在大竹和岩岩家人面前，沉着熟练地在那只酱红色油光鲜亮的烤鸭上操刀片鸭。一会儿的工夫，那只肥美的烤鸭就被片得只剩下了一副骨架子，一片片皮脆肉嫩的烤鸭片被整齐地摆在了盘子上，这景儿让大竹看直了眼。接着，一道道菜肴被端上了餐桌，又让大竹看晕了头。最后，一大盆热腾腾的乳白色的鸭架子汤被端了上来，这让大竹更是看呆了眼。这要是在日本，在这样豪华的餐厅吃这样的美味佳肴，那可是一笔不小的费用！

大竹受到了岩岩家人的热情欢迎，大家对这位日本亲戚非常友好，他成了餐桌上的主角，也成了大家敬酒的对象。看着大家一杯接一杯地给他敬酒，他豪爽地一杯接一杯地干掉。岩岩心疼了，她在桌子下面捅了他一下："别冒傻气了，少喝一点吧！"

　　这个大竹倒是挺实在的，他告诉岩岩："我一定要学会中国人喝酒干杯的习俗。跟你家人喝酒心情特别愉快，你看，妈妈都没有阻拦我，你就让我好好跟你的哥哥们、姐夫们喝几杯吧！"

　　几杯酒下肚，他的眼睛开始发红了，但他依然没有停下来的意思："你们中国人敬酒，是不能拒绝的，这可是见面酒呀！"他憨厚的样子令人心疼，不过，喝见面酒，即使喝醉了，也高兴嘛！就让这个日本小伙子见识一下中国人的喝酒习俗，这也是文化交流！

　　大竹吃到了正宗的北京烤鸭，异常兴奋，感到心满意足。看着他一脸幸福的样子，岩岩的母亲非常欣慰，她总算尽了准丈母娘的心意。

　　北京的风味饮食也把这个日本小伙子吃蒙了。他兴奋地对岩岩说："我太幸运了，娶了中国老婆。以后，我就能经常吃到你们中国菜了，太美好了！"

　　北京是中国历史上的五朝帝都，名胜古迹比比皆是，可大竹却没有心思去观光，他只想与岩岩的家人见面聊天。他邀请岩岩全家人在饭店吃晚餐，算是对岩岩母亲接风宴请的回报。这是他第二次与岩岩家人见面，双方就像老朋友一样，感到特别亲切。虽然有语言障碍，但这也不妨碍他与大家交流，他们在纸上写下汉字，相互猜测对方的意思。他们的"纸聊"好不热闹，是弄明白了意思，还是闹了笑话？总之，"哈哈哈"的笑声不时地从双方的嘴里发出来。这样一来二去，大竹加深了对岩岩一家人的了解，大家对他这个日本憨小伙子也更亲近了。

　　在中国请客吃饭，白酒是绝对少不了的，大竹请岩岩家人吃晚餐同样也喝中国的白酒，当然也少不了中国式的干杯。大竹实在，大家对他敬酒，他来者不拒，统统干杯，几次干杯就把常去酒吧喝酒的他喝倒在了饭桌上。

　　岩岩告诉他："喝酒不要充大汉，你不是中国人的对手。我们中国人喝烈性白酒，你们日本人喝四十多度的威士忌，还要加冰块。你喝不过我家人。"

　　大竹带着醉意说："你不要劝我，我不能拒绝哥哥们给我满上的酒。你知道嘛，与你家人干杯的感觉太妙了，以后，我还要加紧练习喝你们国家的烈性白酒呢！"

　　大竹喝得越是有醉意，岩岩的母亲就越是喜欢他这个女婿。

　　在北京的三天时间一晃就过去了。在岩岩离开北京的前一天晚上，母亲把她叫到跟前语重心长地说："孩子，大竹这个孩子我看着不错，人实在，你要照顾好他。在日本生活会遇上很多不如意的事情，有事多和他商量。你马上就要成为大竹家的成员了，一定要跟婆婆搞好关系，嘴甜点儿，手脚勤快点儿，麻利点儿，做一个让人家喜欢的儿媳妇。他们家是一个很有教养的家庭，我的女儿在他们家里做事，一定要把握住分寸，少说多干，累了回家休息，千万不要把不悦挂在脸上。你结婚的那一天，我们不能与你在一起，但是，有大竹家人陪伴着你，就像我们在你身边一样。孩子，从现在起，你就有家了。以后，带着他常回来看看，东京离北京不远嘛！"说着，母亲拿出一个纸袋交给岩岩："大竹母亲给我的二百万日元彩礼金，我不能接受。我从中拿出一半来，这是一百万，你带回去，交给大竹的母亲，就算是我们出一部分钱办婚宴吧！余下的一百万，我让你姐姐寄回给大竹母亲了。"

看着老母亲慈祥的面容，岩岩拿着纸袋，泪水在眼眶里打转，她哽咽地说："妈妈，您太要强了。您的生活并不富裕，这些钱以后会有用处的，您就收下吧。"

母亲摇了摇头。

岩岩继续劝说："妈妈，日本人是很讲究面子的，大竹家给您彩礼金是有说头的，再说，他们家拿出的这些钱并不多呀。您把钱退回去，这样做有点不太合适，这让大竹家很没有面子，我也无法跟他们交代啊。为了您的女儿，妈妈，您就收下吧。"

母亲还是摇了摇头："孩子，大竹父母的心意我领了，但是，我们两个国家的风俗习惯不同，他们有他们的礼节，我们有我们的规矩。这个彩礼金我不能收。"

岩岩知道母亲的脾气，她永远也不会接受他人的钱款，即使是女儿的彩礼金，她也认为不该收受。

母亲又拿出一个信封，交给岩岩："我给大竹母亲写了一封信，你帮我翻译一下，交给她吧。"说完，她又拿出一个糕点盒："这是我给大竹母亲和祖母买的北京糕点，也请你带给她们，代我问她们好。糕点给你增加分量，你的行李可能会沉一些。"

大竹完成了在结婚前拜见岩岩母亲的任务，他和岩岩欢欢喜喜地返回了日本。周末，他们去大竹家向他父母汇报北京之行的情况。待他们入座后，他母亲便询问起从北京汇来钱款一事，大竹对此全然不知。这时，岩岩把母亲的信和那包钱双手交到了大竹母亲的手里，婉转地转达了母亲的意思。

随后，她站了起来，给大竹的父母鞠了一个躬，真诚地说："请您理解我母亲的心意。对不起。"

大竹母亲连连说："你母亲太客气了。"

从大竹家出来，岩岩告诉大竹："你都看到了吧，这就是我母亲教育我们的家规，一定要自立。我在日本念书，得到了奖学金，我非常感谢你们国家给予我的援助，那是我一生中仅有的一次接受别人资金的支援。我母亲之所以不能接受那笔彩礼金，是因为她把那笔钱看成一种经济援助，她不需要，就是这么简单。希望你能理解。"

大竹无奈地摇摇头："看来，你母亲也很倔强。"

岩岩笑了起来："有其母必有其女嘛！"

离元旦越来越近了，大竹建议结婚仪式的前夜到饭店住宿，因为结婚当天有很多事情要做，两个人在一起方便商量。到 12 月 31 日这天，一早，大竹与春子就一起开车来到岩岩的住所接她去饭店。

岩岩依依不舍地告诉他们："对不起，让我最后一次躺在这张床上吧！别笑话我呀。"

春子微笑着点了一下头。

猛然，岩岩发现春子的气色非常不好，人也比以前消瘦了很多，她担心地问："春子，你最近经常做大手术吗？孩子谁照顾呀？"

春子淡淡地一笑："昨天我做了一个九个多小时的大手术，回到家里感觉很累，就没有去接孩子，那家托儿所是可以长托的。"她说话的时候，好像底气都被抽走了一样。

岩岩看着她疲惫的样子，心里有种说不出来的滋味。她疼爱地握住春子的手："你今天应该好好休息呀！我不用车子接的，叫辆出租车也很方便嘛！"

"不行，我妈妈让我们必须到你这里来接你。妈妈说，日本只有你一个人，我们一定要把你接过去的。"

春子这句话如同炭火燃烧一样，岩岩的心立刻就被烘热了。还没有进他家门，就让婆婆如此牵挂着，难道这还不够幸福吗？

明天就是出嫁的日子，岩岩想好好地躺在这张床上，享受最后独身的舒适。她闭上了眼睛，均匀地呼吸着。在她的身下，是妈妈亲手缝制的褥子，母亲在灯光下缝制褥子的情景清晰地出现在她的眼前。那个时候，家里的经济刚刚开始好转起来，妈妈为了她出国后不致流落街头，把一生的积蓄全部给了她。想到与母亲一起度过的艰难岁月和美好时光，岩岩捂着眼睛轻轻地抽泣起来。

小屋子里鸦雀无声，大竹兄妹默默地坐在旁边，看着岩岩静静地流着眼泪。过了一会儿，春子走到床前，把手绢塞进了岩岩的手里。这段独身珍贵的往事和这间小屋子将成为岩岩深藏在心底的记忆。

她慢慢地坐了起来，看着他们难为情地说："对不起，我想好好享受一下最后独身的感觉，或许，你们永远也不会理解我此时的心情。对不起，让你们久等了，现在，我可以离开这里了。"

在楼梯口，泉子姐姐站在那里正等着他们，她亲切地对岩岩说："以后经常回来玩儿呀！"

"办完事情，我就回来整理东西。谢谢你对我的关照。"她给泉子姐姐鞠了一个躬。

岩岩和大竹住进了饭店。看着高档的客房，岩岩又心疼起了住宿费。她摇着头对大竹说："完全不应该花这笔钱嘛！我可以一早来饭店呀！"

大竹轻松地笑着："我们还有很多事情需要去做，不能出一点差错。结婚当天，化妆师和穿和服的老师很早就要来这里工作，你更要早早到这里。我不希望你急急忙忙坐头班电车赶来，忙中容易出错，再说，婚礼要一天的时间，你要保持体力。住饭店也是我母亲的意思。哎，我们一辈子只结一次婚，就让我们好好享受享受吧！"

是啊，人生几何，为什么不尽情地享用呢？岩岩深情地看着大竹，一下子扑进了他的怀抱，他们度过了婚前甜蜜的二人时光。

晚上，大竹给岩岩的母亲打去电话，他用中文在电话里兴奋地叫了一声："妈妈！"然后，他照着岩岩事先为他写好的稿子用蹩脚的中文对岩岩的母亲说："从明天起，岩岩就是我的妻子了。谢谢您，送给我这样珍贵的礼物，我会让岩岩在日本幸福地生活，请您放心吧！"

岩岩的母亲缓缓地说："谢谢你，大竹。我把女儿交给你了，祝你们生活幸福！"

当岩岩把母亲的话翻译成了日语，大竹激动地抽泣起来："妈妈，妈妈——谢谢您，我一定，我一定好好照顾岩岩。"

岩岩又把大竹的话翻译给了母亲。在电话的那一头，母亲用日语对大竹说了一声"谢谢！"然后，郑重地嘱咐岩岩："我的孩子，你终于有了自己的家，妈这辈子就没有心事了。现在，你有丈夫了，大竹是一个不错的小伙子，妈放心了。我们远隔千里，妈够不着你，也不能为你做些什么事情，你明天出嫁，妈不能看着你走出家门，也不能参加你的婚礼，很遗憾，但是，只要你幸福，妈就高兴。明天，你就要成为新娘了，妈为你高兴！妈祝福你们！成家以后，一定要尊重公婆，你嫁进的是日本人的家庭，不懂的要问，不会的要学，千万不能任性！我们可不能让人家指着我们的脊梁骨说我们的不是。虽然，你是他家的媳妇，但是，你的一言一行都代表着我们的国家呀！"

　　岩岩听着老母亲的话，泪珠一串串地流出了眼眶，她感到对不起母亲，出国求学，却一去不回，照顾母亲成了一句空话，心里充满了无限的愧疚感。老母亲，她支持了女儿出国求学，又理解了女儿加入日本国籍。现在，她又把女儿托付给了那个日本小伙子，把自己最后的心事了却了。只要女儿在异国他乡生活得幸福，她就心满意足了。

　　妈妈挂上了电话，岩岩的心也随着下沉了，她多么希望明天妈妈就坐在自己的身边，接受大竹送给她红灿灿的玫瑰花啊！她多么希望听到妈妈在婚礼上对自己的嘱咐和叮咛呀！可是，现实中，她只能在电话里聆听。虽然看不到妈妈的面颊，但岩岩却能感受到她对女儿出嫁既难舍，又欣慰的心情。岩岩没有在北京与母亲道别时流出感恩的泪水，却在饭店里让自己的情感像瀑布一样奔流倾泻了出来。大竹一直紧紧地把她搂在怀抱里。

　　岩岩看着大竹真诚的眼神，又激动了起来。眼前的这个男人，虽然生长在高贵的家庭里，但他从来也不炫耀。他为人坦诚、谦廉、大度，他不虚浮，也不懒惰，他的生活简朴，花钱在意，这些正是岩岩所喜欢的品行。

　　岩岩马上就要结婚了。啊！结婚，太美好了，断定自己要独身一辈子的岩岩终于承认了自己判断上的错误，她为自己没有成为积压品而庆幸。

　　她活了快四十年了，还从来没有过这么好的心情呢。新郎如意，婆家可心，小姑子们心善，幸福、地位、金钱，她一样也不缺，结婚给她带来了太多的幸福！

第十章
出嫁之喜

2003 年元旦是岩岩终生难忘的日子，这一天，她将要成为日本的"花嫁さん"（hanayome-san，新娘），喜悦、激动与兴奋交织在一起。清晨，天还没有亮，她就从睡梦中醒来。她看了一眼还在酣睡着的大竹，心里涌起了缕缕情波，她轻轻地在大竹的额头上吻了一下，男人的气息瞬间蹿进了她的鼻腔里，啊！从此往后，这种气息将伴随着自己朝朝暮暮。

她走到窗前，眺望着远处晨曦中的公园，心潮澎湃，抑制不住又激动了起来，大竹第一次约自己见面就是在那个公园。那个时候，她既不想与大竹频繁见面，又害怕失去这个小伙子。光阴荏苒，他们的约会开始多了起来。越是接触大竹，她越是感觉大竹就是自己要寻找的另一半。这一天，她终于等到了！现在，她比任何人都幸福，比任何人都更有自信，她怀着感激的心情接受了大竹的求婚，她的独身生活将要在这一天画上句号。

朝阳徐徐升起来，岩岩轻轻地唤醒了亲爱的小伙子。

大竹睁开那双大眼睛，深情地望着岩岩，喃喃地说："从今天起，我们永远不再分开。不论发生什么事情，我们都将在一起，你说是吗？"

岩岩含情脉脉地看着他，说："当然，我们永远在一起。"

化妆师、穿和服的老师和助手们八点就来到饭店为岩岩做头发化妆、穿和服。岩岩第一次享受这种被人伺候的待遇，心里说："今天我把自己交出去了，一切都随你们啦。"

化妆师先从洗头发开始，按部就班地操作着。时间一点一点地流过去，化妆师做好头发后，便开始用这个粉、那个胭脂地在岩岩的脸上一层一层地抹擦，岩岩的相貌在一点点地变化着，脸上的皮肤和肌肉也在一点一点地变得紧绷起来，终于到了嘴唇化妆的程序。最后，老师把头饰别在了她高耸的头发上。站在镜子面前，岩岩看到自己的脸上和脖子上被均匀地抹擦上了一层厚厚的化妆粉，她变成了一个画中人，细长的柳叶眉，鲜红的小嘴唇，白里透粉的双颊，水灵灵的大眼睛。看着自己仿佛被整容了的脸颊，她突然感觉很可笑，原来，化妆真的能使人改变容颜呀！她心里有几分得意，自己还不算丑嘛！她朝着镜子里的自己微微地笑了一下，可是——可是，脸上的肌肉被绷得紧紧的，笑都不自然了。

完成了化妆，下一步就要穿和服了，她马上意识到，从现在开始，去卫生间就不方便了。穿和服的老师拿出为岩岩量身改制的婚礼白和服，在助手的协助下，从穿内衬裙开始，精心地为岩岩穿衣。岩岩站在那里看着她们为自己前后忙活，心里感到很不安。她极度紧张，盘在头顶上高高的头发让她感到沉重，她的脸上渗出了细细的汗珠，坐在一边的化妆师马上拿出小纱巾轻轻地为她擦去汗点儿。她心里感到好笑，现在的自己就像是一名演员，自己好像不是去做新娘，而是去扮演新娘。她希望时间快快地过去，同时，又希望好好地享受被人服侍的时刻，她劝慰自己"再忍耐一会儿吧！"

岩岩想起不少朋友都曾讲过，结婚办喜事，新娘不是去享受，而是去完成一项艰巨的任务，不仅准备婚礼要花费巨大的精力，就连化妆穿衣也要劳神忍耐，更辛苦的是，在婚宴上，看着来宾们吃得喜气洋洋，新娘却要上前一一地去问候他们，看着美食佳肴，却没有时间坐下来享用，岩岩不禁联想"恐怕今天自己也要饿着肚子看别人享用喜宴了"。

正当岩岩浮想联翩时，老师和助手把那条宽宽的带子紧紧地缠在了她的腰间，立刻，她就倒不上来气了，可是老师却说穿和服就是这个样子，她只有接受这个说法，按照老师的指点慢慢地深呼吸，随后，她们把最外面的和服穿在了她的身上，最后，助手跪在地上把一双木屐套在了她的脚上，整套化妆穿戴才算结束。她在心里又感到好笑起来，穿婚礼和服真是太累人了，不仅走路弯腰不方便，就连扭头和上厕所都不容易了。

大竹也已经穿戴完毕，他与岩岩相互对视了一番。这一天，岩岩堪称是绝美佳人，大竹更是帅气无人可比。他看着将要成为自己妻子的岩岩，嘴唇都有些颤抖了："哦！你今天真漂亮！"

岩岩含羞地看了一眼他："就漂亮这一天吧！明天我又会回到'黄脸婆'的行列里了。"

"今天是我们大喜的日子，就要彻底地美上一次。"大竹握了一下岩岩的手。

大竹出去了，化妆师和穿和服的老师及助手们也出去休息了，留下岩岩一个人在房间里，她总算可以坐在椅子上长长地呼出一口气了，随即，她又自言自语地念叨起来"哎哟，我的妈哟！还没去见来宾，自己先喘上了。这条宽带子可真别扭哟，就像箍在腰上的大木桶，腰弯不下去了不说，连走路都要小碎步。哎哟哟，大竹的祖母整天穿和服，怎么做家务呀？我的天哪！"

因为行动不方便，她只能笔直地坐在椅子上，等待着婚礼开始。

春子很早就赶到了饭店，她的任务是帮助岩岩做婚礼前的准备，提醒岩岩应该注意的事情。有春子在自己的身边，岩岩的心里多了几分宽慰。

春子看上去很疲惫，岩岩心疼地对她说："春子，你前天刚做了一个大手术，你要好好休息呀！有大竹在这里就可以了。"

"我妈妈让我来陪着你。今天，我要一直陪着你，直到婚礼结束。我妈妈说，要让你感到自己的家人就在你身边。你真美！我哥哥好幸福！我好羡慕你呀！"

春子的眼睛有点发红，岩岩的心里一阵酸楚。她不敢看春子的眼睛，她想起了几年前春子的婚礼，那个逃离婚礼的新郎，让春子遭受了巨大的羞辱。

想到这些事情，岩岩情不自禁地拉起了春子的双手，温柔地看着她："春子妹妹，谢谢你如此关照我。从今天起，我们就是一家人了。你哥哥一直都很关心你，今后，如果你有事情就一定要告诉我呀！等我忙完这些事情后，请你到我家来，我给你做中国饭吃。"停了一下，她请求春子："今天，我好紧张，你一定要随时提醒我，可千万别让我在客人面前失礼呀！"因为没有自己的亲人在身边，她着实心里没有底。

春子微笑着点了一下头："放心吧，有我在，不会出问题的。"岩岩心里又是一阵紧缩，她看得出来，自己越是幸福，春子越会感到失落。

参加婚礼的来宾们大多是大竹家族邀请的医学界的朋友，岩岩这一方，邀请了老校长夫妇、清水社长夫妇、川上教授夫人、土田夫妇以及蒋明和美惠子，另外，请老校长代替自己的父亲把自己交给新郎，并接受新郎的献花。

老饭店宴会厅的入口处摆放着一张条形桌，那是来宾签名处。桌子上面放着一本签名册及一个银色盒子。签名册用来记录参加婚礼的来宾，银色盒子用来放贺礼金信封，夏子请她的两位女友做来宾的接待员。

十一点，大竹与岩岩站在了宴会厅的大门外面迎接来宾。岩岩身穿白色婚礼和服，容光焕发，腰板挺直，手里捧着一束红玫瑰，雪白的和服与艳红的玫瑰格外引人注目。大竹身穿黑色丝绸婚礼和服和蓝黑条骑马裤，手持一把白色折扇，脚上穿了一双白色木屐，英姿飒爽地站在岩岩的身边。

宾客陆陆续续地来了，岩岩和大竹双双为来宾鞠躬行礼问候。岩岩的脸上始终带着微笑，就连她自己也不知道献给人家的是发自内心的微笑，还是工作微笑。总之，她感觉自己就好像是一部编好程序的机器人，只要见到来宾，就来一个鞠躬礼加上一个优雅的微笑。幸亏她参加了婚前学习班，否则，她还真不懂得那一套一套繁杂的礼节呢！

来宾在签名册上签上自己的姓名后，把装有祝贺金的信封交给接待员。她们把祝贺金额记在本子上，然后把贺金信封放进银色的盒子里。

大竹的两位姑姑和两位舅舅及他们的家人都来参加他们的婚礼了。

岩岩与大竹曾经去拜访过两位姑姑。可能在中国一说到七大姑八大姨会感觉很可怕，可是在日本，大家见面就是一种礼节性的拜访，双方客客气气的，尤其像大竹这种家庭的人，大家都有一定的身份，也有严格的家规，谁也不会轻易打听别人的隐私而让对方失去面子。大竹告诉岩岩："我们日本人的家庭，做事情都有一定的界限，相互走动也有一定的分寸，因此，你不用担心亲戚之间的杂谈。"

姑姑夫妇见到岩岩后就是一阵热烈的道喜，岩岩含笑如春，微微地弯下腰给长辈们鞠躬行礼。

姑姑们特别欣赏她的和式婚服，小姑称赞："新娘子真漂亮呀！"

大姑关心地问："穿这身和服是不是感觉很不方便呀？你不要着急，慢慢地走。"

岩岩微笑着说："谢谢姑姑们的关心。这是我第一次穿和服，请多关照嘛！"姑姑们捂着嘴轻轻地笑了起来。

大竹的舅舅夫妇彬彬有礼地来到岩岩与大竹面前，他们马上鞠躬行礼问候，舅舅们与舅妈们热情地祝福他们。学者舅舅们做事情一丝不苟，一言一行都透着学者的气质。大竹与舅舅们很是亲热，无拘无束地聊起了天，岩岩在他们面前一点儿也不敢大意，只是微笑着看着他们。倒是舅妈们主动关心地问岩岩："准备婚事很累吧？你们办完婚事以后，欢迎到我们家里来做客呀。"岩岩感激地点了点头，向舅妈们鞠躬，心里热乎乎的。

这时，老校长夫妇向着他们走了过来。

"啊！老校长！"岩岩从老远就看见了他们，她拉起大竹的手，迈着小碎步迎了上去。

"今天的你太美了。祝贺你们呀！"

岩岩兴奋地连连给他们鞠躬行礼，老校长朗朗地笑着说："今天你就免了吧！看你这身衣服，一定很不方便吧！不用鞠躬了。"

当他们把所有的来宾一一迎进宴会厅以后，岩岩就感觉有些疲惫了。大竹面色严肃地对她说："今天的婚礼对我们家族来说非常重要。你知道的，我母亲是一个从不低头的人，她希望把婚礼搞得隆重热闹一些，以抵消春子婚礼的负面影响。因此，你要有充分的准备，你会很累，或许会吃不到东西，但等办完事情后，我们再好好吃一顿，拜托了！"

岩岩理解地点着头："放心吧！我是谁呀？告诉你吧，我比你母亲还要顾及脸面呢！只是我很担心春子的身体。这样吧，等办完事情以后，我们请春子一起去箱根泡温泉吧！"

大竹点了一下头："好主意。春子真可怜，我们带着她的孩子一起去吧。"

岩岩点头赞成。

按照日本人的规矩，参加婚礼的男性来宾要穿黑色套装，白色衬衫，系白色领带；女性来宾穿戴比较随便，但绝不能穿与新娘同色的服装抢了新娘的风采。不过，她们都会在这样的盛会上穿戴自己最好的服饰。日本女性喜欢穿清淡素雅的套服或者连衣裙，外加与服装配套的皮鞋和手包。

来宾们在女服务员的引导下，在摆有自己姓名卡片的座位前一一入座，大竹家请来的摄影师，穿梭于人群中，抢拍各种珍贵的镜头，从钢琴师指尖下流淌出来的古典音乐回响在婚宴大厅里。

婚宴大厅，摆在最前面的三张桌子，一张桌子是为岩岩和大竹双方公司的社长和最贴近朋友提供的，另一张桌子是为大竹家族亲戚提供的，中间的那一张桌子是为大竹家人提供的。

十二点整，婚礼正式开始了，岩岩的感情就像开了闸门的江水翻腾着冲了出来，她心跳加快，手也开始微微地颤抖了起来。典雅的日本乐曲轻悠悠地飘荡在整个宴会大厅里，老校长带着岩岩从门口缓缓地走进宴会大厅，在众人的注视下，他们走到了大厅的前面。大竹站在那里，脸上洋溢着幸福的微笑，兴奋紧张地看着他们。他们走到大竹面前，老校长把岩岩交给了大竹。大竹感激地对老校长说了一声"从心里感谢您"，并深深地给他鞠了一个躬，然后和岩岩并肩站在了众人面前。

婚礼主持人开始向大家介绍新娘，屏幕上出现了岩岩全家的合影，瞬间，她眼睛里就充满了泪水，虽然自己的家人不能亲临现场，但他们都在看着自己，为自己祝福。主持人向来宾们介绍了岩岩的家庭成员，讲述了她来到日本求学、工作的经历。这时，岩岩走到老校长面前，深深地向他三鞠躬，然后，声情并茂地向来宾们介绍了老校长对她的帮助。她满怀深情地对大家说："老校长在我最艰难的时候，伸出了温暖的手，他和夫人对我的关怀无微不至，恩重如山，情深似海。今天，我能成为新娘，首先要感谢我的恩人老校长。"她再次给老校长鞠躬行礼，带着最灿烂的微笑把一束红色玫瑰献给了慈父般的老校长。

接过鲜花，老校长讲了一段动人的祝词："岩岩，她是我们学校的一名中文教师。我帮助她，是因为她的刻苦与努力的精神让我感到我有责任去帮助她。她一边打工，一边求学，非常不容易啊！现在，我可以退休了。"说着，校长回过身，指着大竹说："现在，他可以继续帮助岩岩了。"

大竹给老校长深深地鞠了一个躬，发自内心地说："谢谢老校长对岩岩的帮助！"

一阵热烈的掌声让岩岩激动，她控制不住感情，眼泪流了出来。

接下来，主持人继续说："当岩岩完成了学业以后，她又碰到了一位贵人，并得到了他的帮助。"

在音乐声中，一位精明强干，硬汉形象的男人走到大家面前。岩岩在他面前行了三个鞠躬礼后，向大家介绍说："他就是我人生中的另一位贵人，清水社长。在日本经济下滑的时期，清水社长雇用了我，让我在公司里学到了日本的管理方法，从而使我提高了自身的建筑设计水平。社长把重要的工作交给我，对我特殊关照，让我感到自己比任何人都幸福。社长，谢谢您在日本经济最困难的时候雇用了我，谢谢您对我的严格指教。"说完，她再次给社长行礼，把一束红色玫瑰献给了他。

清水社长对大家说："岩岩是我们公司一名出色的职员，我们希望她婚后继续留在公司工作。"会场上响起一片掌声。

岩岩擦拭了一下眼睛，重重地点了一下头。她望了一眼来宾们，坐得最近的是老校长夫人和社长太太，她们正朝着自己微笑，眼神里透着亲人般的关爱。岩岩的心颤动了起来，她又望向了大屏幕，北京的姐姐们也正在看着自己呢！

川上教授的夫人随着音乐声优雅地走到前面，她微微地给在座的来宾们鞠了一个躬，然后，讲起岩岩跟随她丈夫学习的事情。

她那双秀丽的眼睛注视着岩岩，细声轻语地对大家说："岩岩是我丈夫最得意的学生。她人品好，学习优秀，下班后去夜大帮助我丈夫做指导学生的工作，她还积极参加社会活动，是一位值得称赞的女孩子。"她温文尔雅的举止、柔和的语调让所有的人都重新注视着岩岩。

岩岩激动地走到夫人面前，双手把一束红色玫瑰献给了这位高雅的夫人，深情地说："谢谢夫人。从老师身上，我看到了老师对工作，对古建筑保护事业鞠躬尽瘁的精神，看到了日本人不讲代价地帮助留学生的品德。感谢川上教授对我的指导和帮助，这份恩情我会永远铭记在心里。"来宾席响起了掌声，岩岩向夫人、向大家鞠了一个躬。

祥和的乐曲伴随着屏幕上变幻的照片，宾客们时不时地鼓掌祝福他们，又时不时地向他们招手问候。岩岩的心陶醉了，看着屏幕上的亲人，她感激地望着大竹，朝着他微笑。

主持人开始向大家介绍大竹，这时，屏幕上出现了大竹成长的照片。大竹所在公司的社长步履稳健地走到前面，介绍了大竹的人品和对工作兢兢业业的精神。大竹走到社长面前深深地鞠了三个躬。社长爽朗地笑着，拍了拍他的肩膀："公司属于你们年轻人的，希望你多为公司的新产品开发新市场呀！"同样，大竹也把一束红玫瑰献给了他的领导。

下面响起了热烈的掌声，大竹激动得脸色通红，朝着来宾深深地鞠躬行礼。

接下来，主持人请新婚夫妇走到前面，岩岩与大竹面对面地站着，含情脉脉地看着对方。大竹拿出一个精美的小盒子，从里面取出一枚刻着岩岩名字的白金婚戒，戴在了岩岩左手无名指上。接着，岩岩从自己的小手包里也拿出一个精巧的小盒子，取出一枚刻着大竹名字的，将同样款式的男士婚戒戴在了大竹左手无名指上。

顿时，宴会厅里响起了长时间热烈的掌声，来宾们都站了起来，向新人送上最美好的祝福。这时，岩岩闭上了眼睛，享受着人生最美好的时光，她的心里荡漾着甜蜜，此时的她成为世界上最幸福的人！

在悠扬的音乐声中，来宾们排着队依次走到新婚夫妇面前，向他们表示最热情的祝贺。

土田夫妇来到他们面前。夫人握着岩岩的手，激动地说："妹妹，终于盼到你结婚的这一天了！"

蒋明走到岩岩面前，专注地望着她："你今天太美了，祝福你们生活美满！"这位大哥的眼睛里闪着异样的神情，岩岩知道他此时的心境，她眼睛里闪烁着泪光，微微地给他鞠了一个躬。

美惠子穿了一身浅米色连衣裙，端庄清秀，她一脸羡慕地看着岩岩，俏皮地说："岩岩，你今天是世界上最美的人，你穿和服太好看了！我们一定要照一张照片呀！"她"咯咯咯"地捂着嘴笑了，岩岩的心情立刻变得轻松了起来。

排在来宾队列最后的是大竹的同事加好友谷口和高濑。他们俩走到大竹和岩岩面前，高濑笑着说："祝贺你们！大竹，以后你喝酒就要得到岩岩的批准了。现在，我们三人有两人结婚了。谷口，你要加油啊！"说完，他看了一眼谷口，又看了一下站在不远处的春子。

谷口真诚地说："衷心祝贺你们！祝你们幸福，白头到老。"岩岩赶紧给他鞠躬，连连说："谢谢，谢谢！"看着谷口憨厚的脸庞，她心中隐隐地在痛。谷口，多么好的小伙子，可是，在他和大竹之间，她选择了大竹，她对他有说不清楚的歉意。

这时，春子带着她的女儿来到他们面前祝福。

岩岩是第一次见到春子的女儿——阳子。阳子穿了一件淡粉色的连衣纱裙，头发上系了一个粉蝴蝶结。她欢蹦着来到岩岩面前，仰起小笑脸，幼声幼气地对岩岩说："阿姨，祝贺你！"她稚嫩的小手握着一枝红玫瑰，踮着小脚把花送给了岩岩。

岩岩弯下腰，拉住阳子的小手，情不自禁地说："你真漂亮！"又摸了摸她的头，说："你的衣服真好看！"

夏子夫妇带着一双儿女来到岩岩和大竹面前，建雄抢先一步说："阿姨，祝你们新婚愉快！"他拉起妹妹的手，给岩岩和大竹鞠了一个躬。

岩岩对夏子说："你很会教育孩子呀！他们很懂规矩。"

"谢谢夸奖啊。这些都是幼儿园的老师教给他们的，我们家长只要按照老师的要求，回家一丝不苟地让孩子做好自己的事情就可以了。"夏子一边看着孩子们，一边向岩岩解释。

她们还想说下去，大竹插进来："对不起，两位女士，下面还有很多程序，等办完事情后，我们再好好聚聚，痛快地聊。夏子，今天对不起了。"哥哥向夏子连连道歉。

宴会厅里始终飘荡着明快的乐曲，宾客们陆续回到自己的座席。主持人邀请新婚夫妇向双方家长献花。

在亲朋的祝福声中，大竹向老校长夫妇敬献了鲜花，他代表大竹家族感谢老校长十几年来对岩岩的关照，老校长欣慰地说："我是她在日本的父亲嘛！"

按照礼节，岩岩走到大竹母亲面前，感激地献上了一大束鲜花。她深情地说："妈妈，谢谢您把大竹交给了我，我感到非常幸福。感谢您和父亲养育了他，放心吧，我会把他照顾好的。"

大竹母亲拥抱着岩岩，动情地说："岩岩啊，你是一个了不起的女孩子呀！大竹这个孩子脾气倔强，我们把儿子交给你了，请你多关照呀！"她的眼睛湿润了。

岩岩的眼睛红了起来，她含着微笑对婆婆说："妈妈，请您放心吧！他的冷暖，就是我的冷暖，他的欢乐，就是我的欢乐，我们同享幸福，同担痛苦。妈妈，大竹就是我心中的王。"此时大竹妈妈的脸上出现了欣慰的微笑。

岩岩又走到大竹祖母面前，深深地鞠了一躬。然后，把一束红灿灿的郁金香花送给了老人家，甜甜地说："祖母，您好。祝您老人家和祖父健康长寿。"按照礼节，婚礼时只给父母献花，大竹祖母没有想到岩岩会给她献花，欣喜得眼睛笑成了弯弯的月牙。来宾们对岩岩的举止大加赞赏，大厅里又响起了热烈的掌声。

烦琐冗长的仪式终于结束了，岩岩总算可以脱下那身高贵的婚服了。她在和服老师和化妆师的帮助下，快速地脱下和服，换上了中国旗袍，重新整理了发型，在头发上别了一支母亲送给她的翡翠花发卡。旗袍是岩岩和大竹去北京时，岩岩的姐姐精心挑选的。紫红色的绸缎，前身是用金银线刺绣的祥云与龙和凤，高高的立领的两边绣着两朵祥云，传统的盘扣一颗一颗从领子一直到旗袍的最下面。为了配这身旗袍，岩岩特地去银座买了一双奶白色高跟皮鞋。大竹也换上了一身黑色西服套装和黑皮鞋，雪白的衬衣配白色领带。

当换了服装的岩岩和大竹再次出现在宴会大厅时，人们不约而同地发出了"真漂亮！真漂亮！"的赞美声。岩岩亭亭玉立地站在大竹身旁，喜庆富贵的旗袍让她容光焕发，在灯光下，紫红色绸缎旗袍随着她的举止动作而变幻着光彩，金银色的龙凤闪闪发光。宾客们都看呆了，岩岩和大竹也陶醉了。

在柔和的乐曲声中，宾客们开始享受美味佳肴。精典的日餐，道道都是艺术品，大家看着盘中的食物，不舍得下筷子享用，"好吃，好吃"的赞叹声频频传进岩岩的耳朵里，她再次陶醉了。为了今天这顿婚宴，她与大竹跑断了腿，品尝了五次才定下来的！看着宾客津津有味地吃着餐点，岩岩的肚子开始鸣叫了起来。

此次婚宴，邀请了六十位来宾，共六桌宴席。岩岩心里不停地告诫自己"再忍一忍吧，就是六桌来宾，千万不能出任何差错呀！"

她和大竹先走到大竹家人那一桌前，岩岩半跪在祖母面前，仰着脸对她说："祖母，谢谢您和祖父参加我们的婚宴。"

祖母的脸上露出慈祥的微笑，她拉起岩岩的手："孩子，大竹这孩子我喜欢呀！他是个孝敬孩子，就是脾气有些倔强，祖母我就是心疼他呀！以后，你们可要经常回家来看看我们呀！"

"祖母，我一定和大竹经常回家看望您老人家和祖父。"

大竹半跪在祖父面前，祖孙两人拉着手，说着他们之间的话。随后，他们又来到大竹父母面前，向他们敬酒。大竹母亲温和地对岩岩说："去吧，孩子，我们之间有的是机会说话，你们去关照亲戚和朋友们吧！"

大竹与岩岩走到姑姑和姑父，舅舅及舅妈身边，向他们敬酒，还向表兄弟妹们敬酒，一个都不能失礼。

他们又走到老校长及双方公司社长的桌子前，礼貌地向他们敬酒。然后，他们又一桌一桌地给宾客们敬酒，请友人今后多多关照。

阳子和建雄做起了新娘和新郎的小伴童，阳子跟在岩岩的身边，建雄随在大竹的身后，一桌一桌地向大家问候。孩子们稚嫩的问候声，让岩岩放松了很多。阳子就像一只欢快的小蝴蝶飞舞到每一张餐桌前，她走到哪里，哪里就有一片赞美声。她一边给大家鞠躬行礼，一边从小嘴里发出"谢谢大家，请多多关照"。建雄则像个小大人，一板一眼地问候大家。看着他们天真可爱的模样，岩岩感动了，大竹母亲眼里含着泪水，祖母乐得合不拢嘴。

阳子仰着小脸，对岩岩说："阿姨，你今天真美丽。"孩子的每一句话都让岩岩感动得想哭，可是，她不知道为什么阳子也叫春子为"阿姨"。

亲朋好友的祝福声频频传进岩岩的耳朵里，随着血脉的流动，祝福声在全身扩散开来。听着大家对菜肴满意的议论，看着他们热情的微笑，她的心情、她的感觉达到了造极的境界。结婚太美好了，结婚太值得了。从此以后，自己的生活将会更加丰富多彩。她情不自禁地拉起了大竹的手。

大竹深情地看了一眼岩岩，低声说："唉，大家看着我们呢。我们回家后你怎么拉我的手都可以。"岩岩红着脸把手抽了回去。

婚宴的最后一道是精美的甜点，与其说是甜点，倒不如说是一件精雕细作的可食工艺品。当服务员把摆在精美盘子上的甜点端到大家面前时，又是一阵"哇啊！"的惊奇声和赞叹声，那是一件怎样的工艺品甜点呢？

甜点的造型象征着爱情，盘子上半部分摆放了一块红心形蛋糕，下半部分是一上一下摆放了的两枝"黄色玫瑰花"，一条粉红色的带子把两朵玫瑰花枝束在一起。黄色玫瑰花是用芒果做成的，粉红色带子是用草莓果冻做成的，花枝是用抹茶果冻做成的，叶子是用抹茶花糕做成的。

在柔和的音乐声中，在大家还在欣赏甜心的时候，一阵电话铃声在大厅里扩散开来。主持人拿着电话告诉岩岩："是北京的妈妈打来的电话。"

岩岩看着大竹，声音有些颤抖："谢谢你，大竹！"随后，她接过了电话，激动地对妈妈说："妈妈，谢谢您打来电话。大家都在这里。"

电话中，母亲缓慢地说："谢谢大家来参加我女儿岩岩和大竹的婚礼，谢谢老校长多年帮助我的女儿，谢谢清水社长一直关照岩岩，谢谢大竹父母及家人对岩岩的关心，谢谢大家！"她的声音从扩音器里传向了大厅，岩岩一边给大家翻译，一边不断地给大家鞠躬行礼。

这个电话是大竹特意安排的，他要让岩岩在婚宴中依然可以感受到自己的亲人就在身边。妈妈的这段动人的话语，让所有来宾都感动异常，他们热情地为岩岩鼓掌，朝着岩岩挥手祝福。

这时，一首日本新娘出嫁的乐曲回响在大厅里。在乐曲声中，岩岩与大竹双双走到长辈们面前。大竹深深地给校长鞠了一个躬，动情地对老校长说："校长先生，我知道您在岩岩的心里占据着多么重要的位置，我知道岩岩多么地尊敬您，因为，您给了岩岩巨大的支持与帮助，您给了岩岩在日本生活的勇气，您替代了岩岩的父母，给予岩岩最温暖的爱护。谢谢您代表岩岩的父亲把世界上最美丽的女孩子交给了我。我代表我们家族感谢您与您的夫人。谢谢您！"大竹再一次对老校长夫妇行了鞠躬礼。

老校长欣喜地说："以后，你们要好好生活，有事情好好商量。岩岩一个人在日本你要多关心她呀！我们的家就是岩岩在日本的娘家，以后，经常回家来吧！"

岩岩的眼睛早已蓄满了泪水，她拿出手绢擦拭眼睛，看着这对曾经帮助过自己渡过难关的夫妻深情地说："我永远也不会忘记你们对我的恩情。"说完，她热情地拥抱了老校长夫妇。

接着，他们走到大竹母亲面前，岩岩深深地向母亲鞠了三个躬，用最真挚的感情对她说："妈妈，从今天起，您就是我的妈妈了。大竹是一个优秀的人，一个有个性有情感的人。如果，以前他做了什么任性的事情惹您生气了，那么，今天，就请您原谅他吧！如果，他哪里还有缺点，就请您告诉我，我会帮助他纠正。谢谢您和父亲养育了他几十年，请放心吧，我会照顾好他的。"

这位要强的母亲，眼睛里闪着泪水，把岩岩搂进了自己的怀抱里，哽咽地说："岩岩，你是我的第三个女儿。大竹娶了你，就是娶回了一个宝呀！我儿子的眼光不会出错的。他脾气倔，你一定要宽容他呀！你要经常回北京看望你的母亲啊。"

岩岩用自己的手绢为她擦去脸上的泪水，春子和夏子也都各自擦拭着眼睛。

大竹走到母亲面前，抱住了母亲，久久没有松开双臂。他对着母亲的耳朵说："妈妈，我知道我惹您生过气，让您为我担心，对不起，妈妈，原谅我吧！您的年纪也大了，别那样硬撑着。不是有夏子吗？您和父亲休息一段时间，出去旅行，换一下心情嘛！"

母亲轻轻地推开了儿子的臂膀，欣慰地对他说："孩子，你结婚了，妈妈省了一份心。岩岩一个人在日本，你要好好待她呀。"

这些亲密的拥抱、叮咛与嘱咐，让来宾们为之动容，女来宾们频频掏出手绢擦拭着眼睛。此时，那盘诱人的甜点也失去了魅力。岩岩的心灵被震撼了，婚礼好像是一台精彩的话剧，大家在这感人的场景里自然随意地扮演着各自的角色。

突然，乐曲停了下来，屏幕上出现了新婚夫妇感谢长辈们的画面，扩音器里传出来他们与长辈们的声声感恩与叮嘱的话语。这不是一般的感恩，也不是一般的祝福，更不是一般的叮咛。这是含着热泪且发自内心的，句句渗透进人们细胞里的话语，岩岩万万没有想到，婚礼竟然让这么多的人如此热泪盈眶。

婚礼就要结束了，在一片祝福声中，在大家热烈的掌声中，仪式进行最后一项"对酒饮"。新郎和新娘要用三对酒杯对饮三次酒，每杯酒要分三次饮完，这也叫"三三九次对酒饮"，酒，自然是清酒喽！

这种饮酒法，让岩岩含羞不止，婚礼的气氛达到了高潮，不过，大家没有过分的举止，没有叫好的喧闹，他们用最有礼节的手势、眼神和微笑传递着对新人的祝福。在大家面前，在来宾们热烈的祝福声中，他们喝完了三杯喜酒。

婚礼进入尾声，主持人高声地宣布婚礼圆满结束。这时，欢快的钢琴圆舞曲回荡在大厅里。岩岩与大竹毕恭毕敬地站在门口，双手把纪念礼物一一送到每位来宾的手里，并再次向大家表示衷心的感谢。望着每一位走出大厅的客人，他们一次又一次地行着鞠躬礼。

阳子和建雄像小天使一样，跟着岩岩和大竹一起向大家鞠躬致谢。看着天真的阳子，岩岩的心里生出既喜又悲的情感，婚礼越是热闹，越让岩岩感到春子的不幸。

在岩岩与大竹一家人走出大厅门口的时候，她弯下腰去，抱起了那个可爱的女孩——阳子。

第十一章
婚后生活

婚礼圆满结束了。大竹母亲满面春光，这一次儿子的结婚喜宴，让她放出了自身的光彩。在亲戚面前，她对岩岩大加称赞；在友人面前，她大谈去北京的感受。她喜欢中国的文化，还特意从北京买回了几件景泰蓝工艺品和几幅中国的山水画。看到婆婆如此欣赏自己国家的文化，岩岩心里的不安感减少了许多。

婚礼之后，岩岩与大竹并没有消停下来，他们跟着大竹父母走访了亲戚家。

岩岩第一次去舅舅家，心里很紧张，生怕自己弄出差错。如果说，她去川上教授家感到有些紧张的话，那么，去舅舅家她就有精神压力，她必须做好，不能让婆婆说出自己的不是。

去长辈家之前，她给自己打气："哎，竟瞎想！有丈夫在身边，咱就来一个石灰浸水，一身松吧！"她知道，去拜访长辈，以最灿烂的微笑加上鞠躬行礼，才是尚方宝剑。她牢记中国的一句老话"言多必失，少说为佳"。

大竹母亲很会做人，在嫂子们前面讲了很多北京之行的见闻，一下子拉近了舅妈们与岩岩的距离。

大竹心灵脑快，眉飞色舞地描述饺子的诱人香味和岩岩的烹调手艺，引得舅妈们一个劲儿地说："岩岩，我们想吃你包的饺子。"

岩岩直爽地应承："有时间一定给大家包饺子。"

日本人喜欢吃中餐，在他们眼里，吃中国餐就是吃高级餐，在横滨中华街的餐厅里，吃一桌中餐价格不菲。岩岩知道日本人喜欢吃面食，更喜欢吃中国的水饺。

在长辈面前，岩岩没有想到丈夫会如此热捧自己，心里好像被蜜汁浸泡了一样。大竹看到大家喜欢岩岩，好似哑巴掘着了藏金，心里有说不出来的欢喜。拜访舅舅时，岩岩成了座上宾，尽管如此，她心里一刻也没有松懈过。她告诫自己，要一直微笑，甜言不会惹人生气，蜜语也不会让人不悦，这就是岩岩最初与亲戚们交往的经验。

拜访了舅舅家，大竹父亲又带着他们去拜访了两位姑姑家。在岩岩眼里，大竹母亲干净到了极致，而两位姑姑更是卫生模范。进姑姑家，在门厅里就要用温热小毛巾擦拭双手，然后，才可以走进客厅，她们的家里一尘不染，餐具、茶具锃光瓦亮。

大竹嘱咐岩岩："你喝茶，千万别发出声音来；吃饭，要一点一点把饭菜放进嘴里，筷子要摆放端正，不然姑姑会说你不懂规矩。"

岩岩会意地点着头："放心吧！我参加过婚前学习班，在你姑姑家不会出现这些错误的。"

在成为大竹家儿媳妇的那一刻，岩岩就记住了一个原则，无论是去舅舅家，还是去姑姑家，先别着急说话，别怕人家把你当哑巴，说话慢一点，嘴巴甜一点，行礼多一点，谦卑一点。吃饭时，先看别人拿筷子的动作，然后，再动筷子，要细嚼慢咽，不可把胳膊肘放到桌面上吃饭。

她吃饭谨小慎微的举止让大竹暗暗发笑："喂，你别那样紧张，好不好？我姑姑就是喜欢唠叨，尤其在我父亲面前更会不停地说，不停地讲，但她们都很善良。在姑姑家吃饭相当于是换个口味，两位姑姑都是做菜高手。"

姑姑看出了岩岩的拘谨，平和地对她说："你看我们日本人是不是太啰唆了呢？"

岩岩整理了一下语言程序，告诉姑姑："我喜欢这样的啰唆。任何时候、任何场合，吃饭都要有规矩，这是我妈妈告诉我的。"

姑姑高兴了："以后有机会一定去北京见见你的家人。听大竹母亲说，你母亲也是一位很有风度的女性呀！"岩岩笑了笑，没有说话。

亲戚家的拜访总算圆满结束了，大竹与岩岩利用最后的两天元旦休假，又拜访了几位好友。

幸福、紧张、劳累的新年眨眼之间就结束了，烦琐的结婚仪式给岩岩留下了美好的记忆，终身大事终于在大家的祝福声中谢了幕。岩岩不止一次地感谢大竹娶了自己，让在自己将近四十岁的时候组建了家庭，她承认，此时，她是世界上最幸福的人。

大竹也有同感，他感谢岩岩对自己的一往情深，憨厚地告诉岩岩："我和你的缘分早在胎里就已经定了下来。结婚不在早与晚，我们要的是结婚的质量，结婚早不一定幸福，我只喜欢在感情成熟的时候完成终身大事。我们日本人看重的是双方的感情和相互之间的忍让度，为了生孩子而结婚，那样岂不是太庸俗了吗？"

岩岩马上反驳他："你说的欠缺理性，结婚生子家庭才会充实、完美和稳定。我担心我的年龄会影响生育。"说完这句话，她的脸上露出一丝焦虑。

大竹幽默地笑了："如果单纯为了生孩子，我就不会等你这么长时间了。有孩子和没有孩子，我都会爱你，现在是，将来也是，这一点，请你一万个放心。再说，我们家族特别讨厌不负责任的婚姻，我母亲之所以郁闷就是因为春子的婚事。那是一次对我们家族羞辱的婚礼啊！你看，春子本来是一个多么阳光的女孩子！现在，她的脸上很少露出笑容，我母亲心疼她，千方百计地帮助她。我也劝过她'你不能一个人生活一辈子呀！再找一个吧！'"

一说起春子，大竹的话就打不住："告诉你吧，谷口很喜欢我妹妹，他不在乎春子有孩子，其实春子也喜欢他。自从我告诉谷口我和你交朋友以后，他就和春子交往了。把我妹妹交给谷口，我特别高兴，现在他们的感情很好，彼此也都希望组建家庭。可是，谷口只要一提婚礼仪式，春子就会哭泣，她害怕在大庭广众面前接受祝福，她害怕再次出现那种受到屈辱的情况。你知道谷口的为人，无论谷口如何真情地对待春子，她就是不能从那段阴影中走出来。谷口真的很爱我妹妹，他对我说过'只要能跟春子在一起，我愿意等她一辈子。'可是，那道伤口在春子的心里划得太深太深了。看着她痛苦的表情和对家庭强烈的愿望，我心里特别难过。春子曾经告诉过我，她想有一个自己的小家，但又害怕听到'结婚'两个字。这就是春子的人生，谁也不能帮她解决这个不幸的问题。我母亲多次劝她，我奶奶更是心疼她。可是，没有办法。我都有些对不住谷口了。不过，我母亲对我们的婚庆十分满意，她说我很有福气呢！岩，相信我，将来无论遇上什么事情，我们都会在一起的，我们永远也不要分开。"

岩岩相信丈夫说的都是真心话，她幸福，她自豪，她确信大竹是苍天送给她人生的一份礼物。

她忽然问："竹，婚宴上，为什么阳子叫春子'阿姨'呢？这是怎么回事？难道她不是春子的女儿吗？"

这句话似乎刺痛了大竹，他低头沉闷了一会儿，忧伤地告诉岩岩："春子在婚礼上受了刺激，大病了一场，生下孩子后，一直让孩子叫她为'阿姨'。她对我说，'我不想让孩子知道她是没有父亲的孩子，也不想让外人知道我是一个未婚先孕的女人，让孩子叫我阿姨，心里会好受一些。'其实，来参加她婚礼的朋友们都不知道她是奉子成婚的。她在医院也从不提孩子的事情，所以，阳子就一直叫她'阿姨'。"

"那么，阳子从来就没有问过她，谁是自己的爸爸妈妈吗？"

"阳子还太小，有的时候她也问春子'我的爸爸妈妈为什么不来看我呢'？春子告诉她'等你长大了，你的爸爸妈妈就会来看你的'。因此，阳子就是盼着快快长大。看着阳子叫春子'阿姨'，我心里就特别难过。"

岩岩自言自语地说："阳子这个孩子好可怜。妈妈就在身边，却让她叫阿姨，心里真的很不舒服。"春子的事情的确给岩岩的新婚生活添上了一片阴影。

享受了激动人心的婚礼后，岩岩梦寐以求的家庭生活正式开始了。这个时候，她感觉浑身疲乏无力，就像撒了气的皮球一下子瘪了下去，只想躺在床上好好休整一下。

听朋友说，日本男人在家里什么都不干，下班回到家就是一个甩手大爷。老婆把茶水端到丈夫面前，把饭菜摆在桌子上。丈夫酒足饭饱撂下筷子，稍后就跳进妻子准备好的热气腾腾的澡盆里，洗浴完毕后就是看电视。妻子再把一杯热茶端到他面前。清晨，妻子要把西装套在丈夫的身上，把锃亮的皮鞋摆在丈夫的脚前，看着丈夫打开房门走出去。因此，很多日本妇女结婚以后，就成了家庭的奴隶，她们操持所有的家务，打理丈夫的一切生活琐事，男人则理所当然地享受妻子安排的舒适生活。

岩岩单身时，她对女同事、女朋友谈论丈夫不做家务的事情不以为然，那个时候，她嫌她们心胸太狭隘，连回家做饭都发牢骚。现在，当她有了自己的小家后，她希望尽最大努力去照顾大竹，可是，她真的很害怕大竹回到家后也会成为甩手大爷。不过，她看到大竹的洁净房间和他的洁癖举止，那种担心减轻了，她猜想大竹对家务事不会袖手旁观的。

结婚前，她提出婚后仍然要去工作，大竹表示非常赞成和理解，他对岩岩说："你没有必要学习日本女人的做法，我们家的所有女性都工作嘛！家里的事情我们一起做，以后，你教我做中国菜吧！"

丈夫的理解让岩岩备受感动，她放心了，这么好的男人，自己要多做一些家务。

他们结婚以后，依然住在大竹单身时的公寓房里。元旦假期最后一天的早晨，两个人坐在沙发上，喝着清香的茶水，听着日本古筝音乐，岩岩依偎在大竹的胸前想着以后的生活，她希望抓紧时间完成生育的使命。这种念头随着婚后生活的到来变得越来越强烈起来。对此，她有着很多担心。

她的担心与焦虑都没有逃过大竹的眼睛。他低下头轻声地问："岩，你在想什么？是不是又在想着要孩子的事情呀？我们需要休息一段时间嘛。再说，这件事情要随其自然，千万别给自己增加精神负担，我只希望你在日本愉快地生活，其他的都是次要的。你答应我，不要为了这件事情总是想来想去的。"

丈夫贴心的话，让岩岩心存感激，她感到自己很幸运，找到了真正的纯洁的爱。为了感谢丈夫对自己的抚慰和关心，她决定为他做一顿正宗的中国餐。

大竹高兴极了，迫不及待地问："你能给我做宫保鸡丁吗？我好喜欢那种味道。"

"当然可以了，那是我的拿手菜！"

大竹一阵欢喜："你需要什么食材？我们一起去超市买吧！"转而又说："我们别买太多的食材。这儿离超市很近，还是随吃随买的好。我们日本人喜欢现吃现买，不喜欢吃剩饭和剩菜。"

丈夫的这种观点并不被岩岩所接受，做中国菜，哪能可丁可卯地一点儿也不剩呢，但是，既然他已经说了，她就尽量把饭菜量做得精确一些吧。

做中餐讲究多放油爆炒，这样炒出来的肉片才能外焦里嫩，肉汁充盈，色泽鲜亮，味道鲜美。岩岩在厨房做宫保鸡丁，大竹坐在沙发上听着音乐，看着报纸，美滋滋地等着吃中国菜。

突然，"嗞啦——"的一声爆响从厨房里传了出来，大竹"腾"地从沙发上跳了起来，他快速地冲进厨房，大声地问："出什么事了？！呦！火这么大，不会着火吧！"看着炒锅里的火苗，他一脸的惊慌，眼睛都快瞪出来了。

岩岩平静地一边爆炒鸡丁，一边解释："做中国菜就是要这样的，这样做出来的菜才有味道呀！你没看见中国餐厅的厨师炒菜时火苗都在锅里燃烧呢！"

大竹依然满脸紧张，他不知道还会发生什么事情，索性把家里的灭火器握在手里，不眨眼地盯着岩岩炒菜。他的那种姿势就像消防员随时准备冲进火海里灭火一样。岩岩看着他严阵以待的姿势，忍俊不禁，"扑哧"一声大笑了起来。

"难道做中国菜都是这样的吗？火小一点就做不好菜吗？你这样做菜，我不放心呀！你别笑，如果真的着了火，那就是人命关天的事！"大竹一本正经地说。

丈夫把事情说得如此可怕，岩岩不解地摇头："吃中国菜，就是要这样炒菜，虽然油烟大，可是有味道啊。做你们的生鱼片、寿司和煮菜倒不会把厨房弄脏，可那没有什么香味。"

　　大竹依然不放心地握着灭火器："我看着你做，否则我无法安下心来看报纸了。以后我不在家，你就不要做中国菜了，我不放心。"

　　看着他既可笑又可爱的样子，岩岩憋不住想大笑一场。她忍着笑坚持炒完了宫保鸡丁，一关上煤气，便捂着肚子"哈哈哈"地笑弯了腰，笑着笑着，她一下子坐在了地面上，笑得喘不上气来。

　　大竹仍然站在厨房门口，手里依然握着灭火器，他奇怪地看着岩岩，他不懂得面对这么严重的事情，她为什么还会笑得如此开心。看着看着，他放下了灭火器，也跟着大笑了起来。他们两个人面对面地傻笑着，笑声在厨房里回荡。好一会儿，岩岩终于笑喊着："哎哟哟，不行了，我的肚子都快笑爆了。"

　　大竹始终也搞不清楚她为什么会笑得泪花滚滚，他摇着头无奈地为她擦拭笑泪。

　　岩岩看着丈夫严肃认真还带点儿傻气的神态，又笑了起来："算了，我也不要你担心了，干脆，以后想吃中国菜，我们就去餐馆吃吧！"

　　大竹弯腰抱歉："对不起，我不知道做中国菜是这样的，真的挺危险的。刚才的声音真的好吓人！还有，如果那热油溅到你的脸上，你就成了麻脸婆了，那你母亲还不怨我呀！我的媳妇要永远的年轻漂亮。"

　　"我明白了。的确，烹调中国菜看油烟太大，用不了多久，厨房就会变成黑色的了，我就得整天擦厨房了！以后，我也要学着做日本菜。"岩岩认真地说，大竹的脸上露出了放心的微笑。

　　婚后生活并不像岩岩想象的那么简单，夫妇二人在各个方面都需要适应，尤其是在文化不同的生长环境下走到一起的两个人，更需要相互之间的谅解与豁达。大竹在医学世家长大，从小就接受严格的家教。他遵循母亲的教诲，把自己的房间清理得像客房那样干净整洁，床上的床单带着折叠的痕迹，衣服整整齐齐地挂在壁柜里，一双双擦得干干净净的皮鞋摆在鞋柜里，领带一条一条有序地挂在领带架上，袜子更是叠得像商店里的展卖品，就连文具用品也是规规整整地摆在写字台上，卫生间一尘不染，厨房灶台上、墙壁上没有一点油迹……

　　丈夫爱干净倒是帮了岩岩的大忙，也让她省了不少心。他们办完婚礼后，并没有去度蜜月而是去公司上班。

　　婚后第一天上班，早晨，大竹很早就起床了，他先烧了一壶开水，又泡了一小壶茶，便坐在沙发上看一早送到家门口的报纸。

　　岩岩并没有因为有了丈夫而睡懒觉，她也起得很早。她走进客厅，见丈夫正在看报纸，轻轻地问候了一句："早晨好！"

大竹抬起头来，看了一下挂钟，对她说："你起得这么早呀！时间还早嘛！从今天起，我们可以同路上班了，太好了！这几天你辛苦了，多睡一会儿吧！"

岩岩摇着头："我们家是不允许孩子睡懒觉的。你喝茶吧，早餐你喜欢吃什么呀？我去做。"

大竹面带难色："我喜欢吃米饭、乌梅、鸡蛋、豆腐和一些小菜，最好再吃一小盒豆豉。你呢？你想吃什么呀？"

"我跟你吃一样的吧！"

"不要勉强，我们可以吃不同的嘛。"大竹温和地说。

"其实，我很喜欢吃日式早餐，用生鸡蛋拌着豆豉浇在米饭上可好吃了。我去做饭。"

岩岩正要走进厨房，大竹站起来："今天的早饭我来做，你去整理床铺吧！"说着，他进了厨房。

岩岩就进卧室整理了房间并把卫生间也清理了一遍。她拿出一套自己上班穿的新衣服，又把大竹的新西装、白色衬衣、领带、袜子等放在了沙发上，她还把里里外外的地板都擦了一遍。

没过多长时间，大竹就把早餐做好了，又沏了一壶新茶，告诉岩岩："这是我妈妈从京都定购的茶叶，很新鲜，早晨喝这个茶，上班就有精神。"

岩岩高兴地看着摆满餐桌的早餐，夸奖丈夫："我喜欢早晨喝茶，从上初中我就喜欢喝茶，现在在公司上班时，我也会泡茶喝。竹，你真会做饭。以前你单身的时候也这样做早饭吗？"

"我妈妈让我们养成了吃早饭的习惯。哈哈，我单身的时候，也照样做早餐的。你呢？"

岩岩看着丈夫，欣悦地说："我妈妈从来不让我们空着肚子走出家门。我宁愿早起，也要把早餐做好，我还从来没有节省过一顿早餐呢。哈哈哈……我们的习惯竟然如此相同，太好了。"

早餐后，他们各自对着镜子穿好上班衣服。岩岩说："婚后第一天上班，我要给大家呈现一个新面貌。你等我的电话吧，如果可能，下班后我们一起回家。"

大竹一边系领带，一边说："新年后第一天上班，我们公司要开新年会，需要聚餐，然后再进行小聚会。今天晚上我和大家一起去酒吧喝酒，大家要为我贺喜呢！我没有请所有的同事来参加我们的婚礼，所以今天大家是不会放过我的。我请大家去酒吧喝酒，回来得会晚一些，对不起。"

"这是正常的嘛！见到谷口要代我问好呀！以后我们可以请他来家里聚一聚，让春子带着孩子一起来。"

说老实话，岩岩对谷口的印象非常好，也很喜欢这个小伙子。可是，她并没有把自己的感情交付给他，因此，对他总有一种愧疚感。她真心希望春子能成为谷口的妻子。

大竹爱整洁和好的生活习惯让岩岩省了很多心。他们有分工，大竹做早餐，岩岩收拾房间和饭桌。不过，如果桌子上有一点水迹，大竹都会拿抹布再擦一遍。他的这种做法让岩岩感觉很紧张，但她不能怪丈夫，只有让自己也做到百分之百的整洁，才能让大竹省心。

大竹母亲一直希望他们婚后换到自家房产楼里的那套两室一厅的套房中居住，大竹同意母亲的建议，岩岩也没有什么意见，但却坚持要交房租，大竹母亲对此显然不太高兴。然而，岩岩有自己的想法，让她白住，她从心里不愿意，从小到大她还从来没有占过这种便宜呢。她不喜欢吃老人的，更不想不劳而获，尽管大竹家非常有钱，那她也从来没有在老人的资产上有过任何非分的想法。在这一点上，大竹也比较清醒，作为长子，他要承担照顾老人的义务，他还有两个妹妹，他不想贪图老人的资产。

为了这件事情，婚后的一天，岩岩亲自登门拜访大竹父母。她坐在公婆的对面，诚心诚意地讲出了自己的心里话："爸爸、妈妈，我们愿意住得离你们更近一些。但是，结婚以后我们必须要交付房租。否则，起码是我吧，是很难接受你们提供的住房的。如果你们愿意让我们搬进那套二居室，我们可以商量租住房屋契约一事。对不起，妈妈，请允许我们这样做吧。"说完，岩岩向他们鞠了一个躬。

大竹母亲无奈地摇着头："你很像我呀！你们两个人挤在单身居室里不方便，这样吧，你们换到那套二居室的单元房里，我给你们优惠价，这样做你能接受吗？"

岩岩依然摇头："妈妈，我们两个人都有工作，还是按照规矩办事吧！您如何收外人的租金，对我们也照样。"

大竹努力说服母亲接受他们的建议，尽管这位不服输的母亲非常不情愿，但是最终还是答应了他们的要求。

按照不动产契约上的条款，他们把一个月房费的押金和第一个月的房租打进了大竹母亲的账号里，然后才搬进了宽敞的二居室。租住这套二居室的公寓，虽然用去了他们四分之一的工资，但这让岩岩心里踏实。

岩岩和大竹的婚后生活融洽甜蜜。转眼到了 2003 年的早春，岩岩想趁着年轻，抓紧时间学习驾驶，她向大竹提出来要考驾驶执照的想法。

大竹一听就笑了："在东京生活根本不需要开车。如果出去旅游，找旅行社比自己开车出去要方便，还省钱。你学习开车，有机会上路吗？"

"竹，我学开车主要是为了工作。我经常要下工地检查建筑工程质量，自己开车方便。"

大竹明白了岩岩的想法，问："你有时间学习吗？学习驾驶是不能间断的，还要有人天天陪着你练习。不过，我可以做你的陪练，你打算什么时候开始学习呀？"

岩岩高兴地蹦了起来，说："亲爱的，你太好了！"转而一想，"可是，我不能用你的车练习呀！"

"哎——我的车就是你的车嘛！我全力支持你！"

据说，在日本学开车费用非常高，社会上有一种说法，年龄越大费用越高，年龄跟费用成正比。岩岩马上就想到了自己的年龄，拿到驾照或许要花四十多万日元。这个数字让她对学开车犹豫了起来，慢慢地她也就不再提这件事情了。

大竹满怀期待地等着教岩岩驾驶，却迟迟没见岩岩行动起来。出于关心，他去加油站买了一本驾驶考题书，兴高采烈地拿到岩岩面前，说："我把书买回来了，你在家里抓紧时间学习，你要做完里面所有的题目，最好能把考题全部背下来。"

在日本考驾驶执照，首先，自己要去买一本驾驶考题，自学并做练习题；然后，参加笔试考试，通过后才能去驾校学习开车，另外还要经常练习开车，熟悉掌握开车要领；最后，参加驾车考试，通过后才能拿到驾照。

岩岩捧着书为难地说："竹，我很想考下来驾照，可是，太贵了，我想放弃。"

大竹一听这句话就急了："什么？难道你不去学就是为了钱？我答应过你，只要在我们的能力范围之内，任何有意义的事情都可以去做。"接着，他严肃地说："我知道，很多人都想拿到日本驾照，因为我们日本是世界上出交通事故最少的国家。这里有严格的教学和考试制度，教官都是优秀的老师。他们非常严格，不允许学员有丝毫的错误，如果学员出现了错误，就要重新练习，费用就会随着增加。知道吗？安全驾驶是事关生命的问题。"他换了语气，"如果是为了钱，那么这笔钱，我愿意为你支付。"

丈夫的话让岩岩感动，她久久地望着丈夫诚恳的脸颊，感情又被调动了起来："为什么我当年拒绝了你，就是不想让你为我念书承担经济上的负担。我妈妈告诉我，一定要自立，我想，这笔钱还是我自己出吧。"

大竹一把攥住岩岩的手："你要清楚现在我们的关系，我们是夫妻呀！在日本，男人是要肩负起家庭经济重担的呀！你有工作，我们的生活就会更宽裕一些，谢谢你。如果，现在你依然认为我们应该各自承担各自的费用，那么，这就不是日本家庭模式。在日本，男人拿到工资后，要全部交给妻子的，这是我们的传统。如果我让你出学费学开车，那我就会被同事耻笑了。岩，我知道你很坚强，也很自立，可是现在，你有家了，有丈夫了，难道我不应该对你负责吗？还有，婚前你的存款属于你个人的，这样做对你是公平的。说定了，你去学开车的费用从我们家里开支。"他的表情有点失落，"请你以后不要再说你的、我的，这让我感觉很不舒服。"

还要说什么呢？丈夫如此体贴自己，他说出来的话又如此靠谱，再看他的脸，诚实可信。俗话说"碾砣砸在碾盘上，石（实）打石（实）"。

岩岩难为情地对他说："我妈妈主张我们要自立和自强，自己有钱是最可靠的保障。因此，即使结婚，我还是这样想的，自己多存一点钱，我回国探亲就不用花你的钱了。"

大竹马上纠正："你怎么又说你的、我的呢？我不是说过，任何时候你回北京，马上就能买机票，我们是一家人呀！难道你这样做是中国的风俗吗？我再说一遍，我挣的钱就是家里的钱，我要为这个家负起全部的责任来。任何时候，我都不会改变的。"

丈夫的一番解释，让岩岩羞愧难当："对不起，我可能是有些自私了。婚前，我们一直都在忙工作和准备婚事，很多问题还没有仔细考虑过。刚才你说，我婚前的存款还是属于我的，这种说法也不对。现在，我们是一家人了，不能说两家话。过两天，我们坐下来，好好整理一下各自的存款，看如何把钱弄到一起，好不好？"

就这样，岩岩第一次向丈夫公开自己的私房钱，她拿出自己的存折放在了大竹的手里。

大竹看着看着，说话的声音有些颤抖："岩，我真没有想到你会有这么多存款。你是如何存下来的？日本女孩子是不会存钱的。"

岩岩微笑着说："我喜欢工作，喜欢存钱，我不奢侈，也不攀比。我必须要好好存钱，将来老的时候才可以帮助自己。所以，旅游呀，买高级用品呀，我都不去想。我结婚前住的房子很便宜，就是不想在住房上花掉很多钱。积少成多嘛！我就是这样存下钱来的。"

大竹紧紧地抱住了岩岩，久久地不说一句话。几分钟后，他拿出自己的存折，难为情地说："我可比不了你呀！当我们确定了关系后，我就开始拼命地攒钱。办婚礼是我父母出的，还有你母亲退回来的钱，礼品是我们两人共同出钱买的。我祖父母给了我一个存款单子，我父母也给了我一笔钱，作为我们结婚的礼物。你看，这都是我们的财产呀！不过，我真佩服你呀！我的妻子，我真幸运！"

几天以后，他们一起去银行把两个人的存款合在了一起。大竹每个月的工资全部交给岩岩，由岩岩掌管家庭开支，岩岩也把她每个月的收入单子拿给大竹看。虽然两人的收入让他们生活得很舒坦，但是，两人工资单上的交税额也令人瞠目结舌。

大竹提醒岩岩："我们两个人都工作，是要交很多税的。如果家庭里只有丈夫一个人工作，妻子每个月的工资不超过八万日元就不用交税了，而且丈夫还可以得到公司对家庭的补贴。这也是很多女性结婚后只做半职工而不做正式职员的主要原因。"

岩岩看着自己的工资单，点点头说："还真是的，我交的税够高的。可是，让我只做半职工，剩下那半天我干什么？用不了多久我就会闲出毛病的。还是去工作好，税高就高吧！"

在决定去学习驾驶之前，岩岩找蒋明详细打听他是如何拿到驾驶执照的。

蒋明看着岩岩，笑着说："看来你的婚后生活蛮幸福的嘛！怎么？你先生让你去学开车吗？他是一个很不错的人，一看就知道他很有教养。"

"是啊！他这个人真的很不错，我总算有了一个安乐窝。他同意我去学开车。蒋大哥，你是怎么学开车的呀？"

"我拿下这个执照花了五十多万日元。我没有车子，也没有人陪练，上路出一点儿错，教练就罚款，我被他罚了不少款呢。但这也符合他们的说法，学费和年龄成正比，我已经五十多岁了，花这个钱也算可以的。要知道，这是考日本驾照呀！"

"蒋大哥，你详细说说'罚款'是怎么回事吧？"

"嗨，罚款就是练习开车时出了错，教官要你找其他时间重新做一遍，而这些费用都是学员出。大家把这个叫'罚款'。一说学车'罚款'，谁都知道是怎么回事。"

"噢——是这样啊。"

"年龄大的人想得多，开车比较谨慎，反应也没有年轻人快。车子一动我心里就发慌，就怕出错。越是害怕出错吧，教官就越让我重复练习，每一次他都会找出我的毛病，扣我的分。我一次出错，就要交一万日元的'罚款'。有一次，明明前面的路面很平坦，可不知为什么我的手稍微颤悠了一下，教官就扣了我的分，又是一万日元扔掉了。其实，练习时有教官坐在我的旁边真的很安全，可我就是担心害怕。嗨，我年龄大了，胆子也变小了。不过，我感觉日本驾校的教官恐怕是世界上最苛刻、最严厉、最不讲情面的老师了。他们训练你，真的要把你'考煳'了！哈哈哈，不管怎么说，我终于得到了这本驾照，这可是日本驾照呀！"蒋明自豪地拿出他的日本驾照向岩岩炫耀。

蒋明拿到驾照后，他一时心热，买了一辆二手车，盘算着自己开车出诊方便。但是，他的新鲜劲儿还不到两个月就蔫了下来。他发现自己开车不仅要上保险，还要找停车位。东京很多小巷子是单行线，根本就不能停车，每次出诊都要开着车子绕来绕去到处找停车场，不仅不方便、费时间，还要花一笔停车费。他前后一想，还是乘车方便，折腾了一个过儿，他又把车卖掉了，老老实实地乘电车去出诊了。

在日本学习开车，有两种方法可以选择，一种是在外合宿，集中两个星期突击式的学习训练，费用比较便宜，一般在二十万元左右。这个价格吸引了很多年轻人利用学校假期去训练。但是只要你决定合宿去学习，就要在规定的时间内完成所有课程的训练，不得请假。同样，如果你在练习开车过程中出现小小的误差，照样扣分罚款，最后算下来，合宿训练考试并不太便宜。

另一种方式就是学习训练时间自由，但费用比较高，适合在职职工、年龄大的人和家庭主妇。

岩岩想学开车，纯属为了工作，但是她又有很多担心，她周三要在高中教中文，周六就要去公司上班，只能利用周日去驾校学习，但周末这两天自己都不在家，大竹高兴吗？他愿意让自己去学吗？还有，自己连自行车都不敢碰，学开车能行吗？照蒋明所言，恐怕自己拿下驾照就要花四十多万日元了。

拿出这么多钱去学习驾驶，犹如割肉一般的痛！岩岩早就听说了日本教官的严厉程度，她的几个朋友都被教官罚得胆战心惊，恨得咬牙切齿，一旦报名去学开车，就像是热芋头拿在手里，拿着烫手，扔了可惜，眼看着学费不断地往上涨，也只能咬着牙硬着头皮继续学下去。朋友说，每一次去驾校学习，就像上战场一样紧张，一点儿也不敢走神，谁都怕被教官扣分罚款。蒋明被罚了不下十次，可他给病人扎几针就能拿到上万日元的票子，谁能跟他比呀！五十多万日元对于他来说或许不算什么，可是，对于那些辛辛苦苦干八个小时的公司职工来讲，五十多万日元就是一笔巨款。

从蒋明那里了解了学开车的情况以后，岩岩对学开车打起了退堂鼓。

大竹劝她："你学开车是为了工作，别去管学费。如果都像你那样想，驾校还做什么生意呀！我上高中的时候就拿到了驾照，参加工作以后，我祖父送给了我这辆车，平时我根本不开车，只是周末去郊外看风景才会开车。现在，你要丢掉一切怪念头，专心学开车。我们可以利用晚上的时间练习。有我陪练，你会很快拿下来驾照的。"

他拍了拍岩岩的肩膀，以上司的口气鼓励她："去学吧。不过，我担心你的身体，你下班后还要去教书，我不想看到你筋疲力尽的样子。记住，如果教官扣分罚款，你就认错，这是我们日本人的做法。还有，你脾气急，千万别跟教官发火。"

岩岩拉起大竹的手，温柔地对他说："我哪里敢跟教官发火？那还不把我罚蒙了。我想看一看日本教官是如何训练学员的，我做梦都想得到一本日本驾照呀！我会认真学习的，放心吧！"

大竹搂过岩岩，轻声地说："以后，我也要减少喝酒的次数了。不过，不跟大家一起喝酒，就是'不合群'，在日本公司'不合群'给人的印象很不好。我们几个同事下班后，就一起去餐馆吃饭，再去斯拿库喝酒。有的时候还要应酬客户，不去不行，谈工作嘛，只要客户高兴，我们就得奉陪到底。"

岩岩深有感触："其实，陪客户吃吃喝喝真的很累，我们公司营业部的员工经常陪客户吃喝到深夜，拿不到订单还要被扣工资，做男人真的不容易。"

"是吗？你是这样看男人的吗？看来，你跟日本女孩子是不一样呀。我知道她们议论我们男人回到家什么活也不干，她们在家里做点家务也要抱怨，她们认为我们男人挣钱是应该的。咳，怎么说呢？我们工作了一天很辛苦，回到家里就是想舒服放松一下，这有什么错呢？"

"没有错。不管别人怎么做，我们按照我们的方式生活，我有时间，我多干，你有空，就帮一把，怎么样？"

大竹感动地看着岩岩，十分感谢她对自己的理解，就着这个话题，他们又议论起了如何更好地安排生活，越议论，两人的意见就越相同，两人的心贴得更近了。最后，大竹真诚地告诉岩岩，他全力以赴支持她学开车，这给了岩岩莫大的心理安慰。

岩岩下班后有三个晚上要去成人学校教书。以前，岩岩去成人学校之前都会去餐馆吃一碗牛肉米饭。结婚以后，她从公司下班后直接去成人学校，尽管饥肠辘辘，她也要回家吃丈夫做好的"晚晚餐"。

那几天，大竹必定会按时回家，做好晚餐后，便看电视等着岩岩回家。虽然他也饿，饭菜的香味引得他直咽口水，但他一定要等着妻子回家一起吃饭。

岩岩劝他："你回到家后，饭做好了就自己先吃吧，不要等我了。"

"那可不行，你多晚回家，我们就多晚吃饭，这是规矩嘛！我不喜欢一个人吃晚饭。"

岩岩心里一阵感动，说："我教书的晚上，你就和同事在外面吃饭吧！我也在外面对付一顿，要不，你就去父母家吃顿蹭饭吧！"

大竹摇着头，说："以前单身的时候，自己不愿意冷冷清清地坐在家里吃饭，就经常和同事在外面吃。即使那个时候，我也很少去父母家吃饭。现在结婚了，我只想在家里吃饭，因此，我一定要等你回来一起吃饭。"

对于岩岩来说，一周有三个晚上教书，回家很晚，她不能做晚饭，没有尽到妻子的责任，心里感到很对不起大竹。可是，她就是这样一个工作狂，工作的欲望并没有因为有了家庭而减少，她要承担成人学校里一半的中文课。尽管下班以后她感觉身体非常疲劳，但是她无法拒绝学校的这份工作。对于大竹，她始终有一种愧疚感，心里总是在想："原谅我吧，再坚持一段时间，等学校找到了合适的老师后，我就辞掉这份工作，早早回家，好好陪你。"

作为一个男人，大竹是一个体贴妻子，又很会顾家，还会做菜，打着灯笼都找不到的好丈夫。结婚以后，他减少了与同事们一起外出吃饭的次数。按时下班也好，加班也罢，只要一离开公司，他就会往家里跑。家，是他唯一一处可以获得温情的地方，他很珍惜自己的婚后生活，他对岩岩不能说是百依百顺，但也会做到不去计较鸡毛蒜皮的小事。在他们家里，掺混着两国的文化和生活习惯，协调地生活与和谐地商量是他们夫妻生活的宗旨，相互尊重对方国家的文化习俗，体现了两个人的修养与教养水平，他们都不想让对方找出自己的毛病，尽量避免矛盾的产生。

岩岩发现自己和大竹拥有着一段美满的婚姻，其实这比跟同胞结婚风险要小很多。异国婚姻，夫妻之间都会把自己国家好的一面糅进这个家庭里，两个人都会把教养时时放在心里，大竹是这样的人，岩岩更是看重道德修养。

岩岩喜欢自己的小家，那是温暖得令人羡慕的小家。晚上，她从学校回到家，喜欢先坐在沙发上休息片刻，这时，大竹马上就会坐在她身边，问："今天忙吗？"

岩岩撒娇地说："特别忙。还有就是忙着想你。"

大竹温情地抱住她，说："我也忙啊，忙着给我老婆做晚餐。来，我们吃饭吧。"

看着桌上摆着的全是自己喜欢吃的日本饭，想着丈夫饥肠辘辘，却守着美味佳肴等待着自己回家一起吃饭的情景，岩岩的心醉了。

第十二章
驾照罚款

学习驾驶常识挤掉了岩岩很多时间，晚上，吃完了晚饭，她就趴在写字台上念书做练习题，仿佛又回到了学生时代。她把驾驶常识与规则背得滚瓜烂熟，大竹随便提问一个问题，她都能准确地说出答案。

那天，岩岩去参加驾驶常识笔试。考场里的考生几乎都是清一色二十来岁的年轻人，只有几位中年男女坐在他们当中显得特别扎眼。这个阵势立马让岩岩感到了一阵慌乱，好像学开车只是年轻人的专利，大龄人不应该学开车似的。

为了稳定心绪，她去了一趟卫生间，用凉水洗了一把脸，然后，拍打着脸颊自言自语地说："大风大浪都闯过来了，驾照试卷，小菜一碟儿！"她拍了拍胸口，沉稳地走进考场。

拿到考题后，她迅速地溜了一眼，便沉住气拿起笔来，"唰唰唰"地顺次写答案。她庆幸父母给了她一个健全的大脑，试题就像几碟小菜，瞬间就被她吃进了肚子里。她放下笔，看了一下手表，才用了不到二十分钟，她又瞄了一眼周围的人，大家依然在埋头解答。她站起来走到前面，把答卷交给了老师。走出考场，她一阵兴奋，跑到电话机前，给大竹打去电话。

她很幸运，通过了笔试。接下来是跟驾校的教练上路学习驾驶。

学习驾驶的头一天晚上，大竹鼓励她："不用担心，驾校的车很安全，按照教官的指令去做，不会有问题的。另外，你不上中文课的晚上我们都出去练习一个小时，保证你不会收到太多的罚款单。"接着，他又亲昵地说："岩，你需要好好休息休息，放松放松。我给你放了一澡盆热水，你去泡个热水澡吧！"

岩岩十分留恋以前去公共浴池洗澡的日子，药浴、泉浴、按摩浴，还有桑拿浴，那个舒服呀！但自从结婚以后，她就再也没有去外面洗过澡了，在他们新住所附近没有公共浴池，她只能回忆过去在公共浴池洗澡时的幸福感了。

大竹看着妻子一脸幸福的样子，用商量的口吻说："我们结婚没有去度蜜月，过些日子，我们去一趟箱根吧，在那里住几天。我们也奢侈一回，找一家最传统的日式旅馆，租一间有露天温泉的客房，好好泡一泡，你看呢？"

"等我拿下来驾照再去可以吗？"

"当然可以，当然可以。那个时候，你就可以开车了。"

有一个爱自己的丈夫，岩岩心里感动暖烘烘的甜蜜。

教岩岩驾驶的教练是一位年轻的小伙子。在日本，不管对方的年龄有多年轻，只要称其为"老师"，就要在他面前恭恭敬敬地行礼鞠躬。

第一天，小教练站在岩岩面前，他先是毕恭毕敬地给岩岩鞠了一个躬："请多关照。"

小教练的举动和话语让岩岩感到难为情，她慌忙地也给他鞠躬："老师，请多多关照，多多关照。"

小教练长得很帅，中等个头，细皮嫩肉的，黑密的头发梳理得整整齐齐，一双丹凤眼露出严厉的目光，帅气的脸上没有任何表情。驾校的老师都必须穿工作服，藏蓝色的西装配上白衬衫和蓝领带，小教练在工作服的包装下显得更帅气了。

看着小教练严厉的目光，岩岩心想："他这么年轻，会不会刁难大龄女性？会不会刁难我这个外国人呢？"她有些胆怯。

按照小教练的指示，她坐在了左侧的副驾驶座位上。在日本，车辆是左侧行驶，因而日本车的驾驶座位是在右侧。驾校的车，副驾座一侧都有一个随时可以控制行驶的手闸。

小教练坐在驾座上先从车子的启动、刹车开始讲，边讲边做示范。他讲得很慢，每做完一个动作，都会看着岩岩问一声："明白了吗？"

"嗨！明白了！"岩岩干脆利落地回答。

小教练满意地点点头，然后继续讲解车子各个部位的名称和功能，最后，他让岩岩叙述一遍。岩岩的强项就是，只要是她认真听过的东西，都可以在脑子里分毫不差地记录下来，然后一字不差地复述出来，这一点她最拿手。

小教练非常满意岩岩用心学习的态度，鼓励她："只要你像现在这样认真去学，很快，你就可以单独开车了。"

这句话让岩岩兴奋不已，她大胆地问了一句："老师，你看我需要多长时间就可以拿到驾照呀？"

小教练板着脸说："学习开车，要胆大心细，遇事不慌。坐在静止的车里，你可以做得很完美，可是，上了路面，情况就完全不同了。不专心开车，就要出交通事故。记住，你的生命就在你自己的手里。我们教学员开车，不仅教开车技术、行车规范、交通规则，还要告诉学员开车的安全与危险。很多人并不重视这些，应该遵守的不去遵守，最后造成事故，比如说，系安全带，有的人开车不系安全带，不出事故则已，一旦出了事故就要付出性命的代价。"

他讲了几个交通事故的案例，其实都是因为没有遵守交通规则和为了省事图方便所引发的。听着听着，岩岩身上不觉起了一片鸡皮疙瘩。

"不用担心，只要你按照我的指示去做就不会有问题。下一次学习，我们就要在校园的路上实际练习了。"小教练拿出日历问岩岩："你可以根据自己的时间预约学习时间。你有工作吧？"

"是的，我白天上班，另外，几乎每个晚上都有事情。老师，周日学习是否可以？"

"没有问题。你有车吗？在驾校学习完，回去后你要练习，否则，一个星期只摸一次车是根本上不了道路的。"他又问："你有车吗？"

"我可以用我丈夫的车练习。"

"在驾校学习开车，出了错误就会被扣分，被罚款。我们罚款的目的不是挣钱，而是为了学员和他人的安全。如果我们对学员的微小错误视而不见，将来出了交通事故，外界就会认为我们是不负责任的驾校。因此，让学员掌握一流驾驶技术，提高学员的安全意识是我们驾校的宗旨。"小教练帅气的面颊上一丝笑容都没有。

这一天，小教练只在车里讲授，岩岩的自我感觉还不错，可是，一想到要到路面上开车，她立刻就感到压力如山，再说，拿大竹的奔驰车去练习，她确实舍不得，为此，她心事重重。

晚上，她躺在床上辗转反侧睡不着，大竹不安地问："岩，你好像有什么心事？讲给我听听。"

她"哎，哎，哎"地发出了一连串的叹息，大竹打开灯，凑近岩岩的脸，看着她。他那副认真的样子把岩岩给逗乐了："你就别出这个怪样子了。开车，说得容易，做起来难。马上就要练习上路驾驶了，每个星期只在驾校练习一次，很快就会忘记的，这可怎么办呀！"

大竹一听就笑了："是为了这个呀！我说过了，回家以后我们出去练车呀！"

岩岩憋了半天蹦出一句话："我的天！拿你的奔驰车练习，这不是剜我的心嘛！"

大竹从床上坐了起来，叹息了一声："岩，怎么一说到钱，你就紧张呢？别把钱看得那么重要。只要我们身体健康就可以一直挣钱。奔驰车又怎么样？当时我参加工作的时候，我祖父送给我奔驰车，他告诉我'就开德国车吧，虽然费油，但车子结实、安全，也稳当。'所以请你不要再多想什么了。"

"不是一提钱我就紧张。想当初，我刚到日本的时候，就怕自己没有钱上不了学，因此，除了念书就是打工。钱存得越多，心里就越踏实，钱在我的心中就是保险柜。中国有句老话'有钱能使鬼推磨，没钱寸步难行'，难道你没有想过吗？有钱的时候，什么事情都好办；没钱的时候，张口借钱难呀！"

大竹没有说话。

岩岩接着说："我开车的想法很简单，就是为了工作。可是用你的奔驰车练习，我心疼。如果让你祖父知道了，他一定会说我的不是。"

"你想多了，我祖父不会干涉我的事情。他送给我车，车就属于我的了，他根本不会过问的。"大竹有点生气了。

岩岩坐了起来，咬了咬嘴唇，说："那么，你要答应我，如果我把你的车给碰坏了，你可千万别埋怨我呀！"

大竹伸出手指："我们拉钩吧，这样你就放心了吧。"

周日是岩岩第一次上路练习驾驶。大竹很早就起床做好了早餐，他温和地对岩岩说："今天是在驾校的路上练习，不用担心。等你回家后，我陪着你再到外面练习。"

大竹一片热心的话，反倒让岩岩感觉有压力。她忐忑不安地走进驾校，校园里已经有人在练车了。这一天，小教练第一次朝着她露出了一丝笑容。

这一次，岩岩坐在驾座上，小教练坐在副驾座上。她按照小教练上次教授的程序，启动了发动机。随着"突，突，突突突突……"发动机的欢叫声，车身微微颤动起来，她立刻就慌了神，握着方向盘的手也情不自禁地开始哆嗦了，她不知道下一步要做什么，茫然地看着小教练。

"别紧张，想想接下来要做什么？"小教练耐心地说。

这是岩岩第一次启动车子，她紧张、害怕，脑子里一片空白。

小教练看着她又问了一遍，可是岩岩只觉得脑袋疼，开车程序怎么也记不起来了。她尴尬地说："老师，对不起，我现在感到很不舒服，无法练习。我们可以改在下一个周日练习吗？"

小教练露出温和的微笑说："可以。"

离开驾校，岩岩感到很沮丧，早晨的兴奋全都飞走了。这岂不是猫儿踏破油瓶盖子，一场快活一场空嘛！她懊恼地返回家中。

大竹看着她懊丧的脸，宽慰她："我知道你是害怕上路，但是，这是必须要做的事情。你不想半途而废吧？那就抓紧时间学习吧。再说，在东京私家车就有几百万辆，这些车都要有人开吧，难道你还不如他们？"

话是这么说，可是岩岩心里还是有障碍。

日本驾校的教练无论年龄大小，都是一样的严格，你必须要按照他们的指令去做每一个动作。如果，你没有做到百分之百的正确，想用甜言蜜语让教练为你开绿灯，那么你就会遇到更大的麻烦。教练会认为你是在贬低他，他不仅要扣你的分，罚你的款，还会向你提出警告。你想用钱去贿赂教练，给你填上合格的记录，那更是大错特错，安全和生命是不能用金钱取代的！要想教练让你通过驾驶学习，别无他法，只有认真地练习，练习，再练习。

据蒋明讲，他学习开车，每一次教官扣分罚款，他都会痛苦一次，心疼得不得了。拿着教练开的罚款单，还要给他鞠躬道谢，吞下这粒苦药丸儿可真不是滋味！这是他的切身体会。对于岩岩来讲，为自己的错误交一万日元罚款，那粒苦药丸她绝对咽不下去。她思前想后，还是决定放慢练习上路开车的脚步，她知道要想让自己少交罚款，就要担迟不担错。

转眼到了樱花季节，岩岩想去京都赏花，她对大竹说："今年我们再去京都赏花吧！当天去当天回，你看如何？"

"去年我们去过京都赏花了，今年就去上野公园吧。"

岩岩欣然同意。

一年一度的赏花时节，上野公园依然像往年一样拥挤热闹。岩岩此次去赏花，与大竹一起走在熙熙攘攘的人群里，心情就像甘露一样甜蜜。美丽的樱花，朵朵娇艳，簇簇妩媚，枝枝绚烂，棵棵艳丽，它们连成了一片片粉色的、白色的花海，飘逸着淡雅的花香，她陶醉了。

大竹俊帅的脸上一直挂着微笑，他像个孩子，看花时笑，看岩岩时笑，看小孩子们耍闹时也笑，看男男女女们喝酒时还笑。岩岩指着他的鼻子："你看你，都快笑傻了，再不合上嘴巴，你的下巴就会掉下来了。"他傻傻地望着岩岩，一下子揽住了她的腰身。

大竹什么也不说，他认真地注视着岩岩，也不笑了，脸就像被蜡封住了一样，连神经都凝住了。岩岩睁着大眼睛呆呆地看着他，从他鼻腔里冒出来的热气直扑向她的脸颊，她有些心慌，她不明白这个美男子想要做什么。

"岩，你能答应我吗？永远也不离开我。"大竹的眼睛里闪出一道亮光。

"今天你怎么突然问这个问题呢？我们都是夫妻了，难道你还怀疑我吗？"她真挚地看着丈夫的脸。

大竹脸上的神经有了颤动，他紧紧地抱住岩岩。来来往往的人们尽情地赏花，谈笑，歌唱，没有人在意他们的举动。大竹深情地望着她："无论今后发生什么，你一定不要离开日本。"

岩岩的眼睛里充满了泪水，她得到了异国男人真情的爱，她不再孤独，不再寂寞了，她感谢苍天送给她一位体贴和关心自己的丈夫，感觉自己这一辈子活得值！

她含着眼泪，踮起脚尖，轻轻地吻了一下丈夫的额头，这个时候，大竹含羞地在岩岩耳朵边上说："我能吻你一下吗？"

岩岩闭上眼睛，仰起脸来，等待着心跳的那一刻⋯⋯

赏花以后，又过了一段时间，岩岩依然没有预约去学习驾驶，大竹奇怪地问："岩，你怎么还没有预约去驾校学习呀？我希望你马上约时间。趁着现在天长，你下班回到家我们还能出去练习一会儿，周日，我可以全天陪着你练习。"

岩岩情绪低落地说："车一启动，我就害怕，就心慌，就怕老师扣分罚款。"

大竹摇了摇头说："我不是早就告诉过你，开车没有那么可怕，只要精力集中，按照老师教给你的要领去做，就不会有问题。大家都被扣过分、罚过款，我们不要再议论这些事情了，你要抓紧时间。"

岩岩感到丈夫已经把话说得如此明确，自己再继续拖下去，必定会引起他的不快。事到如今，她只能硬着头皮往前走了。

又是一个周日的早晨，大竹对岩岩千叮咛万嘱咐："没什么可怕的，去吧！我在家里等着你的好消息。"他把岩岩送到了车站。

小教练依然那样帅气，那样严肃，那样一丝不苟。这一天，岩岩坐在驾位上，两眼注视着前方，等待着小教练的指令。

小教练稳稳地握住制动车闸，告诉岩岩："你可以启动车子了。不用担心，如果你出了错误，我会控制车子。"说完，他让岩岩看他手里握着的制动闸。

岩岩深深地呼出一口气，说了一声"嗨！"便启动了车子。听到发动机在鸣叫，她又是一阵紧张："老师，这辆车的声音怎么这么大呀？"

小教练看着她，不说话。

"好没趣！"岩岩心里嘲讽着自己。按照要领，她慢慢地向前开着车子，脚底下紧紧地挨着刹车板，随时准备踩刹车。在岩岩看来，刹车板就好像是落在大海里的她要紧紧抱住的救生板一样。

她刚刚把车子开到路上，就看见前面路口处有一块"右转"的标识牌，她一下子蒙了头，不知道该如何把握方向盘了，心一慌，急踩刹车，只听到"吱——"的刺耳声，车"嘎"地骤然停下来，车里两个人的身体随之向前猛地一冲，"哎呀！"岩岩尖声大叫了起来。

车子停稳当后，小教练虎着脸说："难道你不会右转弯？为什么踩刹车？！"随即他在罚款单上写着什么，然后递给岩岩，板着脸说："回去后，让你丈夫帮助你练习左右转弯，希望你下次不要再出现这个错误。"

岩岩接过罚单，祈求地看着小教练："能给我一次机会吗？我回家后一定好好练习，下一次再出错，你再罚我可以吗？"

小教练客气地说："回家好好练习吧，你辛苦了！"

立时，帅气的小教练在岩岩的眼里就变成了奇丑无比的小蟑螂，岩岩心里好是难过，可是再骂他也无济于事。岩岩心里很是不安，回家该如何向丈夫交代呀！难道丈夫等着自己就是等着一张罚单吗？回家的路上，她的心情糟糕透了，她怨自己真不该去学驾驶呀！

大竹在家里等着妻子，当岩岩的脚步声停在门口的时候，他"唰"地打开大门，一把抱住了岩岩："怎么样？感觉如何？"

岩岩的眼睛里立刻就蓄满了泪水，眼泪扑簌扑簌地掉了出来。

"怎么了？出什么事情了吗？"大竹急切地问。

"比出事还恶心。"她委屈地说，从包里拿出那张罚单。

大竹"哈哈哈"地笑了起来："难道你就是为了这个难过吗？没有人学开车不被罚款的，我学驾驶时，也被罚过不少次呢！告诉你吧，在日本拿驾照就是难，而且还贵，但是安全系数高，这一点，任何一个国家也比不了我们日本。我已经从银行取出了二十万日元，我们随时准备付罚款。钱是人挣的，别那么想不开。"

岩岩不安地问："难道你就不心疼吗？"

大竹开朗地一笑："当然心疼了，可是，我妻子去学习，就是再多的罚款单我也能接受！因为，我爱你！"他拿出手绢轻轻地给岩岩抹去了眼泪。

晚饭以后，大竹带着岩岩去附近的一块空地练习开车。他先做示范，再让岩岩反复练习启动车子，轮换踩加油和刹车板。他告诉岩岩："等你全部掌握了开车技术以后，学校就会给你一个'练习中'的牌子，我才可以陪你上路练习。"

岩岩不去教中文的日子里，晚饭后大竹就陪着她练习驾驶，让她反复练习，直到不再出错并有自信为止。

再去驾校，岩岩就感到放松了许多。小教练依然绷着脸对她下指令。岩岩小心翼翼地照着指令做，小教练满意地咧了咧嘴，朝着岩岩说："开始吧！"

岩岩顺利地把车驶向了行车道上，她大气不敢出紧张地看着前方，正确地左转弯，然后按照标识牌向前行驶。小教练在旁边提醒她："你的车速太慢了。看见了吗？这里时速是20公里，你看仪器上，时速才15公里，这样不行，按照规定时速开！"

"嗨嗨！嗨嗨！"岩岩连声答应着。就在这时，她看到前方"停止"的标识牌，心一慌，踩了加油，车子"嗖"地向前冲了出去，小教练迅速地操动制动闸，车子"嘎"地猛然停下来，他们两人的身体又向前猛地一冲。

小教练严厉地问："难道你没有看清楚标识牌上写的字吗？太危险了！今天就练到这里吧！"他的脸就像一根苦瓜，满脸都是褶子。

不用说，她又得到了一张罚单。

这个周日，外面下着毛毛细雨，走在回家的路上，她的心情如同阴雨蒙蒙的天空，整个人像霜打后的花朵耷拉着脑袋，她感觉很憋闷，她不想回家。她下了公交车后走进车站旁的一家咖啡店，要了一杯浓浓的咖啡，面对着窗户品味着苦到心底的黑咖啡。就在她漫无目的地看着街景时，突然，一个熟悉的身影冲入她的视线——大竹！还没等她想下去，大竹就推开店门走了进来。店主人朝着岩岩的方向对他努了一下嘴。

大竹愣了一下，然后疑惑地走到岩岩面前，问："岩，你回来得这么早！老师停课了吗？"

岩岩示意他坐下来，给他要了一杯他喜欢喝的可可咖啡。大竹看着岩岩等着她说话，她慢慢地从包里掏出那张罚单递给了丈夫。

大竹没有发火，也没有生气，而是静静地注视着妻子的脸，问："岩，你认为这很重要吗？我已经说过了，学习驾驶大家都一样，出了错肯定是要被罚款的。如果老是为了这个心情不畅快，就会得病，工作也要受到影响。你今天回来得怎么这么早？"

岩岩委屈地轻声抽泣了起来，她断断续续地把出错误的经过讲给大竹听。大竹没有说话，他要了两盘小蛋糕，安慰岩岩："好了，这也不能怪你。谁学习驾驶都要经历这些事情，尤其是年龄大的人。其实，由教练教你驾驶是很安全的，教练就坐你旁边，只要牢记教练讲的要领，放心大胆地开车，不紧张，就不容易出错了。"

大竹就像一把大伞，替岩岩遮风挡雨，他爱着自己的妻子，关心支持着妻子，保护着妻子不受到伤害。岩岩喝着黑苦的咖啡，心里慢慢地甜蜜了起来。

看到妻子的脸变得明朗了，大竹告诉她："今天我们回我父母家吃晚饭，春子带着孩子和夏子一家都来，晚饭后，我们还出去练车。"

又是一个周日，岩岩顺利地完成了教练规定的所有驾驶程序，在停车位熄了火，小教练满意地点了一下头，她一阵兴奋，打开车门就蹦了出去。她正要伸开双臂深呼吸的时候，小教练走到她面前："请把车钥匙交给我。"

"糟糕！你简直就是一个大蠢蛋！"她暗暗地骂着自己，刚刚兴奋起来的神经一下子蔫了回去。她快快地取下车钥匙交给了小教练，心里祈祷着："就饶了我这次吧！"她不敢看小教练，低着头等待着挨训挨罚。

小教练露出一丝微笑，岩岩以为他会放过自己一把，便给他鞠了一个深躬。

啊！噩梦！！小教练依然淡淡地微笑着，递给她一张罚单。在岩岩的眼里，这哪里是罚单，简直就是血盆大口，正吞噬着岩岩辛辛苦苦挣的，一点一点存进银行的钱！

她没有接那张罚单。这个时候，小教练和蔼地对她说："你学得很快，开得也不错，只有一点你要注意，就是不要紧张。只要你按照驾车要领去做，就不会出错。现在我给你一块'练习中'的牌子，你可以拿回家挂在车后窗上。挂上这块牌子，并让你丈夫坐在副驾座上，你上路练车警察就不会拦你了。到现在为止，你的课程全部学习完了。回去后多练习，当你认为自己开车没有问题了，你就可以约定时间参加驾驶考核了。对不起，这是最后一张单据。"

岩岩开始讨厌这个帅气的小教练了，这个可恶的小帅哥前前后后给自己开了近二十万日元的罚款单，太可恶了！当听到上路练习的许可后，她并不开心。

不过，大竹倒是很为岩岩高兴，他热烈地拥抱了岩岩，并在地上转了一圈，高声地说："好了，我们总算熬过了罚款期！应该祝贺嘛！今天晚上我们去外面吃饭吧！以后，只要你晚上不去学校，我们就上路练车，争取早点拿下驾照！"

岩岩把罚单放在大竹的手里，闷闷不乐地说："我好心疼！他们从你的钱包里掏走了二十万日元呀！你怎么还高兴呢！"

大竹则轻松地说："不管怎么说，我们过了罚款期就应该祝贺嘛！嘿，以后我陪你上路练习驾驶是免费的。"

学习驾驶最艰难的第一关总算熬过去了，这让岩岩如释重负，虽说交了二十万日元的罚款，但从今天起，再也不用为那些罚款单担心上火了。俗话说"瞎子磨镰刀，快了"。

她兴奋地盘算着"大竹陪着自己上路练习开车的滋味会是怎样的呢？啊，曙光就在前面，离拿到驾照的日子越来越近了"。她想象着大竹坐在副驾座上，自己驾驶着奔驰车的情景，她好激动。只剩下这最后的一段路了，自己是哑巴上学，应该不会有什么问题了。

一天晚上，岩岩教完中文回到家。一进门，大竹就把她拉进客厅，一脸紧张地对她说："我母亲刚才打来电话，让我们过去一趟。"

岩岩疲惫地看着大竹："都这么晚了，明天过去不行吗？"

"我母亲说，你回家后让我们立即就过去，走吧。"大竹不安地嘟囔着："什么急事呀！我在电话里问她，她让我们过去后再说，不知道有什么重要的事情。"

他们匆忙吃完了晚饭，便急忙火速地去了大竹父母家，好在他们的住所离大竹父母家很近。

在岩岩的眼里，婆婆是一位通情达理的母亲，她从来没有责备过岩岩。岩岩也严格遵守日本家庭的生活规则，婆婆挑不出来她的毛病。但是这一天，她看到了婆婆不满的面孔。

大竹一进门就问："妈妈，这么晚了，您叫我们来有什么急事吗？"

他母亲一句话也不说，带着他们一同走进客厅，客套地问了一句："你们吃过晚饭了吗？"

"妈妈，您有什么事情赶快说吧！"大竹有点等不及了。

大竹母亲不快地对他们说："垃圾是要分类装进垃圾袋子里的，哪一天扔瓶瓶罐罐，哪一天扔一般垃圾，这些你们都知道吧？今天一位邻居拿来了一包垃圾，说是看见你们扔进了垃圾堆里。"她看着大竹和岩岩，问："是你们谁扔出去的？"

岩岩的脸憋得通红通红的，她看了一眼大竹，低下了头，喃喃地说："妈妈，对不起，是我扔出去的。我知道今天是扔一般垃圾的日子。今天早晨我们公司有会，我要提前去公司做准备，走得很急，顺手就把大竹喝的啤酒罐放进了垃圾袋子里了，是我疏忽了。"

大竹母亲摇着头说："那位邻居老太太就是喜欢查看那堆垃圾，因为垃圾堆放地是在她的地盘上，谁扔的垃圾她都有数。每到扔垃圾的日子，她都会出去检查那堆垃圾。我们是几十年的老邻居了，让她拎着垃圾袋子找到我们，我心里感觉很不舒服！"

大竹有点气堵，说："她可以直接告诉我们嘛！"

"那位老太太说了，你们忙，白天见不到你们，就给我拎了过来。"

岩岩真没有想到居然还有人去检查垃圾袋子，她为自己的疏忽感到非常尴尬，虽然婆婆没有直接批评自己，但她的眼神却透着不满。

大竹明白了母亲的意思："妈妈，我知道了，以后我们注意就是了。"

回到自己的家，岩岩觉得给丈夫丢了脸，感到很内疚。

大竹倒没有责怪她，反而说："以后，家里的垃圾由我来负责分类，扔垃圾。"停了一会儿，他接着说："我知道那位老太太，她专找别人扔垃圾的毛病。这个老太太的记性特别好，她知道哪些袋子垃圾是哪家扔出去的。我们这一带的老住户都知道垃圾分类，不过现在这里住了不少外国人，他们不太注意，老太太就专门盯着外国人。她喜欢查看垃圾，以后我们注意就是了。"

大竹的一番话让岩岩感到自己做了不道德的事情，要把瓶瓶罐罐和一般垃圾分开放，这个连小孩子都知道的事情，自己竟然以走得急为借口，疏忽了大家特别上心的事情，给婆婆找了麻烦。

晚上，岩岩躺在床上翻来覆去地想着心事，大竹打开灯，坐在椅子上看着岩岩，轻声地说："我妈妈没有别的意思。那个老太太从来没有敲过我家的门，今天是她第一次找上门来，拿来的竟然是我们扔出去的一包垃圾，那我妈妈哪里接受得了呀！就为了这个，我妈妈还专门给老太太送过去了一盒点心赔不是呢。那个老太太也是一个很体面的人，她有两栋房子全部出租。她的孩子在国外工作，老伴儿几年前病故了，她脾气古怪，很少跟邻居说话。她也很讲究，一年四季都穿着和服，即使查看垃圾袋子，也穿着和服。除了下雨天以外，其他扔垃圾的日子，她一定会蹲在垃圾旁一点一点地扒拉着检查。周围的人都害怕被她找出毛病，但她可不管你是谁，只要你扔错了垃圾，她就会拿着垃圾袋子找上门去。"

"对不起，我惹了麻烦。以后你妈妈会如何看待我呀！"

"你不要多想，我妈妈不会因为这个事就对你另眼相看。以后，我们多注意就是了。明天你还要去工作，赶快睡觉吧！"

从扔垃圾的事情上，岩岩彻底地反省了一次，对于"入乡随俗"又有了新的理解，对于道德的理念也有了更深的领悟。日本对国民的环境保护教育从幼儿就开始了，不随便扔垃圾是国民自觉遵守的准则。一向自以为道德高尚的岩岩做了一件连小孩子都不如的事情，她心里感到非常愧疚。一个星期她也没有去大竹家看望他的祖父母及父母，她想让这件丢脸面的事情被淡忘一些。

大竹对岩岩学开车一事十分上心。6 月的一个周日下午，他陪岩岩去练车。在停车场，他鼓励岩岩："你已经掌握了驾驶技术，只要集中精力，慢一点开，没事的。"然后，他把"练习中"的牌子挂在了后车窗上。

岩岩看着丈夫信任的大眼睛，坐在了驾座上。这可是要在真正的交通道路上开车呀！她又紧张起来，深深地吐出了一口气。

大竹鼓励她："你在驾校已经通过了所有课程，现在，跟在驾校一样驾驶就可以了，有我坐在你旁边，别紧张！"

"这跟在驾校开车完全不一样嘛！教练有制动手闸，你没有，如果我做错了，你怎么控制车呀！我好担心！"

"只要你按照规则开车就没有问题，我们上路吧！"

岩岩还是不能放松，她把刹车板当成了护身符。她轻轻地踩了一下油门，车子开动了，她一害怕，又踩了刹车，车子"嘎"地停了，她又踩油门，车子又开动了，她再踩刹车，车再一次猛地停了下来。

大竹开起了玩笑："你不是在玩儿踩板游戏吧？一会儿踩加油，一会儿踩刹车，我们两个人就像荡秋千，一会儿身子朝前倒，一会儿又向后仰。"

不知为何，岩岩在驾校小教练的指导下，开车刹车都没有问题，可是用大竹的车练习，她不免增加了很多担心，她害怕自己把握不好，大竹又不能及时控制车子，她心里实在没有底。在大竹的鼓励和催促下，她终于把车开出了停车场。

她紧张地望着路面："我好紧张，你赶快告诉我下一步我应该如何做呀？是往前开，还是转弯？"

"你看到了前面转弯的标识牌吗？向右转，别忘记给指示灯。"大竹不紧不慢地告诉她。

"明白了！"车子慢慢地开到了转弯处，她一时心慌，踩油门过猛，只听"吱——"的一声，车子迅速地朝着右面的高坡开了上去。

"你往哪里开呀？！"大竹大声地叫了起来。

"我怎么办呀？！"岩岩慌了神。

"赶快踩刹车！"大竹快速地将停车闸推向了前面，车子"嘎"地停在了右面的高坡上。岩岩的脸色煞白，手不由自主地哆嗦起来。

"你太紧张了！你一定要放松。"大竹让岩岩下车，他把车子开回到路面，然后让岩岩重新坐到驾座上。

"今天，我们就练习开直路，你要把车速掌握好。"

"嗨！知道了。不过，要开多久呀？"岩岩不安地问。

"就开十分钟吧！"

这个时候，天擦黑了，路上没有什么车辆和行人，岩岩按照大竹的指令向前驶去。路灯的光线比较暗，她紧紧地盯着前方慢慢地往前开。

突然一声叫喊："红灯！停车！！！你没有看到红灯吗？！"大竹的声音变了调！

"别吓唬我，我已经很紧张了！"岩岩喘息着，依然向前驶去。

"你不知道红灯要停下来吗！？啊？！"大竹粗鲁地喊起来，过了几秒，他生气地说："闯红灯了！太危险了！幸亏路上没有车和行人，没有撞上警察！"

岩岩这才意识到自己完全疏忽了红绿灯的存在，她只顾着看前方的车道，竟然把红绿灯的变化忘得一干二净！

她紧张又委屈地说："我的眼睛不能到处乱看，我顾不过来嘛！"直到这个时候，她也没有意识到闯红灯的危险。

大竹摇着头："司机不仅要看前面，还要观察周围车辆和路面情况，按照标识牌要求开车。今天我们算是运气，要是侧方开过来一辆车，肯定要出车祸了。太危险了，太可怕了！要是撞上警察，你准要拿罚款单了，弄不好，你还要去驾校从头学习。"

他第一次埋怨了岩岩。看着岩岩惊恐的样子，他把车开了回去。

回到家里，大竹再一次告诉岩岩："开车一定要全面观察路面情况，必须要根据交通标识要求驾驶，任何违规驾驶都会酿成交通事故，甚至丧失生命。多可怕呀！直到现在，我都后怕！"

大竹反复地讲，岩岩才意识到自己干了一件极其危险的事情。"太可怕了！"她不由自主地喊出了声。

这一次的违规没有撞上警察，是她的运气，没有撞车，是苍天的帮助。她越是细想，越感到后怕，她怯生生地对丈夫说："竹，我想休息几天，不练习了，可以吗？"

"还是抓紧时间练习吧，时间一长容易忘了。下次你注意就好，吃一堑长一智嘛。"大竹耐心地鼓励岩岩。

第十三章
心灵反省

6月正是日本的梅雨季节，天空时而飘着雨丝，时而又下起一场大雨，路面湿漉漉的，岩岩很不适应在雨天练习开车。

又是一个周日，灰蒙蒙的天空下着毛毛细雨。大竹建议岩岩出去练车："你已经上路练习驾车了，有必要在下雨天出去练习一下，积累经验嘛。走吧，我们出去练习一会儿。"

"还是算了吧！我现在还不需要积累经验，只要能把车开稳当了，不出错误，我就知足了。还是晴天练车好。"

"我让你雨天练车是有道理的。以后你单独开车的时候，什么样的天气都会遇到，你不能因为下雨就不开车吧？今天我可以告诉你一些雨天驾驶的常识。"

看着大竹热情的目光，岩岩不好扫他的兴，只好硬着头皮跟着他去了停车场。

一上车，岩岩又开始紧张起来，握方向盘的手也在微微地颤抖。

大竹笑了："没有那么紧张吧？你不是在雨天练习过开车吗？"

岩岩有过一次雨天驾驶练习，那是在驾校教练的指导下，她提心吊胆地开完了全程，虽然她非常害怕，但是她知道教练有控制闸，如果出事情教练会及时停车。而与丈夫一起练车，她总是不放心，因为如果自己把握不好，丈夫是控制不了车子的。

大竹看出来妻子的顾虑，温和地对她说："你不用担心，要是你控制不了车子，我就会立刻扳动这个停车闸，车就能停下来，相信我。"

天空飘着雨丝，还飘着淡淡的雾气，在滑溜溜的路面上开车，岩岩极度紧张。她记住了要注视着前方，还要环顾着四周的路况，她双手紧紧地攥住方向盘，生怕发生意外。当远处的指示灯变成红色的时候，她就开始减速，后面的车辆也跟着慢了下来。

"现在还不用把车速放得这么慢，你要照顾后面的车辆。"大竹提醒岩岩。

"我怕路滑，到了跟前刹不住车。怎么，这样也危险吗？"

"当然危险了。如果你的车速太慢，也容易造成交通事故。看到红灯的时候，你不要再加速，与其他车辆保持同样的速度，快到红灯的地方再慢慢地减速就可以了。"

他们在外面练习了近一个小时，岩岩就不想再练下去了："我们回家吧！我感到腰酸背疼，眼睛也有点花，看不清楚路面了。"

就在他们快要开到停车场的时候，前面的道路变得狭窄起来，路边还停放着一辆车，岩岩一时心慌，没有把握好方向盘，一下子蹭到了那辆车的车门，"哎呀！"她惊叫了一声后，继续往前开。

"停下来！停下来！"大竹大声地喊着。

岩岩并不想停车，依然往前开。

"停下来！你是聋子吗？！停——下——来——！！"大竹带着怒气大声地喊了起来。

车停了下来。岩岩转过脸看着大竹，心里有些发慌。

大竹的眼睛里出现了一道犀利的目光，他几乎是在吼叫："你，你蹭了人家的车，为什么不停下来？！"他温存的脸瞬间变成了可怕的黑脸关公。

蹭了人家的车，岩岩只想赶快离开。她知道这样做很不道德，但，停车，这不是明摆着当大傻瓜吗？岩岩知道蹭了人家的车是要赔偿的，可是，自己的车子也被蹭了，那也是要花钱修理的，她就是想逃脱责任才没有停车的。看着大竹一脸的怒气，她没敢说出实话。

她惊恐地望着丈夫，突然感觉眼前的这个帅小伙子好面生！他，还是自己的丈夫吗？一股委屈的眼泪流了出来。

大竹拿出手绢递给她，换了口气说："对不起，刚才我的态度不好。岩，你是老师，如果你的学生做错了事情，你应该教给他们如何去做？你不会让他们赶快溜走吧？错误只能改，不能回避。我知道你怕付修车费，但是这是你的错，我们不仅要付修车费，还要给人家赔礼道歉。"

岩岩哭得很伤心，可是，她还是先查看了一遍自己的车，车皮没有损伤，只是蹭掉了一块漆。"还好！"她松了一口气，然后，她才去查看那辆被蹭的车。那辆车的车门被蹭进去了一个坑。她心里"咯噔"一下："这下子我们可要赔大了，修车不知道要花多少钱呢？"

她沮丧地看着大竹，十分担心接下来的事情。

大竹也查看了那辆车，对岩岩说："看样子这辆车是不会马上开走的，我们也没有时间等在这里了。这样吧，把我们的电话号码和地址写在纸上，压在雨刷下面，让车主与我们联系吧！"

"车主不会把我们告到警察局吧？我好害怕！"

大竹摊开双臂说："是我们把人家的车给蹭了，现在只能看车主的态度了。不过，我想车主是不会因为这点小事就去警察局的。走吧，我们回家等电话吧！"

他们回到家，才下午三点多。岩岩忐忑不安地看着墙上钟表的时针，心里祈祷着"车主会是好人的"。她没有心情做任何事情，静静地坐在沙发上发愣，打发着下午剩余的时间。

"今天你不用做饭了，我们去外面吃拉面吧！"大竹不再提蹭车的事情了。

他给岩岩泡了一杯茉莉花茶，给自己泡了一杯日本清茶，便安静地看起书来。

房间里寂静异常，只有钟表依旧不紧不慢地往前走。

"铃，铃，铃"，快到五点的时候，电话铃终于响了，大竹立刻抓起了话筒"喂！喂！"

"是不是车主打来的？"岩岩心里开始发慌，支棱着耳朵仔细听大竹和对方的通话。

几分钟后，大竹放下话筒，长出了一口气，对岩岩说："我们碰着好人了！"

岩岩不知道他说的是什么意思，急切地问："你说什么？"

大竹坐在她的身边，不慌不忙地告诉她："车主刚才出去，发现了我们写的条子，就打来了电话。他说'谢谢你们的诚实态度，遇上了你们这样的人，我感到很欣慰。我不需要你们赔偿，我自己可以去修理，谢谢你们'。岩，我们真的遇上了好人！不过，我不能什么也不做，我们要去他家里道歉，把修车费给他，这样，我心里才能踏实下来。你说呢？"

岩岩一阵脸红，她感到无地自容，自己念了很多书，却缺乏一颗道德心。自己蹭坏了人家的车，想到的却是如何逃避赔付而忘记了德行。孔子曰："君子喻于义，小人喻于利。"大竹和车主是令人敬佩的君子，而自己就是那种见利忘义的小人。

她羞愧地走到大竹面前，深深地给他鞠了一个躬。大竹扶起妻子，和蔼地说："我明白你的想法，很多人都会有你那样的想法的。可是如果有人把我们的车给蹭坏了，你找不到那个人，你的心情会是怎样的呢？车主能够原谅我们，就是看到了我们的诚实。他对我说'我看到自己的车门给蹭进去了，我很气愤。但当我看到了你们的纸条后，我感动了。因为遇到这样的事情，大家躲都来不及，可你们却留下了电话和地址。我敬佩像你们这样的人。'岩，我祖母告诉我'错了就要承认，不要说谎，改正了你就会成长。'晚饭后，我们去他家把钱付给他吧！我想十万日元应该够了。"

岩岩拿出一张存折放在丈夫的手里："现在我们去银行取钱吧！"

大竹开了一句玩笑："周日取钱要花一百日元手续费，你不心疼吗？"

岩岩抬手轻轻给了他一拳："你妻子还是有度量的，该花的不能省，不该花的一分也不能动。这次是我的错，就让我来付这笔钱吧！"

"难道你还有自己的私房钱吗？"大竹挑逗地问妻子。

"当然啦！我们中国女孩子都有自己的私房钱，这也是我们的风俗习惯。对不起，婚前的钱我留下了一部分，你可以看我的私房账本。我记得在结婚前我跟你讲过的，难道你忘记了吗？"岩岩生气了。

大竹坏笑了起来："我已经讲过多少次了，钱嘛，就是两个人的，我的工资一分不少地交给你，我也不想破坏你们的风俗习惯。我同事的老婆都有自己的小金库。其实里外都是那点钱。女人嘛，就是想买一点自己喜欢的东西，理解，理解，完全理解。"说完，他吻了一下岩岩的脸颊。

岩岩又担心地问："竹，对不起，我把你的奔驰车给蹭掉了一块漆，这要花多少钱修理呀？"

大竹轻松地笑着说："任何人开车都有可能出问题，保险公司会根据情况付修理费的。不过，像我们今天的情况，我们自己就要付款了。你不用担心，好在我们没有出大事。"

他倒是想得开，岩岩却感到非常的愧疚和不安，加上赔付和自付款，她心疼得快要背过气了。

当天晚上，岩岩与大竹一起去车主家赔礼道歉。

车主是一个三十岁出头的小伙子，他一见到大竹夫妇就鞠躬行礼，说："对不起，耽误你们时间了。今天我刚好搬家，雨天拿东西不方便，就把车停在了路边。我想，暂时停放一会儿应该没有问题。出来时，看到车门被蹭进去了，我怨自己贪图方便，是我的过错。我看到了你们放在雨刷下面的条子，感到你们很诚实。我给你们打电话就是告诉你们我自己负责。谢谢你们亲自跑来。"

　　听着小伙子的话，看着他诚实的脸，岩岩很受感动，也感到很羞愧。自己把他的车给弄坏了，他不但没有指责自己，反而还给自己鞠躬，这让她感到自己的脸像被一只无形的手扇了一样的痛，自己逃走的卑鄙做法在这个小伙子面前显得极其低下。眼前的小伙子念了多少书？他挣多少钱？岩岩一概不知。可是，她知道，三十来岁的年轻人挣不了多少钱，从他简单的新居就能证明，一间卧室、不大的卫生间和小厨房，房租肯定不贵。修车费几万日元是绝对不够的，可是，他却要自己承担。她越想，心里越不是滋味；越想，越感觉自己不道德、不仁义、不善良。

　　她的眼泪忍不住流了出来，她低下头去，深深地给小伙子鞠了一个躬："对不起，是我没有掌握好方向盘，把你的车弄坏了，请收下这笔修理费吧！"她诚恳地把钱放到小伙子的手里。

　　小伙子急忙把钱推了回去："不行，不行，我不能接受你们的钱。如果你们不来，我不是也要自己修理吗？"

　　大竹握住他的手："做错了事情是要承担责任的。我妻子刚拿到驾驶练习许可。今天下雨出了这种事故，都是我没有指导好，对不起。"他再次把钱塞进了小伙子的手里。

　　这样反复推让了几次，小伙子终于接受了，说："这样吧，我先去修车，多少钱，我把收据给你们，你们看如何？"

　　事情就这样敲定了。

　　晚上，躺在床上，岩岩一直在反思自己的道德品行。她长长地叹了一口气，说："竹，以后你要多帮助我呀！感谢你让我去见车主。你们都很高尚！"

　　大竹侧过身子，注视着妻子的脸，没有说话。

　　岩岩心里很清楚丈夫是多么心疼他的车。他的奔驰车总是锃光瓦亮，车上有一丁点污物，他都会用专用清洗剂擦掉，他最担心的就是鸟屎掉到车上，每两个星期他都要把车开到洗车处去清洗，整个停车场里就属他的车干净。

　　今天岩岩蹭了小伙子的车后，他站在雨中，看着奔驰车上蹭掉的漆，无奈地摇了一下头，没说一句话。岩岩不知道如何安慰他，只会道歉。虽然他一句埋怨的话也没说，但岩岩却看到了丈夫既心疼又无奈的眼神。这个时候，她真希望丈夫朝着自己发一通火，这样她的心里才能好受一点。可是，就是这个男人，竟然一副无所谓的口气对岩岩说："就是蹭掉了点漆，没什么。"

　　岩岩不想整天提心吊胆地用大竹的奔驰车练习，为了练车方便，她决定买一辆二手车。

大竹一听就摇着头说："看得出用奔驰车练习你还是有顾虑。其实开车的人都会出大大小小的事故，就像你们说的'常在河边走，哪有不湿鞋的'。你还是不错的学生呢。我同事的老婆开车时紧张过度忘记如何踩刹车了，结果车撞到了大树上，车头都撞扁了，好在人没有出事。你再努把力，很快就能拿下驾照了。买二手车纯粹是累赘，哪里有地方存车嘛。"

既然大竹这样说了，岩岩也就继续用他的奔驰车练习。她小心加上谨慎，反复地练习，终于，她有信心参加上路驾驶考核了。

还是周日，那一天是个艳阳天，一大早岩岩就起来了，她抑制不住激动，在心里祈祷着："好天气，好兆头，保佑顺利通过。"

大竹开车把她送到了驾校，他平静地对岩岩说："祝你顺利。我在外面等着你，你去吧！"他握了一下岩岩的手，恋恋不舍地看着妻子走进车场。

"这是最后一次的拼搏了，一定要考好。"岩岩在心里鼓励着自己。

这一天考核岩岩的是一位五十多岁的考官，她不敢奢望考官会对自己手下留情，因为她已经做好了充分准备，接受最严格的考核。她毕恭毕敬地给考官鞠躬行礼，礼貌郑重地说："初次见面，请多多关照。"

考官点了一下头，说："请多关照。"接着，一脸严肃地问岩岩："你准备好了吗？"

"嗨！"岩岩胸有成竹地回答。

她先查看了四个轮胎，又查看了车底，然后上车，系好安全带，调整后视镜，向考官报告："我已经准备好了。"

按照考官的口令，岩岩启动了车子，打右方向灯，然后慢慢地开出了停车区。路考是要到交通道路上驾驶，按照考官的口令，岩岩平稳地把车开出了驾校。

行车路线是大竹带着岩岩反复练习了很多次的道路，岩岩心里一阵欢喜，但立刻她就告诫自己："冷静，冷静，再冷静，听懂口令，沉着驾驶。"

星期天早上八点半左右，路面上车辆不多，岩岩自我感觉还好。按照考官的口令，她准确无误地通过了几个红绿灯十字路口，顺利地完成了左转弯右转弯。又开了一段路程，前面是人行横道线，岩岩缓缓地减速并在人行横道线前停下来，她左右查看了几遍，确认没有行人要通过时，才踩油门前行。这时，考官指示岩岩沿着一条上坡路行驶。在上坡途中，考官让岩岩把车停在路边并熄火，稍后又指示重新启动车子，继续前行。岩岩沉着地启动了车子，顺畅地沿着上坡路一直行驶，她为自己漂亮的操作暗暗高兴。要知道，在上坡路上启动车子、开车行驶，是一项比较难的技术。大竹带着她反复地练习了很多次，从一放下手闸车就不停地往下滑的状态，到后来知道了踩油门后，要根据发动机的声音再放下手闸行驶的技巧，岩岩花费了很多时间练习这一技能。"功夫不负有心人"，她总算掌握了这个技能。

终于，考官指示岩岩把车开回驾校。岩岩心里好高兴，今天她驾驶得不错。在驾校，考官让岩岩做最后一个项目，把车倒进停车位。岩岩最怕做这个项目了，她试图一步到位，可就是不能把车顺利地倒进车位里，反反复复地做了几次，才算完成了。

考官严肃地说："你的考核结束了。"然后，在考核单子上勾画着。

"坏了，会不会因为最后的项目而通不过呢？"这时，岩岩的胃开始疼了起来，她怕过不了关。她的手开始颤抖了，嘴唇也微微地跳动起来，呼吸变得不均匀了。

考官抬头看了她一眼："怎么，你到现在还紧张呢？你考得不错，判断力很强，也很镇静。"他把那张单子递给岩岩，微笑了一下："回去后再多练习练习倒车停车。你考过了。祝贺你！"他伸出手来握住了岩岩的手。

一时控制不住感情的波澜，她双手握住了考官的手，激动地脱口而出："谢谢您，老师！您是我的上帝呀！"

"我可不是上帝，你的上帝不是我。"考官抽回手，用和蔼的口气说："你进去办理手续吧。"

上路驾驶考核通过了！岩岩兴奋地跑到大竹面前一把抱住了他，热泪盈眶："谢谢你，我的丈夫！我通过了！"她说不下去了。

大竹的眼睛也红了起来，他激动地说："今天晚上我们喝瓶红酒庆贺一下！不易呀，不易，总算完成了一项任务！以后我们可以开车去箱根泡温泉了！"

一个月后，岩岩收到了东京都安全委员会发行的驾驶执照。她拿着驾照反复地看着，为了这张小卡片，她花了四十多万日元，外加上修车费，这个代价可真不小呀！但她终于拿到了日本驾照！这些钱花得值，这些经历终生难忘，这项技能终身受益！

拿到驾照让岩岩感到生活又多了一份激情。为工作方便，清水社长配给她一辆小车。这是社长对她的支持，她不再奢求什么了，为公司加倍工作，别无所求。

学校开始放暑假，下班后，岩岩有更多的时间与大竹在一起。这个时候，大竹的母亲建议，希望每天都能与他们一起吃晚饭。岩岩感觉很有压力，她问丈夫："我们不去不行吗？"

大竹笑嘻嘻地说："为什么不去？晚上我们就不用做饭了，多省事呀！"

"我真的不习惯坐在榻榻米上吃饭，太不舒服了，吃顿饭要跪着，再美的味道也吃不出来。你去跟你母亲解释一下，就说我最近经常加班，还是我们自己吃吧！"她求丈夫谢绝婆婆的好意。

"那可不行！我们不去我母亲会伤心的。我们还是去吧！你什么也不用干，吃完饭，跟他们说一会儿话就走人。你也省事了。"大竹央求岩岩。

"你母亲上班，还要教书、操持家务，已经够忙够累的，我们去吃饭肯定要增加你母亲的负担，还是让你母亲多休息休息吧，她岁数也大了。再说了，我不愿意成为'啃老族'。"

"'啃老族'？什么是'啃老族'？"

"这是中国的一个流行词，就是年轻人白吃白喝父母的，还蹭父母的钱。你说，我们每天去吃晚饭，交不交钱？交钱吧，你母亲肯定生气；不交钱吧，我心里不踏实。"

其实，大竹母亲对岩岩很好，岩岩也很感谢婆婆对自己的包容。不过每一次去大竹父母家，岩岩都会感到身心劳累。她不想破坏婆婆的规矩，但也不愿意让自己承受太多的压力，她更不想当"啃老族"。

看着妻子一脸的担心，大竹安慰她："还是你想得周到。我去跟我母亲讲一讲，我们还是单独吃吧！"

几天以后的一个晚上，岩岩一进家门就看见丈夫坐在沙发上悠闲地喝茶看报纸，她好奇地问："嘿，今天你怎么回家这么早呀？公司没事了？"

大竹指着墙上的钟表："你看都几点了？今天我出去开会，结束以后已经快五点了，就没有回公司。我母亲刚来过电话，说春子带着孩子来，让我们一起过去吃晚饭，我就没有做晚饭，对不起。"

岩岩更加奇怪起来："你母亲知道你早回来吗？"

"不知道。春子是临时给我母亲打电话，说她今天休息，想带着女儿过来玩儿。我刚进门，母亲就打来了电话，就是这样。你今天回来挺晚的，公司有事吗？"大竹关心地问。

"下班前来了客户，社长让我跟他们谈事情。回来晚了，对不起。"

大竹站起来："你休息一下，我给我母亲打个电话，一会儿过去，你看如何？"

岩岩一脸的疲倦："我真想在家里吃饭呀！感觉挺累的。我不去不行吗？"

"可是我已经答应我母亲了。要不你先躺一会儿，我先过去，你晚些时候再过去。我跟母亲说，你还没回来。"

"你怎么也学会撒谎了？你已经答应母亲了，我一定会过去的。只是以后，去你母亲家吃饭之前，我们一定要沟通好。虽然我不用做饭了，可是，坐在榻榻米上吃饭，我还没有习惯，再说我也紧张。"

"你去我们家还紧张？我母亲没有把你当外人呀！嗨，我说你呀，别跟我母亲学，干嘛非要做得完美无缺呢？我祖母多要强呀，前些日子她跟我说，她的腿已经跪不下去了，我祖父的腿也不灵活了，他们现在都不跪在榻榻米上吃饭了。我劝劝我母亲把他们的客厅改成洋式的，这样大家都方便嘛！"

岩岩摇着头："你母亲的事情你尽量少说话，不然你母亲一定会认为是我让你说的，千万别说！"

休息了一会儿，岩岩打起精神，冲了一个热水澡，才找回来新一轮的精力。她换了一条连衣裙，这样坐在榻榻米上就不太吃力了。去婆婆那里，必定要认真地化妆，她生怕婆婆挑出自己的毛病，为此她总感到压力很大。

春子带着孩子回家，夏子夫妇没有露面。他们要在晚上八点以后才能离开医院，然后乘坐电车回家，而且还要照顾两个孩子。他们的时间很紧张，所以平时他们很少与大竹父母一起吃晚饭。

这一天，大竹母亲一心想让春子母女舒舒服服地在家里吃晚饭，她把自己的病人交给了夏子夫妇，回家准备晚餐。春子是她心中的一个痛，只要一想到女儿的事情，她就会自责。春子要强，医院里的主治医师是不上夜班的，但是她要求当值班医生，重大疑难病症的手术治疗，她都力争做主刀医生。她的医术水平得到了院领导的肯定，也受到了院里男医师们的钦佩。她是一个工作狂，要不是有一个女儿拖后腿，恐怕她要把自己卖给医院了。

大竹母亲心疼春子，只要她知道春子要做大手术，便会做一些春子爱吃的饭菜，拿到医院，坐在手术室门外面与病人家属一起等着手术结束。她多次提出把春子的女儿接到自己住处，由家里的阿姨来照看，但被春子谢绝了。春子希望自己把女儿培养成人，她宁愿让女儿寄宿在托儿所受思念妈妈之苦，也不愿意让自己的母亲再为自己担忧了。她很坚强，有时间就把女儿接回家，没时间就让阿姨去托儿所看一看女儿；也有的时候，晚上回家早，她让阿姨把女儿接回家自己照看一晚上。不过这种情况很少，因为她会经常遇到临时性手术。

岩岩已经很长时间没有见到春子了。那一天晚上，她们两个像久别的朋友，相互拉着手，坐在客厅里说了很长时间。春子看上去很疲劳，脸色煞白无光，眼角出现了几条细细的皱纹，头发里也冒出了几根银丝，眼睛里还有一些血丝。

岩岩担心地说："春子，你要心疼自己呀！你身体单薄，做大手术非常不易，以后让男医生去做吧！"

春子笑着说："其实真的做起手术来，累的感觉一点儿都没有，就是做完以后才感到精疲力竭，那个时候只想躺下来休息。不过我年轻，做一些重大手术还是能承受得了的。像我们心脏外科医生，一辈子能做几个值得纪念的手术真的很幸运。感谢我父母给我机会去美国学习医学，我学到的美国最新医疗技术很快就用上了。社会发展了，医疗技术也在不断更新提高，我一天不看外文期刊，就感觉落后了许多。所以，下班后我还要在医院期刊室里查阅资料，时间总是感到不够用。"

与眼前的这个小姑子相比，岩岩感到一阵惭愧。春子了不起，值得自己去尊敬，不过她还是嘱咐春子："身体是本钱，做手术需要体力，你不能总是克扣你的休息时间，长此下去，你的身体是顶不住的。难道你愿意倒下去吗？你有女儿阳子，她需要你呀！"

说到阳子，春子的眼睛有点发红，她低下头思考了一会儿，抬起头来对岩岩说："我自己都不能原谅自己的过错，真是'一失足成千古恨呀！'可是，孩子没有错，我要承担起抚养她的使命。不过有很多时候，我没有时间和精力去照顾她，经常让她待在托儿所里。嗨，我这个母亲真不够格！"

"你不能让阿姨晚上替你把孩子接回家吗？这样你就能天天见到女儿了呀。"

春子摇摇头："做到这一点很困难。我一般是上午看病人，下午做手术。做手术很难掌握时间，有的时候，一个手术很快就能做完，可是如果遇上一台疑难大手术，那就需要好几个小时，甚至是十几个小时。做手术是万万不能分神的，鲜活的生命就在眼皮子底下，一刀不准就有可能让病人丢掉性命，人命关天哪！我不能为女儿还没有人接而担心，所以把女儿放在托儿所里，我心里也踏实。孩子受点委屈，自立性会更强。托儿所的阿姨们都很好，孩子放在那里我也比较放心。"

就在她们聊得投机的时候，大竹走了过来，他拍了拍春子的肩膀说："你看这样好吗？周日你只要休息，就到我们家吃饭，你不是爱吃岩岩做的饺子嘛。如果你累，就在我们家里休息，我们帮助你看一天孩子。不要让孩子在托儿所过周末吧！"

春子感激地望着大竹说："这倒是个好注意，可是岩岩也需要休息嘛！她一周只休息一天，她的工作也很辛苦的。嫂子，你是不是还要去外面工作呀？"

岩岩点点头说："我的工作是经常要去外面检查工程质量，不过，还好。我看你哥哥的建议不错，你愿意把孩子放在我们家，我们也愿意照看她一天。我们两家离得很近，晚上，你下班后就过来吃晚饭吧，大家在一起还热闹嘛！"

　　说起热闹，春子开起了玩笑："岩岩是不是想北京的家了？哥哥，你可不能把我嫂子圈在日本呀，要让岩岩经常回去看望她的家人哟！"她冲着大竹出了一个鬼脸。

　　春子的女儿阳子在姥姥家里活蹦乱跳的，见到大竹和岩岩更是兴奋，她像一个小天使，除了笑就是唱，一刻不停地在各个房间里蹦跶、跳跃，嘴里还不时地向大人们道着歉，为自己的出格表现赔礼。大竹母亲看着阳子天真烂漫的样子，乐得合不拢嘴。

　　"这是我母亲最高兴的时候，只有阳子才能让我母亲乐成这个样子呢。"大竹欣慰地看着自己的母亲，对岩岩说。

　　晚餐很丰富。大竹母亲关照岩岩："知道你喜欢吃鱼，今天的菜全都是鱼。今天一早我们就去了筑地早市买鱼，那些鱼都是当天清晨刚刚打捞上来的，非常新鲜。很长时间没去那里买鱼了，顾客还是那么多。噢，差点忘了，我还给你买了一盒鱼子，你们可以就着米饭吃，你们走的时候提醒我从冰箱里拿出来。"

　　岩岩赶紧向前探着身子给婆婆行礼："谢谢妈妈！您上午要看病人，时间来得及吗？"

　　"来得及，九点看病，医院里不是还有夏子夫妇嘛！"母亲转过身子，又对春子说："以后，我们要经常这样在一起吃饭啊！"

　　开始吃饭了，阳子跪坐得规规矩矩，双手放在膝盖上，像小大人似的安静地看着大家，一动也不动。

　　大竹母亲拿着一只小盘子给她夹了几块鱼片和鸡蛋，放在她的面前。阳子礼貌地说："谢谢姥姥，我可以吃了吗？"

　　大竹母亲点点头："可以吃了。"

　　阳子双手合拢，朝着大竹父母说："我吃饭了。"然后，低下头认真地吃盘子里的食物。

　　而后，大竹母亲指着桌子上的饭菜招呼大家："大家动筷子吧！"随着大竹父亲"我吃饭了"的话音，大家也同样说了一声，便开始拿起筷子吃饭。

　　春子偶尔对母亲说一声"好吃！"便不再开口说话了。

　　岩岩紧学着春子的样子，在饭桌上尽量不说话，但是，"谢谢，好吃"的话是要随时跟上去的。

　　大竹得意地冲着家人说："告诉大家一个好消息，岩岩拿到驾驶执照了。"

　　"太好了，嫂子！"春子高兴地说，"以后，你们可以出远门了！就是在东京开车并不方便，找地方存车也很费劲。"

"我们计划秋天去箱根看红叶。春子，你带着阳子和我们一起去吧！在那里住两天，租一个带家庭温泉浴的大房间，怎么样？"大竹兴奋起来。

春子一下子也来了精神："好呀！我好好安排一下工作，带着阳子一起去。是啊，我也想泡温泉了。"

大竹母亲看着儿子，赞许地点着头，然后，又望了一眼春子。大竹明白了母亲眼睛里那道目光的含义，他也点了一下头。

跪坐在榻榻米上久坐不动让岩岩感觉非常辛苦，春子大度地对她说："嫂子，你可以把腿放在前面嘛！"随即，她看了一眼母亲。

岩岩没有改变坐姿，依然跪坐在那里。这个时候，她看见大竹母亲正担心地望着自己，那不是担心她跪着不舒服，而是担心她破坏了家规。

岩岩暗想："这点规矩我还是懂得的，就是自己脚麻得走不了路了，也要跪到最后。反正脚麻了，有大竹在，可以把自己背回去。"

在吃最后一道甜食的时候，大竹母亲微笑着看着岩岩，摸着阳子的头，委婉地说："这个孩子要是再有个伴儿就好了。"话说得恰到好处，她没有继续说下去。

岩岩心里"咯噔"一下，她马上就明白了婆婆的意思。其他人或许还没有回过味儿来，她已经感觉到压力了。

第十四章
生育大事

从婆婆家回到自己家，岩岩坐在沙发上苦着脸对大竹抱怨："你妈妈话里有话。我明白她的意思——让我们赶快生个孩子，可是生孩子哪有那么容易？有的人一辈子生好几个孩子，有的人生不了孩子。生孩子是上帝决定的事情，现在我很有压力。"

"岩，日本男人并不是把生孩子当作爱情的前提。我们结婚前我就说过了，我爱的是你这个人。不管你生不生孩子，我都爱你一辈子，和你相守一辈子。你知道，我不是为了要孩子才结婚的，这一点，任何时候我都不会改变。不过，我是我们家族这一代人里唯一的男孩，我能理解我母亲的心情。我们日本人比较重视男孩子，不知道你们中国人是否也有这个习俗。你不用担心，一切顺其自然吧。"

丈夫的解释并没有消除岩岩的心理压力，只要一想到大竹是家族中唯一的男孩，她的神经就会紧张起来。其实，她很想为大竹生下一个孩子，即使大竹母亲不说，她也要努力完成这项使命。婚后，她去过医院，遵照医嘱开始每天早晨测量体温以便提高怀孕的可能性。一段时间过去了，没有丝毫结果，她真的着急了。

岩岩急着想生孩子，可大竹却总跟她谈春子的事情。她感到丈夫没有把自己摆在重要的位置上。

大竹在岩岩面前总是说："我想帮助春子，我不能看着她一个人又照顾孩子，又上班。"只要他一讲起春子就会激动。

春子根本没有时间自己做饭，她几乎天天吃盒饭或者在外面凑合着吃一顿。为了工作，她可以几天不去接孩子，但她知道哥哥会去托儿所看孩子。到了周末，大竹一定会请她去外面吃饭。他们之间无话不说，就连大竹选择衣服的颜色和款式，都会去征求春子的意见。春子家里哪个电器，或者哪个地方出了故障，一个电话，大竹就会过去帮助修理好。因此，春子对再婚的事情不迫切，她总是说："我有哥哥，谁都不需要了。"

岩岩提醒大竹："你总是这样帮助她，她就会终身依赖你，这对她并不好呀！"

"我妈妈早就嘱咐过我了，让我多关心春子。我祖母更是疼她，有的时候，祖母还让我开车带她去托儿所看阳子呢。"看得出来，大竹真的很心疼春子。

丈夫在讲妹妹，岩岩却在想自己的烦心事。与大竹结婚，给他们家族延续香火是头等大事，是不可逃避的使命，她必须要认真地对丈夫谈清楚这件事情。

一天晚饭后，大竹坐在沙发上看报纸，岩岩给他泡了一杯茶，随后也坐在了沙发上，神情惆怅地望着他。大竹放下报纸，关心地问："有事情要谈吗？"

"是的，我想了很久，不能只是我一个人去看医生，这是我们俩的事情，我们两个要一起去医院看大夫。我们的年龄都不小了，要抓紧时间，不能这样拖下去了。"

大竹放下手里的茶杯，深情地看着她："你真的很想要孩子吗？我还是那句话，一切顺其自然。如果你认为去医院看大夫对我们有帮助，我就和你一起去。"

"真的吗？那么我马上找春子，请她帮助我们介绍一位他们院里的医生，你看好吗？"

"你愿意让春子知道这些事情吗？还是去你去过的医院吧。"大竹显然不太愿意让自己的妹妹知道这种太私人的事情。

"这有什么？春子是医生，她最清楚他们医院里哪位医生在这方面最出色。我没有把你妹妹当外人，这也不是什么隐私。难道你还不相信春子吗？再说，去春子的医院，请春子介绍的医生给我们看病，我会更放心的。"

"不是不相信，我是不想给春子添麻烦。她是一个极其认真的人，而且还是一个非常执着的人，你请她帮忙，她会比你还要上心。但是如果让她再为我们的事情操心，那她就真的没有时间休息了。"大竹心疼妹妹的语气让岩岩很不开心。

"你必须跟我一起去看医生。上一次，我按照大夫的指导做了那么长时间的努力，至今一点儿动静都没有。不管怎么说我不能再等了。如果我真的没有生育能力，也好向你母亲有个交代。"岩岩语气坚决地说。

谈到生孩子，岩岩很害怕见到大竹的两位姑姑，一是姑姑们愿意打听他们婚后的一些活动，二是姑姑们经常向他们唠叨有关孩子的事情，特别是在妇产科当医生的大姑。只要两位姑姑回家看望她们的父母，大竹母亲就会打电话让他们回家与姑姑们见面。在姑姑们面前，岩岩非常害怕谈孩子的事情，可姑姑们还就愿意谈论这些话题，这让她觉得与姑姑们见面聊天很烦心。日本女人温文尔雅，说话柔软含蓄，但却有分量，听姑姑们面带微笑的指点，比听中国人不留情面的直言相告不知要难受多少倍。姑姑们出于关心，打听侄子的事情无可非议。对此，岩岩也说不出什么。

大竹告诉岩岩："我的姑姑们就是喜欢唠叨，不过，她们在外面从来不议论别人的私事。这样吧，以后我姑姑们去看我祖父母，我们就不去见她们了。"

"如果你母亲让我们过去见姑姑怎么办？"

"不用担心，我跟母亲说。"大竹安慰她。

婚后一直未孕，让岩岩感到在大竹家里说话底气不足，好像做了什么亏心事一样。她越是心急如焚地想要孩子就越是郁闷，她的荷尔蒙开始出现了紊乱，她有了生育恐惧心理。

大竹的两位姑姑非常传统，尽管她们都受到了最好的教育，但是她们的理念却脱离不了传统意识的束缚，她们没有男孩，就把家族的希望寄托在了大竹的身上。

一个周日，当妇科医生的大姑邀请他们去家里做客，岩岩心有余悸，对大竹说："我们找个理由不去行吗？"

"不太妥当吧！大姑轻易不请人去她家的，我们去坐一会儿就走，怎么样？"

大竹接受了大姑的邀请，带着岩岩如期赴约。

大姑看上去很体面，但说起话来却单刀直入，在岩岩的眼里，她好像没有日本妇女的含蓄与柔软。大竹是她从小看着长大的，她对侄子很溺爱。大竹没有按照父母意图念医学，这位姑姑还替他在嫂子面前说过情："他害怕见血，念不了医科，学经济也不错嘛。以后他结婚生了孩子，我们家族医院还是会有接班人的。"

大姑期待大竹结婚生子的心情比哥哥嫂子还要强烈。可她万万没有想到侄子找了一个外国人，还是大龄女性，她试图说服哥哥嫂子阻止这段国际婚姻，又在自己父母面前讲了一大堆找外国人的不妥。但大竹态度坚决，哥哥夫妇顺从了儿子的意愿，父母也表示了赞成，并为他们举办了隆重的婚礼。大姑无可奈何，但她真的担心岩岩年龄大影响生育，一有机会就向大竹母亲唠叨，这也让大竹母亲心中不安，若儿媳不抓紧时间，她想抱孙子的愿望或许就实现不了了。但是大竹母亲碍于面子，又不想惹儿子心烦，更不能在儿媳面前谈论此事，只能自己忍受着小姑子的絮叨和内心不安的烦恼。大竹很少与母亲谈论家里的杂事，但母亲期待他早日得子的心愿他很清楚，然而，大竹不愿意在这件事情上伤害岩岩。

他们在大姑家里没有见到表妹，大竹问："大姑，我表妹不在家吗？"

"她出去会朋友了。女孩子嘛，休息日哪能待在家里？"其实，大姑对自己的女儿也有不满之处，她不喜欢女儿一到周日就整天在外面会朋友，吃餐馆："现在的女孩子真不像话，会花钱，会吃喝，会享受，满脑子都是品牌呀，流行款式呀，加班还会抱怨腰酸背痛，去什么俱乐部按摩，进桑拿浴流汗。她们挣了钱，却不想存钱。我看在这方面，日本女孩子还真不如中国女孩子呀，难怪现在日本男孩子喜欢娶中国女孩子呢！她们会做家务，能吃苦，还会节约。我侄子好有福气嘛！"

大竹在大姑面前就像是一个听话的孩子，大姑说什么，他就随声附和什么。听到大姑夸中国女孩子，他就得意起来，朝着岩岩直眨巴眼睛。

大姑父是国家公务员，除了尽丈夫的义务外，家中一切都由老婆掌管，是纯粹的甩手掌柜。他从来不参与老婆家族的议论，家中来了亲戚，他都会谦卑地鞠一个躬，憨厚地笑一笑，然后进书房做自己的事情。

大姑喜欢聊天，也很热情，从他们一进她家的门，她就没有停下来说话。她的动作很快，沏茶，聊天，做饭，几样都不误，是一个能干的家庭主妇。

这一次，他们去大姑家坐客，大姑没有把岩岩当成外人，真是有什么说什么。岩岩则是洗耳恭听，除了笑，一言不发。大姑很爽快，没聊几句话就开始问岩岩："听说你来留学吃了不少苦，现在有家了，就要好好享受嘛。你现在还经常到外面检查工程质量吗？这太辛苦了。女孩子呀，在办公室里做事务就不错嘛！我看哪，你工作离家远，你们下班回到家再做饭，太晚吃饭对身体可不好。有大竹工作，你就照顾家吧，好好养养身体。你们的年龄都不小了，该考虑要个孩子了。"

听到最后一句话，岩岩的心一下子沉了下去，但还是微笑着对大姑说："大姑，我很喜欢我的工作，去外面检查工程质量是我的专业，谈不上辛苦，我现在还没有辞工作的打算。"说完，她望了一眼丈夫。

大姑温和地对她微笑了一下，便谈起了中国的烹调。她又笑着对岩岩说："以后你有时间就请到我家来，教一教我如何做中国菜，我们全家都喜欢吃中餐呢。"岩岩不敢在大姑面前多言，微笑着点了点头。

到了吃晚饭的时候，大姑父才走出他的书房，他向岩岩点点头便坐在了椅子上。整个晚餐他很少说话，倒是大姑不停地在说，不停地劝侄子夫妇多吃一些菜："岩岩，听说你喜欢吃日式饭，尝一尝我做的鲜菇蒸米饭。我做的土豆烧牛肉味道如何？"

"好吃，鲜菇味道鲜美，日本大米特别好吃。土豆烧牛肉更好吃。"

"今天你们来，我特意去高岛屋买的神户牛肉。这种牛肉非常软嫩，就像吃黄油一样，入口即化。"

"啊！神户牛肉是最高级的牛肉了，价格高得吓人！大姑，您做的牛肉太好吃了！做这道菜用神户牛肉太奢侈了！"岩岩一边说着，一边放下了筷子。

"他就喜欢吃神户牛肉，其他牛肉他根本不沾口呀！"大姑望着丈夫，有些得意。

"是的，吃不多，就吃自己喜欢吃的，这没有错嘛！"姑父不紧不慢地解释。

饭桌上大姑不停地讲着食品营养、妇女保健等话题，话里带话地暗示岩岩要抓紧时间要孩子。她含蓄地告诉岩岩："女人嘛，哪有不看妇科的。以后，如果看妇科疾病你就去我们医院，我给你好好检查。"

听到这句话，岩岩全身的血一下子都冲上了头顶，她心里责怪大姑："当着姑父的面谈妇科，让我好没有面子。"但她依然微笑着"嗨嗨嗨"地迎合着大姑，在背后却戳了一下大竹。

大竹明白了岩岩的意思，把话题扯到了自己的工作上，与姑父聊了起来。岩岩只想赶快离开大姑家，心里想："唉，这顿饭吃得好别扭！真是火烧乌龟肚里痛呢。我哪里还有心思吃饭！"

礼貌也好，规矩也罢，吃过晚饭，岩岩对大姑的烹调手艺大加称赞，大姑非常开心。岩岩提出早些回家，明天还要上班，大姑倒是痛快，没有久留他们。

回到家后，岩岩气鼓鼓地对丈夫抱怨，她越说越生气，泪珠扑簌扑簌地直往下掉。大竹紧紧地抱住她，不说一句话。

待岩岩眼泪流净，大竹心疼地劝她："我大姑就是爱唠叨，爱管闲事，可她的心不错，她也是为我们着急嘛！她是妇科主治医生，如果我们需要她帮忙，她肯定会非常乐意的。"

岩岩只感觉胸口堵得慌，结婚让她有了一个安乐窝，丈夫疼爱自己，婆家尊重自己。然而，越是生活在甜蜜中，她越感到有压力。尽管丈夫再三再四地强调生不生孩子都爱自己，可是这反倒让她心里多了几分苦涩。留学奋斗，获得了学位，得到了日本国籍，有了工作，有了积蓄，可是女性生育的最佳时期也被十几年奋斗拼搏的时光给耽误了。如果岁月可以重来，我岩岩也不会拖到快四十岁的时候才结婚。哀叹，悲伤，都阻挡不了年华的流逝。她开始对自己能否生育产生了怀疑，进而又增加了几分恐惧感："如果自己不能生育，将如何面对大竹家族的长辈们？"尽管婆婆嘴上不说，但是话里捎带出来的意思足以让岩岩感到泰山般的压力了，尤其是大姑的话，更让她感觉是婆婆的意思。现在，她有点后悔跟这种家庭的孩子结婚了。

"我还是那句话，结婚是我们两个人的事情。什么传宗接代、后继有人，那都是过去的老意识。现代人讲究自我，上帝给我们孩子，我们就接着；上帝没有这个安排，我们也不抱怨，反而更要相亲相爱、白头到老，任何人都没有权利对我们说三道四。难道你还不相信我吗？"大竹的声音里带着难以抑制的伤感。

他的情绪感染了岩岩："相信他，不要再胡思乱想了吧！"

尽管如此，这块阴影却始终留在岩岩的心里。不过，她决定带着大竹去春子的医院做一次彻底的检查。

与春子见面是岩岩的心理需要。岩岩喜欢这个小姑子，因为她真诚，与她说话有一种心心相印的感觉。春子愿意耐心地倾听自己的苦闷，尽其所能地分担自己的忧虑，诚心诚意地帮助自己。岩岩在婚前和婚礼上都得到过春子的帮助，丈夫与她无话不说，更主要的是春子尊重自己，这让岩岩在大竹家里不再感到自卑。虽然春子的学识、家庭和职业高她很多，但是春子的生活并不幸福。从这个角度讲，岩岩与春子在生活上都有不同程度的缺陷和遗憾。因此，她愿意与春子说些心里话。再说，求春子帮忙总比求姑姑要放松一些。

春子见到岩岩十分高兴，她们在医院的咖啡厅里聊了很久。

"嫂子，你一定有什么事要对我说吧？说说看，是不是我哥哥欺负你了？"春子笑嘻嘻地问。

"你哥哥从来不会这样做的。我有点私事想听听你的意见。"

"什么事情？"

"特别不好意思——你看，我们结婚快一年了，我很着急，我的年龄是不是可以——"岩岩没有说下去。

"我明白了，你想要孩子，对吧？是不是想看医生？我可以给你介绍我们医院最棒的医生。"春子温和地看着岩岩。

"婚后我去医院看过大夫，她指导过我的婚后生活，可是，可是没有效果。难道，我这一生真的不能生孩子了吗？"岩岩的语气有些沉重。

"别着急。嫂子，是我哥哥让你来找我的吗？"

"是的，他同意我来找你。"

"我知道了。这样吧，你告诉我什么时间合适，我给你在医院预约大夫，这样你来就不用排队了。"

"这样合适吗？会不会对你有什么不好的影响？"

"不会的。只要你把健康保险证和你的医生介绍信交给我就可以了。我排队拿号比你方便，省得你一大早跑来医院挂号了。我们医院是预约制，你第一次来看医生，或许要等到下午才能看上。这样，上午你还可以工作嘛！"春子耐心地解释。

岩岩站起来，给春子鞠了一个躬："请多多关照，给你添麻烦了。"

"嫂子，我是医生，有责任帮助你。我们医院的妇科很棒，即使不能自然生育，我们也可以用医疗技术让你怀孕嘛。"春子拉起岩岩的手真诚地说。

"春子，谢谢你。不过这件事情你一定要暂时替我保密呀。"岩岩有些不放心。

"放心吧！这是我和你之间的事情，我不会对母亲讲的。"

为大竹家族延续香火成为岩岩心中最大的压力，她希望苍天保佑给自己最后一个机会，让自己能赶上生育的最后一班车。

日本的医疗体系和制度保证每一位国民都能享受到平等的医疗服务。医疗系统有公立和私立两种，公立包括国立医院和大学医院，私立包括私立医院和私人小诊所。政府规定年龄在 20 岁以上的所有国民都必须加入并交纳国民健康保险，不得中途退出，因而日本国民人人都有健康保险。只要手持健康保险证，去哪家医院都可以看病。医疗费用也很明确，正式工作人员只需交 10% 的医疗费用，家属则要交 20%（2004 年的数据）。没有任何收入的人可以到所在地区的政府部门提出免除交纳健康保险费的申请，如果获得批准就可以享受免费医疗服务。

在日本看病，小病就去住所附近的私人诊所，不需要任何证明和介绍信，只要把健康保险证交给挂号室就可以了。如果需要做进一步的检查，诊所医生需要写一封介绍信，病人向相应的医院提交这封介绍信就可以去看病了。

日本政府还制定了年度免费国民体检的政策。对于成年人的几大常见易发病症，政府还规定在特定的年龄范围内提供免费专业性检查：对三十岁以上的女性做妇科检查；四十岁以上的女性做子宫检查和乳腺癌检查；五十岁以上的做肠镜检查。这些体检能够帮助人们及早发现潜在的，或危及生命的病症，使其得到及时的治疗，从而提高了整体国民的健康水平。

现在的日本社会流行晚婚晚育，这给一些大龄女性带来了生育困难，因而借助医疗技术怀孕的治疗越来越受到她们的重视和欢迎。可是这种医疗不在健康保险范围之内，这给很多不能自然生育的女性和家庭带来了沉重的经济负担，同时，也给她们带来了承受风险的巨大心理压力。不成功就是竹篮打水一场空，就会白搭进去巨额费用，一般的工薪家庭很难承受这么高昂的医疗费，很多女性对于医疗技术造人只能望洋兴叹。

岩岩完全接受了春子的建议，去春子所在的医院做了一次全面的妇科检查。尽管各项指标都正常，但按照医生的说法，四十多岁的女性自然怀孕不容易。这就是现实，摆在她面前唯一可走的路就是借助医疗技术造人。因为要自付昂贵的医药费，这让岩岩产生了极大的恐慌。她担心如果一次不成功，再来一次，甚至再来几次，还要承担不成功的风险，那些价格不菲的医疗费都要自己承担，她陷入了惜钱的焦虑之中。

春子从同事那里知道了这个情况，直接打电话给岩岩："嫂子，你下班后能来我们医院吗？我想见到你。"

对于春子的邀请，岩岩从来没有拒绝过，她心里明白春子的意思，这件事情只有春子可以帮助自己。她去医院时，刚好春子做完一个大手术，望着春子走出手术室疲惫的神态，岩岩心里好痛。

春子带着疲惫的微笑把岩岩请进咖啡厅。她单刀直入地谈起了岩岩的事情："嫂子，你的妇科医生告诉我了，她建议你马上做医疗受孕。我们医院的这项医术的水平一流，成功率很高。我劝你还是尽早做这件事情吧！"

"我是害怕会不成功。我还没有跟你哥哥商量这件事情，费用这么高，我真对不起你哥哥呀！"岩岩心情沉重地道出了心里话。

"你们是夫妇，我哥哥有责任承担费用，这也是他的事情嘛！嫂子，你要放松一些才好。"

春子的一番话在岩岩心里产生了强烈的欲望，"对，丈夫一定会同意医疗造人。"她接受了春子的建议，决定用现代医学技术解决自身的不幸。

这一天，岩岩回到家的时候，大竹已经把饭桌摆好了，他疑惑地问："今天学校没有课呀，怎么你回来得这么晚？"

"我去见春子了。没有告诉你，对不起。"

"你去见春子了？为什么不跟我说呢？"大竹有点抱怨。

"我想把事情了解清楚后再向你汇报。"

大竹盯着岩岩的脸："什么神秘的事情还要背着我？"

岩岩神态紧张地看着丈夫，把去医院做检查以及春子所谈的问题一股脑地讲给他听。

"这件事情还用说吗？我完全支持你，这是我们夫妇的事情！挣钱是为了消费，这是必要的支出，又不是我们一家用新技术造人。我再说一遍，不要为了钱让自己紧张。需要我做什么，我随时都可以请假。现在你总应该放心了吧？"

是的，丈夫的话让岩岩彻底打消了金钱高于一切的想法，她决定全力以赴完成这件人生的头等大事。

　　他们夫妇积极与医生协调配合，经过一段时间的努力，他们终于感动了苍天，一个小生命在岩岩的肚子里孕育成功了。

第十五章
全职太太

2003 年一晃就要结束了，岩岩的身体有了微妙的变化，按照医嘱，她去医院做了检查。大夫兴奋地告诉她："祝贺你！医疗受孕成功了。"那一刻，她激动地流下了眼泪："苍天啊，谢谢你终于惠顾我了。"

她没有马上把这个消息告诉丈夫，而是打算等到身体的情况稳定以后再向丈夫汇报。

三个月悄悄地过去了，她又去医院做了检查。医生高兴地对她说："你怀孕已经三个月了。"岩岩无法控制激动的心情，2004 年，在她四十周岁的时候，她的生活发生了转变。

她第一时间就打电话告诉了在北京的老母亲。妈妈听到这个消息后，千叮咛万嘱咐让她注意休息，注意饮食，多增加营养。妈妈在电话里说："工作忙，你要照顾好自己呀！你年龄大了，一定要保住孩子！你们公司可以停职留薪吗？"

"我们是小公司，我不干了，公司马上就要雇新人。再说，公司也不允许女性在这个时期上班的，我只能辞职。"

"你现在辞职，我就不再担心你的生活了，有你丈夫嘛！唉，就是辞掉工作太可惜了。那么，学校你也不能去教课了吗？"

"学校的工作我也要辞掉的，我回家当家庭主妇吧。日本跟我们国家不一样，很多女性结婚后，尤其是生了孩子，肯定会辞掉工作的。即使生完孩子再回去上班，工作性质也会改变。"

母亲担心女儿大龄怀孕，但千里迢迢，她也没有办法帮到女儿，只能再三嘱咐一些应该注意的事情。岩岩倒是很想得开："妈妈，大家都是这样过来的，虽然辛苦一些，但没有什么只要按照医生讲的去做就不会有问题的。就是辞掉工作让我感到挺痛苦的，我要跟大竹商量一下。"

一个星期后的一天晚上，岩岩因为身体有点不适，提前回到家里。有生以来，她头一次这么早就躺在床上，心里想："哎，给自己一点闲懒的时间吧。"她躺在床上想着将来的生活，心里甜蜜得就像刚喝完了一杯浓浓的蜂蜜水，嘴里甜，心里更甜。

她做了一桌子丈夫喜欢吃的晚餐，翘首等待丈夫回家。将近七点，一阵熟悉的"咯噔咯噔"脚步声走近大门，然后是大竹打开房门的声音。

他一进客厅，就看见了摆在桌子上的丰富菜肴，惊奇地问："岩岩，你今天怎么回来得这么早？岩，你在哪里？"

没有回应。"咦，怎么家里没有人？"他奇怪地东张西望。

他推开书房的门，没有看见岩岩，又推开卧室的门，还没有见到岩岩，他嘟囔着："怪了，谁把晚餐做好了？"

"喵，喵，喵"的声音从卧室的门后传了出来，大竹纳闷："家里怎么会有猫？"

这个时候，岩岩一边学着猫叫，一边从门后走了出来，吓了大竹一跳："岩岩，你，你什么时候回来的？是你做了一桌子菜吗？"

岩岩抑制着激动的心情，走到大竹面前，轻轻地在他的脸颊上吻了一下，笑眯眯地看着他。

大竹一脸迷茫，歪着脑袋端详起自己的妻子来："岩，你今天好像特别高兴，你们公司有什么新闻吗？看你高兴的，就像得了社长的大红包。"

"大红包能让我这么高兴吗？我今天提前回来了，就是感觉有点儿累，想休息休息嘛！"岩岩依然微笑着。

大竹一听，笑着说："难得你早回家呀！你累了还不好好休息，还做了一桌子菜，这比上班都累嘛！"他走到餐桌前，低下头在每道菜上闻着。

看着丈夫幸福的神态，岩岩甜蜜地说："过不了多久，就会有三个人在这里吃饭了。"

"什么？三个人？三个人——岩，你是说——真的，真的吗？！"大竹一下子明白了。他一把抱住岩岩："你是说我们有孩子了，对吗？啊？"

岩岩依然抿着嘴微笑着。

"你赶快告诉我，这是真的吗？"

"是的，我们有孩子了！今天我去医院做了检查，医生确切地告诉我，孩子已经三个月了！"岩岩按捺不住兴奋的心情，脸上放出了羞涩的红光看着丈夫。

大竹睁着又大又亮的眼睛看着岩岩，哽咽地说："你真棒！我们终于有孩子了！太好了！我马上告诉我母亲和祖父母。"他兴奋地抓起了电话。

岩岩赶紧按住电话："别那么激动，我们还是先吃晚饭吧！难得今天能在这个点吃上晚饭。你辛苦了！"她深情地看着丈夫。

"是啊！是啊！我们先吃饭，然后再告诉他们。嘿，今天晚上我喝点酒吧！庆祝庆祝嘛！"大竹陶醉了。

岩岩给他烫了一小壶清酒，做了丈夫喜欢吃的红烧排骨，还做了鱿鱼炒黄瓜和麻辣豆腐。照大竹的说法，吃这顿美食就像在中餐馆里享用高档佳肴一样。他伸出大拇指夸奖着妻子："你做的菜，味道香，样子美，颜色搭配得漂亮。你以前学过烹调吧？"

"没有，我就是喜欢做菜。小的时候，我经常看我父亲做菜，自己也愿意学着试一试。我父亲做菜时不喜欢有人站在旁边看着他做，我跟我父亲一样，做菜就怕分心。中国菜跟日本菜不一样，我们讲究色香味缺一不可。你们日本菜，我也喜欢吃，可是你们的菜看起来很好看，但吃起来没有什么味道。我说得对吗？你别生气呀！"岩岩讲着做菜的心得。

大竹点着头："你说得没错。日本菜比较注重煮和蒸，很少像你们那样爆炒，我们也不喜欢在菜里放很多油。哎，我母亲给咱们的那瓶油，你用了吗？那种油不含热量，是纯天然的植物油，对身体好，口感也好，不用担心健康问题。"

岩岩指着炒菜，说："我用的正是那瓶油。"

大竹好高兴，一边喝着酒，一边不停地讲着他们一家人未来的生活。

等到大竹酒足饭饱之后，岩岩告诉他："今天我去医院的时候，看见春子了，我把这个消息告诉了她。她让我告诉你，周末的时候，我们两家一起出去吃饭，餐馆由你决定。"

大竹的父母知道岩岩怀上了孩子，显得比岩岩还要激动，他母亲拿出一个厚厚的"お祝い金"（祝贺金）的信封交给了大竹。他的祖父祖母也给了他一个大大的祝贺金信封。两代长辈翘首期待着这个家族唯一的重孙和孙辈新生儿的诞生。

在这之后，大竹的母亲还亲自到他们的住所看望了岩岩，并建议她马上辞掉工作。婆婆关爱地对她说："岩岩，我知道你很喜欢自己的工作，可是，现在你有了身孕，你上班远，又经常去外面工作，爬上爬下的很不方便，还是早点考虑这个问题吧。现在正是开春的时候，学校要放春假了，现在辞职比较合适。"

大竹不停地点着头："是啊！还是早一点跟学校说好，学校也好雇用新人。那所成人学校，你也不能继续教下去了。虽然辞掉这些工作很可惜，但没有办法。我知道，在中国，妇女怀孕了也继续上班，可是在日本，我还没有看到挺着大肚子上班的女人呢！岩，你在日本这么多年很辛苦，现在你就在家里好好休息吧！我会挑起家庭经济担子的。"

岩岩一向对自己的生活把握得很准，也很成功，可是现在肚子里的小生命正在改变着她的生活，她要完全服从这个小生命的调遣，重新调整自己的生活。步入四十岁的她，所有的生活也要为了这个将要出世的小生命而发生彻底的改变。

在家人的劝说下，她终于决定辞掉所有的工作，在家里静静地养胎，等待着人生中又一次重大的变化！

她到学校向老校长汇报了自己的情况。这位老教育家特别高兴，但马上又担心起来："这么说，你就不能继续在我的学校教书了，是吗？"

"校长先生，您对我的恩情我会牢记一辈子的。我喜欢这所学校，喜欢这里的老师们。我在这里工作了十多年，学校给予了我最大的支持与帮助，才让我有了今天。学校在我的心底扎了根，我会时时刻刻想念这里的。"岩岩感情深沉地对老校长说。

老校长慈祥地看着岩岩，鼓励她："人嘛，总是在不断地改变着自己。你很坚强，也很能克制自己，你已经完成了人生的一部分，接下来，你要完成人生的另一部分，相信你会做好的。学校的这份工作是为你开设的，你教得很好，我代表学校感谢你十几年来让我们的学生了解了很多中国文化，相信我们两个国家在以后会有更多的友好交往。我很快也要退休了，欢迎以后你和你丈夫一起到我家来玩儿。"

岩岩郑重地向老校长呈交了辞职书。

接下去，岩岩又去了成人语言学校，向曾经面试她的负责人呈交了辞职书。那位负责人主管中文教学，他非常遗憾地看着岩岩："因为是你身体的原因，我不得不接受你的辞职申请。你在这里教书多年，辛苦了。如果你有合适的老师，请你帮助我介绍一位，好吗？最好在开学之前。"

岩岩答应了他的请求，并深深地给他鞠了一个躬。望着眼前这位年轻的负责人，她的眼睛里闪烁着泪花，她想起了几年前的一个晚上。这所学校在远离东京的郊区又开设了一所分校，急需中文老师，这位负责人给岩岩打电话，希望她能去那里担任两个班的教学工作。那个时候，岩岩还担任着其他的中文课，如果接受这个工作，就意味着周一到周五，每天晚上都要去上课，都要踏着月光回家。不过，好在学校有冬夏两个长假，咬咬牙还是可以胜任的。负责人诚挚的请求让她决定接受这份工作，她在那所分校一干就是几年。时间紧张，工作劳碌，但是这种有滋有味的辛苦为她开辟了一条更加宽广的人生道路。

现在，当岩岩再次向清水公司呈交辞职书的时候，她已经没有什么可以担心的事情了。

几年以前，公司遇到了部分员工集体辞职另起炉灶的荒唐事件后，公司进入了创建以来最艰难的时期，客户流失，亏损严重。公司没有被泡沫经济破裂的危机所拖垮，却被那些跳槽的员工们的卑劣行径近乎击垮。清水社长拿出全部的精力再次拼搏上阵，带领留下来了的忠实员工们兢兢业业重创天下，招聘了不少年轻的工程技术人员，返聘了几位老设计师，又把老会计请了回来，还配备了两名从大公司辞退的女秘书。经过几年艰苦的努力，公司终于走出了最灰暗的阴影时期，重新又站立在业界中。从那以后，社长改变了用人方式，新老员工们团结互助、团队协作精神体现在各个方面，公司朝着光明的道路向前迈进。

岩岩在公司走"背"字的时候，重新返回去工作。她对公司的感情，别人理解不了，她对清水社长的感激，别人更是无法看懂。清水社长是在日本经济低迷的时候雇用了她。她进入了这家小公司，从最底层做起，忍受着异国文化差异带给她的困惑和艰辛，一点一点地融入这个抱团的团队里。想当年她刚参加工作时，不能入乡随俗，不能与日本员工融洽相处，把端茶倒水看作下贱的工作，整天怨声载道，生气发火，一味追求别人要尊重自己，却没有想到理解和互助。经过几年的痛苦磨炼和拼搏奋斗，她终于完全明白了日本公司的团队理念，单枪匹马注定要失败，团队力量顶天立地。她学会了忍耐，学会了谦和，学会了尊重任何人，更学会了日本员工的敬业与团队精神，她结交到了真正的患难朋友，也积累了从未有过的专业经验。在这家小公司的工作经历，丰富了她的人生，练就了她知难而进的毅力，让她的生活更加有朝气，她比任何人都感到有成就感。她对公司充满了感恩的爱，向公司递交辞职书，她难舍难离，犹如割肉般的痛。

当岩岩走进社长办公室的时候，这个被她看成硬汉的清水社长正微笑地看着她，她心里不由得一阵紧张。社长的脸永远都是那样的坚毅，他的目光永远都是那样的锐利。在公司工作的几年里，岩岩从来没有看见过这个男人的脸上带有丝毫的疲惫，没有看见过这个男人衣服上带有任何的褶皱，他的腰板总是那样挺拔，他走路的姿势总是那样昂然。站在这个男人面前，岩岩郑重地呈上了辞职书。

清水社长的脸上没有一丝笑容，硬汉男人的表情看上去非常严肃，他看着岩岩，带着征求的口吻："我希望这只是暂时的辞职，等你把个人的事情处理好以后，你依然可以来公司上班。任何时候，公司都欢迎你回来。希望你回家后好好休息，你辛苦了！"社长的话很诚恳，也很有情感，岩岩感觉社长很不错，为他工作值得。

她深深地给社长鞠了一个躬："谢谢社长雇用了我，谢谢社长这几年对我的关照，谢谢社长继续聘用我。如果我的情况允许，我一定还会回来的。"

当岩岩把所有心爱的工作都辞退以后，她的心里也被掏空了，她的精神世界变得一无所有，她不知道以后的人生路应该如何走下去，不知道没有工作待在家里是享受，还是煎熬。

离开公司后，她独自去了上野公园，走在上野公园的小路上，形单影孤地围着湖边转了一圈又一圈，辞去工作让她失去了心理上的平衡。想当初，得到一份工作是那样的艰难，可是辞掉一份工作仅仅只是一瞬间，她真的很想哭，她感觉自己很委屈，难道自己的后半生就是为了生养孩子吗？独立自主近四十年的岩岩很难接受眼下的现实，可是，现实的日本社会、现实的生活让她别无选择。虽然从此她可以不用操心地依偎在丈夫的臂膀里生活，可是她还不习惯这样的生活。

现在的她已经没有任何压力了，从明天起，她就是全职太太了，那是怎样的一种生活？

从上野公园回到家里，她就像丢了魂似的，倒在沙发上，望着天花板发愣。她没有做饭，没有做任何事情，直到大竹开门回家走进客厅，开了电灯，她才懒洋洋地从沙发上坐了起来。

大竹吓了一跳，望着妻子伤心的表情，焦急地问："岩，你身体不舒服吗？为什么不开灯呢？什么时候回来的？"他脱掉外衣后，急急地走到岩岩身边，关切地看着她："你去公司一切都顺利吧？公司没有给你开欢送会吗？"

岩岩情绪低落："我不喜欢开欢送会，我想静静地离开公司。社长希望我还能回去上班。"

"以后你就不要上班了，家里也有很多事情需要你去打理，有我挣钱就可以了。你到日本二十几年，从来没有好好休息过。从现在起，你的任务就是好好休息，想干什么就干什么。周末我们约春子一起吃顿饭吧。"大竹极力劝慰着。

岩岩仍然没有走出辞掉工作的阴影，她一句话也不想说。

大竹奇怪地看着她："我同事的老婆结婚以后就不去上班了，她就想待在家里做自己喜欢做的事情。在我们日本公司工作的女孩子，大部分人生了孩子以后就不干了，因此公司也不能把重要的工作交给女性。虽然大公司都有一套完整的照顾女职工的政策，生了孩子以后可以继续在公司工作，可是因为要接送孩子，她们只能做半职工作。我们公司就有这样的女职员，每天工作五个小时。如果以后你想去上班，我建议你在附近找一份工作。"

岩岩听着听着，眼泪止不住地流了出来，渐渐地抽泣起来，她非常伤心。

大竹紧紧地靠着她，他猜不出妻子究竟为何而落泪。他去厨房给岩岩端来一杯温水，然后抚摸着她的后背，关心地问："你今天是怎么了？讲出来让我听一听吧！我想，今天你回来得会早一些，本来我还有些工作需要处理，但是不放心你，还是早回来了。"

丈夫那种担心的神态感动了岩岩，她慢慢地停止了抽泣，难过地开口说："竹，我没有工作了，就像从空中摔到地面粉身碎骨那样的恐怖。我在日本已经工作了十多年，我一下子离开职场，感觉非常不适应。我们中国的女性都会在生育以后继续上班的，当然现在也有一些女性靠着丈夫丰厚的收入待在家里享受，可是我做不到。让我白白地待在家里，我感觉就像蛆虫吞噬我的躯体那样痛楚。你的母亲、你的祖母，她们不仅养育孩子，还有自己的医院。你的两个妹妹都有孩子，可是她们都在工作，而且还都担任着重要的工作。我辞职了，你们家的女性就会瞧不起我的。我自己不挣钱了，心里没有底气。老实讲，我现在非常痛苦。多好的工作！为了这些工作我付出了多大的代价！多少中国人想得到这样的工作都难以得到，可是，我得到了，现在又被我放弃了！我真的很难过！"岩岩的整个面颊都被痛苦感给扭曲了。

大竹没有想到多少女性求之不得地希望做家庭主妇，可是妻子却是如此的痛苦。他用最真切的感情劝说岩岩："你想过没有，要孩子是你期待很久的事情，现在我们有了，难道你不能为了孩子而放弃工作吗？生完孩子后，你仍然可以工作嘛！你有很丰富的建筑工作经验，日语又好，又能教中文，即使日本现在不景气，你找工作也不难。再说了，你还可以去清水公司继续上班嘛！为何这样想不开呢？难道你不能为孩子做一次牺牲吗？"

在丈夫温暖的怀抱里，岩岩渐渐地安静了下来，她消沉地说："我需要时间去适应新生活。我已经习惯了忙忙碌碌的日子，一旦让我闲下来，我会得病的。人活着，忙里偷闲，才会感到活着有意义。你见过蜜蜂采蜜吗？蜜蜂不去采蜜，它们还能干什么？哎！都是这个孩子让我成为全职太太。"

她连连叹息着："哎！我这辈子还没有给谁低过头呢！现在却在这个未出世的小东西面前低了头，看来，这个小东西才是王，父母也要听他的调遣呢！"她无奈地摇着头。

大竹风趣地说："我太太待在家里也是一朵美丽的花！你可以去我母亲那里学一学插花。你不是还想学习穿和服的礼节吗？你有很多事情要做的嘛！干嘛不让自己的生活更潇洒一些呢？听我奶奶说，我母亲怀着我们的时候，她一直在家里休息。如果你愿意的话，生完孩子你可以在我们家族医院里做一份秘书工作。好了，今后我们的路会越走越宽的。"他亲了一下岩岩的脸颊，就进厨房做晚饭去了。

春子很高兴岩岩能够在家里休息养胎，她也非常羡慕岩岩能得到哥哥如此的疼爱。岩岩对春子依然充满了强烈的好奇感，她感觉春子身上有着太多的神秘色彩。自从岩岩开始休息以后，她与春子的接触就多了起来，慢慢地她对春子的了解也加深了很多。实际上，春子是一个思维活跃、有胆有谋的女性。她不是那种对名牌商品充满欲望的女孩子，也不是那种坐在咖啡厅里与朋友闲聊的女性，她是那种衣着雅致简单，形象精典干练的女性。她看上去弱不禁风、文文雅雅，但站在手术台前，她就是一名守护着患者生命大门的卫士。她很年轻，但是她的医术却出类拔萃，她是医院的招牌医生。

春子对岩岩非常友好，也很尊敬，特别是哥哥结婚以后一如既往地关照她，她认为这些都与岩岩的支持有关，因此她对岩岩的好感越来越深。

大竹希望岩岩成为春子的朋友，同时也希望春子把岩岩当成知己，而不只是嫂子。

岩岩开始休息以后就重新整理了思绪，有条不紊地为将要出世的孩子做着一些准备。她很兴奋，也很紧张，但当大竹上班离开家以后，她就会陷入惆怅的寂寞中。无所事事，养尊处优，闲情逸致，这是多少女性向往的生活！以前，她也渴望过这种闲情逸致的生活，渴望得到一个完全属于自己的天地。现在这种生活来到了眼前，可是她又感到自己成了一个无用之人。她的这种寂寞感和以前单枪匹马闯东京时的寂寞感不同，这是一种富贵的寂寞，不需要为生活担忧的寂寞，是一种被人爱抚，但又不可能总有人陪伴的寂寞。

按照中国人的说法，孕妇要吃饱了，生出来的孩子才会壮实。休息以后的岩岩开始为自己制定菜谱，她逼着自己多吃一些，好让肚子里的孩子得到足够的营养。

在家里休养了一个月后，她去医院检查，医生向她提出警告："你要减肥了，你的体重超标，这样对孩子不好。"医生给了她一份孕妇饮食食谱，让她严格按照上面的食谱进餐。对于日本医生的警告，岩岩大为不解。

在春子休息的日子，岩岩带着自己包的饺子独自去了春子的家。这是她第一次到春子家拜访。

春子的家一尘不染！岩岩无法想象，春子是单身母亲，不仅事业上凤毛麟角，她的孩子还特别听话懂事，聪明伶俐，她是如何支配时间，如何养育孩子的？她工作那么忙，什么时间去教育孩子？这些疑问让岩岩对春子有种特殊的猜想。

春子对岩岩的到访非常高兴，她热情地把岩岩请进家里，她的脸上因兴奋而现出了久违的红晕。客厅里，桌子上摆着她早就准备好的小点心和水果拼盘。她笑盈盈地对岩岩说："嫂子，对不起，我只能给你倒温水喝了。"

"医生不让我喝茶、喝咖啡，现在我也只能喝白水了。"岩岩开始观察起春子的房间。

这是一套一厅三室两卫的高档公寓。春子把家布置得很有情调，一间居室作为书房，书房里三面墙都立着高大的书柜，里面放满了医学书籍和外文期刊，写字台上堆满了文稿、书籍和期刊。她告诉岩岩："这里就是我的私人办公室。回到家我还要看一些外文期刊，写一些教案，桌子上永远都没有利落的时候，嘻嘻嘻。"看来，她十分喜欢这间书房。

她的卧室很干净，双人床铺上没有皱褶，枕头摆放得平平整整。她又告诉岩岩："这张床平时是我一个人用，到了把孩子接回家的日子，她就撒娇和我睡在一起，有的时候会让帮忙的阿姨住在她自己的房间。这个孩子一回到家就会缠上我。我如果遇上大手术，往往要做十几个小时，晚上就不能接她回家了，她只能待在托儿所里。我给这个孩子的关心太少了！不过孩子在托儿所里生活，也是一个锻炼的好机会嘛，小孩子是不能娇惯的。"

春子谈起女儿阳子，心情有些沉闷。她打开阳子的房门，岩岩的眼睛一亮，孩子的房间就是一个小宫殿，粉色基调的墙壁纸、白色小床上柔软舒适的被褥，还有儿童家具和女孩子的玩具，这让岩岩大开眼界。

春子介绍说："女孩子就是喜欢玩娃娃呀、小装饰品呀。每一次她回家后，就会摆弄这些小东西。"接着，她有些伤感地又说："我没有资格做母亲，我让她叫我'阿姨'，你一定很惊讶吧！我整天忙于工作、研究和教学，没有时间照看她。我想趁着我现在年轻有体力，多做一些疑难病症的手术。"

讲到工作，岩岩马上问："我以为在日本，做大手术应该都是男医生。你这样年轻就担当主刀医生，你不害怕吗？"

春子露出一丝自豪的微笑："嫂子，你说得没错，我们部里的主刀医生都是有经验的男医生，胸外科手术往往一做就是几个小时，甚至十几个小时。手术中，不能离开手术台，不能吃饭，不能喝水，不能上卫生间，是一件非常辛苦且消耗体力和视力的工作，一般女性承担不了这种有风险且耗时、耗体力的手术。我的导师是一位权威教授，也是我们的部长，每一次他做大手术我都是他的助手。有的时候他会让我主刀，他做我的助手，我们经常在一起探讨新的治疗方案，我也参与过不少疑难病症的手术。我们在这个领域要不断地学习、研究，把先进的治疗手段及时地应用在病人身上。医院派我出国进修，这对我的帮助非常大。"

岩岩担心地问："你的身体承受得了这么长时间的手术吗？十几个小时不吃不喝，不能上卫生间，你是如何坚持下来的？"

这个问题让春子一下子激动起来："是啊，一台大手术做下来是非常辛苦的，在无影灯下，当你把所有的注意力都集中到手术刀上的时候，你就会忘记一切生理需要。记得我第一次做一台大手术，八九个小时一晃而过，等我把刀口缝好以后，我的双脚已经迈不动步子了，直到那个时候我才感觉到了累。"

看着眼前这位清瘦美丽的女孩子，岩岩想象不出来她站在手术台前的样子，更无法想象她站在那里一动不动，做完十几个小时大手术的情景，她对这个小姑子肃然起敬。

春子指着桌面上的一份文件说："这是世界上最新的治疗技术，我正在看呢，我要和我的导师一起研究今后的手术方案，还要去大学做几个实验，我的时间都被工作占了。我很对不起这个孩子，让她常常住在托儿所里，但这也是没有办法的事情。哎，我这辈子就是不应该要孩子呀！不过，这个孩子很懂事，她从来也不任性，只要我告诉她'阿姨有工作不能接你回家'，她就会点头说，'明白了，等阿姨有时间再把我接回家吧！'另外我休息的时间也会因做紧急手术而随时改变。"

春子忽然醒悟到："噢，嫂子，对不起，说了那么多我自己的事情。现在，你可以踏踏实实地在家里休养了。"

她拿出两本书递给岩岩："嫂子，你要好好休息呀！我不知道你们中国孕妇如何做，这是我们日本孕妇必读的书，我买了两本送给你。"

岩岩接过书，心里一阵温暖，她拉起春子的手说："不好意思，你工作这样忙，还想着我的事情，让我如何感谢你呀！"

春子摆着手说："嫂子，我们是一家人嘛！我哥哥有福气，娶了你这样优秀的人，我母亲也经常夸你呢！以后有时间我们可以出去吃饭，只有我们两个人。"她俏皮地出做了一个怪样子。

突然，春子好像想起来了什么，神情有点紧张，她看着岩岩微微隆起的肚子说：

"嫂子，我们日本孕妇是必须要按照医嘱去做的。我们不喜欢孕妇太胖，那样对孩子不好。以前我们院里来过一个中国孕妇，她就没有听医生的，生怕肚子里的孩子缺营养，只要一饿就吃，结果她生孩子的时候，因为自身太胖，肚子里的孩子又大，最后只能通过剖腹把孩子取出来，孩子是一个超重儿。嫂子，你们中国人都是这样做的吗？"

"是的，在我们国家，目前很多孕妇认为吃得越多越好，她们都希望生一个壮实的胖孩子，因此她们的饭量很大，就怕婴儿缺了营养。"

"嫂子，你可一定要按照医生讲的去做，我们不希望孩子生出来是超重儿，也不希望孕妇吃得太多太胖。生出来的孩子健康，体重标准才好。"

岩岩仔细地听春子的指导，心里充满了感激。她和春子聊了很长时间，春子这样优秀、纯洁，是万里挑一的女性，她善良、坚强，有魄力、有胆略，那个负心的男人根本不配得到春子！岩岩为春子的遭遇打抱不平，而且觉得自己嫁给大竹真的很幸福，只身在日本的孤独感，因为身边有了大竹而减少了一半。

第十六章
姑嫂情感

从春子那里回到家，岩岩翻开春子送的书，看到其中一本是关于初次怀孕的体验和出产指导书，另一本是关于孕期饮食的书。自己因体重超标，医生告诉过她要减肥。她尝试着控制体重，但又怕影响胎儿的发育，结果不但体重没有减下去，反而又增加了一些。记得那一次，她去看医生，医生有些生气，指着体重表告诉她，必须马上减掉超重的重量。她不明白为什么日本医生反复强调孕妇的体重。

她想起了女友肖云。肖云在 2003 年秋天生下了一个女儿。一个月后，岩岩去看望她的时候，看到她怀里抱着的女娃，有点吃惊："你女儿的个头可真不小呀！"

这句话让肖云一下子惊呼起来："哎哟！我差点疼死在产床上。这个孩子个头儿太大了，就是生不出来，最后剖腹才把她生下来。你猜这个宝贝有多重？四公斤多！医生埋怨我没有做适度减肥，说超大婴儿将来得肥胖症的概率非常高。一想到这个孩子长大以后是个大胖子，我就非常后悔，当初干嘛吃那么多！你说，女孩子如果是个大胖子，将来找对象是不是都难啊？"

肖云讲她生孩子时的剧痛，脸皱成了一团："太疼了！做女人真的很不容易呀！我就是在怀孕的时候吃得太多了。医生一再让我减肥，我害怕胎儿缺少营养，没有听医生的话。日本孕妇的肚子没有那么大，生出来孩子的体重都标准，生完孩子后妈妈的身材马上就可以恢复到生孩子以前的样子。你看我现在，胖得就像一头猪，可我丈夫还是不停地让我多吃呢！"

虽然，肖云喋喋不休地抱怨怀孕时吃得太多，但脸上却洋溢着无法言表的幸福的微笑。岩岩由衷地为她高兴，她终于有了一个幸福的家，有了稳定的生活。

讲到日本的生育医疗保险时，肖云又激动了起来："嘿！在日本生孩子特别划算！自己不仅一分钱不出，政府还补助产妇将近三十万日元的生产费，医院的医疗设备和服务都非常好。如果是在国内生孩子，要得到这样的服务不知道要花多少钱呢！"

日本政府鼓励生育，并对生育有一套完善的政策。由于有国民健康保险，妇女生育时只需付 20%—30% 的医疗费，单位还为职工家属提供特殊的生育补贴。虽然很多中国留学生已经在日本就业且成家很多年，但直到自己的第一个孩子在日本出生，才真正领悟到日本医疗保险的优越性。

肖云很是兴奋，一边轻轻地拍打着怀中的女儿，一边不停地讲："我生孩子前，请我母亲来日本照顾我月子。一生完孩子，我就要干活，可我妈妈不让我下地，就让我卧在床上，生怕我落下毛病。我跟她讲'人家日本女人生完孩子马上就干活了，也没有得什么病'。我母亲却说'这是我们祖上传下来的习惯，你是中国人，就要按照中国的老理儿办事'。"

看着胖乎乎的肖云母女俩，岩岩感触颇深。异国文化、异国习俗都要在生活中去体验，入乡随俗不仅仅表现在工作和学习上，还体现在生活中的各个方面，就连生孩子各国也都有自己特定的风俗习惯，看样子也要入乡随俗呀。按照中国人的传统风俗，人们都喜欢生个胖小子、胖闺女，医生让孕妇减肥，在国内还真没听说过。在中国，女人生孩子一直延续着古老的传统习惯——坐月子，孕妇要卧床一个月，不能动凉水，不可以洗澡，不可以干活，规矩既多又烦琐。而日本女人生完孩子几个小时以后，就可以淋浴，出院以后，一边照顾婴儿，一边干家务活，按照医嘱自己做饮食，身体也没有落下毛病。生活在日本，就要按照日本医生嘱咐的去做，"外来户"的岩岩对入乡随俗有了更深刻的认识。

春子一直很关心岩岩的身体情况，经常给她打电话，讲一些自己的经验。大竹显得很开心，他愿意自己的妹妹与妻子走得更近一些。

岩岩知道春子喜欢吃自己做的菜，每隔半个月去医院做检查的时候，不是给她带去一盒饺子，就是给她做红烧排骨。岩岩做的馅饼可把春子给吃美了。春子就喜欢吃中国菜，胃口不大的她，只要吃到岩岩做的中国菜，食欲就会大增。小姑子欣赏她的烹调手艺，这让岩岩感到很欣慰。她是发自内心去关爱春子的，而不是做给丈夫看。春子也很关心岩岩的生活，她们的姑嫂关系水乳交融，就像庙头里一对石狮子——谁也离不开谁。

春子吃岩岩包的饺子，满脸都是幸福的样子，总会情不自禁地对岩岩说："嫂子，你包的饺子太好吃了。我一次就吃那么多，太奢侈了，真不好意思。你知道吗？我们日本人把吃饺子叫作吃点心，可是吃你包的饺子我就打不住，就想多吃。嘻嘻。"

岩岩听她说把吃饺子当成奢侈，心里有点难过："春子妹妹，只要你想吃，我就给你包，你能吃多少就吃多少。我们中国人吃饺子就像你们吃饭一样，你敞开了吃吧！你应该多吃一些才好。以后只要我来医院，我就给你带你喜欢吃的中国菜。你要把身体吃结实了。"

"你看我不健康吗？"春子疑惑地看着岩岩。

岩岩摇头回答："我不是这个意思。做手术需要体力，如果你的体力顶不住，怎么可能做完一台大手术呢！女人就是女人，我们跟男人还是有所不同的。春子妹妹，我不是让你吃成大胖子，但是我希望你能多吃一些，增加你的体力，这也是为了你的工作嘛。要不这样吧，我们两家离得不远，你下班后就到我家来吃晚饭吧，反正我现在也闲着，做饭还是一个乐趣呢！你哥哥开车把你们接过来，吃完饭，你回家就可以工作了。你说呢？"

春子美丽的大眼睛里闪烁着感激的目光，她给岩岩鞠了一个躬："嫂子，你真好，我哥哥好有福气。你们中国的女孩子心地很善良，我真想去中国看一看！可是你的身子越来越重，我不能在这个时候给你添麻烦，以后我会去中国的。嫂子，我在医院吃饭很方便，你就不用操心了。"

岩岩真诚地看着她："我天天都要做饭，我喜欢做饭，也喜欢别人吃我做的饭。你到我家来吃饭，一点儿都不会增加我的工作量嘛！"岩岩的诚恳打动了春子，她答应尽可能下班后去哥哥家吃饭。

请春子来家里吃饭的想法并不是岩岩心血来潮，春子对她以诚相待并处处关心自己的纯情，让她有一种回报春子友情的愿望。春子的郁闷就是岩岩的烦恼，岩岩的寂寞也会在春子身上产生共鸣，她们两人相见总有说不完的话，她们俩就像油炸的麻花——老是扭在一起。

大竹婚后的生活滋润潇洒，乐在其中。他每个周日都去看望父母和祖父母，这让公婆对岩岩大加赞赏。岩岩知道大竹母亲和祖母都喜欢吃中国水饺，因此，只要岩岩去看望他们，准会带过去一大盒饺子。老祖母还就是喜欢吃猪肉韭菜馅儿的饺子，不论什么时候她吃饺子，都会让岩岩坐在她的身边，听她讲中国的事情。到了后来，老祖母一两个星期见不到岩岩就会不停地念叨。水饺拉近了岩岩与老祖母的感情。

大竹母亲见老祖母这样喜欢岩岩，便向儿子提出，周末回家与他们一起吃晚饭。

　　日本的婆媳关系依然尊崇传统理念，婆婆是一家之主，儿媳要不折不扣地按照婆婆的指教办事，即使心里不服，表面上也要装出顺从的样子。虽然日本社会很开通，但这种传统的婆媳模式至今也没有什么改变。

　　众所周知，婆媳关系难处，尤其是在异国他乡、文化差异、思维理念、生活习惯的不同都成为岩岩和婆婆之间相处的屏障。只不过婆婆不是那种絮絮叨叨、议论家长里短的女性，她对岩岩的温善，就连大竹都觉得不可思议。

　　大竹母亲曾不止一次地对岩岩说："现在我们是一家人了，家里的事情不懂就来问我。"这个超级女强人把话说到了这个份儿上，岩岩心里暖烘烘的。现在，婆婆又热情邀请她回家吃晚饭，这让她有些受宠若惊，也感到潜在的压力，她害怕自己稍有不慎做出婆婆不喜欢的事情，而让对方反感自己。她也不愿意随随便便地出入婆婆家，她觉得只有少登门才能减少出错的概率。而实际上，她真的想把婆婆的家当成自己的家，可是，丈夫的家族规矩多、礼节深，稍不注意就会被说成没有教养。因而去大竹家的头一天晚上，岩岩就开始紧张了，不仅要在衣着上精心选择一番，还要想好在婆婆家说什么话，把要说的话写在本子上，就像考试一样记在脑子里，生怕去婆婆家做出什么失礼的事情来。岩岩觉着去大竹家的辛苦程度比工作和教书还要大。

　　为了避免与婆婆产生不和谐的尴尬局面，她选择了"敬而远之"，能躲就躲的方法。俗话说"物以稀为贵"，少接触就会感觉亲情的珍贵，少说话就能避免出差错。她做不到在婆婆面前唯唯诺诺"嗨嗨，嗨嗨"地应声附和，更不喜欢跪在榻榻米上拘束紧张地与他们一起吃饭，她也不习惯在传统式的家庭里畅所欲言，还要在婆婆面前含笑如春，谦卑行礼，在这种环境里进餐，即使再鲜美的美食，也难以品出鲜味。说心里话，去婆婆家吃饭不是去享受美味，而是去受传统风俗习惯约束的罪，身心疲惫，比在公司上班还要累人。

　　大竹很不理解妻子的做法："我们家所有的人对你都很满意，也想多接触你，了解你，大家在一起吃吃饭，聊聊天，促进促进感情，加深了解，吃饭是最好的方式了。你知道，我母亲不是那种说三道四的人，我妹妹工作忙，哪里有闲心挑你的毛病？难道你去我们家也要设防线吗？"

　　"请你别误会我，因为你们家族确实与一般家庭不一样，不能大意呀！你母亲绝不能接受不懂礼节和规矩的人。她做事情要百分之百的完美，就像她给病人治牙一样，她用放大镜检查病人的病牙，任何牙疾都逃不过她的眼睛。同样，在生活中她也要求你们做到精确细致，我当然也不能例外。"

　　大竹对妻子的这种怪癖很不舒服，但他不能拒绝母亲邀请他们去吃晚饭的事情，无论在这两个女性之间发生了什么，他都要一碗水端平。他相信自己的母亲绝不会当着大家的面说岩岩的不是，岩岩也不是那种随随便便说话的人。作为儿子和丈夫的他，需要在母亲和妻子这两个女人之间周旋平衡磨合，促使她们关系融洽。

　　结婚以后，岩岩在婆婆家从来不吃饭，她只坐一会儿，与婆婆讲一讲工作和学校的事情，然后就去看望大竹的祖父母，礼节性地拜访，礼节性地退出，做得无可挑剔。可是这一次，她无法回绝婆婆邀请她去吃晚饭的事情。她去三越百货店买了两盒京都糕点，又去银座的水果店买了两个精美的甜瓜，这样她去吃晚饭才不觉着心慌。

　　婆婆每一次见到岩岩，除了夸奖就是关心，尤其是她怀上了孩子，婆婆更是加倍地关心起她来了。

　　但无论如何，去婆婆家就要跪榻榻米，这对有了身孕的岩岩来说，是一件非常辛苦的事情。按照规矩她不能随便移动双腿，又不能向前盘起双腿，她不知道日本孕妇跪在榻榻米上与人聊天是一种什么样的感受。

　　这一次，她去婆婆家，婆婆发话了："岩岩，你身子重，就把腿放在前面吧。"岩岩微笑着摇了摇头。

　　晚餐后，她主动进厨房洗餐具，婆婆却让她去客厅休息。岩岩心里明白，婆婆要自己洗那一套经典的日式餐具，然后让阿姨用洁白的餐巾把整套餐具擦干净，再轻轻地放进碗柜里，直到把碗柜门关上，她才会放心地回到客厅。

　　大竹告诉岩岩："我们家其他的餐具都可以让别人去洗，只有这套她必须亲自去洗。嗨，我母亲就是这么一个人，操心的命！"大竹是这样评论自己的母亲，可是岩岩却认为婆婆对自己不放心。

　　这或许是误解，也或许是婆婆太喜爱陶瓷了，但是在岩岩心里却留下来挥之不去的自卑感。

　　大竹对母亲不顾工作繁忙，时刻想着儿子一家大加赞赏，而妻子在母亲家不自在的感觉又让他很没有面子。岩岩却有自己的理由：一来，她不想给婆婆添麻烦；二来，她不愿意为了吃顿晚餐而让自己过度紧张，尤其是身孕在身，跪在榻榻米上很吃力，可是她又不肯把自己真实的想法告诉丈夫。在这样的家庭里生活，她既不想破坏婆媳之间的感情，又不想失自己的身份。那一次晚餐后，岩岩婉转地对丈夫说："我们可以经常去看望你父母，吃饭嘛，就免了吧。"大竹同意了妻子的建议。

　　有来有往，婆婆收到岩岩的礼物，也绝不会让岩岩空着手回家，她们就是这样客客气气、小心翼翼地维护着婆媳之间的感情。

岩岩每隔两个星期要去医院做检查，在那里她与几位孕妇成为朋友。在等待叫号的时间里，大家便议论起关于孕期注意事项、婴儿喂养和幼儿教育等方面的话题。

一位孕妇讲了一件新鲜事："我丈夫参加了专门为男人开设的'如果你是孕妇'的体验学习班。老师让快成为爸爸的男人们模仿孕妇的样子，挺着皮囊大肚子走路，买菜、做饭、打扫卫生和做各种家务，让那些男人们真正体验到了女人生孩子前的辛苦程度。体验班结束以后，我丈夫告诉我'真没有想到你们女性这样有毅力'。他挺着皮囊大肚子走路看不到自己的脚面，都不知道如何走路了。他还说：'挺着大肚子做饭，连距离都掌握不好了，上下楼梯还呼哧带喘的'。学习班还让男人们刷厕所，他索性跪在了地上刷。现在他一回到家里就给我鞠躬，抢着干家务活，也比以前心疼我了。你们不妨也让你们的丈夫去体验一下嘛！"

岩岩认为这是个好主意，建议大竹也去体验一下，可大竹却并不理解："为什么让我去体验你们孕妇的生活呢？我是男人呀！难道你想让我也生孩子吗？"他一脸迷茫，还有些生气。

"这没有什么可笑的嘛！我在医院认识的几个孕妇，她们的丈夫都参加过这种体验呀！你建议我参加婚前教育，为的是婚后生活得更好。那么现在，你参加这种体验，也是为今后的生活负责嘛。"大竹极其不情愿地答应先去那里看看。

在医生的严格指导下，经过一段时间，岩岩终于把体重控制在了正常值的范围内，她特别感谢春子为自己介绍的医生。其实，春子并不是天天都在医院里工作的，有的时候，她会去大学研究室做实验；有的时候，她还有教学讲座。她的时间就像拧抹布里的水一样，是一点一点地挤出来的。她似乎比她的母亲还要讲究，做事情丝毫不差，时间上分秒必争。可是她在给自己的休息时间上却十分吝啬，她没有时间自己做饭，没有时间接送孩子，没有时间调剂自身的情趣，甚至没有时间坐在咖啡厅里享受一杯咖啡的芳香，她就是一只辛勤劳作的小蜜蜂。

岩岩请她到家里吃晚饭的打算总是不能兑现，说好了来吃饭的时间，春子却突然会打来电话，因工作而取消聚餐；说好了接女儿阳子回家后一起来岩岩家，可是却打来电话告诉大竹，她有事情不能接阳子回家了，请他去托儿所看看孩子。大竹的母亲心疼这个女儿，时常叮嘱儿子有时间去医院和托儿所看一看春子和阳子。

大竹遵母命，接到妹妹的电话，吃完晚饭就与岩岩一道去托儿所看阳子。阳子一看到大竹和岩岩，稚气的大眼睛就会黯淡无光，脑袋也会耷拉下来，然后，嘟着小嘴巴委屈地诉苦："'阿姨'今天又不能来接我了。"她的样子既可爱，又可怜。

　　托儿所有制度，如果老师没有收到孩子父母的签字条，那么任何人都不能把孩子接走，即使只看看孩子，也要家长的签字条或者电话。大竹去托儿所看外甥女也不例外。精灵透顶的阳子见不到自己的"阿姨"，就把岩岩夫妇当成自己最亲近的人，那种场面看了让人心酸。

　　大竹对阳子很亲，每一次去托儿所见到她，都会弯下腰抱起她，疼爱得不得了。托儿所不允许带吃的给孩子，大竹不能给阳子买好吃的，只能逗她开心。

　　岩岩看着阳子在丈夫的怀抱里尽情地欢笑，她心里酸楚楚的，她真想替春子多疼一疼这个孩子。这样一个天真烂漫的女孩子，这么好的家庭环境和社会地位，却生让那个缺乏道德心的男人把这个家庭撕裂成了碎片，孩子还在母亲肚子里，父亲就背叛了她们母女，跑到了另一个女人的怀抱里。阳子的母亲是那样优秀的医学工作者，却要背负着新郎背叛自己的污点。世界之大，无奇不有，可这倒霉透顶的事情却让这么一个光鲜的家族摊上了，岩岩替春子打抱不平，想尽自己的能力去帮助这个小姑子。

　　看到丈夫与阳子玩儿得那么开心，岩岩决定以后只要春子不能来接孩子的日子，她都会和大竹一起去看阳子。同时，她也决定每一次去医院做检查，如果春子也在医院上班，她就带一盒水饺给春子。如果春子忙得无法来他们家吃晚饭，岩岩就与大竹把晚饭安排到医院的食堂与春子一起吃。

　　岩岩的做法让春子深受感动，婆婆知道以后，对岩岩充满了感激。岩岩对春子的同情与关爱提升了她在这个家族中的地位，与他们家族之间的感情也在相互尊重、相互体谅中逐渐培养起来。

　　大竹结束了男人体验学习班，深有感触。他向岩岩讲了他的切身体会："岩，你们女人真了不起呀！

　　"在体验班上，老师给我们男人一人一个与怀孕婴儿月份相同大小和重量的皮囊，绑在肚子上，让我们做孕妇日常生活中的各种事情。另外，随着婴儿月份的增加，皮囊的大小和重量也会递增。皮囊绑在我的肚子上，我上楼感觉特别吃力；我躺在床上翻身都困难，体验班所有的男人们都摸着皮囊肚子叫苦连天。

　　"体验班还准备了大大小小装满食品的兜子，让我们挺着皮囊肚子拎着大小兜子走路，爬楼梯，说实在的，我都不会走路了。皮囊的大小和重量每天都会增加，我们要挺着大肚子站在厨房里切菜，煮饭，涮洗；还要清洗便器，我哪里弯得下腰嘛，只好跪着清洗；还让我们跪在榻榻米上吃饭……我们参加的孕期体验才三天，就觉得实在是太辛苦了，可孕妇要在这种情况下生活九个月！你们妇女真是了不起！

"以前，我们认为，生孩子是女人的事情，是女人天经地义的义务！孩子生不好，是妻子的不是；没有生男孩子，也是妻子的不是；生不了孩子，还是妻子的不是。岩，这个体验班帮助我们男人了解了孕妇的不易，认识了女人的坚强。以前，我从来没有想过女人在怀孕期是这样的辛苦，以后，我会多承担一些家务，你要好好休息。"

岩岩很高兴看到丈夫对生孩子有了深刻的感受和认识，她认为让准父亲做这种体验是维系家庭和睦不可缺少的，应该大力推广。

自从大竹参加体验学习以后，他对岩岩更加呵护备至，他尽量不加班，也不在外面与同事一起喝酒吃饭了，下班后他立即回家，放下提包先问岩岩的身体情况，然后就不让妻子做任何事情了。他疼爱地对岩岩说："现在，你要为这个孩子多休息，按照医生嘱咐的去做。再过几个月我就要成为爸爸了！"他一脸幸福的神态，岩岩感觉自己除了幸福，就是幸运。

岩岩期待着去医院做检查，那样她就可以见到春子了。她们俩看起来更像是一对好朋友，无话不说，不知情的人绝猜不出来她们之间竟是姑嫂关系。春子因为工作的关系，她对岩岩开始依赖起来，她希望在她忙的时候，岩岩去托儿所看她的女儿，岩岩爽快地答应了她。不过，岩岩也发现了春子好像比以前更加消瘦了，她的脸色煞白没有光泽。岩岩知道日本人的饭量不大，但是春子的饭量小得让人看着可怜。她本来非常漂亮的脸颊上，那双晶亮的大眼睛陷进了眼眶里，显得有些憔悴。看到春子的样子变化如此之大，她非常焦虑，但又不敢告诉丈夫。

时间过得飞快，又是一个检查日，岩岩带着自己包的包子与春子在医院餐厅见了面。春子对岩岩的身体十分关心，笑着叮嘱她："嫂子，你还真听话，医生让你控制体重，看来你做得不错。你怀孕已经五个多月了吧？再坚持几个月，就能见到你的孩子了！我哥哥很听你的话，去体验班学习。他们应该知道生孩子是多么的不容易，这样他们回到家后就会分担一些家务事。日本男人回到家就是甩手大爷，当日本人的妻子真的很不容易呢！当然，这不是绝对的，有的男人也会帮助妻子做一些家务事情，但不会长久，好像生养孩子都是我们女人的事情。嫂子，听说你们中国男人什么家务活都干，是吗？"

"是的，有的时候，男人干的比女人还要多一些呢！我们中国讲男女平等，大男子主义在我们国家是吃不开的。我的体会是做日本人的妻子，首先要学会忍耐。哈哈哈！"

春子顽皮地一笑："我哥哥也让你受气了吗？告诉我，我去教训他！"

　　岩岩握着春子的手："你哥哥是个好男人！我这辈子真的好有福气！我留在日本也值得！世界上只有遇到了好丈夫才是最幸福的事情。你们家族的人都很善良，你母亲的身上有很多东西值得我去学习，以后有时间我还想请你母亲教我插花艺术呢，这是我来日本后最想学习的传统艺术。"

　　停顿了一会儿，她关心地问春子："你的手好凉啊！你最近的饭量很小，你看上去显得很累，是不是工作很忙啊？你要注意自己的身体呀！"岩岩担心地看着春子。

　　"我一天都在医院里，这里的空调很凉，你看，我在医院还要套上一件薄毛衣呢！太凉了。回到家后，我就想出汗，每天我都要泡一个热水澡。最近，我的手术比较多，因此睡眠也不足，还有一些研究项目需要去大学与研究小组一起探讨，时间总感觉不够用的。最近我连去托儿所的时间都没有了，谢谢你们经常去看望阳子。哎！我不配做母亲，真对不起自己的女儿呀！我老想找时间带她去迪士尼乐园玩一天，可就是没有时间，哎！"春子疲倦地说。

　　"等你休息的时候，我们带上阳子一起去迪士尼乐园吧！我还没有去过呢！以后你有什么事情就对你哥哥说，直接跟我说更好。"由于可以经常在医院见到春子，岩岩对她的身体也越来越担心了。

　　5月下旬的一天，岩岩照常去医院做例行检查。中午，她去办公室看望春子。一个护士告诉她："春子医生做完一台手术后就昏倒在手术室里了，现在她正在观察室里做各项检查呢。"

　　岩岩急切地问："她是不是累的呀？现在怎么样了？"

　　"现在还不知道，正在做各项化验，结果还需要等一段时间才能出来。"

　　听到这个消息，岩岩不由得一股焦急之火冲到了脑顶。她马上打电话把情况告诉了大竹。

　　大竹接到电话后，放下手里的工作，立刻就赶到了医院。在部长办公室里，春子的部长对大竹讲了春子的病情。他的话像一颗炸弹，在大竹的脑袋里炸开了花！

　　"春子医生还需要做进一步的检查，因为，我们在她的肺部发现了一片阴影，现在还说不清楚是什么。春子医生需要住院观察几天，她的体质很弱，但她很坚强，做完十几个小时的手术后，一下子就昏倒了。她是我们胸外科的主力医生，我们要尽最大努力治好她的病。"

　　从这位部长的脸上，大竹明白了春子的状况不是一般的不好，而是非常不好。

　　大竹回到家后，没有对岩岩讲春子的病情，他需要得到最后的确诊报告。大竹平淡地对岩岩讲："春子就是太累了，休息一段时间就会好的。"

　　看到丈夫一脸平静的样子，岩岩暗想："希望春子是累晕的，休养一段时间就会好的。"

第十七章
恶症恶事

几天以后，春子部长给大竹打去电话，约他当面谈春子的病情。

大竹不知道是如何走出部长办公室的，他坐在大厅的椅子上，眼泪止不住地流了出来，脑海里不停地翻滚着部长的话："我们对春子医生做了全面的检查。检查的结果显示春子医生得了肺癌和胃癌，而且是晚期，她的整个胃部都已经充满了癌细胞。真的无法想象春子医生能如此咬牙做完那个大手术。春子医生从来不讲自己的身体情况，部里没有人知道她有病。最近我感觉春子医生很瘦，心想可能是她一直熬夜赶写论文、经常加班，所以我认为她是睡眠不足和累的，就没有认真地过问一下她的身体状况。嗨，我这个部长！本来那个手术是我主刀，可是春子医生坚决要求做，我就当了她的副手。手术中我发现她的表情很痛苦，我想替换她，她没有同意。手术一结束，她就昏倒了。嗨！我好后悔，这么好的医生！我这个部长，没有关照好春子医生。对不起！"部长说完后，站起来给大竹鞠了一个躬。

大竹呆呆地坐在大厅里，直愣愣地看着天花板，春子的笑容和往事浮现在他的脑海里，他的心在绞痛。他一直都深深地自责没有帮妹妹把好结婚关，现在春子得了晚期癌症，他痛恨自己，痛不欲生。

妹妹的病情如何向父母和祖父母解释呢？他步履艰难地回到家。他一走进客厅，岩岩就迎了上去。看着他失魂落魄的样子吃惊地问："今天你怎么回来得这么早？你的气色非常难看，出什么事情了？"

大竹一句话也不说，坐在沙发上，脸上没有血色，目光呆滞，就像脑浆被打出脑壳一样，傻乎乎的没有任何表情。

岩岩给他端来一杯茶水，坐在他身边，焦急地问："发生了什么事情？你怎么会是这副样子呢？"

突然，大竹扑进了岩岩的怀里，失声痛哭了起来。

"岩，春子她，她，她——啊啊——啊啊——她怎么会得这种病呢？她为什么要这样熬着自己呢？我好心痛啊！我怎么跟我父母交代呀？！"他的声音充满了悲伤，边说边不停地拍打着脑袋。

岩岩更加着急起来，一个劲儿地问："你别让我着急了，赶快告诉我呀！"她摇晃着自己的男人。

过了好一阵子，大竹终于把目光转向了岩岩。岩岩把茶杯端到他的嘴边，看着他不说一句话。

大竹喝了一口茶水后，情绪稍稍平稳了下来，他握住妻子的手，沉痛地说："春子得了癌症，已经是晚期了。她的部长说已经没有什么好办法救治了。"

"癌！"岩岩发出恐惧的惊叫，"什么？癌！已经是晚期了？！春子现在在哪里呀？你今天怎么自己去了医院？"

"我正在开会的时候，秘书告诉我，必须要接一个电话。那是春子的部长打来的，他让我马上去医院。春子的部长跟我讲了春子的病情，又把春子的化验结果拿给我看了。"大竹痛苦地讲着。

岩岩喃喃地说："前几次我去医院做检查的时候，就感觉春子的气色不对。她看上去很虚弱，我让她去做个检查，她说'我是医生，知道该如何做。'我们一起吃饭的时候，她吃得也非常少，好像没有胃口。我跟你讲过，劝你妹妹去检查一下，你没有把我的话放在心里。我就是担心她的身体。今天，你见到春子了吗？"

"没有，当时听完部长的话后，我心情特别乱，脑袋像是被炸裂了似的，我就想先见到你。春子住在医院的胸外科病房里，那里有护士照看她，条件很好。就是，我怎么告诉我父母呢？"

岩岩想了想，说："你把夏子请来吧，我们一起商量一下。"

"好，我给夏子打一个电话，让她下班后就到我们家里来。"

听到春子得了这种病，岩岩特别难过，她想为春子做点什么。这么好的女孩子，这么优秀的学者医生，这么漂亮的小姑子，得了这种病，苍天对春子太不公道了！

小姑子的绝症以及未出世的孩子带给她身心异常的疲惫，让她感到有点儿力不从心了。

就在她怀着强烈的期盼与丈夫一起等待孩子降生时，她却遇到了这样突发性的惨痛事件，把她对未来的憧憬打得粉碎。那可真是"腰间里长出了枝条，出了斜杈儿"！

五个多月的身孕已经让岩岩感到泰山压顶般的辛苦，她真无法想象母亲挺着大肚子给学生讲课是怎么熬过来的，她意识到了做母亲的不易，她敬佩自己的母亲竟然在生孩子的头一天还站在讲台上给学生们授课。只身在日本，身边没有母亲的教诲，她只能向肖云请教关于胎儿的一些事情。肖云把自己怀孕时的一切细小的感觉都告诉了她。但是岩岩的感觉似乎与别人不同，肚子里的胎儿带给了她太多的焦虑与烦躁。她不敢把自己的事情对妈妈说，生怕她的心脏承受不了这份担心。她也不愿意去问婆婆，生怕婆婆认为自己太娇气了。

丈夫虽然关心自己，但是岩岩不想把自己的心态全部告诉他，因为，丈夫有很多重要的工作，他本身就有很大的压力。其实岩岩有很多想法都在见到春子的时候，对春子一吐为快了，可是现在春子的身体状况已经盖过了自身的焦虑与烦躁。

夏子接到大竹的电话后，便把晚上的病人交给了丈夫，急忙赶到哥哥家。

岩岩与夏子的关系也很密切，只不过夏子下班后马上就要乘车往家赶，她丈夫要把所有的事情都处理完才能关上院门离开医院。他们夫妻吃晚饭都要在十点以后，每天的生活就是在这样紧张忙碌中匆匆度过的。好在他们与公婆住在一栋楼里不同的楼层上，两个孩子由公婆照顾。

夏子和春子是亲姊妹，可是，她们的命运脉象却有着天壤之别。

春子享受不到完整的家庭生活，她把自己奉献给了她所钟爱的医学事业，她无暇照顾自己的女儿阳子。夏子和春子一样，同样肩负着母亲与医学工作者的两重重担，可是她天天和丈夫在一起工作，他们可以切磋治疗方案，可以交替工作时间，可以天天见到孩子们，可以在假日一家人外出旅游。中午，他们夫妻可以在她母亲家里吃午餐和午休。他们夫妇称得上是一对完美的夫妻。

夏子匆匆赶到哥哥家里，她一进门就伤心地哭了，岩岩迎上去把她让到沙发上坐下来，然后给她倒了一杯茶水。看着这对兄妹难过的样子，岩岩心里比她们还要难受。

夏子问大竹："哥哥，你为什么不去看春子呢？她现在的情况究竟如何？我们一定要去看望她呀。"

大竹悲伤地看着夏子："不是我不想看望春子，是部长不让我去打搅她，现在春子不想见任何人。今天我听到部长的话，心如刀绞。春子怎么会得这种病？！为什么她不告诉我们？她的人生为什么这么坎坷？哎——我和岩岩商量，决定先告诉你。我们想一想怎么办，该如何告诉母亲？"

"无论怎样，明天我一定要去医院看望春子。她是我姐姐，部长没有权利不让我见她。如果情况不好，我们马上就要告诉爸爸妈妈，这种事情不要瞒着他们。最近你见过阳子吗？"

"我和岩岩几乎天天晚上都去托儿所看她。阳子很乖巧，她告诉我'我想阿姨了。她很忙，不能来看我，你和岩岩阿姨来看我吧！'幼儿园有规定，我们不能把她接回来，岩岩心里挺难受的。哎！我们还是商量一下，如何对爸爸妈妈讲这件事情吧！"

商量的结果，还是先去医院看望春子，然后再告诉父母。

第二天，大竹有会议不能请假，他拜托夏子和岩岩去医院看望春子。

夏子让丈夫暂时对自己的父母保密，她告诉母亲她要去参加一个学术会议，病人请父母和丈夫关照一下。

她们姑嫂二人来到医院后，先去见了部长，在夏子一再请求之下，部长答应带着他们去见春子。

夏子急切地想见到姐姐的心情和岩岩想见到春子的心情大为不同。岩岩害怕见到春子时过于伤感而影响了胎儿，她不得不放慢脚步跟在他们身后。她希望给自己一个缓冲的时间，不至于太过于悲伤。

部长把她们带到病房门前，轻声地嘱咐她们，一定不要让春子太累了。然后他让护士有情况马上告诉他，便抱歉地离开了。

护士轻轻地打开房门。这是一间带淋浴卫生间，宽绰的单人病房。可升降可移动的医疗病床摆在屋子中间，床的两边是挂点滴液的支架、检测仪器和小柜子，壁柜、冰箱、条形桌和两个单人沙发沿墙摆放，电视机安装在墙壁上，躺在床上就可以看到，一切都很舒适。条形桌上花瓶里插着的一大束鲜花，让整个病房都充满了温馨的气息。岩岩感觉这里不太像是在医院，倒像是在疗养院的单人护理间。

她们二人走进病房，春子正在睡觉，护士让她们先坐在沙发上休息一下，便退出去了。没过多久，护士返回病房，拿来一只大花瓶，把她们买的大红玫瑰花插进了花瓶里，笑着说："这花真漂亮！"红色的鲜花给白色的房间带来了生气，鲜花的清香徐徐飘散到了整个病房。她们静静地坐在沙发上，静静地看着春子的睡容，静静地想着各自的心事。

岩岩有点不相信自己的眼睛了，她才两个星期没有见到春子，春子整个变了一个人。她的脸色煞白煞白，腮帮子塌陷了进去，只剩下了高高的颧骨，大大的眼睛深深地陷进了眼眶里，眼窝看上去就像是一个黑洞，曾经鲜红的嘴唇干裂萎缩，样子看上去既可怕，又让人心痛。

岩岩忍不住抽泣起来，她根本控制不住自己的感情，捂着脸轻轻地走出了病房。她需要给自己一点力量，她不想让春子看见自己难过的样子。另外她想让她们姊妹多说一些话。她去卫生间清洗了悲伤的脸颊，然后抚摸着肚子慢悠悠地走在楼道里。伤感、悲痛，让她感到呼吸有些困难，她坐了下来。

大约过了半个多小时，夏子走出病房，轻声对岩岩说："我姐姐想跟你说几句话。"

岩岩焦急地问："春子怎么样啊？"

"她看上去很疲劳，说话没有气力，哎，你先进去吧！"夏子的神情忧伤，眼睛里满是泪水。

岩岩定了定神，站起来，慢慢地走向病房。她走进去的时候，春子已经坐起来了，正静静地看着她走近病床。

春子虚弱地喊了一声："嫂子，你来了。不好意思，原谅我没有告诉你。来，坐到我的床边上来吧。怎么样？你的身体还好吧？你下一次是什么时候来医院检查呀？"

岩岩握住春子的双手，她的手冰凉冰凉的，她手上的凉气抽走了岩岩身上的热量，岩岩强装着笑脸告诉她："下个星期。哎，没有想到生孩子会是这样累人。春子，你想吃什么饭呀？下一次我来看你，给你带一些中国菜吧？"

"不用了，医院的饭菜很好。嫂子，你也不要做很多家务了，让我哥哥多做一些吧！男人在这个时候是要多分担家务的。我们女人生孩子要承受的疼痛是男人无法想象的，做女人比做男人要难呀！"春子吃力地讲着。

岩岩难过地埋怨起来："春子啊，你身体这个样子，你是怎么坚持做下来十几个小时的手术的？我真不明白，你们院里难道不知道你有病吗？为什么还要你去做这么大的手术？你没有想到自己会坚持不下来吗？"

"嫂子，我知道自己的身体，这台手术恐怕是我最后一次上手术台了。做完了这台手术，就好像掏空了我的脊髓那样耗完了我的精力。要知道，我是多么喜欢我的工作！无论怎样，只要我还能站立着，这台手术我就要坚持做完，做完以后我就昏倒了。等我醒来的时候，才知道自己躺在医院里。但是，我已经没有什么遗憾的事情了。我的身体情况院里一点儿都不知道。嫂子，日本人是不会因为有点小病就要求休息的，除非得了病毒性感冒，才会自觉地休假，以免传染给其他人。"

岩岩生气了："春子，你得的是小病吗？你这样不珍爱自己的身体，我想不明白。你是医生，你应该知道自己的身体状况。我真不理解你为什么要剥夺自己看病的权利。你太要强了！哎！"

春子撒起了娇："好了，嫂子，我们就不谈这个了，我的身体已经是这样了，就随它去吧！我有一件事情想拜托你，但请你向我保证，不要对我哥哥和我妹妹说。明天你一定要来医院呀！我看你身体挺笨重的，赶快回家休息去吧。"

岩岩疑惑地看着她："你为什么不接受治疗了呢？你想过没有，你还有很多事情要做，医院需要你，病人需要你，你的女儿更需要你，你的父母、祖父母都需要你呀！只要有一线希望，你就不能放弃治疗呀！"

春子看着岩岩，有些动情地说："嫂子，我是医生，我知道自己得了什么病，我也知道这种病的厉害，继续治疗下去，只能让自己遭受更多的痛苦，让国家花费更多的医药费，还是把这些钱留给更需要的病人吧。你要答应我，明天一定要来看我呀！"她求助地看着岩岩。

看着春子消瘦苍白的脸庞，胳膊上插着的输液针头，岩岩只差哭出声音来了。

春子虚弱地笑着对她说："嫂子，我听我哥哥讲过你的事情，我很佩服你的勇气和毅力。我还知道我哥哥等了你好几年，你一直用自己的辛劳所得支撑着生活和学习。在东京生活，就连我们日本人都会感到很累，外国人如果没有顽强的精神是无法生存下去的。我哥哥很幸福，看到你们这样恩爱，我放心了。我一直都想去中国看一看你们的文化遗产、遗址和遗迹，想吃正宗的北京烤鸭。听说你们的面食种类非常多，我特别爱吃你们的大馒头，比我们的面包要好吃。我还吃过炸酱面呢！太好吃了。"

春子一个劲儿地说，岩岩一个劲儿地点着头，可她的心里却难过到了极点。她答应春子明天按照她的意思来医院看望她。尔后，岩岩与夏子一道返回了自己的家。

夏子一进岩岩的家门，就捂着脸哭了起来，她哭得很伤心，抽动着身体，看起来令人难受。岩岩什么也不想说，她仰头看着吊灯发呆。她们两个人就是这样各怀各的情感，谁也不说话，也没有人去沏茶，房间里除了夏子的抽泣声和岩岩的哀叹声，就是墙壁上挂钟的"嘀嗒"声。直到有人在外面开门的时候，她们才相互对望了一眼。岩岩站起来走到门厅时，丈夫已经把门关上了。

大竹进来后，第一句话就问："你们见到春子了？她怎么样？快讲给我听一听。哎，今天开会，我就是集中不了精力，社长看了我好几次，真惭愧！"

"难道你不能请一天假去医院陪一陪春子吗？她很想你呀！"岩岩埋怨地看了一眼丈夫。

大竹摊开双手："我还没听说过公司哪位员工请假去医院陪自己的妹妹呢，即使自己的老婆生病，也要照常去上班的，除非得了急症。这就是日本公司的做法，你们公司不是也有很多人根本不休假吗？"

"春子和别人不同，至少你要去看她的。家里不用你做什么事，这几天你下班后马上去医院看春子，请多关照了。"岩岩给丈夫鞠了一个躬。

夏子忧郁地看着大竹："现在，我们来说一说春子的病吧！她已经放弃治疗了，她的病恶化得很快，癌细胞已经扩散到了她的整个内脏器官，现在她完全靠打止痛针和点滴来维持生命了。我真没有想到，几个月没有见到春子，她竟然变成这个样子了，她——她——怎么什么都不告诉家里呀！自己一个人挺着，呜呜——呜呜——她还有女儿呀！以后，这个孩子不就成了孤儿了吗？呜呜——呜呜——"夏子的哭声由小变大。

夏子也是学者医生，她不仅要当好妻子，还要做好母亲，她既要在家族医院给病人治疗牙病，还要去大学医院做客员研究员。岩岩只有在大竹家有家庭活动的时候，才能见到夏子一家人，平时岩岩从来不去家族医院，因此见到夏子的机会很少。这一次因为春子生病住院，她们两人才在几个月后再次见了面。

在岩岩的印象里，夏子很坚强，很有毅力。然而这一次，夏子在岩岩面前毫无顾虑地展现了她对姐姐春子病情的焦虑和对春子命运的悲哀。她哽咽着，抽泣着。

大竹走到夏子身边，轻轻地抚摸着她的后背："你今天不看病人，妈妈没有问你什么吗？"

夏子抬起满是泪水的脸，哽咽地说："我已经告诉母亲我有个研究会要参加，我的病人请孩子爸爸照看一下，母亲也可以帮一下忙的。呜呜——"

渐渐地，夏子停止了抽泣。忽然，她一把拽住了大竹的衣角，央求着："哥哥，难道我们就没有办法救春子了吗？难道她就这样——这样仓促地离开我们吗？怎么跟母亲说呀？！"

大竹的表情异常严峻，他显得很疲惫，眼睛里充满了血丝。

岩岩关心地问："竹，你躺在沙发上休息一会儿吧，我去给你倒一杯茶水。"

大竹摇着头："不用了，今天一直在开会，感觉很劳累。我们还是先讨论一下如何跟母亲讲这件事情吧。"

房间里的气氛很郁闷，最后三人一致决定由大竹去向父母报告春子的事情。就在他们议论轮流照看春子的时候，母亲打来了电话，这让三个人非常慌乱。

母亲向大竹打听春子的事情："最近我一直忙着一个学术会议，医院里的事情基本上是你爸爸和夏子夫妇在照看呢。春子怎么样啊？她很长时间没有给我打电话了。这两天你爸爸还问我春子的情况呢！你和岩岩不是经常去看阳子吗？春子最近都在干什么？是不是又在准备论文呢？你让她给我们打一个电话吧，我有一些东西想给她。今天晚上你来我这里吗？"

大竹镇定了片刻，告诉她："妈妈，今天晚上我有个报告必须要写完，明天晚上我去看你们。春子那里我会关照的，我和岩岩几乎天天都去看阳子。"放下电话，大竹一屁股坐在沙发上，眼泪"哗哗哗"地流了出来。

岩岩难过地看着他，建议他马上向父母讲清楚春子的病情："你是大哥，你是要向父母讲这件事情的，就按照我们商量的去对爸爸妈妈说吧，还是要让他们早点知道这个情况。去吧，我就不陪你了。"

"明天我有一个重要的会议不能请假，后天我去医院看春子，社长已经批我假了。"

岩岩心中很是着急，她生怕在医院里遇见大竹，因为她与春子事先有约，好在明天丈夫不去医院，她松了一口气。

夏子在哥哥家里吃过晚饭后便离开了。大竹没有继续与岩岩说春子的事情，他坐在写字台前赶写报告。岩岩没有打搅他，独自坐在沙发上想着明天见春子的事情。

黎明很快来临，大竹一大早就离开了家。丈夫一走，岩岩就开始忙活起来，她给春子熬了一锅营养粥，带了一盒饺子和芒果，然后去了医院。

上午，阳光从窗外面照进了病房，照在春子的身上，她的脸上染上了一层光泽，她半躺在床上正在看一本外文杂志。

一位护士带着岩岩轻轻地走进病房。春子抬起头来，微笑着冲岩岩点着头，然后告诉护士："我这里没有什么事情了，一个小时后，请部长到我这里来一趟，请多关照。"护士给她鞠了一个躬后，就退了出去。

春子高兴地拉着岩岩的手："我哥哥不知道你来这里吗？"

岩岩委屈地做了一个怪样子："我哪里敢吭声呢？我可不敢违背圣旨哟！"接着，她关心地问："你很长时间没有吃我做的水饺了吧？我给你带来了你喜欢吃的午餐，我早晨现做的，猪肉虾仁韭菜饺子，味道很冲吧？来，尝一尝我给你煮的粥吧？核桃仁、桂圆肉、花生、红小豆、黑豆、江米和白米，煮得很软，这是我们中国人喜欢喝的营养粥。你的身体需要喝这种粥。"说着，岩岩拿出一只小碗，给春子盛了一点。

春子的脸上出现了久违的笑容，在阳光的照射下尤为美丽动人。看着她如此高兴，岩岩却控制不住自己的情绪了，于是找了一个理由："春子，我必须去一趟卫生间。"没等春子说话，她就匆忙地离开了病房。

她去卫生间，对着窗户捂着脸抽泣起来，她不敢看春子病态的脸颊，不敢看她已经深陷进去的眼睛，不敢看她干裂脱皮的嘴唇。春子瞬间动人的一笑，让岩岩感觉那是春子一生中最后的一个笑容了，她没有勇气再次走进去，她的心情已经到了最最痛苦悲伤的时候。她不停地抚摸着隆起的肚子，那里面的小生命跟随着她一起痛苦，她知道这样对胎儿不好，可是，她无法控制自己。

十几分钟后，她摸着肚子告诉胎儿："孩子，帮助妈妈吧，现在，你是妈妈的后盾，让妈妈挺过这个难过时期吧！"

她重新走进春子的病房，春子正望着窗外面的松树发呆。她见岩岩回来了，担心地问："嫂子，你怎么去了这么长时间呀？不会是身体不舒服吧？胎儿一切都正常吧？你要是再不回来，我就让护士去卫生间找你呢！快坐在这把椅子上吧！刚才我让护士搬来了这把椅子，你坐着会更舒服一些的。"

岩岩微笑着："好妹妹，现在我的身体不太方便，去卫生间多用了一些时间，一切正常，谢谢你这样费心。"她看到那只空空的小碗，心里一阵高兴。

"嫂子，你煮的粥真好喝，你看，我喝了一碗呢！"

"喜欢喝，下次我还给你带，你想吃什么就告诉我吧，反正我闲在家里也没有事情可做。我做你的御用厨师怎么样？"

春子"咯咯咯"地笑了起来："我哪里敢用嫂子呀！那，我哥哥还不跟我急呀！"

"你哥哥疼你还疼不过来呢，哪有急的份儿呀！春子，我特别喜欢看你笑的样子，太美了！好了，你不是有事情要说吗？现在只有我们两个人，请讲吧！"岩岩的表情变得严肃起来。

春子的脸上也没有了笑容，她点了点头，从床旁边小柜子的抽屉里拿出一个封得很严实的大信封，交给岩岩，庄重地说："请嫂子一定要接受我最后的这个心愿！"她急促地咳嗽了几声，期盼的目光紧紧地盯在岩岩的脸上。

"我可以打开吗？等我看后再决定好吗？"

春子点了点头。

岩岩打开了那个大信封，一行醒目的大字震撼了她的脑神经："孩子过继权授予证明书"。她认真地看了一遍，双手颤抖着，带着不解和悲哀的目光看着春子。

春子的脸上刻画着真诚的信赖，轻声地说："嫂子，我知道这样做，对你不公平，可是我很快就要离开这个世界了。当我知道自己得了什么病后，这个问题就在我脑子里转。我想了很长时间，这个世界上只有你和我哥哥才是阳子最可靠的亲人。我知道你们马上就要有自己的孩子了，可是阳子一直都非常喜欢你们。我看得出来，她喜欢你们的程度比喜欢我还要深。我这个母亲没有给孩子带去多少爱，整天就是为了自己的事业奔忙，我很对不起这个匆忙来到世界上的孩子，她在娘胎里就很不幸，我也不知道如何向你解释我的人生。这份证明早在一年以前我就请律师帮我做成了，现在是交给你的时候了。嫂子，请你一定答应我这个请求！"春子祈求的目光，在明媚的光线下显得尤为凄楚。

岩岩含着眼泪看着她："春子妹妹，这么说，一年以前你就知道自己得病了，为什么那个时候你不去治疗呢？如果你在那个时候就治疗的话，是可以治好的呀。难道工作比生命都重要吗？"停了一会儿，岩岩庄重地说："谢谢你如此信任我，可是，我不能私自决定，也没有权利独自决定这么重大的事情呀！我要与你哥哥商量一下。这么突然，我还没有做好心理准备，请原谅我这样讲。"

春子的脸上露出凝重的悲伤："嫂子，我是学医的，我也没有想到自己会得这种病。现在的医学还没有药物可以控制住这种癌细胞的蔓延。我得的是一种最可怕的癌症，而且我还得了两种。既然知道这种病治愈不了，为什么不抓紧时间为病人多做几台手术呢？嫂子，我的情况就是这样了。阳子的养育费我早就准备好了。这些年来，我翻译了很多东西，我做大手术都是有补贴的，加上我祖父母给我的钱，孩子将来的生活和教育费用还是够用的。我知道，这件事情只要你同意了，我哥哥不会有意见。我想先征求你的意见，然后才能跟我哥哥讲。"

她说话的语调渐渐地低了下去，她把脸转向了窗外。岩岩一句话也不说，病房静悄悄的，似乎气流也停止了流动。

几分钟后，春子把脸转向了岩岩，开始慢慢地讲起了自己的生活路程。

她断断续续地讲了很长时间，岩岩的眼泪也流了很长时间，当她的故事讲完了，岩岩早已成为了泪人。

岩岩把那个大信封又封了起来，轻轻地拥抱了春子，她答应春子这件事情暂时不告诉大竹。

她告别了春子，走出病房，脚步沉重地落在地面上，脑袋里想的全是春子的女儿。她边走，边抽泣，身体开始不由自主地颤抖起来。她忘记了自己是五个多月的孕妇，也忘记了自己走在何处，她脑子里短暂出现了一片空白，突然一阵眩昏，她从楼梯上滚落了下去，身子重重地扑在了楼梯的地面上，一股鲜红的血液从她的裙子里涌流了出来，她失去了知觉。

第十八章
孕来命陨

岩岩醒来的时候，周围的一切让她感到恐慌。她躺在洁白的病床上，胳膊上插着针头，药液正一滴一滴地输进她的体内，一位护士在她的身边测试她的体温与血压。病房很大，跟春子住的没有两样。她强睁开眼睛，恍如梦寐，她看着护士，无力地问："我怎么躺在这里了呢？"

"你从楼梯滚落了下去，下边流了很多血。你已经做完手术了，过几天伤口就能愈合了。来，请你把药片吃下去吧！"

岩岩的意识突然回到了脑子里，她伸出胳膊摸向肚子，随即，发出一声惨痛的叫喊："我的孩子！我的孩子！他去哪里了呀！——"她再次昏迷了过去。

不知道过了多久，她慢慢地睁开了眼睛，朦朦胧胧地看到丈夫正站在床边，抚摸着自己的脸颊。好熟悉的手掌！好熟悉的暖流！她一下子握住丈夫的手，痛呼一声："竹！"泉水般的泪水"哗哗"地流在枕头上。

她的嘴唇颤抖着，一句话也说不出来，没隔多久，她号啕大哭起来，哭声震天，把天都给哭黑了，把地也给哭裂了。她的哭声传出了病房，穿过楼道，传进其他病房，待产的孕妇、怀抱初生儿的产妇、因疾病做完手术的女性都听到了她悲痛的哭声。

护士轻轻地关上门，低声对大竹说："你要好好劝劝她。很可惜，但是，她的生命保住了！请你不要离开她，我马上叫主治医生来。"大竹重重地点了一下头。

护士出去了，病房里只有他们夫妇两个人，大竹不停地抚摸着岩岩的双手，温柔地说："岩，幸亏你是在医院里摔倒的，及时得到了治疗，这是不幸中的万幸。要是你在外面，就是救护车把你送到医院也是需要时间的。听大夫讲，你的情况比较特殊。别太伤心了，只要有你，我就幸福。"

岩岩默默地流着泪，而她的心里流着的却是血，难道自己的孩子就这样没有了吗？她有气无力地问丈夫："从我身上取走的孩子你看到了没有？他是个什么样？"

大竹低沉地告诉她："你被送进手术室以后，医生立刻给我打电话，告诉了我你的情况，说'你必须要马上手术，否则，有生命危险。'医生让我在电话里表态同意手术。

"我坐出租车赶到这里的时候，手术已经做完了。医生说，你从楼梯滚落下去，摔得很重，整个身体扑在楼梯地面上，压在了胎儿的身上。孩子的脑袋被摔裂了，内脏也被压坏了。你被送进手术室时，胎儿就已经没有心跳了。医生还告诉我，你流血很多，这种情况下他们必须马上手术取出婴儿，以保证大人的生命，因此等不到我来这里就实施了手术。"

他说不下去了，紧紧地握着岩岩的手，悲哀地看着她。过了片刻，他悲腔地说："岩，我们的孩子是——是个男孩。我怕你难过，让医生把孩子送到太平间了。孩子已经没有了，你现在的任务就是调养身体。岩，我不能再失去你，不能，绝对不能呀！"

他的眼睛里充满了泪水，他的脸被痛苦和愧恨挤压得缩成了一团。

岩岩把头扭向窗口，一字一字缓慢地说："我一定要看到那个孩子。"说完，她闭上了眼睛。

她一直不吃，也不喝，护士端来的饭菜，她连看也不看一眼，她没有一点食欲，她的生命就是靠着输液来维持着。她的身上到处都是青紫色的创伤，全身剧痛。她不敢大声咳嗽，一咳嗽就会震得伤口像撕裂了一样，疼得她满头大汗。她不知道这样的日子还要过多久，也不知道还要在医院住多长时间。她躺在床上，恍如隔世，记忆力似乎也在消退，她已经没有能力再回忆这惨痛的事件，没有气力再悔恨，再惋惜，再痛楚了，一切都成为过去，一切都是因为自己的疏忽大意，一切——一切——苍天呀！你给了岩岩一个幸福的家庭，给了岩岩一个爱她深厚的丈夫，可是，你却舍不得赐给她生出孩子的机会，这一切到底是为什么？！

夏子与丈夫来医院看望岩岩。她温柔地宽慰岩岩，给岩岩切了一盘水蜜桃，温和地说："嫂子，听我哥哥说，你喜欢吃日本桃子。这是刚刚上市的，你尝尝吧！来。"她用小叉子叉起一片桃子，让岩岩张开嘴巴。

看着这个小姑子如此关心自己，岩岩顺从地张开了嘴，一股蜜一样的甜汁在嘴里化开，流进了胃袋，她感觉非常舒服，又要了一片。

　　夏子高兴地对大竹说："谁说我嫂子不吃东西呢？来，嫂子，你把这盘都吃进去，听我的话，我也是医生嘛！"

　　在夏子的劝导下，岩岩吃了一个大桃，大竹高兴得连连对夏子道谢。

　　看着岩岩的情绪渐渐平稳了下来，夏子与丈夫去看春子了，留下来他们夫妇。这个时候，岩岩问大竹："你看过春子了吗？"

　　"我还没来得及去看她呢。看她很方便，她住在六层，你住在三层。岩，如果你不吃饭，我就不去看春子，就在这里守着你。"

　　岩岩生气了："你妹妹已经住院这么长时间了，你不去看她，还考虑什么呢？你要马上去看她。"

　　"本来我打算今天晚上告诉我父母春子的事情，明天来看春子。可是，你突然出事了，我就立刻赶来，还没有来得及看春子，我不能分身嘛！你说，我现在应该如何对我父母讲呢？春子得了绝症，你又摔了跤，住进了医院，我不知道我父母听到这些事情会是怎样。我好害怕！我这个哥哥怎么做成了这个样子？哎！"大竹痛悔地捶着头。

　　他突然又想起了什么事情，从抽屉里拿出一个信封问岩岩："这是你的东西，还封着口呢，上面的字是春子的，你是怎么得到的？你今天来看春子，为什么不告诉我？你们之间好像有什么事情瞒着我，对吗？"

　　岩岩感到很烦闷，她没有气力去想这些事，无力地对他说："请你不要问我这个问题！我也不知道信封里装的是什么。我来看春子是临时决定的。别多想，这个信封等我回家后再拆开，拜托了。"

　　大竹去看春子了。他没有告诉妹妹岩岩住进医院的事情，夏子也保守这个秘密，他也拜托了医生和护士不要对春子谈这件事。

　　春子看见了大竹，一阵欢心，她细弱的声音里充满了对哥哥的思念，她有气无力地对大竹说："哥哥，我好想你呀！"

　　大竹微笑着看着她："你这个妹妹，住院都一个多星期了也不告诉我，你真不相信我！"

　　春子虚弱地微笑起来："我就是身体不适，住院治疗一下，没有必要通知家里人嘛！大家都很忙，你也有很多事情要做的，我嫂子都快要生孩子了，你这个当爸爸的不能把她一个人丢在家里嘛！我嫂子怎么没有跟你一起来呀？"春子故意问了一句。

　　听到妹妹这番话，大竹的内脏一阵绞痛，心里说道："妹妹呀！你嫂子就住在你的楼下呀！我们的孩子已经没有了呀！"可是，他不能让这个已经没有多少时间的妹妹再难过下去了，他强装着微笑哄春子："放心吧，我会照顾好你嫂子的。以后，下班我会天天来看你的。"

夏子站在一边一直不说话，这个时候，她插了一句话："是啊，我也会下班后到这里来陪你的。"

春子摇了一下头，微弱地说："夏子，你还是回家去吧。你总不能让你的两个孩子等你到晚上九十点钟吧？你也不能让你的公婆这样辛苦，早点回家去吧。我这里的条件很好，不需要有家人陪伴，护士可以为我做一切事情的。"

"好，春子姐，只要你不再瞒着我们，我就听你的。你想吃什么，想看什么书就告诉我，爸爸、妈妈过几天就来看你。"

春子的情绪变得有点烦躁，她忧郁地对夏子说："我真不想告诉爸爸、妈妈我的事情，还是不要告诉他们吧！等我出院以后，我对他们讲！"

病房里没有人说话，谁也不想让春子着急，但谁也不能再继续向父母隐瞒真相了。

晚上，护士来给春子换输液袋子，各个病房开始送饭了，春子打起精神对大家说："你们都回家吧，我这里什么也不需要。哥哥，你回家后，好好照顾嫂子呀！"她向大家挥手，示意他们可以离开病房了。

大竹难过极了，一个是自己的妹妹，一个是自己的妻子。妹妹得了绝症，忍受着煎熬等候生命最后时刻的到来；妻子惨失胎儿，正在忍受着身心痛苦的折磨。他这个家族中唯一的男孩子，该如何去宽慰这两个女性的心灵？

他离开春子后，又下楼去了岩岩的病房，这个时候，主治医生正好来看岩岩，她把真实的情况向岩岩做了汇报。

医生说："你摔得很重，不仅子宫摔裂了，胎儿的脑袋和内脏也被压坏了。你的情况非常危险，幸亏是在医院摔倒的，保证了第一时间的救治。"

最后，医生告诉她："因为你的子宫无法缝合，我们征求了你丈夫的同意，把你的子宫与胎儿一起取了出来。"

"子宫取了出来？！"这句劈天震地的话激透了岩岩的心脏，她欲哭无泪！

医生嘱咐大竹："你妻子要在医院住一段时间，我们会根据情况决定她出院的时间。现在，她需要好好恢复，你要让她多吃一些东西。"医生给岩岩做了检查后，便离开了病房。

丈夫是如何对他父母讲的，岩岩不知道。第二天中午，公公和婆婆到医院来看望岩岩。婆婆带着满脸焦急的神情走近病床，一把就抓住了岩岩的手，心疼地说："孩子，孩子呀！妈真对不住你！昨天大竹告诉我们的时候，你祖母当时就哭了。但她走不动了，让我们务必马上就来看你。你感觉怎么样？现在，什么也不要去想，好好养身体，只要你的身体健健康康的，妈就满足了。"

婆婆说得真切，公公站在一边不停地点着头，岩岩真想在他们面前大哭一场。她作为大竹家族中唯一的儿媳，承担着传宗接代的重任，她幸运的有了喜事，顺利地完成了五个多月的孕育任务。可是，天有不测风云，当春子把女儿托付给她的时候，苍天就做出了留下一个孩子的方案。苍天呀，难道你不懂得岩岩的心情吗？！大竹家族唯一的继承人绝了后，难道这不是对岩岩的惩罚吗？！孩子呀，妈妈真对不起你！妈妈不仅没有保护好你，还让你跟着妈妈一起摔了跤，你是大竹家族的传代人，是妈妈毁掉了你的生命！！

婆婆的慰抚让岩岩再也控制不住压抑在心里的剧痛了，她"哇"地当着公婆的面，痛哭了起来。站在一边的护士抹着眼泪一声也不吭，大竹沉痛地低着脑袋，婆婆抱着岩岩的肩膀，让她把所有的痛楚都哭尽，把所有的悲痛都倾尽。她理解女人失去孩子的悲痛，她知道女人失去子宫的绝望。伴着岩岩的哭声，她用手绢不停地擦拭着自己的眼睛。大竹父亲静静地退出病房，大竹呆呆地站立着看着母亲和妻子。

病房里依然没有人说话，只有岩岩悲伤的抽泣声。

墙上的挂钟依然"嘀嗒嘀嗒"地一刻不停，岩岩渐渐地停止了抽泣，她终于把所有的悲痛都倾泻出来了。这是她一生中第一次在外人面前显露出脆弱的一面，她不好意思地对婆婆说："妈，现在，我心里好受多了，对不起。妈，您去看望春子吧！"

婆婆给岩岩擦净了脸上的泪痕，深深地叹了一口气："你们这些孩子呀！这么重要的事情竟然要瞒着我们。春子很长时间没有回家了，我一直以为她工作忙呢！哎！"母亲埋怨地看了一眼儿子，然后与丈夫一起上了六层。

坚强的春子见到父母的瞬间，她的精神支柱彻底地垮了下来，泪水止不住地流了出来。

母亲搂抱着女儿无声地流着心疼的眼泪，父亲站在那里无奈地摇着头。

母亲松开双臂，又捧起春子的脸，看着看着，她又流出了眼泪，她责怪女儿："孩子，你为什么要自己硬撑着呢？你有家，有父母，有哥哥和妹妹，有什么难处大家都会伸手帮助你的。你住院了，那么长时间不告诉我们，哎！"她停止了流泪，坚定地对春子说："从明天开始，我来这里陪伴你。孩子，你要坚强地去治疗呀！这里条件好，一定会有办法治疗你的病的。不管怎么样，你不能放弃治疗。我去跟你们部长谈，这件事情我做主了。"

随后，她又嘱咐丈夫："从明天起，我的预约病人就交给你了，我要陪我女儿。医院还有夏子夫妇，大家会忙一些，拜托你了。"

大竹父亲使劲地点着头："你放心，有我在没问题。你来时要不要给春子带几件衣服？孩子，你需要什么，明天让你妈妈给你带来吧！要不，让你哥哥开车送一趟吧！"

父母的到来，春子黯然的神态明快了起来。她虚弱地摇着手："父亲，我有衣服换的，不用麻烦我哥哥了，他很忙，还要照顾嫂子。妈妈，您不用来陪着我，病人等着您呢。我们这里条件非常好，你们不用太操心。您不要去找我的部长谈这件事情，我的情况已经没有必要再治疗下去了。现在，我只想把没有完成的工作好好地移交给其他人。妈妈，就让我为医院做最后一点事情吧！"

春子的目光转向母亲，她握起了母亲的手，轻轻地说："妈妈，我多想回去看望你们，还有祖父、祖母呀！他们都好吗？妈，如果您有时间，请您去看一看我的女儿吧！"

母亲忍受着极大的悲伤，然而她在女儿面前显得很平静。她抚摸着女儿冰凉的双手，鼓励她："是啊，你的工作如此重要，一定要做好交接工作，如果需要我们做什么，请你随时告诉我。孩子，妈只有一句话，你还是要做最后一次努力！现在医疗技术如此发达，你是医生，你了解自己，妈求你了，做最后的努力吧！看在你女儿的份儿上，你也要这样去做的。"她的目光停在了春子的脸上，久久地凝视着女儿。

春子看着母亲，低下了头，喃喃地说："妈，我也想过继续治疗，可是，我清楚我的情况是多么的糟糕。我是这里的主力医生，院里已经召集了最权威的医生组成治疗小组，他们的方案我都看过了。目前，世界上还没有治疗我的病的方法，再先进的医疗方案也治不了我的病。"她停了一下，幽幽地又说："早在一年以前，我就知道自己得了什么病。那个时候，我就增加了一项新的研究，我也曾经在自己的身上做过多项实验，但是都不成功。不过，我可以把我的研究数据交给大学。我想，这对以后他们继续研究会有很大的帮助。妈妈，我一直都不太注意自己的身体，只想工作，工作可以忘记一切疲劳。现在，我知道我的时间已经不多了，可是我还是想做一点工作，为后人做一点前期工作。"

说到这里，她开始剧烈地咳嗽起来，脸色变得紫红，胸脯急剧地起伏，母亲马上叫来了护士。

春子用手示意护士，自己没有什么大事。当她停止咳嗽以后，虚弱地对母亲说："妈，我感觉很累，想安静地休息一会儿。"

母亲明白了，她对丈夫说："让春子休息吧，我们该走了。"

父亲走到床边，摸了摸春子的头，嘱咐她："孩子，你交给我们的事情，我们马上就去办，你有事情马上打电话告诉我们，好好休息吧。"

春子微微地笑了一下，对他们说了一声："再见！"就闭上眼睛，不再说话了。

大竹母亲与丈夫退出病房后，她终于控制不住悲痛的心情，瘫坐在椅子上，泪水从紧闭着的双眼里流了出来。

大竹回到家，没有岩岩在家，家里冷冷清清。他没有沏茶，也没有做饭，伤感地坐在沙发上回想着当天发生的事情。

晚上，春子突然从医院打来电话："嫂子在家吗？我想跟嫂子讲两句话，好吗？"

"你嫂子去朋友家了，要晚一点回家，你有什么话，我可以转达吗？"

春子的声音有些落寞："没有什么，就是想跟嫂子聊一聊。明天我再打电话吧！"

挂上电话，大竹心里一阵紧张，岩岩嘱咐过自己，一定不要让春子知道她摔跤的事情。可是妻子在医院治疗不是一天两天就能出院的，这件事情瞒得了今天，瞒不了明天呀！这可怎么办！

大竹是个个性极强的男人，不过结婚以后，他倔强的秉性改了不少。结婚一年多，他与妻子恩爱如胶似漆，相处得十分融合，家里家外，妻子都做得尽善尽美，就连自己的母亲也竖起大拇指夸奖妻子的为人与礼遇和品行。妻子，一个外国人，做得竟然比日本人都要好，这让一向出类拔萃的母亲理解不了。大竹很是欣慰自己找到岩岩这样可心的女性。

在日本，女人之间有不少难以相处的人际关系，尤其是婆媳、姑嫂之间的关系更是难处。大竹家族的三代四位女性，一代比一代厉害。祖母是牙医护士，但是在她的那个年代，她就相当于医生了。大竹的母亲是在日本齿科大学念完博士后，成为大竹家唯一的儿媳妇，加入到了家族医院的行列里。她不仅是医生，还担当着大学的教学工作，经常参加齿科医学界的研究会，撰写学术论文，是一位事业与家业一并担当的超强女性。她的两个女儿，一个在美国读完了医学博士学位，成为一名医学院胸外科手术医生，并在大学兼职教课，与大学教授一起做课题研究。另一个女儿与她是校友，同样拿下了博士学位，成为第三代家族齿科医生。这三代女性不仅在医术上，乃至学术上都有各自的成就，并且都品貌绝佳。

与这样家族的女性打交道，如果没有足够的自信感，是不敢进入她们的圈子里的。然而，岩岩与她们相处得却是如鱼得水般的融洽。岩岩与她们有分寸地交往，礼貌客气，相互尊重，不轻易打听她们的私事，把她们当成亲人，也当成朋友，因此岩岩与大竹家的女性们相处得和和睦睦，关系处得平平稳稳，这让大竹对岩岩更增加了一份尊重。

现在，妹妹得了不治之症，妻子不仅丧失了胎儿，还失去了生育能力，这一切来得太突然，让他无法承受。可一向小心谨慎的妻子为什么独自去见妹妹呢？在妹妹与妻子之间，她们究竟有什么事情瞒着自己呢？为什么妻子见到妹妹后，她会摔倒？那个大信封里究竟装的是什么？

他打开抽屉，拿出来那个大信封。这是妹妹交给妻子的，妻子不让他动，这里面一定有什么秘密不让自己知道。

静静的房间里，没有妻子的谈笑声，没有人给他做茶水，冰冷的锅台，他不想起火做饭。他仿佛又回到了单身的日子里，晚饭他只吃了一份盒饭，他感觉家里没有妻子的身影，没有妻子在身边的日子太灰暗，太憋闷了。淋浴以后，他躺在床上，望着空空的另一边，真想痛哭一场，他已经两个夜晚没有入眠了，这一夜，恐怕又要望着天花板盼着天明了。

突然，他翻身坐了起来，既然睡意全无，索性去一趟医院看看妻子。他穿上衣服，乘电车又去了医院。

晚上，住院楼里的灯光有些暗淡，静悄悄的，除了护士去病房给病人做检查、送药和做一些必要的化验以外，所有的病人都进入了睡眠状态。他轻轻地走在楼道里，又轻轻地走进妻子的病房。

当他出现在岩岩面前的时候，正在看书的岩岩惊喜地喊了一声："竹，你怎么这个时候来了？"

仅仅是两天的住院生活，却让她感到时间就像乌龟爬行一样的缓慢。在这两天里，她失去了忙碌的生活，失去了为丈夫做饭洗衣的机会，失去了与丈夫说话的时间，她憋闷、无聊，所有失去的这一切都是因为那来之不易，还没有谋面的孩子瞬间化为一摊血水的噩运。更让她悲痛的是，她还失去了女人身上的法宝——子宫。如果她不来看春子，如果春子不讲她的情况，如果春子不把那份东西交给自己，岩岩绝不会突然从楼梯上滚落下去的。可是，春子比自己更不幸，她的生命就要完结了，我还有一个疼爱自己的丈夫。她努力回忆着丈夫对自己的爱，试图忘记那个死去的胎儿。丧失孩子的痛楚和抚养阳子权利的压力，让她喘不过气来，她希望丈夫能够陪伴在自己的身边，渡过这个难关。

突然见到了丈夫，岩岩很高兴，她想把一切痛苦和悲伤毫不掩饰地在他面前倾泻出来，但她还是想让丈夫立刻回家去。

大竹站在她的床前，亲吻了她的脸颊后，温柔地说："我好想你！睡不着，就来了。"

她疑惑地望着丈夫问："这里晚上是不能随便进入的。你是怎么进来的？"

"我进来的时候，刚好有一个人出去，我顺势就溜进来了。"

"这是医院，有规定，晚上家属是不能进病房的。"说完，她按了紧急按钮。

护士很快就进来了。她认识大竹，和蔼地说："这个时间我们这里是不让家属留在病人身边的。你需要我们做些什么，请告诉我。放心吧，你妻子很快就会痊愈的，她需要休息了。"护士始终微笑着做着解释。

大竹给她鞠了一个躬，诚恳地说："我有急事必须要当面跟妻子讲清楚，请给我半个小时，怎么样？请多多关照！"他又给护士鞠了一个躬。

护士甜甜地一笑，告诉她："请你们不要大声说话。半个小时后我会再来的。"大竹感谢地点着头，护士退出病房并把房门关上了。

在静静的病房里，在昏暗的灯光下，在丈夫疼爱的目光下，岩岩憋了两天的痛楚、委屈与辛劳一下子倾泻了出来。她用被单捂着嘴巴，让哭声闷在单子里，让眼泪骄纵地流淌出来。

大竹抱着她，头靠在她的肩膀上。岩岩悲切的抽泣声颤动了大竹的内脏，他也开始抽泣了起来。

岩岩断断续续地说："竹，我对不起孩子，对不起你，对不起你们家族呀！我一辈子都不能原谅自己的疏忽！我不能为你们家族传宗接代，这让我死的心都有了！"

大竹紧紧地抱住她，马上截住了她的话语："我娶你，不是为了让你给我们家族传宗接代的，我们是命运的结合，就让我们接受命运对我们的安排吧！我就是感到对不起你们家里人，让你只身一人在日本受到这样大的伤害，我不是一个好丈夫呀！岩，孩子已经没有了，我不能再失去你。听我的话，你不要再想孩子的事情了，你的身体重要，你有什么话尽管说出来，千万别憋在心里。答应我，不要再胡思乱想下去了。你是我的魂，没有你，我就没有了魂，你知道吗？"

岩岩依然不停地念叨："孩子呀，我对不起你呀！孩子！"

待岩岩平静下来后，大竹拿出那个信封，让岩岩告诉他里面的东西。

岩岩打开信封，取出里面的文件递给丈夫，几个大字映入了大竹的眼帘：法院判决书。

"这是怎么回事？"大竹惊讶地看着妻子。

"那一天，春子想单独见我。她给了我这个信封，告诉我让我抚养她的孩子。她不让我告诉你，直到我同意以后，才能对你说。我打算你下班回家后，我们一起商量的。后来发生了这件事情，就没有跟你讲。"

停了一会儿，她接着说："那一天，你妹妹对我讲了她很多我们大家都不知道的事情，当时我的心情很不好，特别为春子难过。走出她的病房，我的脑袋里一片空白，不知道为什么一下子就从楼梯上滚落了下去，后来的事情，我什么也不知道了。"

大竹拍打着脑袋怨悔着说："哎！我怎么会这么糊涂呢？！如果我不参加那个会议，跟你一起去看春子，就不会出现这样的事情啊！"

岩岩倒是平静下来了，反而劝起了丈夫："春子的意思是想先让我能够接受，然后再告诉你的。现在，春子已经把事情做到了这个程度，我们还是先想一想如何对待这件事情吧！听春子说，她想在她离开这个世界之前，看到我们接受阳子为我们养女的公证书。我们要让春子安心地走，必须尽快去办理，竹，我想听一听你的意见。"

"春子今天晚上电话说她想见你，你的事情我没有告诉她，可你又不能马上出院，我怎么跟春子讲呢？"

岩岩静静地想了一会儿，勇敢地对丈夫说："一定不要告诉春子我的事情，就让她带着对我们的祝福走吧。现在，我可以下床走路了，反正是在一栋楼里，你去给我买个枕头来，把它塞进我的裙子里，装成还是那种孕妇的样子，去见春子，你说呢？"

大竹的眼睛里充满了感激的神情，他紧紧地握住岩岩的双手："岩，让你付出的代价太大了，我欠你的太多太多了。你是天底下最好的女人，我们家族永远都会感谢你的。"

岩岩笑了一下："都是一家人，出了事情大家就要共同去解决。春子对我非常好，我就要对她更好。她是你妹妹，也是我妹妹。就这样办吧！还有，春子的事情等我回家以后再详细告诉你。我不想让你一个人承担这些痛楚的事情。"

　　这时，护士走了进来，微笑着指着墙上的钟表："到点了，请回家吧！"大竹抱歉地一边鞠躬，一边退出了病房。

　　丈夫离开病房后，岩岩整夜没有合眼。明天，她要装出孕妇的样子去见春子，这让她感到非常痛苦，这也是一件非常辛苦的事情。为此，她难以安静下来。

　　第二天早晨，岩岩在护士的帮助下，总算把一个海绵枕头塞进了裙子里，看上去跟六个月孕妇的样子没有什么两样。她对着镜子抚摸着这个假肚子，心里一阵难过。这是一个没有温热，没有蠕动，没有重量的物体，它跟两天前的肚子完全不是一回事！看着看着，她捂着脸伤心地哭了起来。

　　护士体贴地对她说："对不起，我们大家都为你失去孩子而难过，可是，你有让我们都羡慕的丈夫，他多么的爱你呀！春子医生是我们医院谁都知道的著名胸外科医生。她生病。我们都非常难受。但她很坚强，住在医院，还在工作，即使部长命令她休息，她还是坐在床上写东西。我们只能为她提供最好的服务，让她做完自己想做的事情。你住在这里她不知道，因此，你去看她的时候，一定要表现出正常的样子，让她看到你很自然，请多多关照！"护士说完，给岩岩鞠了一个躬。

　　岩岩接受了她的劝慰，却依然没有从悲哀中走出来。一想到两天前的事情，再看看现在的自己，那种悲痛立刻就会回到体内来。她有点颤抖，浑身没有力气，伤口带给她的疼痛让她的内心加倍地疼痛起来。

　　岩岩强迫自己镇定下来，她对护士说："请你告诉我的大夫，请她给我开一点镇静药片，好吗？"

　　护士点头答应："我马上去联系医生，不过现在她很忙，我去试一试。"

　　过了一会儿，护士又走进病房对岩岩说："大夫告诉我，请你再等一会儿，等她看完那个病人后，她有休息时间，她会来看你的。"

　　"我和春子医生见面的时间已经约定好了，如何通知她呢？"

　　"放心吧，我会让其他护士去做这件事情的。大夫来时，我会告诉你的。"护士说完，开始测量岩岩的血压和体温。

　　岩岩重新躺在床上，看着那个虚伪的肚子，痛苦地闭上了眼睛。

　　大约过了半个小时，护士和医生一同走进病房，大夫查看了岩岩的伤口，又给她听诊，然后告诉她："你的伤口长得不错，千万别触碰它，发痒的时候也不要去抓挠，身上有任何不适，一定要及时告诉护士，你有任何要求都可以向她们提出来。好了，听说你想要镇静药片，是吗？我知道你正在承受丧失孩子的痛苦，我能理解你此时的心情。我可以给你开半片镇静药片。你见完春子医生，要马上回到病房休息。"医生写了一个处方交给护士，随后，她去查看其他的病人去了。

岩岩吃过药片后时间不长，就感觉心里不再那样慌乱了，她重新梳理了头发，重新化了妆，忍着伤口的痛楚，去六层看望春子。

她没有让丈夫陪着自己一起去，她知道春子有话想单独跟自己说。

当她站在春子病房门口的时候，不由自主地摸了一下肚子，她痛苦又无奈地摇了摇头，轻轻地拍了拍肚子，对着没有任何感觉的虚伪的肚子说："孩子，今天你好安静呀！你睡着了吗？听得见妈妈的话吗？"她又是一阵难过，坐在椅子上让自己平静下来。

在约定的时间，她轻轻地推开了病房门。春子正依靠在床上看文件，她抬头看见了岩岩，脸上露出久违的红晕："啊！嫂子，你来了！护士通知我说，你会晚些时候到。怎么样，电车挤吗？我哥哥上班去了吧？快坐下来，我好想你！"

岩岩装着身子沉重的样子，一只手放在肚子上，一只手伸向了春子。

她们的手紧紧地握在了一起，春子的手依然是那样的冰凉。病房里没有开空调，窗户开着，外面下着蒙蒙细雨，新鲜空气夹杂着梅雨季节的潮湿随着微风缓缓地流进了病房。

春子看着窗外面阴雨绵绵的天气无力地叹息："哎，忙的时候，什么天气都不会影响我的工作心情，现在，闲下来了，就怕阴天，阴天让我感觉非常烦躁，不能安下心来工作。嫂子，不好意思，我的任性让你冒雨天赶来看我，你真是天底下最好的嫂子呀！我也很有福气的嘛！嘻嘻嘻！"她久违的笑声震动着岩岩的耳膜，尽管那是非常细弱的笑声，但也让岩岩由衷的高兴。

她握着春子的手："春子妹妹，对不起，昨天感觉很累，没有给你做一些你想吃的饭菜，下次吧，我给你包饺子。"

春子平静地看着岩岩："嫂子，不用了，我在这里吃得很好，如果我想吃一些特殊的饭菜，可以告诉护士，厨师可以给我做。嫂子，现在你的身子越来越重了，你也要多注意呀！"

她伸出手来，想摸一摸岩岩的肚子。岩岩马上握着她的手笑了一下："孩子已经睡觉了。"她故作开玩笑地把身子移动了一下。

"是啊，再过几个月，你就能见到你的孩子了！太好了！我们家总算有了继承人了！嫂子，你是我们家族的英雄呀！"春子感激地看着岩岩。

这个时候，岩岩真想大哭一场。这场戏只有当春子走了以后才能收场，她不能让这个被病魔折磨的小姑子再次遭受心理上的伤痛了，自己就是再痛苦，再悲伤，再压抑，也不能让春子看出半点迹象来。

她微笑了一下："妹妹，你才是我心中的英雄呢！你样样都做得好，样样都做得完美，有你这样的妹妹，我在日本生活就不感到寂寞了。春子妹妹，你给你哥哥打电话找我，是不是关于那件事情呀？"

春子的脸上出现了阴云般的焦虑："嫂子，我想见到你，正是为了这件事情啊！我的时间已经不多了，这件事情不办妥当，我瞑不了目呀！今天，我要把一切都告诉你，因为只有嫂子能够帮助我，请让我做一下解释吧！"

春子喝了一口水，岩岩把窗户关了起来。她开始缓缓地讲了自己的另一些事情。

"我和他是在美国大学里认识的，因为都是从日本到那所大学完成博士学位的，所以有很多的接触机会。他人很聪明也很正直，我们开始谈恋爱。他的舅舅和舅妈已经定居美国，他有一个表妹，与我们在同一所大学念书，是我们的学妹。他的舅舅和舅妈待他很好，经常请他去家里玩儿，后来他也带我去参加他们的家庭聚会。我从来没有想到他和他表妹会走到一起，不过，他对表妹的确非常好。但我并不在意这些，我把全部精力都放在了完成学位和研究课题上了。

"我拿到博士学位后，又在大学做了两年的教授助手。他继续念博士后，两年后，我决定回到日本，在这所私立医院实习了两年，考取了医师执照。医院聘请我在这所医院做胸外科医生。随后，他也回到日本，在一所大学当助教授。我不知道为什么这种事情会发生在我的身上。嫂子，我知道，讲这些你可能会笑话我的，但是，有的时候，感情会在某种场合下失控，我就属于这一种。从那不久后我就发现我怀孕了。我清楚，在我们家族里，这种事情是绝对得不到原谅的。本来我想过几年再考虑结婚的事情，可是在那种情况下，我不得不选择用这种方法来遮掩我的过失。我记得当时我母亲听我讲完自己的事情后，脸色变得煞白煞白，半天讲不出一句话。她是一位非常传统，又非常严肃和讲究尊严的女性，我知道她心里有多么的气恼，然而母亲看到我已经怀孕了，并没有让我打掉孩子。为了保住家族的名誉，她同意让我马上结婚，生下这个孩子。

"嫂子，我一直都想在医学上做出一点成绩来，即使我有身孕，也照旧去大学与研究小组一起做课题研究。我有很多工作需要做，我没有时间考虑生孩子的事情，只能带着身孕工作。他知道我有身孕以后非常高兴，同意马上结婚。就这样，我们决定结婚了。在结婚仪式的前两个月，他的舅舅和舅妈在一次旅游中飞机发生空难，他表妹无法接受这突如其来的噩耗，病倒了。这个时候，正好是日本大学的假期，他告诉我，他想马上去美国探望他的表妹。我很支持他，还为他订了机票。半个月后，他返回日本，情绪却发生了巨大的变化，表示心里对他的表妹难以放下。后来，他又去了一趟美国，一个星期后便返回日本，也就是在那个时候，他对我的感情发生了变化。眼看着结婚仪式日期临近，很多事情需要我们一起商量，可是他似乎没有心思做这些事情，他让他的母亲与我一起去品尝婚宴订餐。那些日子，我也有很多工作要做，不得不让我母亲帮助我们做一些婚前的准备事情。

"结婚仪式的那天，我的感觉很不好，或许是肚子里的孩子在调皮，我有一种不祥的预感，是什么？我说不清楚。那天早晨，我们还通了电话，他还嘱咐我慢点走。车子按时来我家接我去了饭店，他们家庭成员也都早早就到了饭店，化妆师为我化妆、穿衣服，我想他一会儿就会到饭店来的。可是直到我们开始迎接来宾时，也没有见到他的影子。他母亲非常着急，却联系不上他，他的手机关上了。那个时候，我的第一个感觉就是他不会再回来了。

"没有新郎的婚宴叫什么呢？我母亲找到新郎的母亲，其实，他母亲早就急得不知所措了！就在两位母亲不知道发生了什么情况的时候，他母亲的手机响了，是他从机场打来的。他说他要立刻去美国看望表妹，因为早上他接到了表妹打给他的电话，他决定取消结婚仪式。

"他母亲当时就瘫倒在了沙发上。这个时候，来宾已经陆陆续续来到饭店，事已至此，取消结婚仪式显然已经不可能了。听到这个消息，我的心都碎了，我们家族的尊严被我给辱没了。还是我祖母豁达，她让新郎母亲一定要把结婚仪式办下去，没有新郎也要办。世界上无奇不有，没有新郎的婚姻竟然发生在我们家族中。在结婚仪式上，我不得不强装着笑脸，由我哥哥陪着我给宾客敬酒，我把一生的微笑都在那个时候献给了大家。婚后，我很少回家，我害怕见到街坊邻居，害怕看到我母亲责怪我的眼神，我拼命地工作，拼命地做我的课题研究。生完孩子四十天我就上班了，孩子放在了婴儿院，我断掉了孩子的奶水，这样就不会因为喂孩子而影响工作。那段时间，我只有通过工作才能忘掉羞辱，才能让我没有疼痛感。我知道我这个母亲很不够格，可以说根本就不够格。但是嫂子，有谁知道我的心痛呢！我很后悔当初我的错误感情，可是，世界上没有后悔药呀！"

春子停了下来，休息了片刻。虽然，那些伤感的往事对生命即将终结的她来说，已经没有了情感的激流，但心底深处的记忆依然让她痛楚，她接着幽幽地说：

"一年以前，那个男人突然回到日本，向我道歉，并提出让他来抚养孩子。他告诉我，他表妹因为得了子宫癌把子宫摘除掉了，无法生育，考虑到我一个人带孩子很辛苦，就想抚养孩子，得到孩子的抚养权。嫂子，我就是再忙，再累，再难，阳子也是我的骨肉呀！他有什么权利来对我讲抚养权！这个男人把我告上了法庭，就是在那个时候，医院提升我为主刀医生，我不能分心分神，我请来律师，由他全权代办这件事情。最后，法院判定我是抚养阳子的唯一法人。接到判决书的同时，我也知道自己得了这种病。

"嫂子，我的事情就是这样的，我打官司的事情，我们家里不知道。现在我的情况又是这样的糟糕，我想了很久很久，我知道你怀的是男孩子，我也知道养育一个孩子非常辛苦。可是，我的孩子一定要托付给一对值得信赖的夫妇。阳子得不到父爱，我也没有给她很多母爱，她可以得到舅舅、舅妈的爱。后来我请律师为我做了这份'过继孩子抚养权证明书'，我一直没有告诉你们，现在我的时间已经不多了，该办理这件事情了。这件事情，务必要在嫂子同意后，我才能告诉我哥哥。嫂子，你能接受我的委托吗？这两天我心里很乱，想了很多。阳子太可怜了，她没有父亲，很快也要失去母亲，她才两岁多啊！我想，在我离开这个世界之前，把她的人生安排好，这样，我走的时候才能合上眼睛。哎！——"

春子在痛苦中讲完了她的故事。岩岩听得泪流满面，难过得说不出话来。此时，她还要承受丧失胎儿的心痛。看着小姑子焦虑和信赖的眼神，她既不能马上接受这个神圣的权利，也不能轻易地拒绝她的请求，对于这个马上就要离开世界的纯洁高尚的女孩子，她不能去伤害她。

沉默了一会儿，岩岩看着春子的眼睛，坚毅地表示："春子妹妹，这件事情我要与你哥哥商量，我自己不能决定。不过，我愿意帮助你抚养阳子，她会愉快地生活的。放心吧，今天我回家后就跟你哥哥商量这件事情。你要好好休息，不要再这样不顾及身体了。"

说完这些话，岩岩的心里更加痛楚起来，没有任何词语可以解释清楚她此时内心世界的感受。人世间，幸福是苍天造就的，不幸则多是人为的，由于自己的疏忽，造成了终身不可挽回的悔恨。

岩岩慢慢地站了起来，轻轻地抚摸着春子："我会和你哥哥做好这件事情的，请你给我两天时间，好吗？"她装出一副笨重的样子，抚摸着肚子，面带微笑："我要回家了，这个孩子饿了，在肚子里闹腾呢！"

岩岩站在门口挥手向她告别，春子露出难舍的目光，虚弱地喊出："嫂子，来看我呀！"

回到自己的病房，岩岩一直躺在床上静静地休息，她脑子里很乱，她希望赶快见到丈夫。

　　她依然没有从失去胎儿的阴影中走出来，她不敢相信自己守护了几个月的胎儿竟然瞬间就没有了。她想起来大夫曾经说过的话，这个孩子可能会因为她的子宫壁薄而早产，嘱咐她一定不要摔跤，少干活，多躺在床上保胎。现在肚子里的胎儿顺着一滩血水而夭折了，难道这是苍天惩罚自己没有听从大夫的嘱咐吗？难道是苍天看到了春子的不幸，便安排了这起事故，让自己去抚养她的孩子吗？岩岩找不到答案。她和春子都痛苦，春子是绝望的苦，她是心里的苦。

　　晚上，大竹下班后来到医院探望岩岩。大竹看上去有些疲劳，眼睛发红，嗓子沙哑。岩岩非常心疼他，但是，现在的自己又不能为他做什么，感觉苦不堪言。

　　大竹很会说笑话："岩，你不在家，没有人给我做好吃的，我减肥了，正好嘛！"

　　岩岩用手拍着他的脊背告诉他："今天上午我去看春子了。有些事情我必须要让你知道，至于你如何对母亲说，我们再商量。"她把与春子的谈话及春子打官司的事情告诉了大竹。

　　大竹听完后，眼睛里闪烁着说不清楚的目光。他非常气愤："那个男人还配做男人吗？他还有脸去见春子！还想要孩子的抚养权！他不配得到！阳子这个孩子太可怜！春子走后，她就是孤儿了，寄宿在孤儿院里太残酷了，我不能看着她不管。我希望把阳子的抚养权接过来，让春子放心地走。岩，你的意思呢？"

　　岩岩毫不犹豫，点头同意："如果你也同意的话，我们一起当着春子的面把事情办下来，让她放心地离开。"

　　大竹感激地看着岩岩，不过他有些担心："我没有想到你如此大度，我们家欠你的太多太多了。岩，你真的愿意接受一个与你没有任何血缘关系的孩子吗？"

　　岩岩坚定地点了一下头，说："我们已经失去了孩子，我也不能继续为你们家族生养孩子了，但我可以接受你妹妹的孩子，我们不能让她成为孤儿，多么可爱的小女孩啊！竹，我们需要委托律师来办理这件事情。孩子的父亲还在，他一定会争夺孩子的抚养权的，我们必须要把事情办妥当了，这也是春子的意思。你先上去看春子吧，我的情况一定不要说漏了嘴呀！"

　　大竹微笑了一下："你放心。"

　　半个多小时后，大竹返回岩岩的病房，对她讲："我明天就联系律师，尽快把事情办好。我已经对春子讲过了你的身体情况，她让你在家里好好休息，所以这几天你不用去看她了，你也要好好养养身体。"

　　看着丈夫疲惫的样子，岩岩催他赶快回家休息。

　　岩岩的伤口逐渐愈合起来，她孤零零地待在病房里，失去孩子伤心难过的情感被春子的病情和孩子抚养权的焦虑代替了，她希望为这个妹妹做最后一件事情。

医院对春子的治疗和服务是最高级别的，根据她的病情，医院采取了保守治疗，尽最大努力降低春子的疼痛，延长她的生命。春子一直靠打止疼针减轻疼痛，她吃得非常少，药物的副作用让她没有胃口，她消瘦得好可怜，躺在病床上如同一尊骷髅，令人心酸。

夏子几乎每天下班后都会去探望春子，有的时候还会与丈夫一起去医院。她依然主张春子不要放弃治疗，可是，春子的回答依然和从前一样。

大竹一直为春子的事情奔波，请律师，做各种证明，他必须要请假才能出去办事情。这个时候，他更加思念岩岩，要是妻子在家，这一切事情都不用他操心。他所在公司的领导十分同情他的处境，作为特例，同意他在把工作安排好的前提下去医院探望岩岩。

他对岩岩的关心，给了岩岩莫大的心理安慰，可是岩岩并不同意他请假来医院。她告诉丈夫：“这里的条件非常好，饭菜也很合我的口味，你没有必要天天跑来看我，更不要请假来看我。”

“每天我见不到你心里就没有底，在你这里坐一会儿，回家我才能睡得着。我听护士说，你的伤口愈合得很好，再坚持几天，你就可以出院了。这几天，我也去看过阳子了。那个孩子真懂事，就是见不到春子让她有些不高兴。这样吧，等你出院以后，我们带着她来医院见见春子吧！”

岩岩犹豫了一下：“这要征求春子的意见，不知道她是如何想的。我真不能理解，春子把孩子放在托儿所，她也能踏实下心来搞研究、做手术？哎，人与人的差别太大了！”

大竹点头同意岩岩的建议，不过他还是拿不定主意，问岩岩：“你说这件事情需要跟我父母谈吗？”

“春子已经明确讲了，这件事情是我们之间的事情，别再让你母亲操心了，她已经够伤心的了。如果我们把阳子收养下来，你妈妈一定会高兴。这件事情还是让春子对你妈妈直接说吧！”

十天以后，岩岩出院了。回到家里，她感觉天地都发生了变化。隆起来的肚子瘪了下去，她不再需要孕妇服了。看着为新生儿布置的房间，她忍不住抽泣了起来。舒适的小床，灵巧的婴儿车，吊在小床上转动的小玩具，抽屉里装得满满的男婴小衣服、小袜子、小鞋子……这些东西看起来多么的可爱！她恍恍惚惚地看见一个小男孩在自己的眼前跑来跑去的，奶声奶气地喊着“妈妈，妈妈”。她对这个男孩有着太多的寄托，她想，她希望——可是，马上就要出世的小生命却在顷刻之间化为乌有。

那一天，她去看望那个小小的躯体。在一个小箱子里，她看到了那个从自己身上取出去的小肉球。他蜷曲着身子，张着嘴巴，闭着眼睛，紫黑色的皮肤皱皱巴巴的，特别难看。可是，他就是自己的儿子呀！他没有了，自己也再也不能享受生育所带来的幸福了。她看着看着，坐在地板上捂着脸"呜呜呜"地尽情地痛哭起来。大竹坐在她的身边，一直陪伴着她，直到哭声停止。

岩岩从医院回家的当天晚上，婆婆就来看望了她，给她带来了温情，也带来了关心。她亲自去厨房给岩岩做了一壶茶，又亲自把茶杯送到岩岩的手里，温和地说："快喝吧，这是我从京都订购的最新鲜的绿茶，味道清香。你要好好休息呀！这几天你什么也不要做了，我给你订了饭菜，都是你爱吃的，到了时间就会有人给你送来的。等你能出门了，我们全家出去吃寿司。"

岩岩感激地看着婆婆："妈妈，谢谢您，给您添麻烦了，请原谅我。"

就在她们婆媳说话的时候，春子从医院打来了电话："嫂子，我想阳子了。请嫂子和我哥哥明天把阳子带到医院来，好吗？拜托了。"

第十九章
身后交代

接到春子的电话，岩岩心里又是一阵难过，她不知道应该如何对婆婆讲这件事情。大竹看到母亲疑惑的眼神，走到岩岩身边，轻声地说："应该告诉妈妈了。你不用心慌，我来讲。"

岩岩去厨房做了一盘水果，放在桌子上，然后静静地坐在一边听丈夫对婆婆讲述春子的事情。

婆婆的脸上没有太多的表情，可是她的眼睛里却透着伤感，她没有打断儿子的话，一直到大竹讲完，她也没有说一句话。

岩岩心里又是一阵慌乱："莫非是婆婆不愿意让我们接受春子的孩子？或许，她以为我有什么非分的想法？"就在她胡思乱想的时候，婆婆站了起来，走到岩岩面前。

岩岩立刻站起来，叫了一声："妈！"

婆婆的嘴唇微微颤抖着，她的眼睛里蓄着晶莹的泪水，她一把搂住了岩岩，艰难地说："孩子，让你受委屈了，我们家对不起你呀！"

这句话，让岩岩既感动，又难过。她熬过了多少个痛苦的不眠之夜，又度过了多少个煎熬的白天。她试图忘记那些不堪回首的痛楚，可是，心里已经烙下的印记，一辈子都刻在了心里，那个蜷曲、紫黑、渺小的，紧闭着双眼的胎儿，时时都会在她的脑海里出现。如果那天没有发生意外，现在这个小东西正在肚子里抓挠呢。

婆婆诚恳歉意的话，不能不让她动情。她依偎在婆婆坚挺的臂膀里像个孩子，放肆地哭了起来。她断断续续地说："妈，都怪我不好。那天如果我坐下来休息一会儿，就不会发生这起事故。是我的疏忽大意，我对不起你们家族！我心里好难过，我没有想到失去了胎儿，还失去了生育能力，我一辈子都无法原谅自己的过失！呜呜呜——"她哭得很伤心，婆婆一直搂着她，让她把心中的委屈和痛苦全部倒出来。

婆婆闭起眼睛，静静地听着儿媳的哭声，房间里充斥着悲伤的气流。大竹在房间里走来走去，不时地发出叹息声。

岩岩并不怪罪春子。既然苍天给自己安排舍弃自己的孩子去抚养春子的遗孤的命运，她只能遵从。虽然这对她来说是很残酷的，可是当她看到春子失去了美丽的容颜和即将走向生命的终点时，她不再感叹自己的不幸了。

事故之后，她一直担心婆婆以后会挑剔自己的缺陷，对自己冷漠，她害怕大竹家族的人看不起自己，她感到在这个家族中有着太多的不安。可是现在，这个光彩照人的婆婆对自己发出了另外一个声音，那是她发自肺腑的真诚的声音，没有丝毫的鄙视与冷落。她们两颗贴得很近的心脏跳动的声音，向对方传递过去，婆婆的体温温暖了岩岩那颗不安的心，她不再担心什么了。

渐渐地，她从婆婆的臂膀上抬起了头，正好看到了丈夫那双炯炯有神的大眼睛正炽热地看着自己。她不好意思地冲着他一笑，然后离开婆婆去了卫生间。

婆婆同意他们接受春子的女儿，但是她提醒他们："如果以后阳子要寻找她的父亲，你们应该如何办？我想，那个时候你们会受到感情上的伤害。还是让春子请律师把法律方面的事情做好。我的孩子，我感谢你们有这样的心胸，虽然我的女儿就要离开我了，可是我也不能让你们受到任何伤害。岩岩，我最怕的就是你在感情上接受不了以后可能会发生突如其来的、意想不到的事情。我会找春子谈这件事情的。"

岩岩给婆婆鞠了一个躬，平静地说："妈妈，春子是个好妹妹，我们之间的感情很深。她是一个非常敬业、非常优秀的医生，可以说，她把自己完全献给了医疗事业，她没有时间照顾孩子，这不是一般的母亲可以做得到的事情，她很坚强，也很理性。妈妈，就算是我有自己的孩子，我也会接受春子的孩子，好好抚养的。"

岩岩停顿了一下，看着婆婆的眼睛，说："妈妈，我想好了，也和大竹商量好了，阳子依然是春子的孩子，等她成人以后，她可以选择自己的人生道路。我们要像您培养春子那样，把阳子培养成为对国家有用的出类拔萃的人才，阳子要像春子那样优秀。妈妈，您放心吧！春子的孩子就是我们的孩子，对吧，竹。"

婆婆再一次给岩岩鞠了一个躬。

大竹闪亮的眼睛里流出一束泪珠，他抱住了妻子，低着头说："岩，我娶了你是我的运气，我们家族有了你，会更加兴旺。谢谢你的大度，谢谢你为春子所做出的牺牲，我一辈子为你做牛做马都心甘情愿。谢谢你！"

岩岩感到脸上火辣辣的，低声对大竹说："妈妈在这里，多不好意思！"她轻轻地推开了丈夫的双臂。

大竹的举止让岩岩感到有些尴尬。她笑着对婆婆说："大竹有的时候很会开玩笑。妈妈，他在您面前这样做，真不好意思，请多原谅呀！"

婆婆温和地说："看到你们如此恩爱，我心里踏实了。岩岩，我给你母亲写了一封信，请你帮助我翻译一下，可以吗？我有责任把这件事情向你母亲解释一下。"

"好的，妈妈。这件事情是苍天的安排，我们只有去遵从。妈妈，春子让我们对您和父亲保密。因此，您先不要对春子谈及此事，还是以后再说吧！"婆婆点头答应了下来。

对于这起不幸的事故，岩岩除了悲痛以外，还一直很忧虑，她害怕大竹家族因为自己失去了生育能力而劝丈夫与自己离婚，这在中国并不是什么新鲜的事情。按照老说法，大竹是这个家族中唯一的男孩，他不能传宗接代，就意味着这个家族将没有继承人，她最怕这个丑名会落在自己的头上。但她也做好了心理准备，如果那一天来临，她会安静地离开这个家族，回到自己母亲身边。

自从她有了这个想法后，心情也开始松弛了下来。她把自己的打算告诉了远在北京的母亲。

尽管母亲为女儿难过，但她是一位知识女性，人世间任何事情都可能会发生，水来土掩，总会有一条路走出去的。她劝女儿："孩子，以前你不是一直想独身嘛，现在，你结婚了，比独身一人要好啊！孩子没有了是一件非常不幸的事情，可是你的婆家待你这样好，我相信你会走好人生道路的。接受他妹妹的孩子，不要再让这个孩子继续在托儿所里常住下去了。把她接回家来，尽快让她接受你们，这样对你们今后的生活是有利的。"

母亲的话犹如春天盛开的牡丹花那样的芬芳馥郁，沁透了岩岩不安的心，她感觉天空的乌云消散了，她要重新开始生活，与大竹一起走到底。

第二天，大竹请了假，与岩岩一起去托儿所把阳子接了出来。

阳子天真地看着他们，问："今天你们是带着我去迪士尼吗？我的阿姨不来吗？"

大竹微笑着把阳子抱了起来，亲了亲她的小脸蛋："今天我们去看你的阿姨，以后，我带你去迪士尼。"

阳子又拉起岩岩的手，问："阿姨，我们一起去，好吗？"

岩岩微笑着点头："对，我们一起去。"她下意识地抚摸了一下伪装起来的肚子，心里猛然涌出来一股子忧苦。

大竹发现她的情绪忽然低落了下来，低声温和地说："岩，别想那么多了。我们是演戏，一定要演好，要演到最后，对不起，辛苦你了。我妈妈只要一提起你，她心里就不舒服，她也不再期待我们生孩子了。她很快也要失去女儿了，其实她比我们更难受。春子的事情，我祖母祖父还不知道呢！我父亲不想告诉他们，怕他们难过。春子的孩子就是我们的孩子，你看她多喜欢你呀！"

阳子并没有因为她的阿姨不在而显得不开心，一路上讲着她在托儿所里开心的事。她的表情很丰富，她趴在车窗前，望着外面的绿树，不停地提问，不停地欢笑，不停地歌唱。她越是这样，岩岩的心里越是酸楚。

在走进春子病房之前，岩岩去卫生间检查了一下自己的体型，她希望春子不会太仔细观察自己。

一声欢快甜蜜的"阿姨！我来了！"的童声冲进了春子的病房，阳子欢蹦乱跳地跑到了春子的病床前。

春子的眼睛里闪烁着异样的惊喜："你来了！孩子！是谁带你来的？你穿得好漂亮呀！"

阳子指着岩岩："阿姨和叔叔带我来的。阿姨给我买的裙子，漂亮吗？你喜欢吗？"

春子感激地望着岩岩："你身子重，这么热的天气，别老往外跑了。孩子在托儿所不用穿这么漂亮的衣服，谢谢你，嫂子。"

阳子在病房里开始了她的欢乐时间，她不停地问春子很多问题，春子硬撑着坐了起来，岩岩把枕头放在了她的身后。

春子的脸色灰暗，嘴唇煞白干裂，她的大眼睛已经陷进了眼眶里，眼皮松弛，她的两个腮帮子完全没有了肉，两块皮肤耷拉下来。岩岩又是一阵心酸，小姑子犹如一尊骷髅，让岩岩有一种末日来临的恐惧感。

春子让阳子坐在床边上，伸出干枯的手抚弄着她的脸，微笑着说："叔叔阿姨好吗？"

"他们好，他们常常来看我。"阳子欢快地喊着。

春子又问："你喜欢他们吗？"

"我喜欢他们，我也喜欢阿姨。"阳子又天真地问："阿姨，你喜欢我吗？"

"当然喜欢你呀！"春子虚弱地回答。

"那你为什么不去看我呀？阿姨，人家小朋友都有妈妈，我为什么只有阿姨呀？"阳子有些不高兴地问。

春子的脸上出现了一层潮红色，瞬间又恢复了灰色。她抚摸着阳子的脑袋，告诉她："孩子，你不是想要妈妈吗？阿姨告诉你吧，你看，她就是你的妈妈呀！"她用手指着岩岩。

听到春子的这句话，岩岩的脚像注了水泥一样拔不动，她的心里翻江倒海似的翻腾起来。

阳子歪着脑袋，把手指伸进嘴巴里，看一眼春子，再看一眼岩岩。最后，她终于得出来一个结论：她有一个妈妈和一个阿姨。她跳下床，跑到岩岩面前扬起小脸，甜甜地叫了一声："妈妈！你是我妈妈呀！"

这一声"妈妈"，触痛到岩岩的心底，她的眼睛里充满了热泪，笨重地弯下腰，拉起阳子的小手，答应了一声："哎！孩子！"随着话音，一行泪水淌了下来。

春子这个时候又对阳子说："叔叔就是你的爸爸，快去叫爸爸。"

阳子顺从地跑过去，拉着大竹的手，喊着："爸爸！爸爸！我们托儿所的小朋友都有爸爸，现在我也有爸爸啦！"她仰起小脸，踮起小脚，欢快地说："爸爸，爸爸！快抱抱我呀！"

大竹疼爱地抱起了阳子，此时春子的脸扭向窗户的方向。岩岩清楚地看见她闭上了眼睛，大串的泪珠从她深陷的眼眶里流了出来，她自己的眼泪也涌泉般地冲出了眼眶。

大竹抱着阳子走出病房，示意岩岩与妹妹多聊一会儿。

春子的头慢慢地转向了岩岩："嫂子，我今天特别高兴呀！这个孩子很可怜，她总是问我为什么她没有妈妈。其实，让她叫我阿姨比叫妈妈要好一些，我不希望看到她只有母爱，而没有父爱。现在，她总算有了父母，有你们疼爱她，我什么心事都没有了。没想到这个孩子还真的很乖巧呢，你看，她喊'妈妈'多自然呢！过两天我请律师来这里办理一些过继手续的事情，你们和你们的律师也要来这里商谈此事。谢谢你，嫂子，你帮了我一个大忙，这是巨大的恩惠呀！还有一件事情，我要嘱咐嫂子，对孩子不能娇惯，要让她学会自立。另外，她的身世请你替我保密下去，将来她成人以后，也不要对她讲出真实的身世，她就是你们的女儿。那个没有良心的男人可能有一天还会麻烦你们的，不过我已经把自己的所有权利都交给了你们，他是不会如愿的。记住，你们就是阳子的父母，现在是，将来还是，一辈子都是。"

她硬撑着身体坐起来，望着岩岩继续说下去："嫂子，你要答应我，按照我的意愿去做。"她的目光里带着坚毅、悲壮的神情，注视着岩岩。

岩岩抚摸着肚子，控制不住感情，哽咽着说："春子妹妹，我答应你，我会按照你说的去做。谢谢你给了我一个女儿。你放心吧！她会在这个社会上成长起来的。那么，你希望她将来做什么工作呢？"

春子淡淡地笑了一下："如果有可能的话，我希望她能够去美国学习，去我念过书的大学学习胸外科医学。我的手术心得都整理出来了，就在这个抽屉里，请嫂子替我保管吧。等她长大以后交给她，就告诉她，那是一位前辈老师留下来的手记。那上面都是我经历的大手术的心得，就请嫂子交给她吧。但她必须获得博士学位以后，才有资格看这份东西。嫂子，拜托你了。"

春子吃力地气喘起来。岩岩给她喝了一些水，又在她干裂的嘴唇上涂抹了唇膏。

春子喃喃地自语起来："这下就好了，我可以安心地走了，有我哥哥和嫂子照顾阳子，我是这个世界上最幸福的人了。"

突然，她猛地又坐了起来，眼睛直直地望着岩岩的肚子，悲伤地说："嫂子，真难为你了，你马上就要有自己的孩子了，阳子不会影响你们的生活吗？"

岩岩马上回答她："春子妹妹，多一个孩子，多一份福分。我儿女双全，我有多幸福呢！"

她下意识地离开床边，走到门口，给春子做出了一个怪样子："妹妹，嫂子快憋不住了，我出去一下。"她借着去卫生间的理由躲开了春子或许会触摸她的肚子的可能。

岩岩走出病房，和大竹交谈了几句，便把阳子揽在了身边。

大竹走进病房，走到春子床前，轻声地问："春子，你不要休息一会儿吗？阳子的事情就交给律师去办吧。我和你嫂子已经商量好了，阳子一定要去市里最好的私立幼儿园，孩子非常聪明，一定要好好培养。"

春子气短无力地笑了一下，说："谢谢哥哥和嫂子。"

"我看你很累，我们回去了，明天晚上再来看你。哎，对啦，妈妈明天也来看你，她让我问一下你喜欢吃什么？"

"我很想母亲。我特别想吃妈妈做的酱汤和蘑菇饭。"春子的脸上露出一丝期待。

"我回去告诉妈妈，明天让她给你带过来。你还需要我做些什么？"

"哥哥，这是我银行保险柜的钥匙，这是暗码，我都封在这个信封里面了。等我走了以后，请你去银行从我的保险柜里取出所有的东西来吧，我身后的事情都写在了那里面。不过，你一定要记住我的话，等我走了以后再去打开我的保险柜，拜托了！哥哥，我没有做好母亲，我这一辈子欠女儿的太多了。哥哥，原谅你妹妹这样任性吧。嫂子真是一个好人呐！阳子这个孩子好可怜，哥哥，你要多给她一些父爱啊！拜托了！"

大竹轻轻地吻着春子的额头，爱怜地说："春子，相信你哥哥吧！我会做好阳子的父亲的。还有，你的保险柜不是需要你的签字再办手续才能打开的吗？我有钥匙也打不开呀。"

"我租用的保险柜是全自动型的，只要你有钥匙就可以自由开启我的保险柜。我已经委托律师办理了这件事情。你一定不要把钥匙弄丢了。"

大竹又点点头："好吧，明天我们再来看你。这一两天，我们的律师可以来这里与你的律师做最后一次交接。我去联系你的律师。你看什么时间你可以见他们？"

"就请他们明天下午来办理吧！哥哥，拜托！"春子无力地告诉大竹。

"春子，任何时候你都可以给我打电话。你嫂子随时都可以给你包饺子，只要你喜欢吃，她就会给你送过来。妹妹，你愿意我们天天带着阳子来看你吗？"

春子摇摇头："不用了，让她记住你们吧！嫂子就是她的母亲。哥哥，就让我把她忘记了吧，只有这样，我才会踏实地离开这个世界。"

大竹又问春子："谷口一直都无法打通你的电话，他很着急，这些日子总是问我你的情况，我不能总跟他说谎呀。你们相爱，你要告诉他你的情况才好。"

春子闭上了眼睛，休息片刻，对大竹说："其实，我也很想他，他是一位真正的好男人。我住院以后就没有联系他，我只想抓紧时间把一些事情处理完。这个时候见到他会让我更难过的。"

大竹握住妹妹的手，恳求她："你们相爱快两年了，他真的很想与你组建家庭，你不能这么狠心不告诉他。让他来看看你吧，否则以后我无法向他交代呀！我们毕竟在一起工作了将近二十年了。"

春子的眼睛微微地红了起来，她咬了咬嘴唇："好吧，请你告诉他，我也很想他，有时间就请他来看看我吧！"

这个时候，岩岩带着阳子从外面走进病房，春子的脸已经朝向了窗子外面，她没有回头看她们，从嘴里轻轻地传出一句话："嫂子，我们明天见。"然后，她把白色被单蒙在了脑袋上。

她的身体在被单下面颤抖，她悲哀的抽泣声随着身体的颤动从被单里面传了出来。岩岩和大竹低着头，带着阳子退出了病房。

"妈妈，阿姨怎么啦？她为什么哭啊？"阳子忽闪着稚气的大眼睛问。

岩岩忍着悲痛，强装出笑脸："孩子，阿姨累了，她要休息了，我们走吧。"

阳子懂事地点点头。

岩岩夫妇把阳子送回托儿所的时候，她显得很委屈，一双泪汪汪的大眼睛看着岩岩："你是我的妈妈，为什么不把我接回家呀！刚才我的阿姨说你才是我的妈妈。妈妈，我要回家，我要回家嘛。"

她娇嫩的声音让岩岩感动不已，这个孩子亲昵地叫自己"妈妈"，从感情上讲，她还不能马上适应这样的称呼。如果是自己的孩子，她会立刻接受这个崇高的称呼。另外，她还有一种愧疚感，春子含辛茹苦地养育着这个孩子，自己却不费吹灰之力就得到了这崇高的称呼，她不敢接受，但是她又很欣慰，这个孩子居然如此痛快地叫自己"妈妈"，同时也让她感到了做养母的责任重大。

大竹站在一边看着岩岩没有及时应声，便对阳子说："妈妈累了，今天还是待在托儿所吧，过两天我们就接你回家，好吗？"

阳子的眼泪"哗"地就流了出来，她一边用手抹着眼角，一边哭着说："人家的妈妈都来接他们回家，只有我要待在这里。我要回家，我要回家嘛。"

她没有大声地哭闹，只是低声地抽泣着。这种声音听起来更令人心疼。

大竹抱起了孩子，认真地说："爸爸妈妈这几天都很忙，下个星期一定接你回家，再也不在托儿所住了。来，我们拉钩吧！"

阳子立刻转哭为笑，她细嫩的小拇指钩住了大竹粗壮的小拇指，一起拉起了"誓约"钩来。这一幕让岩岩感觉特别痛苦，她说不清楚自己是怎样的心情。

他们夫妻回到家。岩岩感觉浑身酸痛，春子在被单下颤抖地哭泣和阳子哭着要回家的情景一直在她的脑海里翻腾。她懒懒地仰面坐在沙发上想着心事，大竹同样悲哀得一声不吭。房间里静悄悄的，充满了沉闷的气氛。

大竹看着岩岩的样子，心想："这样的时光已经快一个月了，不能再这样继续下去了，一定要振作起来。"

他调整了心态，走到岩岩面前，鞠了一个躬，用诙谐逗趣的语调问："夫人，请问，您想喝什么样的茶呀？我们这里有茉莉花茶，有日本京都绿茶，还有抹茶和英国的红茶。"

岩岩的沉思被这一连串的话语拉了回来，她看着大竹笑容可掬的样子，忍不住笑了。温和的丈夫让她的心里涌出一股甜蜜的感觉。她娇声娇气地告诉他："难得你们的茶叶品种这样齐全。请给我泡一壶茉莉花茶吧！谢谢你！"她觉得丈夫的样子太可爱了，忍不住"哈哈哈"地大声笑了起来。

大竹看到岩岩笑了，心里一阵欢喜，兴奋地说了一声："明白了！"转身进了厨房。

在失去胎儿和丧失生育能力的那些日子里，岩岩痛苦到了极点，她害怕大竹有可能会跟自己分手，害怕他们家族会劝他跟自己离婚，更害怕见到婆婆，因为婆婆把家族的名分看得比什么都重要。虽说生男生女无所谓，可是他家的女孩子就进不了族谱，传宗接代靠的是男孩子。日本在19世纪60年代末受到西方资本主义工业文明的冲击，实行全盘西化与现代化改革，但是这个国家的传统意识依然非常浓厚，法律明确规定女性是不能继承皇位的。即使随着时代的变迁，大多数日本人可以理解日本女性天皇的再次出现，但修改继承皇位的事情目前也只是在议论阶段而已。

尽管大竹已多次向岩岩表白他将永远爱着自己，不过任何甜言蜜语只有在现实生活中才能得到验证。在经历了这次痛苦的事情后，大竹对自己的态度让她感受到了大竹对自己的真情。

"岩，快来喝我泡的茶水吧！"

大竹热情的招呼声打断了她的沉思。

看到丈夫如此认真地为自己做事情，岩岩心里非常感动。她感谢苍天为自己送来了大竹这件宝贵的"礼物"，她要把自己所有的情感都倾注在这个男人的身上。今后，无论世间发生什么样的事情，在自己的人生路上遇上什么样的意外，自己都要永远地爱着这个男人。

"唔！还是你们中国的茉莉花茶香呀！我妈妈嘴很刁，她一辈子都喝绿茶，可是自从你母亲送给我妈妈茉莉花茶后，她就喜欢上了喝茉莉花茶。她说，这种茶叶能让她的头脑更清楚。"大竹一边说，一边把茶水送到岩岩的手里。

一股茉莉花的清香立刻冲进了岩岩的鼻腔里，她深深地吸了一口气，醇正的茉莉花茶香气冲进了她的肺腑中。她看着丈夫炽热的眼睛，忍不住伸过头去，把自己温热的嘴唇贴在了他的唇上。

一个月来，大竹完全被春子的事情搅乱了思维。他从来没有为私事请过假，即使岩岩去医院做孕前检查，他也没有请过假。现在，春子的情况一天不如一天，他的心情也一天比一天糟糕起来了。

他征求岩岩的意见："我去公司上班也做不好工作，不如在家休息几天，调整一下情绪。你说呢？"

岩岩懂得丈夫此时的心情，理解地点了点头："我同意你的打算。你最近的气色也不好，都是我和你妹妹的事情搅和的，对不起。像你现在的样子，去公司也干不了什么工作，还影响大家的情绪。与其这样，还不如休息几天，恢复一下情绪。"

"我的情况社长都知道，他让我把家里的事情处理好了再去上班。不过，我很矛盾，想休息几天调整一下心情，可是待在家里又很不踏实。最近，我们部里正在做几个开发研究项目。哎，不行，我还是要去上班。"大竹期盼地又说："岩，我知道春子非常喜欢你，你也喜欢她。求你一件事情，如果有可能的话，你天天去医院陪她好吗？"

岩岩完全明白丈夫的心境，即刻点头表示："当然了！你升任部长没几天，请假有点不合适。你好好调整调整自己的心情，家里的事情有我照看着，明天你还是上班去吧。我特别不喜欢有人请假，尤其是赶上忙的时候，你不在，别人就要替你分担很多的工作，给别人带来工作压力。现在，我没有工作了，待在家里很无聊，去医院陪陪春子还可以多了解了解她。我没事，你放心吧！"

大竹握住了岩岩的手："岩，我真要感谢你呀！有你在我身边，我就会更坚强，更专心地去工作。你是我心灵中的女神，有你在，我的人生就能走好。让我们一起度过这个艰难的时期吧！"说完，他们紧紧地抱在了一起。

晚上，大竹的母亲打来电话，让他们一起去她那里商量一些事情。

"我们可以明天过去吗？"岩岩恳求丈夫。

"我妈妈说有重要的事情要对我们讲，还是过去吧！我背着你过去，好不好？"大竹央求岩岩。

岩岩站了起来："这个时候，你还要贫嘴。不知道你母亲有什么事情要跟我们说，我好心慌呢！"

"有我在，你还慌什么？"

见到婆婆和公公，岩岩感觉从未有过的紧张，这是她失去胎儿以后第一次回婆家，而且又是在春子的孩子抚养权移交给他们之后，她捉摸不透婆婆会对自己说些什么。

公公和婆婆端坐在榻榻米上，表情十分严肃。岩岩与大竹给他们行过礼后，便跪坐在榻榻米上，等候二老讲话。

婆婆看了一眼岩岩，歉意地说："我没有给你们准备茶水，对不起。我这里有一盒上等京都茶叶，是今天你祖母给我的，她让我转交给你。她告诉我，她想你们了，让你们有时间去她那里坐一坐。现在我们要谈的就是这件事情。"

岩岩向前探身，朝着婆婆和公公低头行礼："谢谢祖母送给我的茶叶。妈妈，您有什么吩咐尽管对我们讲吧！"

婆婆很难过，声音带着微微的颤抖，说："你们祖母的听力不太好，祖父倒是很健康。最近祖母常常念叨春子。以前每个月，春子都会回来看望祖母的，她出国讲学和做研究也都会来向祖母道别。现在春子住院了，看来，她——她是回不来了。"婆婆的声调带了哭腔。

她停了一会儿，平复了一下情绪，心事重重地又说："春子的事情我们一直没有告诉他们。你的事情就让祖母特别难过，她也常常念叨起你呢。哎！事情都赶在了一起，我不知道如何办呀！把你们找来，就是商量这件事情。"

公公静静地听妻子讲，并随着妻子的话音，一会儿点头，一会儿摇头。看着公公一言不发的样子，岩岩满脸的疑惑，困惑地看着他，不知他是如何想的。

半天不说话的公公终于明白了岩岩的眼神，他和蔼地对岩岩说："就听你妈妈讲吧！她的意思就是我的意思。我们家里，她说了算。"

岩岩微微地一笑，给公公行了一个礼。

婆婆真诚地看着岩岩的眼睛，接着说："春子的事情让你们费心了。哎！我这个做母亲的，整天就是谈工作，搞研究，很少关心你们，我真的对不住你们呢！岩岩，我不知道如何讲才能讲清楚我的心情，要不是春子的事情，你也不会摔倒的。你是身心都受到了伤害，我们也痛失了孙子，我们对不起你呀！让你受委屈了。岩岩，我们不能换回你的孩子，只想弥补一下我们对你的歉意，请你收下这个东西吧。"她郑重地把一个存折递给了岩岩。

"妈妈，我是您家的儿媳，我有责任去关照春子妹妹。她很不幸，我想尽自己最大的努力让她平静地走完人生的最后一程，这是我应该做的事情。我们是一家人，我不需要这个。"

岩岩给婆婆行了一个礼，然后把那个存折双手交给了婆婆，低下头哽咽地说："那一天都怪我一时失误，造成了现在这样的局面，我真的对不起你们家族。"

大竹的父母悲切地看着她，一时无语。客厅里安静极了，只有墙上的挂钟不紧不慢"嘀嗒，嘀嗒，嘀嗒"地响着。

岩岩调整了一下情绪，恳切地看着他们，说："春子愿意让我们成为阳子的继父和继母，我们感到很欣慰。对阳子，我们会尽到做父母的义务的。我们已经商量好了，要把这个孩子培养成像春子那样的医学工作者，让她进最好的学校念书。请妈妈和爸爸放心！"岩岩说完这番掏心窝的话后，看了一眼丈夫，便静静地坐在那里。

大竹点着头，说："是的，妈妈，爸爸。妹妹已经是这个样子了，我们要尽力让她放心地度过她最后的时刻。我尽量争取天天晚上下班后去医院看望她；白天，岩岩会去病房陪着她；如果她想女儿了，我们接阳子出来，让春子见见她的女儿。春子的事情我们会一直关照到底的，妈妈爸爸放心吧！"

母亲感激地看了一眼岩岩："辛苦你们了。"随后，她又叮嘱儿子夫妇："你祖母知道岩岩摔没了孩子，但没有告诉她岩岩已经做手术的事情。你们跟祖母说话时要注意呀。"

父亲插话："春子的事情我去对你祖母说就行了，告诉她春子去美国做一年客员教授，你奶奶还会高兴的。同时，你们暂时不要对姑姑们讲春子的事情。"

母亲点点头："是啊，这件事情，还是不要让你们的姑姑们知道呀！"

说完了这些事情后，岩岩看了一眼丈夫："我们走吧。母亲累了，她明天还有很多事情要做的。"

"妈妈，我们回去了。您和爸爸也早点休息吧。事情已经是这个样子了，我们要做好最后的准备。"

大竹心情沉重地与岩岩离开了父母的住所。

第二十章
婆婆的痛

大竹与岩岩走后，母亲让丈夫回卧室休息去了，她独自一个人跪坐在榻榻米上，凝视着窗外，表情凝重，陷入了沉思。

近期家里发生的事情让她这个母亲措手不及：女儿的癌症到了晚期，随时都可能离开人间；儿媳因女儿的事情从楼梯滚落下去，不仅把孩子摔没了，还丧失了生育能力；外孙女将成为孤儿，女儿把孩子的抚养权交给了儿子夫妇，这对儿媳来说有些残酷，可是女儿决心已下，儿子夫妇也准备接受这个孩子。通过这些事情，她对岩岩的愧疚和感激都加深了一层，对岩岩的认识更进了一步。

苍天给了这位母亲所有的恩惠，她一出生就生活在富有的家庭里，过着洋式生活，坐沙发，睡席梦思床。她，从小就过着比别人都优裕的生活，两个哥哥对她呵护，依顺有加。她学业上一帆风顺，就读于东京最好的私立学校，考取了知名的医学院，完成了博士学位，又取得了医师资格。

大竹的祖母非常传统，也很敬业，是一个严厉较真的女性。她生了一男两女，大竹的父亲是家族里唯一的男孩子。因此，她期待儿子接过家族的事业，于是竭尽全力地把他培养成为齿科医生。儿子接了班，让她松了一口气。她重视儿子的婚事，不允许儿子自由谈恋爱。有一天，当儿子告诉她自己有了女朋友的时候，她大为恼火，儿子却平和地请她先见一见自己的女朋友。出人意料的是，大竹祖母见到儿子的女朋友，当即就认可了这个女孩子。这个女孩子顺利地成为这个家族的儿媳妇，与公婆合住在一个院落里。可是，这个过惯了洋式生活的小姐跪不了榻榻米，想把和式改成洋式房间，遭到了婆婆的训教，她只好作罢，不得不学习过日式生活。

在这个家族中，大竹的祖母有着绝对的权威，"男主外，女主内""媳妇熬成婆"的传统模式从来就没有改变过，婆婆强硬的传统观念让这个大家闺秀不得不严格地按照家族规矩办事。

自从她嫁进大竹家族，顺从婆婆的传统生活方式成为她的必修课。她与丈夫一起担起了继承家族齿科诊所的重任，并把诊所扩建成了现在的齿科医院。她医术精湛，又在大学承担一门教学工作，为这个家族添光增彩。她生了儿子大竹，更奠定了她在这个家族的地位。可是就在婆婆希望长孙大竹去念医学的时候，大竹却不顾自己祖母的意愿选择了经济学科，祖母非常生气，而且很倔强，就是不让他们夫妇给大竹学费，想以此来改变孙子的想法。可是，大竹并没有改变主意，他打工挣学费，自己养活自己。虽说祖母对此表示不满，然而她并不怪罪孙子，却怨儿媳没有教育好自己的儿子。因为这件事情，大竹母亲对婆婆更加服服帖帖的。

尽管她是小姐身份，但在这个家族中她没有任性的机会。她学会了做所有的家务事，就连跪着擦榻榻米的活，婆婆都让她干了一年多，直到医院实在忙不开了婆婆才放过了她。因为儿子念书的事情让她受够了婆婆的脸色，因此自己女儿在选择大学专业的时候，她要求女儿必须选择医学类专业。好在两个女儿都喜欢医学，长女春子学了胸外科，次女夏子学了齿科。婆婆很高兴两个孙女都学习医学，其中特别欣慰夏子学齿科，将来家族医院就有人继承了。

婆婆对春子超乎寻常的溺爱。春子去美国念学位，婆婆每个月必让她去银行给春子汇款。到了后来，祖母嫌麻烦，索性把所有的钱一次打到春子的账号上。春子回国考取了医师资格，成为医院里最年轻的胸外科医生时，婆婆高兴地搂着春子，又给了她一笔钱。

春子结婚仪式出现的变故，再一次让她感受了婆婆的怒气，她只能忍在心里。女儿的事情让大竹家族蒙受了耻辱，为了避免邻居们的闲言碎语，春子生了孩子以后就很少回家。婆婆挂记这个不幸的孙女和重外孙女，让她给春子母女送去了一包钱，此后婆婆又在东京最昂贵的地段给春子买下了一套三居室的公寓。

现在，家里发生的这些不幸的事情，她哪里敢让自己婆婆知道。仅仅几天的时间，这位女强人的头发便染上了一层灰色。

她心疼春子，当她听到春子得了绝症的消息后，闷在家里痛哭了整整一天。她没有想到春子会得这种病。

在大竹的婚事上，她曾经极力劝阻过儿子不要找外国人，要保持家族纯正日本血统。可是儿子再一次与她的思路拧着干，坚决与一位中国女孩子交朋友。为此，婆婆再一次埋怨她没有教育好自己的儿子，她也再次受到了婆婆的责怪。幸运的是，婆婆见到了岩岩后，竟然同意接纳岩岩，这让她松了一口气。儿子的婚事办得顺顺当当的，驱散了女儿婚宴时侮辱家门的晦气。时间过去了一年多，儿媳总算有了身孕，这对于家族来说事关重大！可是不幸再次光临了这个家族——女儿生命旦夕；儿媳不慎摔了一跤，为此不仅失掉了胎儿，还失去了子宫。这一切对于她来说，真是像哑巴梦见了妈，有苦说不出来啊。她，能怪谁呢？！

大竹母亲一直跪在榻榻米上沉思着。她在这个家族生活了几十年，完全按照日式的生活习惯去打理家里的一切事情。她按照大竹祖母的要求，家里全部都是和式家具，她在榻榻米上睡觉；亲朋好友来家里做客，她都以传统习俗去招待客人们；每一天，她一回到家里就立刻脱下西式服装换上和服去做家务事。因此大竹祖母挑不出她的丝毫毛病。尽管现代生活已经进入到每一个家庭，但是对于大竹家族来说，传统的观念依然不会受到外界变化的影响。

她在医学界行医教书几十年，在大竹祖母的影响下，她比她的婆婆还要讲究整洁，注重举止言行。她家里的碗筷都要用消毒液去泡洗；桌面、灶台必须要用消过毒的抹布去擦拭；整洁是她对家里做事的阿姨唯一的要求。在她的教育下，儿子和女儿都有了洁癖，因此她不用担心孩子们的房间会凌乱。她兢兢业业地操持这个秉承传统习俗的家业，努力奉行女主人的职责。她上有公婆，下有儿女和孙辈，她的一言一行都会在家族中产生效应，因此她必须要做好每一件事情。

她坚强了一辈子，不仅在医术上功底深厚，而且还是一名优秀的学者，即使工作繁忙，她依然把这样一个大家族、大家业管理得井井有条。几十年的生活，练就了她坚韧的性格，她从来没有掉过眼泪，从来没有在困难面前低过头，可是女儿的病情和儿媳的遭遇却击垮了她，她不知道该如何挽回女儿的生命，如何补偿儿媳的损失。她祈求过苍天，让女儿转危为安；她也祈求过大地，让儿媳再次生育。可是，她的祈求是那样的苍白无力和痴思荒唐。女儿就要去另一个世界了，儿媳也无法再生育。

女儿优秀，却生活在不幸的阴影里；她医术超群，却救治不了自己的病症。她为女儿流过多少眼泪，她恨自己没有更多地关心女儿的生活；怨自己太自私，没有把外孙女接到自己的身边来；她悔恨自己，不该让女儿单独带着孩子生活。当她知道女儿得了不治之症的消息后，她的精神世界彻底崩溃了！在接连遭受不幸打击之后，她一下子苍老了。

女儿的病让她悲哀，儿媳的不幸让她痛心。她无法想象如果让家族中的两位老人知道春子和岩岩的情况，他们会是怎样的难过！可是，瞒得了今天，还能瞒过明天吗？

墙上的挂钟敲响了十二下，她依然跪在那里沉思，梳理着最近家里所发生的事情。客厅里寂静无声，窗户外面更是万籁俱静，四周安静得让她可以听见自己心脏的跳动声。

东京盛夏的夜晚，闷热潮湿，可是她却感到浑身冰凉。她转过身子端详着放在柜子上面的照片，春子学生时代青春美貌动人的笑脸触动了她的神经。她看着看着，突然轻轻地抽泣起来，断断续续悲哀的抽泣声充满了无限的悔恨，夜伴泣声，声声痛楚，浸入髓骨，痛楚的泪水洒满了她的胸襟。

她喃喃地对照片上的春子说："春子，妈妈对不住你呀！妈生你养你，不是让你现在就走的呀！你让我如何对你祖母祖父交代呢？！孩子，你让妈好心痛啊！"她终于忍不住趴在桌子上，捂着嘴巴"呜呜呜"地哭了起来。

不知道过了多久，一件衣服披在了她的肩头上。她转过身子看到丈夫的一双赤脚，她一把抱住了丈夫的双腿，毫无收敛地痛哭了起来。

丈夫跪在她的身边，抚摸着她的脊背，伤感地叹息："我知道你此时的心情，我躺在床上也睡不着呀！心里觉得憋闷，起来看看你。春子是一个多么好的孩子！让那个家伙给毁了！这个孩子早在一年以前就发现得了这种病，可她对家里却只字不提啊！她一直不让我们去看孩子，只让大竹和岩岩去。哎！她还是怕我们不原谅她呀！岩岩这个孩子很懂事，要是不去看春子，她也不会失去自己的孩子呀！想一想我们真对不起岩岩。春子把孩子的抚养权给了大竹夫妇，我看，岩岩一定会把孩子培养好的。我相信她。"

大竹母亲停止了哭泣，望着丈夫，伤心备至："我们家已经失去了还没出生的孙子，又要失去女儿，我没有做好母亲，我有责任呀！女儿的命运很悲惨，岩岩的命运很不幸。我想，我们应该对岩岩表示一下，你说呢？"

大竹父亲使劲地点了一下头："应该！应该！虽说岩岩是外国媳妇，可是她做得比我们日本女孩子还要好！岩岩很可怜，她强烈地想要孩子，可是她为了看望我们的女儿摔了跤，生不了孩子了，我们家对不起她呀！"

大竹母亲从抽屉里拿出一个本子交给丈夫："我把一笔款存进这个账号里了，就当作我们对岩岩损失的赔偿吧！当然，这无法弥补她失去孩子的痛苦，但是我们表示一下态度也是很有必要的。对不起，我没有告诉你就去办了这件事情。刚才我给岩岩，她没有接受，以后你找个时间交给儿子吧！"

"我没有意见，就这样办吧！你要好好劝劝岩岩，她一个人在日本会很寂寞的，她就是我们的女儿，一定要让她在日本生活愉快起来。"

他们老夫妻在客厅里商量着如何处理这些不幸的事情。大竹母亲担心地问丈夫："我们如何对你父母讲这些事情？我真担心老祖母的心脏承受不了这个打击啊！"

大竹父亲抚摸着妻子的后背，安慰她："最近妈总是向我打听春子什么时候给她做检查。想一想，春子已经两个多月没有回来了，老太太都记着呢。我们要编个瞎话，春子的病绝不能透露给我母亲和父亲。我想，我去对两位老人说就行了，告诉他们春子去美国做一年客员教授。你说这样编，好不好？"

正在这时，一阵急促的电话铃声响了起来，在夜深人静的时候很是刺耳。幸好，大竹的祖父母住在另一套住宅里。

大竹父亲急忙抓起电话，是儿子从医院打来的。他说他接到医院的电话后，与岩岩火速赶到了医院。他告诉父亲："春子的情况非常不好，正在抢救中。你和妈妈赶快来医院吧！"

大竹父母穿上衣服，叫了一辆出租车迅速赶到了医院。

8 月的夜晚，热气袭人，闷热潮湿。他们疾步走在医院的楼道里，汗水打湿了衣衫，他们不顾一切地朝着春子的病房奔去。

在病房外面，他们看见了儿子与岩岩正坐在椅子上伤心落泪。

这时，一位护士走到他们面前说："春子医生正在抢救中，你们可以去急救室外面等着，我带你们去吧！"他们四个人跟着护士一起来到急救室的外面。

大竹母亲看着岩岩伤心的样子，走过去搂住了她的肩膀，温柔地说："岩岩，让你受苦了。看着你挺着肚子的样子就让我难过。你为春子做出了那么大的牺牲，到现在你依然坚持这样做下去，让我真的很过意不去啊！孩子，我们家对不起你呀！"婆婆说着说着，泪水流了出来。

岩岩满脸泪痕，看着婆婆，嘴唇颤抖着，半天才断断续续地说："妈妈，我心里特别难受。春子是个好妹妹，却得了这种病。呜呜——我的事情春子一点儿也不知道，还是让她看着我挺着肚子的样子吧！我只能为春子做这点事情了。妈妈，您不要为我难过，我和大竹就是希望春子能够闯过这一关！"

婆婆点点头，又摇摇头："看来春子是要离开我们了。我知道，她过得很辛苦。为了家族的名声她很少回家来，在外面一直苦着自己。她没有时间照顾女儿，也不让我们帮助她，就是自己一个人咬牙。我真对不起这个孩子啊！"

间隔了一会儿，她又说："这个孩子，真让我心碎！"说着说着，她掏出手绢擦拭起了眼泪。

大竹与父亲一直在楼道里来回地走着，他们时而低声交谈，时而默默地拍着对方的肩膀，相互鼓励挺住。楼道里沉闷极了，岩岩感觉末日似乎就要来临一样，她真的不喜欢待在这种地方。

不知过了多长时间，急救室的大门终于打开了，医生从里面走了出来。他看到春子一家人都等在这里，低沉地对大家说："春子医生已经抢救过来了，不过你们要做好思想准备，一旦再出现这种情况，抢救的成功率几乎就是零。她一会儿就会醒过来的，请你们不要让她太疲劳了。请多关照。"说完，他给大竹一家人鞠了一个躬后，转身又进急救室去了。

春子刚一被护士推出急救室的大门，她母亲就扑了过去，其他人跟着移动的病床向她的病房走去。

春子被推进了她的病房，一家人也安静地跟了进去。护士告诉他们，一定不要去打搅病人。她给春子戴上了氧气罩，输入了药液，然后把心脏检测仪连接到她身上后，便轻轻地离开了。

大竹与父母也跟着走出了病房，岩岩一直坐在椅子上静静地看着春子。

春子的呼吸均匀细微，她的脸颊只剩下了一层皮贴在颧骨上，眼睛凹进了眼眶里，高高的鼻梁显得尤为高耸，嘴唇煞白得没有一点血色，青筋暴露的手背上和枯瘦的胳臂上都插着针头，头发脱落得只剩下稀稀疏疏的黄色发丝，脖子就像一根枯萎的藤条。

看着形如骷髅的春子，岩岩忍不住流下了眼泪，她摸了摸春子发凉的手臂，再也控制不住感情，捂着脸跑了出去。她一个人来到卫生间，坐在化妆椅子上失声痛哭了起来。

她一边撕扯着肚子上那个假胎儿包囊，一边抓挠着头发。春子就要离开人世了！她受到了极大的刺激，感觉天旋地转，眼前一黑，栽倒在了地面上。

待她醒来的时候，发现自己躺在了医院临时的病床上，丈夫坐在床边，伤感地看着自己。她环顾了一下四周，坐了起来，惊讶地问丈夫："竹，我怎么会躺在这里？春子呢？你父母呢？"

大竹把脸贴近她的面颊，温柔地告诉她："你在卫生间晕倒了。医生说，你是太难过才晕倒的。他们给你输了药液，你就一直躺在了这里。医生说，只要你醒了就没有问题。我父母回家去了，我看他们待在这里也是坐着，我就让他们回家休息去了。"

这个时候，护士走过来给岩岩测量了体温和血压后，告诉他们一会儿医生会来。

　　不多时，医生来了。她检查了岩岩的身体后，对大竹说："你们可以回家了，她需要好好休息。春子医生的情况现在比较稳定，不过最好不要去打扰她，以免她太累了，有什么事情我们会及时与你们联系的。"

　　大竹扶着岩岩走出了临时病房。但是岩岩着实不放心春子，所以执意要去病房看她。于是他们又去了春子的病房。

　　早晨，金色的阳光照进病房，温柔地洒在春子的身上。她安详地躺在床上，均匀地呼吸着，她的脸上有了一丝红晕，看上去让人感觉温暖了许多。岩岩静静地坐在床边的椅子上注视着她，心里不停地祈祷着："春子妹妹，你一定要挺过这一关啊！"大竹站在床边，深情地望着妹妹睡着时的脸颊。

　　温暖的阳光让春子的身体恢复了意识，慢慢地，她缓缓地睁开了眼睛。她第一眼就看见了岩岩，眼睛里射出一道光彩，脸上露出了兴奋的神色，无力地拿开了氧气罩，虚弱地喊了一声："嫂子！你来了！"

　　岩岩马上站起来，趴在床上，握着她的手："春子妹妹，是我呀！"

　　春子虚弱地问："嫂子，你怎么来得这么早呀？哥哥，你也来了？今天你不去上班吗？"

　　大竹弯下身子端详着春子："你嫂子想你了，我们一早就来看你，一会儿我就上班去，你嫂子陪着你。"

　　"嫂子，我现在有点力气了，我想单独跟你说一会儿话，好吗？哥哥，你能先出去坐一会儿吗？"

　　大竹看了看岩岩，低声嘱咐："我在外面等你。时间还早，你稳当一点。"

　　岩岩冲着丈夫点了一下头："就让我们姐妹两人聊一会儿吧！"

　　她重新坐回到椅子上，握着春子的手，情深意切地说："春子妹妹，你有什么话就对我讲吧，我替你向爸爸妈妈转达。他们昨天晚上都来看你了，半夜才回去的。今天他们还会来看你的。你想见阳子吗？"

　　春子的脸上出现了极其痛苦的表情，她微弱地说："不用了，我现在就是想对嫂子说一点心里话。我——我——嫂子，我只有一件事情不放心呀！这些日子，在医院里我想了很多很多。我这一生错就错在生了这个女儿，她一生下来就没有父亲。我没有尽到做母亲的职责，我不配做母亲。嫂子，我是干工作不要命的女性，你恐怕不会相信的。在我的眼里，工作、手术台比我女儿都重要。我惦记女儿，但我又没有时间去陪她，享受母女之间的欢乐。我走错了人生的一步棋，我的人生很不成功。"

她休息了一下，喝了一口水，润了润喉咙，接着说下去："嫂子，你马上就要生孩子了，真替你们高兴！我哥哥有了儿子，祖业就有人继承下去了，太好了！嫂子，你多好呀！女人，要那么强干什么？我跟你的情况不同，遇上了那种辱没家族的事情，我对男人失去了信心。我知道苍天一直都在关注我，昨天没有让我离开。嫂子，我的时间不多了，我想在我离开以前，把心里的事情告诉你，请你一定要答应我，答应我的一切请求。"

春子的眼睛里放出了一道信赖的目光，她拉着岩岩的手，一个字一个字地说："嫂子，我一生只留下了阳子，我没有给她多少母爱。以后，请你替我多爱爱她吧！我知道收养她会给你们带去很多麻烦，可是，这是我唯一的，也是最后的心愿。阳子很喜欢你们，我很高兴。嫂子，你能答应我吗？"她喘息着，紧紧地盯着岩岩的脸。

岩岩强忍着眼泪，肯定地点着头："春子妹妹，我们不是已经办好手续了吗？从那个时候起，阳子就有了第二个妈妈了呀！如果你同意，今天我们就去托儿所把她接回家去。"

春子摇摇头："不，嫂子，还是让她待在那里吧！等我离开以后，你们再去接她吧！她应该只有一个妈妈。嫂子，我这里有一封信，请你帮助我保存起来，等我走了以后你再打开看吧！请你向我保证，一定要按照信里面所写的去做，好吗？"

岩岩接过那封信，放在自己的胸口上："好妹妹，放心吧！我一定按照你说的去做。"

春子的眼睛里闪着光亮，慢慢地一股晶莹的液体顺着眼角流了出来，流在了雪白的枕头上，她的脸上出现了浅浅的微笑。她看着岩岩，喃喃地蠕动着嘴唇："嫂子，你往前坐一坐，让我摸摸你肚子里的孩子吧！"

岩岩忍着巨大的悲伤，把春子的手放在了自己高高隆起来的肚子上，她竭尽全力地让肚子有点动态的感觉。春子看着岩岩，手在她的肚子上摸索着。她似乎感觉到了什么，虚弱地说："嫂子，我怎么摸不着孩子的动静呢？你马上就要生了，这个时候孩子是不会安静地待在里面的，你按时来检查吗？"她露出了不安的神色。

岩岩慌忙把春子的手放回到被子上，强装着笑容："我的孩子很老实，这个钟点他已经睡觉了。放心吧妹妹，我按时来医院做检查的，医生说我一切正常，不用担心，再过两个月我一定会生下一个健康的孩子来的。"说这些话，岩岩的心仿佛快要被悲伤撕碎了，只差疯狂地哭喊了。

每一次她来看望春子，都要做一次假肚子，都会给她带来极大的悲痛，孩子已经没有了，可是为了春子，她要把戏演到底。春子的关心、春子的期待都让岩岩感觉撕心裂肺的痛楚。但是，为了让即将离去的春子妹妹放心地、毫无牵挂地离开，她装出一副行动困难的样子在病房里走了一圈，还带着喘息冲着春子做出怪样子。

春子发出了微弱的笑声，她伸出手招呼岩岩："嫂子，别走了，快坐下来休息吧！"

说完，她猛烈地咳嗽了起来。

大竹马上走进病房。护士也闻声跑了进来，她疾速地把氧气罩放到春子的鼻子上。春子的脸色青紫，她急促地喘息着，咳嗽出来的声音一声比一声难听，一声比一声艰难，撕裂肺腑的咳嗽声就像是用刀子刮铁皮，刺耳又刺心。

第二十一章
走得安详

医生赶来了，她听了春子的心脏，又用手电筒查看了春子的眼球，然后冲大竹摇摇头，没有说一句话。心脏监测仪上的波动线渐渐地平缓了下去。

春子的咳嗽声停止了下来，她慢慢地睁开了眼睛。

大竹贴近她的耳朵轻轻地说："春子，我是你哥哥呀！"

春子依然睁着眼睛，可是她的眼睛似乎已经没有了光感。突然，她的手微微地抬了起来，微弱地吐出来几个字："多好呀，一个女孩，一个男孩，女——孩，男孩，女——孩——"

岩岩呆坐在椅子上，直直地望着奄奄一息的春子，她的心碎了，她忍受不了这种悲哀的场面，趔趔趄趄地走出了病房。

她刚要坐下去的时候，一声"春子！春子啊！"悲戚的哭喊传出了病房，整个住院病房区都听到了那个悲痛的呼喊声。

岩岩踉踉跄跄地冲进病房，看见大竹趴在春子的床边痛哭。她心如刀绞，泪流满面。她把丈夫拉了起来，哽咽地说："这里是——是胸外科，病人怕吵。"

医生和护士肃穆地站在病房里等候着遗体的处理。部长闻讯赶来，他望了一眼春子，然后悲切地告诉大竹："实在对不起，我们没能挽回春子医生的生命。请尽快通知你的父母来医院，我们要商量春子医生遗体的处理意见。春子医生给我们留下来了珍贵的医学资料和创建性的建议。失去了这样好的医生，我们感到非常痛心！"

部长握住大竹的手，用力地晃了两下，又给大竹鞠了一个躬。

大竹的父母接到电话后，把医院里所有的事情交给夏子夫妇，就立刻就赶到了医院。

　　春子依然躺在病床上，身上盖着洁白的单子，她的面颊安详，没有任何痛苦，没有任何烦恼，平静地闭着眼睛，仿佛还在睡觉。

　　母亲冲进病房，不顾一切地喊着："春子，春子，春子啊！"这位坚强的母亲，再也控制不住感情，失声地痛哭了起来。

　　大竹被母亲的哭声惊呆了！在他四十年的生活中，他的母亲一直是一位笑容可掬、礼貌待人、谦卑和善的女性。即使他没有听从祖母的建议去学习医学，母亲也没有对他发过火；即使那场侮辱家族声誉的婚宴，她依然含着微笑送走了最后一批客人。母亲的度量、母亲的胸怀让大竹钦佩，他一直以为母亲是天底下最坚强的女性，而今天，母亲悲伤的哭声令大竹震痛！

　　母亲趴在春子的身上，上上下下摩挲着她的躯体，眼泪"哗哗哗"地从眼眶涌了出来，哭声里带着无限的懊悔，她拍打着床边，抒发着内心的悲痛。

　　大竹的父亲轻轻地抚摸着妻子的后背，劝着她："春子——已经走了，就让她安静地走吧！这里是胸外科，病人是禁不起这种哭喊声的，我们还是到外面去说事情吧！"

　　母亲停止了哭声，拉着丈夫的手与儿子一起走出病房。岩岩走上去抱住了婆婆，难过地抽泣起来。

　　大竹把父母送回他们的家里，等母亲略微平静下来，大竹问母亲："祖母、祖父知道春子住院的事情吗？"

　　母亲抑制着悲哀，说："我们一直是告诉你祖母春子去美国讲学了。可是，你祖母不相信。她不是心脏不好吗？春子每个月都来给祖母检查一下心脏，告诉她什么时候该去医院做检查治疗，并给她预约时间。这两个月春子没有来，你祖母这些日子老是问你父亲，春子为什么没有来？还嚷着她该去医院做检查了。你父亲告诉她春子去了美国。我真不知道如何继续对你祖父母骗下去了。"

　　"就这样继续骗下去吧！明天我去看祖母和祖父。"大竹说。

　　母亲点着头说："你们的事情也一定不要说漏了嘴。"

　　"我知道了！可是，以后祖母还是会知道的呀！"大竹担心地说。

　　"先把春子的事情办完了，我们再商量如何跟他们讲你们的事情。你先回去吧！"母亲感觉身心疲劳，不想继续说下去了。

　　大竹告别了父母回到自己的小家。独自悲伤的岩岩正坐在沙发上愣神儿，看见他回来了，便站了起来，手里攥着春子交给她的那封信，紧张地看着丈夫："这封信还是你来拆开吧！"

"我妹妹写给你的信，你拆开就可以了。看完信，我有事情要与你商量呢！"

岩岩打开了春子的信封，里面装着三个小信封，一封信是写给自己的，大意是"嫂子：对不起，我的孩子从这一天起就是你的孩子了。我一天到晚埋头工作，总想在医学上做出一番成绩来，很少给她母爱。阳子很寂寞，就像嫂子一个人居住在东京时一样的寂寞。我对不起她，不能天天与她在一起享受母女之间的欢乐，我不是一个好母亲。可是，我也很欣慰有你这么一个好嫂子。我知道你即将抱儿子了，就让这个女孩子给你家添点粉红色吧！让她在你家里成长，让她带给你欢快，让你不再寂寞！拜托了，请多多关照！"

另一封信是写给大竹的，"哥哥：谢谢你们抚养我的女儿，这个存折是送给你们夫妇的。养育孩子是要付出代价的，我知道这点钱根本顶不了养育孩子所要承担的责任，但是，请哥哥嫂子收下吧！"

在最后的一个小小的信封里，装着一张小信笺，上面只有一行有些凌乱颤抖的字体："请不要给我办葬礼，请把我的骨灰撒在东京湾里。拜托了！"

看完这几封信，大竹都快疯了！他拿着信件，哭得死去活来。岩岩从来没有见到过男人如此悲哀的场面。她坐在丈夫的身边，默默地流着眼泪。丈夫好像傻了一样，一动也不动。

岩岩一直以为自己的丈夫是一个非常坚强的男人，可是这一次，她发现丈夫并不是那种可以把悲痛忍在心底里的男人。他捶胸顿足的悲痛，让她发现了丈夫的心是如此不堪一击。他对妹妹春子的爱超越了对自己的爱，对春子的宠超越了对自己的宠，对阳子的爱更是超过了舅舅对外甥女的爱。她相信，丈夫对妹妹和外甥女的这份感情正是由那场辱没家族名声的婚宴而生的。春子对岩岩的尊敬，使她乐于让丈夫加倍地去关爱这个妹妹和外甥女。

四点多，大竹去了春子的银行，从保险柜里取出了那个大信封。他回到家，打开了信封，从里面掉出来一封盖着春子印章的小信封，上面写着"请转交成人以后的女儿"，下面还有一行小字体："我没有给女儿母爱，这个存折就算是我对她的一点点补偿吧！"

大竹看着妹妹的字迹，眼睛又红了起来。

岩岩接过信件对他说："我们把它存进我们的保险柜里吧！等孩子成人以后，再交给她。你妹妹的钱我们不能收。既然我们是孩子的养父养母，我们就有义务去抚养她，我们可以用这笔钱作为孩子的教育基金存进银行里，等她上大学的时候再交给她。你说呢？"

大竹点了点头，一句话也说不出来。

大竹母亲把春子去世的消息通知了所有的亲属，并叮嘱他们不要把这个消息告诉大竹的祖父母，还千叮咛万嘱咐在祖父母那里帮忙的阿姨，一定不要走漏了风声，她没有在家里做任何哀悼的布置。大竹的两位姑姑听到消息后，立即放下工作火速去了她们的哥哥家。

岩岩已经撤掉了假肚囊。这个时候，她非常害怕见到妇科医生的大姑，害怕这位姑姑埋怨自己。大姑曾经建议岩岩去她们医院做人工造人，她是这个项目的主治医生，她有把握让岩岩成功。结果，岩岩去了春子的医院做了这件事情，为此大姑一直担心岩岩的身体，还经常打电话向大竹母亲询问岩岩的情况，直到大竹母亲告诉她岩岩一切都正常的时候，大姑总算不再打电话了。可是，现在情况发生了变化，避开不见姑姑们不现实，但她心里非常害怕见到她们。

两位姑姑一进大竹父母家门，便沉痛地向哥哥嫂子致哀，拿出来"御香典"慰问金信封交给了哥哥。

大姑悲哀地问大竹母亲："嫂子，春子的葬礼什么时候举办啊？"

大竹母亲忍着悲痛平静地说："春子的意愿是不举办葬礼，让我们把她的骨灰撒进东京湾。我们尊重她的意愿。"看着两位姑姑没有吭声，又说："两位老人年纪大了，不能让他们知道这件事情，起码是现在，拜托了。"

两位姑姑表示不赞成："老人家们并不糊涂呀，瞒得了今天，还能瞒得了明天吗？况且，他们就住在隔壁呀，哪有不透风的墙？""就是嘛，这么大的事情怎么能瞒住他们，还是早点告诉老人们吧。"

大竹母亲沉默了一会儿，温和地对两位姑妹说："不行，祖母有心脏病，怕她经受不起这个打击呀！春子每个月都来为祖母做心脏检查，这两个月春子没有来，我们告诉两位老人，春子去美国讲学去了。哎，这也是没有办法的办法，等瞒不住了再说吧。"

两位姑姑互相看了一眼，大姑点头表示赞同："还是哥哥和嫂子想得周到。母亲和父亲都已经是九十岁的人了，不跟他们讲实情是对的。不过如果老母亲让春子打电话给她，哥哥嫂子该如何向老母亲做解释呢？"

"哎，我也是怕老母亲让我转告春子打电话的事呀！以前春子去美国做研究，每个月都给祖母打电话。现在如果春子不打电话了，老母亲一定会猜疑的。我还没有想好如何处理这个问题。"大竹母亲忧郁地说。

大竹父亲在一边说："父母那边就由我去解释吧。无论怎样，这件事情一定要瞒到底。"

他们正说着话，岩岩与大竹从外面买东西回来了，她看见两位姑姑在客厅里，便礼貌地走到她们面前鞠躬行礼。

"呦！岩岩你生孩子了？！"两位姑姑惊讶地同时问。

"我——我——对不起，对不起——"岩岩的眼睛里立时就充满了泪水，她没有说下去，赶紧低着头离开了客厅去了卫生间。

大姑惊异地看着大竹母亲："我没有记错吧？嫂子，你告诉我岩岩怀上了孩子，我算计着现在应该有七八个月了吧？怎么她的肚子是平的呢？是早产了？"

小姑更是满脸疑惑，诧异地问："是啊，嫂子，岩岩不是怀上孩子了吗？怎么——家里又出什么事情了？"

大竹的脸色非常难看，他没有说话，跟着岩岩也进了卫生间。

"哎！这几个月我们家一直不平静。春子查出来癌症不到两个月就走了；岩岩去医院看望春子，伤心至极，一下子眩晕从楼梯上滚落下去，就是这一跤，把胎儿的大脑给摔裂了，五个多月的孩子就这样摔没了。真是祸不单行呀！"母亲的话语里带着哽咽。

大姑嗔怪起岩岩来："岩岩一定是体质不好，否则摔一跤也不至于把孩子的大脑摔碎的呀！我理解不了。"停了一下，她接着说："嫂子，你别太难过，让岩岩休息一段时间到我们医院去吧。我给她好好检查一下，她的年龄还是可以生育的。嫂子，你劝劝岩岩，不要灰心，有我在，一定能让岩岩再次怀孕。哎，我早就跟岩岩讲过，妇科上的事情就来找我，她不应该去春子医院做这件事情。"

"大妹妹，你千万不要在岩岩面前再提孩子的事情了，她已经够难过的了。她是一个好孩子，我们家对不起她呀！"大竹母亲请求两位姊妹保持安静。

"这有什么？要孩子是女人的天性。我找岩岩谈谈，去我那里，一定能让她再次怀上孩子的。"大姑有些激动，依然热心地坚持。

岩岩在卫生间难过了很长时间，大竹一直站在她身边，直到她平静后，他们才一起走出来。

大竹在母亲耳朵边说了几句话后，又给两位姑姑鞠了一个躬："姑姑们，对不起，岩岩身体不舒服，我送她回家。"

岩岩的眼睛发红，她也给姑姑们鞠了一个躬，没有说话就与丈夫一起离开了婆婆家。姑姑们在婆婆那里待了多久，她们又聊了哪些关于她的事情，岩岩一概不想知道，只要有大竹在她的身边，她就知足了。

晚上，大竹母亲来看岩岩。母亲为姑姑们的直言感到不安，她觉得对不住岩岩，特意来看望儿媳。

大竹告诉母亲，岩岩回到家什么也没有吃，一直躺在床上哭。

"我可以进去看看她吗？"

"妈，我还是把她叫出来吧。"大竹去了卧室。

母亲一个人坐在客厅里，环视着儿子的小家，沉思起来。看来儿媳是一个爱干净又喜欢布置家的女孩子。家里窗明几净，一尘不染。墙壁上挂满了他们夫妻拍的日本风景照。儿子喜欢摄影，儿媳喜欢建筑，共同的兴趣把他们联系在了一起。儿子成家后比以前更利落了，儿媳给他买的衣服，既合体又挺括，儿媳喜欢做菜，照顾儿子无微不至，娶了这样的媳妇是家族的运气。哎，只要儿子幸福，只要他们生活得快乐，做父母的就心安了。家族医院由夏子接班，以后再由她的孩子接班有什么不可以的？时代变了嘛！再说，从科学上讲，男孩女孩承载的血脉都是一样的。

"妈妈！"一声呼唤把婆婆从沉思中拉了回来。岩岩拖着疲惫的身体从卧室走出来，还没有鞠躬眼泪就流了出来。

婆婆把她搂在怀里，轻轻地抚摸着她："孩子，让你受委屈了，对不起！你要好好把身体养好呀！这是头等大事。你姑姑们的话不要往心里去，她们都是好心，就是想早点抱上侄孙子嘛！你大姑的确是经验丰富的妇科医生，她一直都很关心你。"

婆婆和善的劝说让岩岩的心里颤抖了一下："妈妈，姑姑们是为我着想，我心里明白，就是以后请您告诉姑姑们，别再提起孩子的事情了。我要把精力和感情放在阳子身上，请您多多关照。"

"孩子，谢谢你。阳子交给你们，我和你父亲都放心呀，就是给你们添麻烦了。你要跟你北京的母亲说一说这件事情。"

自从岩岩失去了胎儿，这位坚强美丽的母亲就决定了，她要好好地保护这个儿媳，不允许任何一个人去伤害岩岩。那一天，两位姑姑见到了岩岩，她明确地告诉了姑姑们："以后请不要在岩岩面前再提孩子的事情了。家族医院让女孩子接班也不错嘛！"

岩岩一直没有从失去胎儿和丧失子宫的阴影中走出去。白天大竹上班，她就一整天坐在窗前，不吃也不喝，呆滞地望着街面上来往的行人，心里充满了悲伤与凄凉，几乎每一天她都是以泪洗面。她怎么也想不到，她日思夜盼才得到的，百般呵护的宝贝胎儿，长到五个多月竟然发生了意外，为大竹家族延续香火的心愿化为乌有，她痛心疾首。

春子把阳子的抚养权交给了她，在她心里产生了巨大的震撼。尽管阳子不是她的骨肉，但阳子是大竹家族的血脉。阳子亲昵地叫她为"妈妈"，这让她感到对不起春子，春子把这个高尚的称呼让给了她。"妈妈"的称呼，唤起了她的母性爱，她要珍重这个称呼，要好好地抚育阳子，要对得起春子，她要振作起来。

在日本和中国，传宗接代被说成是女性的天职，特别是大竹家族几代"单传"，更让岩岩感到尽天职的责任重大。可是，这种天职并不是每一位女性都能幸运地获得并履行的。

岩岩，她认命了她也想开了。俗话说"大树底下好乘凉"，事情已经是这样了，有婆婆这棵大树的庇护，就让婆婆向姑姑们去解释吧。

母亲走了以后，大竹就一直坐在沙发上拿着春子的信发呆，不吃也不睡。岩岩也跟着他一起熬夜，熬到了实在顶不住劲儿的时候，才上床休息一会儿，大竹却依然呆呆地坐在客厅里。岩岩煮了一锅黑豆粥，他只吃了一点。终于，他也熬不住了，一头栽倒在床上，昏睡了过去。

就在春子病故的第二天，大家还沉浸在悲痛万分的时候，祖母突然心脏衰竭，被急救车送进了春子所在的医院。

这下子整个家族就像天塌了一样不知所措，就连遇事沉稳的大竹母亲也慌了神儿，思维出现了混乱。一向平稳的大竹父亲立马放下了所有的事情，疾速赶到了医院。两位姑姑们心急如焚地也奔去了医院。

正当大竹还在昏睡的时候，一阵急促的电话铃声把他叫醒了，是母亲打来的。母亲焦急地告诉他祖母被送进了医院。他二话没说，洗了一把脸，喝了一口岩岩给他泡的清茶，急急地往医院赶。

在医院里，他硬挺着与父母和姑姑们一起等候在急救室的门外面。他感觉天地正在塌陷，这个时候应该做些什么他都说不清楚了，那种伤元气的悲伤把他折磨得骨髓都感到疼痛，妹妹已经走了，他希望祖母能够熬过这次险情。

大竹祖母有冠心病，春子成为胸外科医生后，按月回家为祖母做心脏检查。她对祖母的健康情况了如指掌，一旦发现祖母身体有什么不适，就会安排祖母住进她所在的医院，对祖母进行更细致的观察和治疗。就这样，老祖母在孙女的精心关照下，九十岁的高龄依然鹤发童颜，腰板硬朗。如果春子没有按时来为她做检查，她就会不停地问儿子。

春子住院的消息，家里一直对祖母和祖父严密封锁，就怕两位老人经受不了这个打击。大竹父亲告诉祖父母，春子去了美国。可是，老祖母不相信儿子的话，她认定春子就在日本，天天念叨着要去春子家里看她，去托儿所看重外孙女。

大竹父亲劝不了老母亲，就让大竹母亲去做解释。他们越做解释，祖母就越猜疑。她指着他们，气恼地说："我不听你们的，我要去看我孙女，你们带我去看看她。"

很长一段时间，祖母不想见到自己的儿子和儿媳，却想见孙子，希望能从孙子那里得到春子的消息。大竹也向祖母撒了谎，告诉她春子去美国了。他为祖母又找了一位医生接替春子给她做检查，可是祖母无论如何也不用那位医生，一心等着春子。见不到春子，祖母就让儿子告诉春子从美国打电话给她，可是这个小小的要求她也没有得到。儿子告诉她："春子忙，没有时间打电话。另外美国与日本有时差，不方便打电话。"

老祖母很失望，她开始大声责怪全家人都对她说谎话。而祖父对儿子的话却坚信不疑，他告诉祖母："春子是去了美国，不然她是会按时来我们这里的，你不要乱想乱猜疑了。"

祖母虽然不再纠缠家人了，可她的心情一直很沉闷，她就是不相信孙女真的去了美国。她有一种预感："春子就在日本，她一定出了什么事情！"

春子是老祖母的心头肉。春子一出生，祖母对她就溺爱有加。春子没有学齿科医学，学了胸外科，老祖母也很高兴，认为这是他们家族在医学上的一个突破。春子去了美国，拿到了博士学位，回到日本又拿到了医师资格，在知名的医学院里担任胸外科手术医师，老祖母高兴得合不拢嘴。后来春子给老祖母当起了家庭医生。春子的婚姻失败后，老祖母给了她极大的安慰。她心疼这个没有丈夫却有女儿的孙女，拿出自己的积蓄为孙女在东京买下了一处三居室的高档公寓，把没有父亲的重外孙女送进了最好的托儿所，让春子安心专致地去做她喜欢的工作。她对春子的爱，任何人也阻止不了，就连大竹这个家族中唯一的男孩子也没有像春子那样被祖母溺爱。

祖母对春子的爱，除了祖辈对孙辈的疼爱以外，还有佛教上慈悲的爱。祖母和祖父都信奉佛教，春子也随着他们信奉佛教。他们有着共同的信仰，彼此之间有着比一般人更加亲密的感情。因此，春子在祖母的心里有着不可替代的位置。

大竹和父母、两位姑姑心神不定地等候在急救室门外，悲哀和焦虑让他们谁也不想说话，沉闷地想着各自的心事。时间一分一秒地滑了过去，他们的眼睛紧紧地盯着急救室的大门——

终于，那扇性命攸关的大门打开了，医生走了出来。他竭尽全力总算控制了祖母的病情，但却明确地告诉大竹父亲，让他们有充分的思想准备。

祖母被推进了特护病房，两位姑姑看着老母亲身上插着管子和针头，心疼不已。

大姑着急地问大竹父亲："哥哥，你看，母亲还能好起来吗？"

"哥哥，是不是母亲预感到了春子出了什么事情？"小姑焦虑地也问。

大竹父亲声音有些嘶哑地说："我们没有告诉母亲春子的事情。哎！要是春子还在，母亲这次就不会发病。母亲就是不信春子去美国了，虽然她不再提春子了，可是她心里一直惦记着。我想，肯定是母亲没有见到春子，心情不好才发了病。她与春子有着心灵感应，这是我们不懂的佛教说法。医生说了，如果母亲能够脱离器械自己呼吸，就能闯过这一关。看来，母亲的情况不好说呀！"

他们兄妹三人围坐在老人的病床前，焦虑又无奈地看着她。大竹陪着他的母亲坐在病房的外面，留给父亲和姑姑与祖母在一起的单独空间。

祖母这次进医院，大竹特别难过，昨天才送走了妹妹，今天老祖母又病危住院，他不得不请假处理家务。最近家里发生的一连串事情，让他筋疲力竭，力不从心，要不是妻子的细心照料，他一定会支撑不住的。坐在椅子上，他既着急又难过，这个时候他特别想见到妻子，他站起来给岩岩打了一个电话。

岩岩在电话里沉稳地对他说："不管发生什么事，你要坚强。那里只有你是晚辈，你要多安慰姑姑和父母。我会关照夏子夫妇的，你放心吧！"

妻子的话就像灵丹妙药，他打起精神回到了父母和姑姑们的身边。

岩岩很想去医院探望老祖母，但被大竹拦下了："你不能去看我祖母，我怕你难过。你真的不要去，我们就对不起老祖母这一次吧。"

岩岩难过地摸着自己平平的肚子，心里翻搅着苦汁，她什么也不想再说了。

夏子夫妇也没有去医院。大竹家族医院规定，不管家中发生任何事情，医院要正点开门，医生要按照预约时间给病人治疗。虽然他们惦记着祖母的病情，但是他们要坚守岗位，即使春子病故的那天，他们也没有离开医院半步。不过坚守岗位的夏子，此时的心情比任何时候都要糟糕。

春子住院期间，她尽量在工作结束之后赶去医院看望姐姐。可是她不能天天都去，因为她还有两个孩子需要照看，她还要保证有足够的体力和精力去完成第二天医院的诊治和手术。她天天都记挂着春子，但她不能分神，不能把痛苦显露出来。春子走的那一天，她做完最后一个手术就立刻赶到医院，在春子的遗体前，她哭得死去活来。现在祖母又突发心脏病被送到了医院，她想去医院，但她不能离开，病人们需要她，责任感让她暂时忘记了悲伤。

　　就在他们夫妇一个接着一个地为病人做治疗的时候，岩岩去医院看望他们，送去了热气腾腾的水饺。

　　夏子见到岩岩的瞬间，眼睛微微地红了起来，她强忍着泪水对岩岩说："嫂子，让你费心了！"

　　岩岩的眼睛也红了，她宽慰着小姑子："夏子，你辛苦了。这里需要我做些什么吗？我可以帮助你的。这是我包的饺子，你们一定喜欢吃。再忙也得吃饭，'人是铁，饭是钢'呀！这是我们中国人常说的一句话。这几天你们很辛苦。我待在家里，你们想吃什么打个电话告诉我，我送过来就是了，很方便。一家人，一定不要客气。"

　　医院里，大竹和父母及姑姑们守着老祖母度过了艰难的分分秒秒。到了下午，床头边的仪器发出了鸣叫声，护士急忙跑了进来。老祖母的脸憋得通红，嘴里发出微弱的呼吸声，医生赶来马上做了急救处理并给老祖母打了强心剂。

　　家人们围在床边上，看着老人艰难呼吸的样子，大竹母亲一边擦着泪水，一边轻轻地呼唤着："妈妈，妈妈！"

　　大竹父亲抚摸着他母亲干瘦的手，不知所措地喊着："妈，妈，你睁开眼睛呀！"

　　老人的嘴唇微微地蠕动着，大竹父亲把耳朵贴在她的嘴边上，极力想听清楚母亲说什么。微弱的不能再微弱的声音传进了他的耳朵里："春——春——春——子，子，子，嘘嘘，嘘嘘——"她微微地睁开了眼睛，却没有继续发出声音来。

　　仪器上的线条缓缓地变成了一条直线，她嘴里吐出最后的一丝气体。

　　大竹父亲紧紧地攥住老母亲的手，低着头哀叹了一声，姑姑们围在病床前低声抽泣着。

　　大竹和母亲悲哀地走出病房。大竹坐在外面的椅子上用手蒙着头。他母亲坐在他身边伤心地流着泪。伤感、悲情充满了这个知识女性的心房，她不停地用手帕擦拭着眼睛。

　　突然，大竹搂住了母亲的肩头，叫了一声"妈妈！"也开始抽泣了起来。他是那样的哀痛，不停地说着："怎么办？怎么办？"

　　母亲慢慢地掰开他的手，看着他，问："你说什么？怎么办是什么意思？"

　　"我没有任何意思，就是心里难过，昨天春子才走，今天祖母也走了，难道这是苍天给她们安排好了的吗？"

　　母亲悲哀地说："我不知道这都是为什么。孩子，我真有点挺不住了。现在我们要想一想如何告诉你祖父你祖母去世的消息。"

"妈妈，我想，祖母去世的消息一定要告诉祖父。他们是七十年的老夫妻了，心心相通。"

母亲点着头："这样好，就让你祖父接受祖母的事情吧！我跟你爸爸商量一下。"

"不过，祖父肯定还会问春子的事情，我们不要告诉他才好。"大竹提醒母亲。

事情谈完以后，大竹和母亲走进祖母的特护病房，向老人家默哀。不多时，大家一起走了出来，坐在大厅里的椅子上商量如何办理老人的后事。

大竹又去了一趟春子的病房，他准备把春子的东西带回家去。那里已经清理干净了，一位小护士悲伤地告诉他："春子医生让我们把她在医院里的生活用品全部处理掉，这里只有她的几本笔记本，都装在这个大袋子里了，现在我就交给你吧！还有，春子医生的男朋友每天晚上都来看她，部长批了特例，允许她男朋友晚上进病房。每一次她男朋友走的时候，她的眼睛都是红红的。就在春子医生走的前一天，她男朋友还来看望了她，最后，她是由两位护士搀扶着把男朋友送到了病房门口。"

大竹心里又是一阵难过，那不就是谷口嘛。他不知道谷口天天来医院看妹妹。谷口是真心爱着自己的妹妹，妹妹走了，对他的打击一定是巨大的。

傍晚，大竹与父母及姑姑们一起回到住所。岩岩从外面订了几份寿司并做好了酱汤，与大竹一起把食品从自己家里拿到了婆婆家。这一天，她破天荒地成为大竹母亲家里的主妇。她把餐桌摆得很漂亮，碗筷都是她从自己家里拿过去的日式餐具，她不愿意轻易动用大竹母亲心爱的餐具。

大竹母亲惊讶地问："岩岩，这么漂亮的餐具，你是从哪里买到的？"

婆婆的夸奖，让岩岩一阵脸红。她告诉婆婆："我和大竹去京都的时候，我看着这些餐具好，大竹支持我买，就买回来了。当时买得比较多，是邮寄到我家的。"说完，她心里一阵慌乱，生怕婆婆和姑姑们说自己奢侈。

岩岩在婆婆家做得很得体，也很有分寸，这是她成为大竹家儿媳妇以后，第一次伺候这几位长辈，她不能不加倍地小心做事。

两位姑姑对她评价很高，对她失去胎儿更是伤心，姑姑们鼓励她把身体养好了，再努把力。姑姑们还邀请她办完这些事情后到她们两家住一段时间，放松放松。岩岩很是感激她们的好意，答应以后有机会一定和大竹一道去看望姑姑们。

大竹没有与长辈们一同用餐，而是与父亲一同去了祖父那里。

老祖父坐在椅子上正焦急地等待着儿子带回老伴儿的消息。没有老祖母坐在那里，房间显得清冷，老祖父一个人更显得孤独。祖父已经九十多岁了，但是他眼不花，耳不聋，嗓音洪亮，只是走路有些困难。

大竹跪在祖父的膝前，他的父亲坐在祖父的旁边，握住老人的手，告诉了他这个不幸的消息。

祖父似乎已经预料到了老伴儿永远也回不来了。他默默地点着头："我知道了，知道了。你母亲就是惦记春子呀！她对我说'春子一定出了什么事情'，她还说'儿子告诉我们春子去美国的消息时，眼神很慌乱，我不相信儿子的话'。她一直心口疼，我让她去医院检查，她说要等春子回来。就是这样，她咬牙坚持不让我告诉你们。早晨，她感觉非常不好，这才告诉了你们。"祖父的声音有些颤抖。过了一会儿，他期盼地看着大竹的父亲又问："孩子，现在，你能告诉我春子这孩子真的去了美国吗？"

大竹的父亲使劲儿地点了一下头："父亲，春子真的去了美国，我没有骗你呀！"

祖父长出了一口气："这就好，这就好呀！你母亲的丧事全权交给你去办吧！拜托了。大竹啊，岩岩最近还好吧？"

大竹赶紧答道："祖父，岩岩还好。谢谢祖父关心。"

祖父叹了口气："下一个孩子不知道要等到什么时候才会有呀！我可能见不到重孙子了。哎！只要医院有我们家族的孩子继承下去，你祖母和我就没白费心血。"

大竹看着老祖父的脸，轻轻地告诉他："祖父，让岩岩休息一段时间，我们会再做努力，您会抱上重孙子的！"他在老祖父的手上亲了一下。

老祖父看着他，点点头："好啊！我等着抱上重孙子的那一天！"

晚上，他们祖孙三代人一起用了晚餐。

晚餐以后，老祖父拿出来一个包裹，递给了大竹的父亲，表情严肃地告诉他："这是你母亲托付给我的。我们之间有个约定，不论谁先走了，留下来的人都要把这件东西交给春子。你母亲不在了，这件东西就由我交给你。等春子回来后，你把它交给春子吧！这是你母亲留给春子的东西，现在你可以拿走了。"老人说完，把包裹放在了儿子的手里。

大竹的父亲表情悲哀地接过了那个小包，他心里有一万个愧疚的字眼儿，但是，他不能让悲伤的老父亲更加悲伤。他对老父亲说："父亲，您搬到我们那里吧，这样，照顾您更方便一些。"

老父亲坚决地摇头拒绝了："我们还是各过各的吧。你们忙，你不用担心我，这里不是有帮手吗？孩子，我的身体还行，不用担心我。就是你母亲的事情拜托你了，辛苦了，请多关照呀！"老人的眼睛里流露出一缕伤感，又说："今天你们辛苦了，早点回去吧。"说完，他进了卧室。

　　夏子夫妇很晚才到母亲家里，他们看上去很疲惫。大竹的两位舅舅和舅妈们听到老祖母去世的消息后，马上赶到大竹家，对春子和祖母的谢世表示深深的哀悼。

　　祖母和春子的事情让家族成员聚集在了一起。这是难得的相聚，但没有相见的喜悦，房间里充满了悲情，大家在一起更多的是叹息、遗憾、感慨和怀念。大竹母亲已经没有了以往的旺盛精力去招待亲人们，一切都包在岩岩和家里阿姨的身上了。

　　在丈夫家遭遇难事的时候，岩岩怀着"滴水之恩，当涌泉相报"的心情把家族的事情撑了起来。她跑前跑后，完全忘记了自己痛心的事情。尽管以前她很少到公婆家里，但此时她要为婆婆尽一份孝心，她不能看着婆婆在悲伤的时候再去招待大家，她是这个家族的儿媳，此时不尽力还等何时？她还要为丈夫的身体着想，就是这短短的几天，丈夫的头发里已经冒出来不少的白发，她心疼丈夫，她不能让丈夫这样悲痛下去，她要帮助他走出悲伤的阴影，与他一起向前走。

　　春子走的当天晚上，夏子与丈夫暂时住在了母亲家里，她把两个孩子交给了公婆，她想在母亲身边替母亲分担一份痛苦和悲伤。两天的时间里，他们家族失去了两位亲人，她始终都不相信这些不幸会发生在自己的家里。两天的时间，也让她坚强了许多。看着一下子苍老的父母，她意识到自己必须要把整个医院的事情承担起来，她不能再看着父母里里外外地奔波忙碌了，她感到自己责任重大，责无旁贷。

　　自从春子住院以后，父母就开始陆陆续续地让夏子接手他们的工作。夏子把医院管理得井井有条，只要有新的齿科医疗仪器上市，她一定会买进来，她和丈夫立志要把医院打造成齿科界领先的家族医院。实际上，当夏子成为家族医院的医生以后，也就确定了她是医院继承人的地位。在这一点上，她的哥哥大竹是不会与她争执的，她的姐姐春子更不会与她发生磕碰，因为只有夏子的专业是齿科医学，她对医院的奉献，证明了她可以当之无愧地继承这份家产。

　　大竹的两位姑姑住在了她们哥哥的家里，一是陪伴她们的老父亲，二是好好安慰哥嫂。岩岩看着长辈们悲伤的神态，心情更加沉痛起来，她帮助婆婆把姑姑们安顿好后就离开了婆婆家，大竹依然留在那里陪伴长辈们。

第二十二章
岩岩心声

回到家，岩岩坐在客厅里，感到一阵心慌，因为明天她就要与丈夫一起把阳子从托儿所接回家来，她担心自己的能力，担心这个女孩子是否听从自己的指教。但她还是期待着做个好母亲，期待着丈夫能够帮助自己。想到此，她又是一阵难过，要是肚子里的孩子还在——眼泪随着思念流了出来。

家族连续发生的不幸，巨大的悲痛覆盖了每一个家庭成员的心，两天之内失去了两位亲人，加上岩岩肚子里的胎儿也是在这一个月中失去的，祖孙三代人的生命瞬间就被飓风刮跑了。

对于岩岩来说，她失去胎儿的同时，却得到了一个养女，悲喜参半，她不知道该如何去平衡此后的人生，惶恐与担忧交织在她的心里。可是当她看到婆婆那双求助的眼神时，她强忍悲痛，接受现实生活是她唯一的选择。尽管她一再告诫自己"往事不再回首，振作起来开始新生活"，但是悲痛之情总会情不自禁地翻腾起来。

家里超乎寻常的安静，她瘫倒在沙发上，思绪一波接着一波冲击着她，辛劳、委屈、悲伤、遗憾、悔恨的眼泪止不住地流淌着，流淌着——直到丈夫开门的声音传进房间的时候，她才匆忙地把脸擦干净了。

大竹一走进来，就看到妻子满脸悲伤，眼睛红肿。他立刻坐到沙发上，一言不发地抱住了妻子松塌下来的肩头，把头埋进了妻子蓬松柔软的发缕中，随着一声长叹，他也开始了呜咽。他们两个人相互依偎着，相互传递着各自内心的悲痛，相互倾听着对方的抽泣声，整整一个晚上，他们就是这样拥抱着、抽泣着、倾听着对方的心跳声。

时钟敲响了十下，他们的情绪也安稳了许多。岩岩离开丈夫温暖的怀抱，端详着他的脸，心疼地说："竹，这几天让你辛苦了，你们家只有你一个男孩，你承受的压力比任何时候都要大。老祖母走了，留下了老祖父，他老人家一定会非常难过的。以后你要多过去看望他呀！"

大竹伤感地点着头："我父母打算让我祖父搬到他们那里一起生活，其实就隔着一道墙，可是祖父不同意，他还是想维持现状让阿姨照顾他。我父亲马上就要退休了，那个时候他会天天陪着我祖父的。"

"你母亲最近消瘦得很厉害。哎！春子走了，对她的打击太大了，我们以后也要多关心一下你母亲！夏子倒是很冷静，在这个时候把医院的事情做得井井有条，难怪你祖母总是夸奖她呢！"

大竹凝视着妻子，沉痛地说："我们还是商量一下春子骨灰的事情吧。我母亲把春子的海葬仪式交给我去办理，你帮着出出主意。我心里真难过，春子连埋葬自己的地方都不愿意留下来，将来阳子想祭奠她都没有地方去呀！"

岩岩劝他："海葬是春子的遗愿。我们要按照她的遗愿为她的亡魂做好最后的这件事情。以后阳子长大了，就让阳子去海港祭奠她母亲吧！我看，海葬不错，春子的决定我赞成。"

大竹忧伤地看着岩岩："你真好，我娶了你真是我终身的福分。能和春子交朋友的人实在少得可怜，她不愿意把时间花费在餐厅、咖啡厅和酒吧里，她也不愿意把时间花费在孩子身上。对于她来说，时间就是用来做研究，为病人治病的，她宁愿不去接孩子，也要把病人的事情处理完。阳子都两岁多了，她竟连一次陪孩子去迪士尼的时间都没有，这就是她的性格。老实说吧，像她这样的女性真的不应该结婚。哎，都是那次婚宴彻底毁了她的人生。岩，当春子把阳子的抚养权交给我们的时候，我心里特别难过。阳子这么好的一个孩子，却不能经常见到自己的母亲，春子连让女儿叫她'妈妈'的机会都不给，太残酷了。"

岩岩安慰他："我们把春子的事情办好，她的在天之灵也会感谢我们大家的。现在我只有一个担心，春子的孩子过继给了我们，就怕以后她对我会有排斥心理。当时，春子对我讲这件事情的时候，我就是因为没有思想准备，突发头晕，摔倒了。春子很不幸，我也没有了子宫，我们是一对不幸的姐妹。幸好，苍天还没有让我去他那里。"

大竹深情地亲吻了她的脸颊，心疼地说："岩，对不起你，让你承受了不应该承受的痛苦，是我们家的事情伤害了你。我向你保证，我将用我的一生来保护你。阳子这个孩子权当是上帝送给我们的礼物吧！她非常喜欢你，因为她特别喜欢吃水饺，春子经常把你给她的水饺带回家与阳子一起吃。阳子对水饺的印象很深，只要一说吃水饺，她一定会喊你的名字。每一次都是你送给春子饺子后，她才把阳子接回家的。春子经常说，吃你包的水饺比吃山珍海味还要鲜美，她就是喜欢吃水饺。她还对我说'哥哥，你娶了中国媳妇是你的福气'。"

听着这些话，岩岩的眼睛模糊起来："要是知道春子这样喜欢吃水饺，我可以天天包给她吃。这样她就可以天天把孩子接回家了。哎！你怎么不早告诉我呀！"岩岩气恼地看着丈夫。

大竹握住她的手："以后，我们三个人一起吃你做的水饺。岩，你不想马上让阳子回家吗？我看，越早接回家越好，我们要早一点适应新生活，阳子也要适应家庭生活，你说对吗？"

岩岩抹去了眼泪，点点头："是啊，还是让阳子早点回家来吧！她从小就一直住在托儿所里，太可怜了。不过，我们一定要把阳子的事情办妥当了。你跟律师办好手续了吗？春子的财产继承权和孩子的过继权都办好了吗？我可不想在这些事情上出现任何不愉快的情况。祖母给了春子一大笔赠送款，这些钱都要落户在阳子的名下，我担心有人会说我们是为了钱才接受春子女儿的。你听明白我的意思了吗？"

大竹拿出一份东西交给岩岩："这是全部材料。那一天，春子的律师和我们的律师一起在春子病房里办理了所有的文件，春子的财产在律师那里也有记录，如果我们动用了春子孩子的存款，那就是违反了法律，是会被告到法庭的。我们不是说好了，把春子给女儿的钱一直存到她成人以后再交给她吗？我现在要做的事情是要把我祖母给春子的钱转到她女儿的名下，这需要请律师办理。你不用担心，我们家族是不会有人怀疑你的。我母亲特别感激你，本来她想让春子的孩子以后跟着她一起生活，现在她放心了。她对我说'你们收养这个孩子，她就有家了，也给你们添点乐趣。'还有，我早就明确地对父母说了，我不会要家里的任何财产。你说，有谁还会说我们的闲话呢？"

岩岩信赖地看着丈夫："那就好。我这一辈子除了花自己的钱，从来没有花过别人的钱，这样我心里很踏实。现在，我只花丈夫挣的钱，嘻嘻嘻。"

"这就对了！我们明天就去把孩子接回来吧！"大竹拉着岩岩一起走进已经布置好的养女的房间。

岩岩把原来为那个小生命准备的房间布置成了养女的房间。房间虽然不大，但是岩岩把它布置得淡雅明快。淡粉色的壁纸、淡粉色的小床、小书桌、小椅子和小沙发、松软的被褥。壁柜里，装满了岩岩给孩子准备的衣服、鞋帽。墙壁上，挂着一张很大的照片，是春子二十岁成人仪式时穿和服拍照的照片。这是岩岩精心挑选出来的照片，她希望阳子记住那张幸福阳光美丽的容貌。

大竹很受感动："岩，你喜欢粉色吗？"

"春子曾经对我说过，她喜欢这种淡粉色。她用的手绢、小手包、小饰品，还有午餐盒子，都是这种淡粉色的，就连她给阳子穿的裙子和衣服都带着这种淡粉色。既然春子喜欢这种淡粉色，就让阳子继承她生母的爱好吧！"

"你挂春子的照片，难道你不怕孩子问是谁吗？"大竹不无担心地问。

岩岩坦然地一笑："我要告诉她，等你成人的那一天，你就是这个样子。我希望她长大以后，不要忘记她生母的容貌，让春子每天都看着孩子，看着孩子成长，也让这个孩子在她母亲的注视下愉快地生活。你放心吧，我不会有别的想法的！"

妻子的大度、开明和善良，让大竹深受感动。他眼睛微红地看着岩岩说："看来，老天爷真是帮助我呢，让我娶回了天底下最好的女人。谢谢你，岩！"

岩岩温和地一笑："你看，还有哪一点做得不够，我们还有时间改进。孩子接回家，先让她熟悉一下环境，然后我带着她去幼儿园见老师，那里已经联系好了。本来幼儿园中途是不接收孩子的，但是我跟院长谈了孩子的情况后，她答应让阳子插班。那里条件很好，春子一直想把孩子送到那所幼儿园去，只是因为幼儿园离她的医院有些远，接送孩子不方便才没有送去。现在，春子的第一个意愿就要实现了，我心里还好受一些。那家幼儿园的费用贵一些，不过如果是我们的孩子，我也想让孩子去那里。"

大竹赞同地点着头："就是，就是！不过，一切都要你去操心办理，我一点忙也帮不上。明天我和你一起把孩子接回家，后天我就要去上班了。这几天请假，我总是惦记公司的事情，有你掌管这个家，我就能安心工作了。我母亲把祖母的葬礼安排在了周六，她告诉我，祖母有遗嘱，不操办葬礼，因此我们就在家族范围内给祖母简单办丧事。"

他喝了一口茶水，又说："另外，周日我们要办春子的事情。谷口一直爱着春子，他也经常去托儿所看阳子，其实他们是一对般配的组合。谷口对我讲，他就是喜欢春子，他会一直等着春子的。可是，春子害怕再次走近结婚殿堂，不过谷口也很执着，他希望有一天，春子会改变想法。我曾经劝过他，别等我妹妹了，可是谷口谁也不想见。现在，春子走了，对他的打击真的太大了，他一定要送春子最后一程。我很担心他的生活，他是我最好的朋友，也是我最信赖的上司，唉！是个好人呢！"

　　提起谷口，岩岩总有一种愧疚感。如果，当初他一个人到斯拿库喝酒，岩岩会与他成为恋人，可是他偏偏与大竹一起来，此后上帝又做了让大竹单独来斯拿库喝酒的安排。就是这个安排，彻底改变了他们三个人的命运，为此岩岩感到对不起谷口。

　　大竹似乎意识到了这一点，征求岩岩的意见："我们请不请谷口去呢？"

　　"你决定吧！这是你们家的事情嘛！"接着，她又问："周日我们先要去殡仪馆，火化遗体，然后才能去海上办事情，时间很紧，你都安排好了吗？"

　　"已经安排好了。春子的海葬仪式就是我们家里人和谷口参加，我租了一条十人的游艇，足够了。不过，我不希望我父母上游艇，怕他们受不了海风。"

　　岩岩建议："要不，我们年轻人上游艇，请你父母站在港口看着我们不行吗？别再让你父母看撒骨灰的场面吧。"

　　大竹立刻就同意了："好主意，就让他们看着我们吧！虽然是东京湾，但游艇还是会有颠簸的，我怕我母亲呕吐，还是让他们在港口吧！"

　　事情就这样定了下来。

　　第二天，岩岩与大竹一起去了托儿所，在那里，他们办好了退所手续。

　　阳子天真地问："妈妈，你带着我去哪里呀？"

　　岩岩心里一阵酸痛，弯下腰对阳子说："妈妈和爸爸带你回家去呀？"

　　阳子高兴地蹦跳了起来："真的吗？以前，阿姨总是隔很长时间才来看我的，可是妈妈，你为什么不早一点接我回家呀？你去哪里了？阿姨说，你在国外工作，是吗？"

　　岩岩心里又是一阵酸痛，眼睛有些发热，她真想抱着阳子大哭一场。大竹在她的后背轻轻地拍了一下。

　　她猛地抱起阳子，在她嫩嫩的小脸上轻轻地吻了一下："是的。现在，妈妈和爸爸从国外回来了，今天我们就回家去，妈妈保证以后永远也不离开你了！孩子！"

　　阳子坐在车子里，欢快地唱着歌曲，她一会儿趴在窗户上看外面的光景，一会儿又歪着脑袋问岩岩。那一刻，岩岩感觉自己就是这个孩子的母亲，一个月以来窝在心里的悲伤被阳子的笑声给冲淡了。她闭起眼睛，似乎看到了春子，春子正看着阳子纯真的笑脸，幸福地微笑呢。

　　到家了！大竹抱起阳子，三步并作两步地冲上楼梯，打开房门。进了家，阳子一下子就从大竹的怀里挣脱出来，活蹦乱跳地呼喊着，好奇地四处张望着。突然，她扬起小脸问岩岩："阿姨，你的家真干净呀！我可以住在这里吗？"

岩岩蹲下去，拉起她的小手，对她说："孩子，这就是你的家呀！我不是你的妈妈吗？孩子，我是你妈妈呀！"

说完这几句话，岩岩的心跳得很厉害，她看着阳子天真的小脸，紧张得满脸冒出了大汗粒。阳子用稚气的大眼睛看着她，然后从自己的口袋里掏出来一条小手绢，轻轻地给她擦去了汗珠，嫩生嫩气地说："你们两个人都长得很美，我都喜欢你们。现在，我有妈妈了。"阳子高兴地拍着小手，蹦了起来，甜甜地喊了一声："妈妈！对不起。"

这一声喊，再一次勾起了岩岩失去胎儿的心痛，她有些心闷，去厨房做了一壶茶水，端到桌子上。这时，大竹正在给他母亲打电话。

她一手捂着胸口，一手拉着阳子的小手。阳子天真地问："妈妈，你怎么了？你的脸好白呀！"

大竹很快挂断了电话，走到岩岩身边，关心地问："你怎么了？你的脸色很不好！我给你做杯蜂蜜水吧！"

岩岩摆了摆手："不用了，可能是太累了，休息一下就可以了。"她低下头告诉阳子："妈妈就是累了，没关系的。现在妈妈好了，走吧，我们去看看你的房间。"岩岩带着她走进一个粉色的世界。

阳子兴奋地爬上小床，喊了起来："妈妈！妈妈！跟阿姨家的床一样的！妈妈，那个墙上的人是谁呀？我好像见过她呀？"

"孩子，那是你的阿姨呀！你不是告诉妈妈，你想那位阿姨吗？妈妈就把她挂在墙上了，你可以天天看见她，对吗？"

阳子拍着小手喊着："谢谢妈妈！阿姨长得好美呀！"

岩岩又是一阵难过，她把脸转向了门口。一会儿，大竹进来了，告诉她："刚才我妈妈来电话，让我们过去一起吃晚饭。"

"好，我们带着孩子一起过去吧！"

大竹父母家里依然悲戚浓重，姑姑们正在与父母商量如何办理祖母的丧事。母亲见他们来了，便吩咐大竹预约餐厅，大家在外面吃晚饭。

周六，大竹父母以最简单的仪式为老母亲办完了丧事，姑姑们悲痛地与老父亲话别。临出门时，大姑拉着岩岩的手，鼓励她再努把力，并建议她去自己的医院。姑姑发自内心的关爱，让岩岩心头阵阵发热，她给几位长辈深深地鞠躬道谢，心里充满了难言之苦。

直到现在，姑姑们也不知道岩岩的子宫已经被切除了，她们始终对岩岩充满了期待。

周日的早晨，阳光灿烂，夏季的潮湿中夹带着闷热。大竹身穿黑色西服套装和白色衬衣，系着黑色领带，岩岩穿黑色连衣裙，他们与父母和夏子夫妇一起去了殡仪馆，在那里遇见了谷口。

遗体火化结束后，大竹手捧着春子的骨灰盒，岩岩抱着阳子，与谷口一起去了东京湾。谷口身着一身黑色西装，表情凝重悲哀，他一直与大竹并肩走在前面。

大竹父母与夏子夫妇随后也来到了港口，孩子们在父母的目送下，乘上游艇离开了港湾。

正是中午时分，灿烂的骄阳，湛蓝的天空，碧清的海水，海鸥在飞翔，一切都是那么美好，但是今天，明媚的大自然也消除不了人们悲哀的心情。游艇顺风向港湾深处驶去，温和的海风迎面吹拂过来，闪闪发光的浪花扑上了游艇，飞溅到了人们的脸上、身上。阳子拍着小手喊着、笑着，其他人却没有一个人说话，岩岩心里好难过。

在离港湾不远的海面上，游艇停了下来。大竹抱着妹妹的骨灰盒站在游艇的前面，抬头望了一眼湛蓝的天空，然后对着骨灰盒低沉悲腔地说："春子妹妹，今天——我们来送你最后一程。谷口就站在我的身边，还有你的女儿，爸爸妈妈正在港口看着我们呢。春子——在这里，你可以——安息了。"

海浪拍打着游艇，大竹把骨灰盒捧在胸前，"呜呜，呜呜"地痛哭了起来。谷口走到他身边，一把抱住了他，用手在春子的骨灰盒上抚摸着，抚摸着——

站在摇晃的游艇上，两个男人，一个为了自己的妹妹，一个为了自己的心爱之人痛痛快快地哭了一场。

站在一边的岩岩默默地抹着眼泪，夏子轻微地抽泣着，用手绢不停地擦拭着面颊。阳子仰起小脸，拽着岩岩的裙子，问："妈妈，爸爸为什么哭呀？那个盒子里面放着什么东西呀？你们为什么都哭呀？"

岩岩爱怜地抱起了自己命中的女儿，这个时候，谷口转过身子，从岩岩的怀里把阳子抱了过去。阳子甜甜地叫了一声"叔叔！"在他的脸上亲吻了一下。

大竹缓慢地打开盒子，从里面抓出来一把骨灰，向着碧波荡漾的海面撒了出去——

从那一刻起，春子就躺在了那片海面上。温柔的海风把她女儿的笑声传给了她，粼粼的海波映照着她女儿的笑脸。在那片海面上，她天天都可以听到女儿的声音，天天都能看到女儿的容貌。

岩岩默默地祈愿着："祝愿阳子的人生像今天的天气一样，永远阳光灿烂。"

大竹家族办完了两场丧礼，家里又恢复了以前的那种安静，可是安静的含义已经和以前大相径庭了。祖父房间的墙壁上挂上了一幅祖母的油画，那是祖母请画家为她画的，清秀端庄，含笑中的她带着尊贵的神态。望着祖母的油画像，岩岩对这位老人肃然起敬。

大竹父母家的客厅桌子上增加了一个新相框，春子的照片镶嵌在里面，她带着温和的笑意看着大家。

两位女性、两代医生，她们的肉体化作青烟飘上了天空，可是她们的音容笑貌留在了整栋房子里，留在了大竹家族每一个成员的心里，留在了她们救治过的病人的记忆里。

大竹母亲看着照片里女儿嫣然的微笑，眼睛里浸满了泪水。大竹父亲看着自己母亲的油画像，悲情浮现在脸上。

又是一个周末的傍晚，大竹母亲打电话让大竹与岩岩去她那里坐一会儿，于是他们带着阳子一起过去了。

家里的阿姨带着阳子出去玩了，大竹父母端坐在榻榻米上的垫子上，表情凝重，神态严肃地拿出一个袋子摆在儿子夫妇面前。

母亲开门见山地说："这两个月家里很不幸，一连走了三个人，真让我悲痛到了极点！春子这个孩子多么优秀，这么早就走了，太可惜了！哎，都是我这个母亲没有尽到责任！如今她们的后事已经办完了，现在我和你爸爸有重要的事情要对你们讲。"

大竹父亲点点头："就让你母亲说吧！"

母亲从袋子里拿出一个大信封，从中又掏出一个小信封，从小信封里拿出一个存折，递到大竹手上。

大竹迷茫地望着父母，问："这是什么？"

"你打开看一看吧！"

存折的封页上写着大竹与岩岩的名字。大竹看了一眼母亲，母亲点头让他打开。一行数字映入他的眼帘，他惊讶地抬起头来，注视着父母，半天说不出一句话来。

母亲平静告诉他："孩子，我和你爸爸商量以后，决定把家族医院完全交给你妹妹夏子，她将成为我们家族医院的第三代院长，产权也请律师办妥了。"母亲说完这些话，停了一下，看着大竹和岩岩。他们两人静静地听着，没有说话。

母亲又说："这个存折上的钱是我和你爸爸给你们的赠送款，也是我们对岩岩失去孩子的赔偿款。岩岩，请你收下吧！对不起，让你遭遇到了这种事情。我们知道这笔钱赔偿不了你失去孩子的损失，可是这是我们的一点点心意，请收下吧！"

岩岩眼睛里含着泪水，哽咽地说不出来话，片刻她对婆婆说："妈妈，谢谢你们如此关爱我。我的损失也是你们的损失，我们大家都遭受到了巨大的损失，你们失去了女儿，我失去了胎儿，而且还失去了为家族延续香火的能力。可是，这是命运，不是你们的过错，这笔钱我不能要。"

大竹却对岩岩说："岩，这是我父母的心意，我们还是收下来吧，不然，夏子也不好接受整所家族医院的所属权。"

岩岩说："竹，这件事情由你决定吧。"

婆婆又拿出一个存折递给大竹："这是你们抚养春子孩子的养育费。你们也是凭工资生活，把孩子送进私立幼儿园，费用很高，你们拿这些钱贴补生活用吧！医院有我和你爸爸的股份，我们还有养老金，我们不需要这些钱。"

接下来她继续说："你祖母给春子买下来的那套公寓，属于春子的财产，现在她不在那里住了，我们考虑把它租出去，租赁费存进春子给孩子留下来的存折上。还有你们现在住的那栋公寓，我们已经把房主的名字改成了你们的名字，以后租赁费就是你们的所得。孩子，我和你父亲把这些事情办妥了，心里也踏实了。"母亲说完，冲着大竹和岩岩点了一下头。

最后，大竹父亲也拿出来祖母的一个存折，对儿子说："这是你祖父交给我的，是他们给春子的一笔钱，你把它存到孩子的存折上吧。阳子这个孩子从小就没有得到足够的母爱，我们都有愧于她呀！"

母亲突然想起来什么事情，说："噢，对了，夏子夫妇已经决定搬过来居住了，他们的孩子送进幼儿园，就不麻烦她公婆照顾了。"

大竹问母亲："他们住在哪里？"

"他们打算在附近找一处公寓，离我们的医院近一些，工作方便嘛。"

岩岩对大竹说："我们住的这栋公寓，有一套三居室上个月刚刚腾出来了。那套居室条件不错，他们一家不能搬进去住吗？"

"对呀！就让夏子一家在那里住吧！"

母亲提醒他们："现在那栋公寓是属于你们的，你们自己做主吧！"

大竹父母把这些事情全部讲完以后，如释重负，松了一口气，显得轻松起来。

母亲提高了声调微笑着说："总算把这些大事情处理完了，从现在开始我和你爸爸就享受退休生活了。医院交给夏子，我们完全放心。现在我有时间了，你们忙的时候，就把孩子送过来，我看着。以后啊，我和你爸爸就要到处走一走了，家里的事情拜托给你们年轻人，我们家族后继有人嘛！"

在经历了重大悲伤以后的大竹家族，他们当中的每一个人都变换了生活的方向，重新开始了新的生活。

当一切都恢复了正常以后，岩岩突然感觉到一种新鲜的生活正从他们家中酝酿起来，女儿幼稚的声音从他们的公寓里频频传向外界，鲜亮、甜美、悦耳、令人感到世界就像一处五彩缤纷、灿烂明媚、硕大无比的花园，让人心旷神怡，乐乐陶陶。女儿给岩岩带来了愉悦的时光，同时也给她带来了繁忙的日日夜夜，让她开始了有母性家庭的新生活。这种新生活带给她的既有焦急，也有喜悦；既有担心，也有享受；既有迷茫，也有解脱。

女儿天真烂漫的欢笑声让岩岩不愿意再回顾以前的悲伤，不愿意再让悲痛分散自己对新生活的热情。看着眼前这个与自己没有血缘关系的女孩儿，她的心里有喜，也有悲。女孩儿是半个孤儿，她的父亲只给了她母亲一个繁殖后代的机遇，便把她母亲无情地抛弃了。她的母亲忍受着心理上的屈辱，咬着牙生下了这个天使般的女孩子。她是上帝送到人间的小天使，可是这个小天使连与自己的母亲生活在一起的机会都不多。在接受这个女孩子的时候，岩岩也曾有过排斥心理，但是春子为事业鞠躬尽瘁的精神打动了她。她不忍心让春子在最后时刻，还要为女儿担心，她更不愿意让春子知道自己失去胎儿的原因。看在丈夫与春子是兄妹的关系上，无论如何她都不能拒绝春子提出来的请求，她要接受春子的女儿。

大竹一家人善待自己，从来没有歧视过自己穷留学生的身份。从她进入大竹家门的那一天起，婆婆就从来没有指使过自己，更没有给过自己冷面孔，小姑子们也一口一个"嫂子"亲热地叫着。像他们这样一家有知识、有地位、有金钱的门户，他们对自己的尊重超出了自己的预料。将心比心，春子的事情就是自己的事情，接受春子的孩子，让这个孩子从此生活在一个有父爱和母爱的家庭里，岩岩愿意用自己的全部精力去培养这个孩子，让她成为像春子那样的医学工作者，完成春子的遗愿。

岩岩与大竹的生活因为有了阳子这个女儿而比以前忙乱了起来，虽说是小女孩，但是她的要求比成人还要高，岩岩成为家庭主妇，全力照顾这个家。每天早晨，她要为女儿做一套早餐，女儿喜欢喝大米粥和吃摊鸡蛋饼，还喜欢吃草莓和香蕉，看着女儿美滋滋地吃着早餐，她心里渗透着一股甘露。

女儿的自立能力很强，小小的年纪就能自己梳理头发，虽然梳理得有点不整齐，但是岩岩并没有帮忙，只是站在旁边鼓励她而已。她自己穿衣服，然后对着镜子自己给自己打分数，让岩岩在一边做裁判："妈妈，你看我穿这条裙子好看吗？我不喜欢让小朋友说我的衣服不好看。"

岩岩俨然像一个裁判官："嗯，妈妈给你买的裙子是今年流行的新款式。你喜欢粉色，妈妈就给你买了这件淡粉色的，看上去很可爱。你的头发嘛，还有一点点没有梳理好，让妈妈帮你一下，好吗？"

女儿乖乖地走近镜子前，让岩岩重新整理她的头发。当早晨的事情一切都准备好了以后，女儿自己便麻利地把一个小背包背在了背后，冲着岩岩做一个鬼脸。

大竹每天起床后，先喝一杯茶水，看一会儿报纸，然后吃早餐。过去岩岩单身生活的时候，自己照顾自己，结婚以后她要根据丈夫的口味调换每餐的食谱。现在家里多了一口人，她的工作量也增加了好几倍，尤其是早晨就像打仗一样紧张忙碌。不过她喜欢做饭，只要有钱可以买到想吃的食材，她都愿意花时间去烹调。

每一天早晨，大竹都是第一个离开家，随后岩岩领着女儿也离开家，她开车送女儿去幼儿园。当女儿挥手向她道别时，那声娇嫩的"妈妈！妈妈！晚上来接我呀！"的童声，让她感觉心里甜甜蜜蜜的。

都说做母亲不易，做继母更难。为了培养与女儿的感情，岩岩把自己的精力和时间从丈夫的身上移到了女儿的身上，母爱让她承担起了母亲的职责。大竹看着她们母女俩在一起欢快的样子，醋意地开玩笑，说："嚯！我倒成了孤儿！"

岩岩问女儿："孩子，你爸爸是孤儿吗？"

女儿睁着大眼睛不解地问："妈妈，什么是孤儿呀？"

"就是没有爸爸妈妈爱的孩子。"

女儿走到大竹跟前说："爸爸，你有妈妈呀！你不是孤儿，你是妈妈的手心儿。"她天真地伸出细嫩的小手，指着手心对大竹说："爸爸，你在妈妈的手心里。"

岩岩疼爱地把女儿搂进怀里："孩子，那么，你在妈妈的哪里呀？"

女儿用手指了指岩岩的胸口："妈妈，我在你这里呀！"

大竹"哈哈哈"地大笑了起来："看来，还是妈妈心疼你呀！你是妈妈的心肝宝贝。"

自从有了这个女儿，家里天天都有新鲜的事情，天天都有欢乐的笑声。春子的女儿带给岩岩夫妇的是愉悦、兴奋、友爱与蜜汁般的幸福。

在这样欢声笑语的生活中，他们度过了快乐的每一天。转眼，到了 2005 年年底。一天，大竹回到家里告诉了岩岩他们公司的一个决定：公司将派遣他去中国南方一个城市接任分公司的领导工作，明年 4 月到任，为期四年。这意味着他们全家都要去中国生活。

这突然而至的消息，令岩岩很是兴奋。她没有想到，她的人生之旅转了一个弯，又转回到了自己出生长大的国家。她想回中国，可以离母亲更近一些，但又舍不得刚刚建立起来的新生活。在日本，她有丈夫的家人，有自己的朋友，让她突然离开日本回中国去生活，再次改变生活习惯，她有些犹豫不决，她希望丈夫的公司能够换别人去中国，可是公司的决定就像军令一样摆在丈夫面前。

大竹去中国赴任，他母亲也感到不适，因为失去女儿的痛苦还没有完全消散，儿子一家又要离开他们，还有他们夫妇把房产继承权交给儿子的时间不长，现在又要回到他们的手里。她希望儿子不要走，不要那个令人羡慕的职务，可是作为母亲，她不能阻拦儿子，耽误他的前程。

大竹深知母亲的心思，一个周六的晚上，他去父母家把公司派遣他去中国工作的事情详详细细地向他们做了一番解释。

公司在中国的南方有一个分公司，主力员工都是从公司派遣过去从事管理和技术工作的。大竹对父母说："公司派遣过去的员工，每一年都有回日本休假的待遇，可以带家属一起回日本休假，所以我每年都会带着岩岩和阳子回来看望你们，另外爸爸妈妈也可以去中国度假。您们辛苦了一辈子，该出去走一走，换换心情了！现在中国发展得很快，那边各方面条件都不错，等我们在那边安排好了，就请爸爸妈妈去住一段时间。这个机会对我来说非常好，可以在国际经营管理方面得到锻炼和提高。还有签证、那边的住宿、孩子进托儿所等等所有的手续都由公司去办，我们自己只张罗一些搬家的事情。"

母亲担心地问："阳子刚刚适应了你们的生活，突然改变环境，她能适应得了吗？"

"阳子嘛，现在她还小，接受能力强，让她入当地的日本幼儿园，她很快就能适应新生活了。我们尽量给她创造条件，让她到最好的学校念书。以后等她长大了，如果她喜欢医学，也让她去美国春子念过的大学去读书。这一点，请爸爸妈妈放心，岩岩也是这样想的。我去中国工作的事情公司已经决定了，爸爸妈妈不要担心我们，只是不能照顾父母和祖父，我们心里有些不舒服。不过，有夏子妹妹一家在你们身边，他们还有两个孩子，爸爸妈妈不会感到冷清的。现在家族医院有夏子夫妇照应着，你们还有什么不放心的？"大竹向父母耐心地解释。

大竹父母没有其他选择，只能期待着儿子四年以后返回日本。

岩岩把回中国的消息告诉了母亲，母亲欣喜异常："孩子，没有想到你能跟着丈夫一起回中国，太好了！以后，你可以经常回北京了。"

在离开日本之前，岩岩与大竹带着女儿去了东京港湾。那一天，阳光高照，惠风和畅，他们乘了一艘游艇在海面上转了一圈，向撒落春子骨灰的海面撒下了一束白色的菊花。岩岩告诉女儿："孩子，以后，我们每一年都来这里乘游艇，在这里转一圈。"

女儿仰起小脸看着岩岩，稚气地问："妈妈，坐游艇真好玩儿，我们能不能经常坐游艇呀？"

"明年，妈妈还会带你来乘游艇。"

大竹的眼睛里蓄着晶莹的泪花，他抱起孩子，亲了亲她的小脸。女儿用手擦去大竹眼角上的泪水，甜甜地说："爸爸，你哭了？你看，天空多蓝呀！"

大竹笑了起来："孩子，爸爸是被海风吹得流了眼泪，不是哭。哈哈！以后，我们一起再来乘游艇！"

2006 年 3 月底，大竹带着妻子和女儿告别了亲人，告别了友人，伴着飘浮的白云，飞向了近邻的中国。

坐在机舱里，岩岩从舷窗向外望去，耀眼的朵朵白云在瓦蓝的天空中飘浮着，向下望去，日本岛国上星星点点的建筑隐约可见，青青的山脉、细细的河流一览无余。随着飞行，山川河流渐渐地变得越来越远，越来越小。这时，一缕薄薄的云纱飘游到了舷窗前，遮挡了她的视线——

日本，是岩岩曾经学习、工作、生活的地方，是她度过人生中最美好时光的地方，留给她太多太多的怀念，在她的心里留下了深深的不可磨灭的记忆。

"妈妈，妈妈！"甜甜的稚嫩的声音打断了她的思绪。

"来，孩子，妈妈给你讲一个中国的故事吧！"岩岩拿出一本中文画册，开始用中文给女儿讲起了中国的古代故事。

她要用自己的母语告诉女儿更多的事情，让她了解自己出生长大的国家的文化，这是她做母亲的责任。这个孩子不仅要继承日本文化，还要了解中国的传统文化，她要在这个与自己没有任何血缘关系的孩子心中播下中华文化的种子。她希望这个孩子在不远的将来，能像和平鸽一样，飞越在中日海峡两岸，传递两国之间的友情，成为联结两国友好的纽带，为两国的和平尽心尽力。

女儿先是眨巴着眼睛呆呆地看着她，然后指着画册问："妈妈，你说什么呀？我一点儿也听不懂呀！"

岩岩轻声地告诉她："孩子，你知道中国吗？那是妈妈的故乡。妈妈刚才是用中文给你讲故事。从现在起你要学习中文，你还不能忘记日语，知道了吗？"

女儿似懂非懂地点了点头，她知道妈妈说的话都是对的。她开始耐心地听岩岩讲故事，专注地看画册上的人物，不时地发出惊讶声和欢笑声。她细嫩稚气的声音给了岩岩无限的慰藉，她看着孩子美丽的小脸，突然，一阵心痛涌上心扉。

大竹握住了岩岩的手："岩，到了中国，你可以经常回北京看望你母亲，我一定让你过得舒适。等我退休以后，我们也可以在北京定居嘛！"

岩岩微笑着看着丈夫那双诚实的眼睛，感觉自己是世界上最幸福的人。她给女儿唱起了《大海啊故乡》这首歌，"小时候妈妈对我讲……大海啊，大海，是我生活的地方，海风吹，海浪涌，随我漂流四方，大海啊，大海，就像妈妈一样——"

飞机隆隆地轰鸣，女儿在岩岩的歌曲声中甜甜地进入了梦乡。

岩岩把头依偎在丈夫的肩膀上，闭上眼睛，思绪万千，一束泪珠从眼角里流了出来——

后记

系列小说《一衣带水》，通过主人公岩岩的故事，生动地描述了20世纪80年代后期一代中国自费留学生在日本学习、就职与生活的经历。这套系列小说从生活的视角，细腻地描绘了日本社会的方方面面，无论是人们对色欲的态度，还是对企业人际关系的处理，以及家庭成员之间的感情联结，都刻画得惟妙惟肖。

岩岩与那个时期渴望得到读书机会的年轻人一样，勇敢地走出国门到日本自费留学。她经历了异国求学的艰难，没有钱的尴尬，语言不通的辛劳。她在寂寞中奋斗，完成了学业；在激烈的竞争中拼搏，走进了日本企业，与日本员工一起努力工作，与他们一样享受同等的工资福利，做相同工作；而后，她又走进了日本人的家庭，与家庭成员和睦相处，融入到了他们之中，成为他们当中的一员。

在岩岩那一代留学生的身上闪烁着中华民族吃苦耐劳、谦虚向上的光彩。他们继承了中华民族的优秀传统，同时，也与当地的日本人融洽相处。他们当中有的中国女孩子嫁给了日本人，有的中国男孩子娶了日本妻子，他们幸福地生活在异国的土地上，他们的后代既承载着中国人的血脉，也流淌着日本人的血液。

中日两国是一衣带水的邻邦。祝愿曾经在日本留学的中国留学生和他们的后人成为传递两国友谊的纽带，成为联结两国友好的桥梁，为中日两国之间的和平友好尽绵薄之力。